蘇西的世界

艾莉絲・希柏德／著
施清眞／譯

The Lovely Bones

目錄

CONTENTS

The Lovely Bones

書評推薦

希柏德以迷人的筆調，真切、勇敢地為我們寫出一個絕妙的故事，她是個獨一無二的作家。

——Jonathan Franzen，*The Corrections*的作者

從讀者的角度而言，《蘇西的世界》是我很久以來最奇妙、最難忘的閱讀經驗之一。本書痛苦中帶著詼諧，脆弱中帶著堅強，又帶著一絲刻骨銘心的悲傷。這是一部想像力的盛宴，也是心靈重建的獻禮。

——普立茲獎得主 Michael Chabon，*The Amazing Adventures of Kavalier and Clay*的作者

本書以和人間一樣真實的天堂為場景，以濃濃深情與機智探索家庭之愛、羞澀而忐忑不安的青春期、以及在人生旅程留下深刻印記的愛情與失落。

——Amy Bloom，*A Blind Man Can See How Much I Love You*的作者

讀完本書之後，你每次逛書店時，八成會忍不住摸摸本書的封面，只為了重溫閱讀時的悸動，《蘇西的世界》就是這麼一本特別的小說。

——Aimee Bender，*An Invisible Sign of My Own*的作者

書評推薦

……作者選擇了最難的題材下手，並優雅地闖關成功……。

——*USA Today*

這本書既標示了作者走出個人陰霾，也同時是她藝術上的成功……。

——*Time*

這真是高難度演出……希柏德完美地走完鋼索，將一齣悲劇演繹成文學……。

——*The New York Times Book Review*

……驚人的成就……。

——*New Yorker*

作者帶領讀者大膽踏入難以想像的國度……，讓不同風格的敘事呈現前所未見的精采結合……既苦澀卻又完美……。

——*Los Angeles Times Book Review*

細膩地呈現對人生的洞察……讀完小說，整個故事的氛圍仍然久久停留、揮之不去……。

——*Chicago Tribune*

爸爸的書桌上有個雪花玻璃球，裡面有一隻圍著紅白條紋圍巾的企鵝。小時候爸爸抱我坐在他的大腿上，他拿起玻璃球，把球翻過來，讓雪花飄落在玻璃球的頂端，然後很快地把球翻轉回來。我們看著雪花輕輕地飄落在企鵝身旁，我想企鵝孤單單地待在玻璃球裡，我真替它擔心。我告訴爸爸我好擔心企鵝，爸爸說：「蘇西，別擔心，它活得好得很呢；圈住它的是一個完美的世界。」

第一章

我姓沙蒙，念起來就像英文的「鮭魚」，名叫蘇西。我在一九七三年十二月六日被殺了，當時我才十四歲。七〇年代報上刊登的失蹤女孩照片中，大部分看起來都和我一個模樣：白種女孩、一頭灰褐色頭髮。在那個年代，各種種族及不同性別的小孩照片，還沒有出現在牛奶盒或是每天的廣告郵件上；在那個年代，大家還不認為會發生小孩遭到謀殺之類的事情。

妹妹讓我迷上了一個名叫希梅聶茲（Juan Ramón Jiménez）的西班牙詩人，我在初中畢業紀念冊上特別選題他的一句話：「如果有人給你一張畫了格線的紙，你就不要按著格線書寫。」這句話表達了我對四周中規中矩的一切、諸如教室之類建築物的輕蔑，聽來深得我心，所以我選了這句話。更何況，我覺得選用一句名詩人的話，而不是某個搖滾歌手說的蠢話，讓自己感覺上比較有書卷氣。我是西洋棋社及化學社的社員，在黛敏尼柯太太的家政課上，我每次試著燒菜，結果一定把菜燒焦。我最喜歡的老師是伯特先生，伯特先生教生物，他喜歡抓起我們要解剖的青蛙、小蝦，假裝讓牠們在上蠟的鐵盤上跳舞。

順帶一提，凶手不是伯特先生。請你別把接下來每個即將出現的人當成凶手，但這正是問題所在：你永遠料不到誰會出手殺人。伯特先生參加了我的喪禮，而且哭得很傷心。（請容我插一句：全校師生幾乎都出席了喪禮，其實我在學校從來不是個萬人迷。）他的小孩病得很嚴重，我們都知道這件事，因此，當他說了笑話、自己笑個不停時，雖然這些笑話早在我們選修他的課之前就已過時，我們依然跟著大笑。我們有時還強迫自己跟著笑，只爲了讓他高興一點。他的女兒在我去世一年半後也離開了人間，她得了血癌，但我在我的天堂裡從未見過她。

凶手是我們鄰居，媽媽喜歡他花壇裡的花，爸爸有次還向他請教如何施肥。凶手先生認爲蛋殼、咖啡渣等傳統肥料比較有效，他說他媽媽都用這些傳統方式施肥，爸爸回家之後笑個不停，他開玩笑說這人的花園或許很漂亮，但熱浪一來襲，八成臭氣沖天。

但一九七三年十二月六日可沒有熱浪，那天飄著雪，我從學校後面的玉米田抄近路回家，冬天天黑得早，那時天色已晚，我記得田裡的玉蜀黍莖梗被人踩得亂七八糟，田間小徑也變得更不好走，細雪有如一雙雙小手，輕飄飄地覆蓋大地，我用鼻子呼吸，直到冷得不斷流鼻涕才張嘴吸氣。我停下來、伸出舌頭嚐嚐雪花的味道，哈維先生就站在離我六英呎之處。

「別讓我嚇著妳。」哈維先生說。

在灰暗的玉米田裡，他當然嚇了我一跳。離開人間之後，我想起當時空氣中似乎飄來淡淡的古龍水氣味，但我卻沒有多加注意，或許那時我以爲氣味來自前面的房子。

「哈維先生。」我打了招呼。

「妳是沙蒙家的大女兒，對不對？」

「是的。」

「妳爸媽還好嗎？」

雖然身爲長女，在機智問答中也時常占上風，但我在大人面前依然覺得不自在。

「他們很好。」我說。雖然覺得很冷，但他是個大人，再加上他是鄰居、又和我爸爸談過肥料等事情，所以我還是站在原地不動。

「我在附近蓋了些東西，」他說：「妳要不要過來看看？」

「哈維先生，我覺得有點冷，」我說：「況且我媽媽希望我在天黑前回家。」

「現在已經天黑了，蘇西。」他說。

我當時若察覺出異狀就好了。我從未告訴他我叫什麼名字，我想或許爸爸曾提過我，我爸總喜歡跟大家說我們小時候的糗事，他覺得說說無妨，他只想藉此表達他多疼我們。有些爸爸隨身攜帶小孩三歲時、在客房浴室裡拍的光身子照片，我爸就是如此，感謝上天，他隨身攜帶的是妹妹琳西小時候的照片，最起碼我躲過了這樣的糗事。但他喜歡跟大家說我另一件糗事，他說琳西剛出生時，我非常忌妒這個小妹妹，有一天他在另一個房間打電話，從他站的地方可以清楚地看到我走到沙發旁邊、爬到搖籃旁、試圖在琳西的頭上撒尿。我爸把這件糗事告訴我們的牧師和鄰居史泰德太太，史泰德太太是心理醫生，我爸想聽聽她的分析，而且還不只這樣，每次只要有人說：「蘇西眞有精神，」我爸就重複這個故事，每次都讓我覺得很難爲情。

「什麼有精神?!」我爸總回答說：「讓我告訴你這個小孩多有精神，」說完他馬上興高采烈地重複「蘇西在琳西頭上撒尿」的故事。

事實上，爸爸從未向哈維先生提過我們，哈維先生也沒聽過「蘇西在琳西頭上撒尿」的故事。

事發之後，哈維先生在街上碰到媽媽，他對媽媽這麼說：「我聽說了這個不幸的悲劇，眞是太可怕了！您女兒叫什麼來著？」

「她叫蘇西。」媽媽勉強打起精神回答，提到我的名字讓她心情沉重，她天眞地希望心頭的重擔總有一天能放下，殊不知她始終揮不去心中的陰影，終其一生不斷地受到傷害。

哈維先生像大家一樣對她說：「我希望他們早點捉到這個混蛋，您痛失愛女，我眞替您難過。」他說這話時我已經在天堂，我氣得四肢發抖，不敢相信他竟然如此大膽無恥。「這人眞不知羞恥，」我對弗妮說，弗妮是天堂指派給新成員的輔導老師，「沒錯，」弗妮回答，簡簡單單兩個字就表達了她的觀點，在我的天堂裡，大家就是這麼坦率，沒有人多說廢話。

哈維先生說，過去看看花不了多少時間，所以我跟著他走進玉米田深處。沒有人從這裡抄近路到學校，所以此處的玉蜀黍莖很少遭人踐踏。我的小弟巴克利曾問說爲什麼鎮上的人都不吃田裡的玉米，媽媽告訴小巴克利說田裡的玉米吃不得，媽媽說：「玉米是給馬吃的，人不吃玉米。」巴克利接著又問：「狗也不吃嗎？」媽媽回答說：「不。」巴克利繼續追問：「恐龍也不吃嗎？」他們就這麼一問一答，持續了好久。

「我蓋了一個簡單的地洞。」哈維先生說。

他停下來，轉身盯著我。

「我什麼也沒看到。」我說，我察覺到哈維先生的眼神非常奇怪，自從我長成少女、擺脫小時候胖嘟嘟的模樣之後，一些年紀比較大的男人曾用同樣眼光看我，但當時我穿著寶藍色的雪衣、和紫黃色的喇叭褲，這副模樣通常不會引起他們興趣。哈維先生戴著金邊眼鏡，此時，他透過小小的鏡框盯著我。

「妳再仔細看看。」他說。

我應該努力想辦法逃開，但我卻沒有這麼做。爲什麼我沒有這麼做呢？弗妮說這些問題都是白問：「當時妳沒逃開，沒有就是沒有，別再多想了，想再多也沒用。妳已經不在人間，妳必須接受這個事實。」

「再試試看。」哈維先生說，他邊說邊蹲下來敲敲地面。

「那是什麼？」我問道。

我耳朵都快凍僵了，我媽在聖誕節幫我打了一頂雜色的帽子，上面還鑲了一個絨球和一對鈴鐺，當時我把帽子塞在雪衣口袋裡，沒有戴上帽子。

我記得我走過去、踩了踩哈維先生旁邊的田地，冬天天寒地凍，但我腳下的田地顯得格外堅硬。

「妳踩到的是木頭，」哈維先生說：「搭上木頭，入口處才不會崩塌。除了入口處之外，地洞裡其他東西都是泥土做的。」

「什麼東西？」我問道，那時的我已經感覺不到寒冷，也忘了他奇怪的眼神，我像在自然課堂上一樣，心中充滿好奇。

「進來看看。」

走下去的感覺很奇怪，等我們走進地洞之後，哈維先生也承認走進來不太容易。但我當時忙著看地洞裡的煙囪，根本沒想到進出地洞容不容易等問題，哈維先生在地洞裡架起一個煙囪管道，哪天他打算在洞裡生火，煙霧可以從這裡排出去。再說我也從未想過要逃避誰，在此之前，最糟的情況是碰到奇怪的亞提，亞提的爸爸在殯儀館上班，他喜歡假裝帶著一支裝滿防腐劑的長針筒，還在筆記本上畫了好些滴出黑色液體的針管。

「太正點了。」我對哈維先生說。那時即使他是我在法文課上念過的鐘樓怪人，我也不在乎。我變得像小孩一樣，有次我們帶巴克利到紐約市的自然博物館參觀，他看到巨大的恐龍化石，著迷得說不出話來，我當時就和他一樣。連我說的話都像小孩子：從小學之後，我就沒有用過「正點」這個字。

「妳眞是太好騙了。」弗妮說。

我依然記得地洞的模樣，往事歷歷，好像昨天才發生的事。事實上，在天堂的我們，每天都活在過去的記憶中。地洞和一個小房間差不多大，大概和我們家放雨靴、球鞋的儲藏室一般大小，媽媽在裡面擺了洗衣機和乾衣機，儲藏室不夠大，乾衣機只好豎立在洗衣機上面。我在地洞裡勉強可以站直，哈維先生則必須彎腰駝背，他挖地洞時順便沿著牆挖造了一個板凳，他一進來馬上坐在板凳上。

「隨便看看。」他說。

我饒富興趣地東張西望，他在板凳上方造了一個架子，架上擺了火柴、一排電池、和電池發電的日光燈。日光燈是地洞中唯一的光源，光線黯淡詭譎，他壓在我身上時，我幾乎看不清他的容貌。

架上擺了一面鏡子、一把刮鬍刀和刮鬍膏，我看了覺得很奇怪，難道他不在家裡刮鬍子嗎？但我又想想，這個人有棟不錯的房子，卻在離家只有半英哩的玉米田裡挖了一個地洞，他八成不太正常。我爸曾形容像哈維先生之類的人：「他眞是個怪人，沒錯，就是這樣。」這話說得眞好。

我猜當時我只想到哈維先生是個怪人、這個地洞還不錯、裡面很溫暖之類的事情，我想知道他怎麼挖造地洞、地洞的構造如何、以及他從哪裡學到這樣的技術。

三天之後，吉伯特家的小狗拾到我的手肘，牠把手肘叼回家，手肘上還夾帶著一根顯而易見的玉米鬚，到了那時，哈維先生已經掩埋了地洞。剛離開人間時，我身處虛恍之境，沒有看到他忙得全身大汗、拆下地洞入口的木板、把所有證物和屍塊裝進袋子裡，唯獨遺漏了我的手肘。等我神志恢復清醒，有辦法觀看人間的狀況之後，我只關心我的家人，其他都不重要。

媽媽坐在大門口旁邊的一張硬椅子上，她張著嘴、臉上一片我從未見過的慘白，湛藍的雙眼直直地盯著前方。爸爸拚命地想找事情做，他要知道所有細節，也想跟著警察搜尋玉米田。感謝上帝，有個名叫賴恩·費奈蒙的警探非常幫忙，他派了兩名警察帶爸爸到鎮上，警察請我爸爸指出平日我和朋友常去的地方，他們整天都待在購物中心，這樣就夠我爸忙了。沒有人告訴琳西出了什麼事，她已經十三歲了，應該能承受這個消息；四歲的巴克利也不知道怎麼回事，老實說，他始終無法了解這個悲劇。

哈維先生問我要不要喝飲料，我說我得回家了。

「有禮貌一點，喝瓶可口可樂吧，」他說：「我相信其他小孩一定會說好。」

「什麼其他小孩？」

「這個地方是爲了鎮上的小孩蓋的，我想大家說不定能把這裡當成俱樂部之類的聚會場所。」

即使在當時，我就已經不相信他說的話。我覺得他在說謊，但我想這個人眞是可悲，我想他一定很寂寞，我們在健康教育課堂上聽說過像他一樣的男人，這樣的男人沒有結婚、每天晚上吃冷凍食品，他們深怕受到拒絕，連寵物都不敢養，我眞替他感到難過。

「好吧，」我說：「請給我一瓶可樂。」

不到一會兒，他又說：「蘇西，妳不會太熱嗎？妳把雪衣脫下來吧。」

我依言照辦。

然後他說：「蘇西，妳眞漂亮。」

「謝謝。」我說，他讓我覺得很不自在，就像我朋友克萊麗莎所說的「起了一身雞皮疙瘩」，儘管如此，我依然客氣地道謝。

「妳有沒有男朋友？」

「沒有，哈維先生。」我說，我狼吞虎嚥地喝掉剩下的大半瓶可樂，然後說：「我得走了，哈維先生，這個地方眞不錯，但我得回家了。」

他站起來，彎腰駝背地站在階梯上，地洞裡有六階階梯，這是通往外界的唯一通道，「我不知道妳爲什麼認爲自己想離開。」

我一直說話，這樣我才不必面對現實；哈維先生不只是個怪人，此時他擋住了出口，他讓我全身起了雞皮疙瘩，非常不舒服。

「哈維先生，我眞的得回家了。」

「把妳的衣服脫掉。」

「什麼？」

「把衣服脫掉，」哈維先生說：「我要檢查看看妳還是不是處女。」

「哈維先生，我是。」我說。

「我要確定一下，妳爸媽會感謝我的。」

「我爸媽？」

「他們要確定妳是好女孩。」他說。

「哈維先生，」我說：「請讓我走。」

「妳走不了的，蘇西，妳是我的人了。」

那個時代的人不太在乎體能狀況，幾乎沒有人知道什麼叫有氧舞蹈，大家覺得女孩子應該嬌滴滴，在學校裡，只有那些疑似「男人婆」的女孩才爬得上吊繩。

我奮力掙扎、拚命抵抗，不讓哈維先生傷害我，但雖然使盡全力，我依然不夠強壯，我的力氣根本比不上他。我很快就被推倒在地，在陰暗的地洞中，他壓在我身上喘息，他大汗淋漓、眼鏡在掙扎中被擠掉了。

那時的我還相當生氣勃勃，我的背部抵著地面，身上躺著一個全身大汗的男人，我被困在地洞裡，沒有人知道我在哪裡，我想世間最難過的遭遇莫過於此。

我想到媽媽。

媽媽此刻八成正在看著烤箱上的時鐘，她剛買了一個新烤箱，烤箱上附了一個時鐘，「我可以一分不差地計時呢，」她告訴外婆說，外婆根本不在乎烤箱。

她會擔心，但她也氣我放學不準時回家，怒氣八成更甚於憂慮。爸爸把車開進車庫時，她會跑進客廳，幫爸爸調一杯雪莉酒，滿臉憤怒地說：「你知道這些初中生啊，」她會這麼說：「說不定是春天發情囉。」「艾比蓋兒，」我爸會回答說：「現在外面下大雪，怎麼可能是春天發情？」眼看抱怨不成，媽媽八成會把巴克利拉進客廳，還邊拉邊說：「來，跟爸爸一起玩，」然後自己匆匆躲回廚房，偷偷呷一口雪莉酒。

哈維先生想強吻我，他青紫色的雙唇又黏又濕，我想尖叫，但我非常害怕，剛才的掙扎又用光了力氣，根本無法作聲。一個我心儀的男孩曾吻我，他叫雷，是個印度男孩，他皮膚黝黑，講話帶著口音。我不應該喜歡上他，克萊麗莎說雷的大眼睛眼瞼半開，看起來很奇怪。但雷很聰明、也很和善，他還睜一隻眼、閉一隻眼，幫我在數學小考時作弊。交畢業照的前一天，他在寄物櫃旁邊吻了我，夏天接近尾聲，我們拿到畢業紀念冊時，我看到他在他的照片下方、「我衷心祝福某某人」的空欄，填上了「蘇西・沙蒙」，我想他一定早有盤算，我還記得他冰冷微顫的雙唇。

「不要這樣，哈維先生。」我勉強出聲，我不停地說不要這樣，還不停地用「拜託」二字。弗妮說幾乎每個人臨死之前，都哀求地說「拜託」。

「我要妳，蘇西。」他說。

「拜託，」我苦苦哀求；「不要這樣，」我再三懇求；有時我兩者合用：「拜託，不要這樣，」或是「不要這樣，拜託，」這就好像鑰匙明明不管用，還拚命拿著它開門，或是眼看著壘球飛過觀眾席，還不停大喊：「我接到了，我接到了，我接到了。」

「拜託，不要這樣。」

但他聽厭了我的哀求，他把手伸進我的雪衣口袋，拿出媽媽幫我打的帽子，把帽子捲成一團塞進我嘴裡。在此之後，我只能藉著帽沿的鈴鐺，發出微弱的聲響。

他粘濕的雙唇吻上我的臉頰、脖子，然後雙手開始在我襯衫裡摸索。我低聲啜泣，慢慢地，我脫離自己的軀體，與空氣成為一體；我哭泣、掙扎，唯有如此，我才能麻痺自己。他撕開我的長褲，看都不看媽媽在褲子旁邊精心縫製的隱形拉鍊。

「妳穿白色的內褲啊。」他說。

我覺得身體不斷膨脹，我似乎變成一片汪洋，他則在海面上隨意大小便。我想到我和琳西玩的翻花繩遊戲，此時此刻，我全身上下好像被纏繞在翻花繩的繩子裡，不停地扭曲、翻騰。他開始在我身上肆虐。

「蘇西，蘇西，」我聽到媽媽大喊：「吃晚飯了。」他進入我的體內，他不停地呻吟。「今天晚上吃菜豆和烤羊肉。」我是一團灰泥，他是一支搗槌。「妳弟弟畫了一幅畫，我烤了一個蘋果派喔。」

哈維先生叫我躺在他身下不要動，他還叫我聽我們的心跳，我的心跳有如兔子的輕躍，他的心則隔著衣物發出陣陣巨響。我們躺在一起，肢體互相碰觸，我全身發抖，心中忽然清楚地浮現一個念頭：他已經對我做出這種事，而且我還活著。沒錯，我還能呼吸，我聽得到他的心跳、聞得到他的鼻息，周遭陰暗的地洞帶著泥土味，聞得出來這裡是各種昆蟲和小動物的棲身之所。在這個潮濕的地洞裡，我喊再久也沒人知道。

我知道他打算殺了我，我當時並不知道自己已像是瀕死的小動物。

「妳爲什麼不站起來？」哈維先生邊說邊翻身到一旁，然後蹲下來看著我。

他的聲音溫和，帶著一絲鼓舞，彷彿早晨晏起的情人；這是個建議，而非命令。

我動不了，站不起來。

我沒有動靜，他把身子歪向一邊，伸手在放了剃刀和刮鬍膏的架上摸索（就因爲我不動，就因爲我不聽他的建議，他就這麼做嗎？）；他拿著一把刀回到我身邊，刀身赤裸裸，銳利的刀鋒發出陰森的笑容。

他拿開我嘴裡的帽子。

「告訴我妳愛我。」他說。

我微弱地依言照辦。

結果還是落得一樣的下場。

第二章

剛到天堂時，我以爲每個人看到的都和我一樣：橄欖球球門豎立在遠處，粗壯的女學生投擲鉛球和標槍，所有建築物看起來都像一九六〇年代興建的高中學校。

這些坐落在鎮上東北郊的學校，校區內沒什麼花草樹木，方方正正的整排教室散布在操場四周，教室的屋頂挑高、空間寬闊，讓學校看起來較具現代感。我最喜歡青綠色與橙橘色相間的石板，費爾法克斯高中就有這樣的石板地，我在世時經常纏著爸爸帶我到費爾法克斯高中逛逛，我常想像自己在這裡上課的模樣。

初中畢業之後，高中將是個全新的開始。等我上了費爾法克斯高中之後，我要堅持大家叫我「蘇姍」，我要把頭髮打薄、或是紮個馬尾辮，我要有個讓男孩垂涎、讓女孩忌妒的身材。最重要的是，我要對每個人都非常好，好到大家不得不崇拜我，不然會良心不安。我受到像女王般的尊崇，而且還保護那些在學校餐廳受欺負的同學。有人譏笑克里弗．桑德斯走路像女孩子時，我會狠狠地踹那人一腳；男孩子嘲笑菲比．哈特發育良好的胸部時，我會大聲告訴他們大胸脯的笑話一點都不好笑。其實菲比走過我身旁時，我也在筆記簿的邊緣偷偷寫下「大胸部」、「箱型車來囉」等字眼，當然我必須不經意地「忘記」自己也如此幼稚。我坐在車子後座，爸爸一邊開車，我一邊作白日夢，想到後來幾乎得意忘形。我想像自己短短的幾天就征服了費爾法克斯高中，說不定高二時還莫名其妙地拿座奧斯卡女主角獎。

這些就是我在人間的夢想。

在天堂待了幾天之後，我發現投擲鉛球、標槍的運動員，以及那些在龜裂柏油路上打籃球的男孩都有各自的天堂。我和他們的天堂雖然不完全一樣，但其中有很多相同之處，所以他們才會出現在我的天堂裡。

在天堂的第三天，我遇見哈莉，她後來成了我的室友。第一次見面時，她坐在鞦韆上看書。（我沒問爲什麼高中裡還有鞦韆，你要什麼，就有什麼，這就是天堂。鞦韆的座位可不是普通的木板，而是厚實的黑橡膠圈。盪鞦韆之前，你可以舒服地縮在橡膠圈裡，或是在上面跳一跳。）哈莉坐著看書，書上的文字奇形怪狀，我不知道那是什麼。爸爸有時從「和發小館」（Hop Fat Kitchen）帶肉絲炒飯回家，我在外帶盒子上曾看過類似的文字。巴克利非常喜歡這家餐廳的名字，他每次都扯著嗓門大喊：Hop Fat！我現在知道什麼是越南文，也知道和發小館的老闆赫曼・傑德不是越南人，我還知道老闆不叫赫曼・傑德，這只是他從中國移民到美國時取的名字，這些都是哈莉告訴我的。

「嗨，」我說：「我叫蘇西。」

哈莉後來告訴我，她從電影《第凡內早餐》裡選了這個名字，但那天她不加思索，脫口就說她叫哈莉。

「我叫哈莉。」她說。因爲她想說一口標準的英文，所以在她的天堂裡，她講話不帶任何口音。

我瞪著她的黑髮，黑髮閃爍著如絲綢的光芒，就像在時裝雜誌裡看到的一樣。「妳在這裡多久了？」我問道。

「三天了。」

「我也是。」

我在她旁邊的鞦韆上坐下來，我不停地轉圈、將鐵鍊纏繞成一團，鐵鍊纏繞到頂端之後我才鬆手，鞦韆轉了又轉，過了一會兒才停住。

「妳喜歡這裡嗎？」她問道。

「不喜歡。」

「我也不喜歡。」

我們就這樣成了好朋友。

在天堂裡，我們最單純的夢想都會實現。學校裡沒有老師，我上美術課，哈莉參加爵士樂團，除此之外，我們不必進教室。學校裡的男孩子不會偷掐我們的臀部，也不會說我們有狐臭，我們的教科書是《時尚》、《十七歲》和*Glamour*雜誌。

哈莉和我有許多相同的夢想，我們的感情愈來愈好，天堂也不斷擴充。輔導員弗妮成了我們的良師。四十幾歲的弗妮，年紀足以當我們的媽媽。哈莉和我過了一段時間才想清楚，原來我們一直想要媽媽，而弗妮正好實現了這個夢想。

在弗妮的天堂裡，她勤奮工作，努力有了成果，也得到應得的賞識。她在世時是個協助遊民和貧民的社工人員，她在聖瑪麗教堂工作，教堂只提供婦女和小孩膳食，弗妮負責接電話、大手一揮打蟑螂，大小事情一手包辦。有一天，一個男人到教堂找太太，他一槍射中弗妮的臉，弗妮當場斃命。

在天堂的第五天，弗妮走到我和哈莉面前，她遞給我們兩杯青檸檬果汁，我們接過杯子，喝了果汁。

「我來看看能不能幫得上忙。」她說。

我望著弗妮笑紋密布的藍色小眼睛，誠實地對她說：「我們好無聊。」

哈莉伸長舌頭，忙著看舌頭有沒有變綠。

「妳想要什麼?」弗妮問道。

「我不知道。」我說。

「想清楚自己要什麼就行了。只要認眞想、想得夠清楚、而且百分之百確定，妳的夢想就會成眞。」

聽起來很簡單，做起來也不難；我和哈莉照著做，結果得到了雙併豪華公寓。

我不喜歡我在人間住的房子，也不喜歡我爸媽的家具。我們家看得到鄰居家，鄰居家也看得到隔壁鄰居，基本上，山坡上的每棟房子看起來都一樣。哈莉和我的雙併公寓看出去是個公園，還可以隱約看到其他房子的燈火，這個距離剛剛好。

我們知道有其他鄰居，但又不會離得太近。

到後來我想要的東西愈來愈多，奇怪的是，我發現自己好想知道在世時從未想過的事情，比方說，我好想長大。

「活著才會長大，」我對弗妮說：「我想活著。」

「不行。」弗妮說。

「最起碼我們可以觀看凡人吧?」哈莉問道。

「妳們已經在看了。」弗妮說。

「我想哈莉是說看看凡人如何過一輩子。」我說：「我們想從出生看到去世，看看大家怎麼度過一生。我們想知道他們的祕密，這樣我們才能假裝自己在長大。」

「妳還是沒辦法體驗眞正的成長。」弗妮提醒我們。

「謝謝妳的提醒，聰明人。」我說。儘管弗妮提醒我們要小心，但我們的天堂依然變得愈來愈熱鬧。天堂學校裡的建築物依然和費爾法克斯高中一樣，只是現在多了通往各方的道路。

「出去走走吧，」弗妮說：「妳們會看到想找尋的東西。」

因此，我和哈莉啓程一探究竟。我們發現天堂裡有個冰淇淋店，你點薄荷冰淇淋時，沒有人會告訴你：「對不起，現在不是薄荷冰淇淋的季節。」天堂裡有份報紙時常刊登我們的照片，讓我們覺得自己成了大人物。因爲哈莉和我都喜歡時裝雜誌，因此報上還出現了時尚名人、社交名媛等美麗的眞實人物。哈莉有時顯得心不在焉，有些時候我去找她，發現她不知道到哪裡去了，這時我就知道哈莉去了她的小天地，我不屬於她那部分的天堂。我有點想念她，我知道我們永遠會在一起，但她離開一會兒，我居然還會想她，這種思念的心情有點奇怪。

我希望哈維先生以死謝罪，也希望自己還活著，這是我最企盼的夢想，卻無法實現。天堂畢竟不是十全十美，但我相信只要我仔細觀看、認眞期盼，說不定能改變凡間我所愛的人的生活。

十二月九號接電話的是爸爸，自此揭開了悲劇的序幕。他告訴警方我的血型，還向警方描述我細白的膚色，警方問說我有沒有任何特徵，他聽了之後仔細描述我的臉部，講到後來幾乎不知所云。費奈蒙警探沒有打斷爸爸的話，他還有一個非常悲慘的消息要告訴爸爸，他不知如何開口，但又非說不可，猶豫了半天終於說出壞消息：「沙蒙先生，我們只找到一個屍塊。」

爸爸站在廚房，悲傷得忍不住顫抖，他怎能告訴媽媽這個消息呢？

「這麼說，你們無法確定蘇西已經死了？」他問道。

「沒有事情是百分之百確定。」費奈蒙警探說。

爸爸就這麼告訴媽媽：「沒有事情是百分之百確定。」

三個晚上以來，爸爸不知道該對媽媽說什麼、或是怎麼面對她。在這之前，他們兩人從來沒有同時崩潰，通常都是一方安撫另一方，從來不曾同時需要彼此的慰藉。以前總有一方比較堅強，碰到狀況時，兩人互相抱抱，比較軟弱的一方感受到對方的精神力量，心情也會好過一點。他們從來不了解什麼叫做「恐懼」，此刻才初嚐驚恐的滋味。

「沒有事情是百分之百確定。」媽媽喃喃自語，爸爸希望她聽得進這句話，她也緊抓著這句話不放。

媽媽知道我銀手鐲上所有小飾物代表什麼，她記得我們在哪裡買到銀手鐲，也知道我爲什麼這麼喜歡它。她列了一張表，鉅細靡遺地寫下我穿戴的衣物，如果有人在偏遠的大馬路旁發現表上的東西，警方說不定能藉著這些證據，找到殺害我的凶手。

我看著媽媽仔細地列出我所穿戴、及我所喜歡的東西，心中充滿溫情，卻又帶著陣陣苦楚。她明知機會極爲渺茫，卻仍抱著一絲希望，她依然希望找到卡通人物造型橡皮擦、或是搖滾明星徽章的陌生人，能將這些東西交給警方。

和費奈蒙警探通過電話之後，爸爸伸手握住媽媽的手，兩人坐在床上，一言不發地瞪著前方發呆。媽媽麻木地緊握著手上的單子，爸爸覺得有如置身黑暗的隧道，過了一會兒，天上飄起雨絲，雖然他們都沒說話，但我可以感覺到他們想著同一件事：下雨了，蘇西卻一個人孤零零地待在雨中；他們都希望我沒事，安全地躲在一個溫暖乾燥的地方。

他們不知道誰先入睡，兩人筋疲力盡，不知不覺就睡著了。雨勢忽大忽小，氣溫也不停下降，到後來下起冰雹，小小的冰球敲打在屋頂上，激起陣陣聲響。他們被冰雹的聲音吵醒，兩人同時醒來，心中都充滿了罪惡感。

他們沉默不語，房間另一端的燈還亮著，他們在微弱的燈光中看著對方，媽媽失聲痛哭，爸爸把她抱在懷裡，用大拇指撫去她的淚痕，他的拇指輕撫她的臉頰，雙唇輕柔地蓋上她的雙眼。

他們輕觸彼此，這時我不再看著他們，而把視線移到玉米田，看看警方隔天早晨能不能在田裡找到什麼東西。冰雹打彎了玉米莖，也把小動物全趕進了洞穴。離地面不深的洞穴裡住著一群我喜歡的野兔，野兔常跑到附近人家的花園裡偷吃蔬菜，人們在花園裡擺了毒藥，有時某隻不知情的兔子把毒藥帶回家，結果在這個離花園遠遠的洞穴裡，整個野兔家族蜷伏在一起，靜靜地同歸於盡。

十號早上，爸爸把整瓶威士忌倒在廚房水槽裡，琳西問他爲什麼把酒倒掉。

「我怕我會把酒喝光。」他說。

「昨晚那通電話是什麼？」我妹妹問道。

「哪通電話？」

「我聽到你說星星爆裂的光芒，每次提到蘇西的笑容，你總是這麼說。」

「是嗎？」

「沒錯，你聽起來怪怪的，警察打電話來，對不對？」

「妳要聽實話？」

「我要聽實話。」琳西說。

「警方找到一個屍塊，他們說可能是蘇西。」

琳西覺得有人狠狠地朝胃部打了一拳：「你說什麼？」

「沒有事情是百分之百確定。」爸爸試圖解釋。

琳西坐在餐桌上說：「我覺得我快吐了。」

「甜心，妳還好嗎？」

「爸，我要你告訴我：警方找到的是哪一部分的屍體，然後請你準備好，我八成會吐。」

爸爸拿出一個大金屬盆，他把盆子放在桌上，擺到琳西旁邊，然後坐了下來。

「好，」她說：「告訴我。」

「警方說是一隻手肘，吉伯特家的狗發現的。」

說完爸爸握住琳西的手，正如先前所言，琳西果然吐在那個閃閃發亮的金屬盆裡。

當天早晨稍後，天氣逐漸轉晴，警察把離我家不遠的玉米田圍起來，開始進行搜索。雨水、冰霜，再加上融化的積雪與冰雹，使整片玉米田泥濘不堪，但仍看得出有個地方剛被動過，警方由這裡開始挖掘。根據後來的化驗報告顯示，這裡的泥土多處混雜著我的血跡，但警方當時並不知情，他們不斷地翻尋乾硬的田地，試圖找尋一個失蹤的女孩，愈挖愈覺得沮喪。

在靠近橄欖球場的田邊，好幾位鄰居遠遠地站在警戒線的外圍，他們看著玉米田裡站了一群身穿厚重藍色雪衣、手執鐵鏟和類似醫療器具的男人，大家都不知道出了什麼事。

爸媽待在家裡，琳西在她房裡，巴克利留在他朋友奈特家。奈特住在附近，接下來這一段日子裡，巴克利經常待在他家。大家告訴巴克利說我去克萊麗莎家玩，過一陣子才會回來。

我知道我的屍體在哪裡，卻沒辦法告訴任何人，我只能悄悄觀察，等著看大家會找到什麼。當天下午，如同青天霹靂一般，有個警察突然舉起沾滿泥土的拳頭，高聲喊叫。

「過來這裡！」他大喊，其他警察馬上跑過去圍住他。

除了史泰德太太之外，其他的鄰居都回家了。搜尋人員圍著發現東西的警察，費奈蒙警探穿過擁擠的人牆，走向史泰德太太。

「史泰德太太嗎？」他隔著警戒線問道。

「我是。」

「妳有個正在學校就讀的小孩，是不是？」

「是的。」

「請跟我過來，好嗎？」

一名年輕的警員帶領史泰德太太進入警戒區，他們穿過凹凸不平、被翻得亂七八糟的玉米田，走到大家站的地方。

「史泰德太太，」費奈蒙警探說：「這個東西看起來眼熟嗎？」他邊說邊舉起一本平裝本的小說《梅崗城的故事》，「孩子們在學校讀這本書嗎？」

「是的。」她小聲地回答，臉上血色盡失。

「妳介不介意我請問您……」他展開偵訊。

「九年級，」她凝視著費奈蒙警探湛藍的雙眼說：「蘇西今年九年級。」她從事心理諮商，向來自認能承受壞消息，也能理智地和患者討論各種難以處理的問題，但現在她卻發現自己撲倒在帶她過來的警察懷裡，我可以感覺到她眞希望早先其他鄰居回家時，她也跟著大家離開，她眞希望自己現在和先生坐在客廳裡、或是和兒子待在後院裡。

「誰是這門課的老師？」

「迪威特太太，」史泰德太太說：「讀了《奧賽羅》之後，孩子們覺得讀《梅崗城的故事》輕鬆多了。」

「《奧賽羅》？」

「是的，」她說，史泰德太太知道一些學校的事情，這些訊息忽然變得非常重要，所有警察都仔細傾聽，「迪威特太太喜歡隨時調整閱讀書單，聖誕節之前，她決定逼緊一點，規定大家讀莎士比亞的作品，她把《梅崗城的故事》當作獎品，如果蘇西有本《梅崗城的故事》，這表示她已經交了《奧賽羅》的讀書報告。」

這些訊息後來都得到證實。

警察打電話查證，我看著受到波及的圈子逐漸擴大。迪威特太太確實已收到我的讀書報告，她後來把報告原封不動地寄還給爸媽，「我想你們一定想保留這份報告，」迪威特太太附了一張紙條，上面寫道：「我深感遺憾。」媽媽難過得看不下去，所以琳西把報告收了起來。我幫報告下了「被放逐者：獨行俠」的標題，「被放逐者」是琳西的點子，我再加上「獨行俠」三個字。琳西在報告邊緣打了三個洞，很快地把每一頁仔細手寫的紙張塞進空白的筆記本，她把筆記本壓在衣櫃裡的芭比洋娃娃盒下面，盒裡放了幾乎全新、讓我眼紅的紅髮安安和安迪娃娃。

費奈蒙警探打電話給爸媽，他說警方找到一本筆記簿，他們相信我遇害當天帶著這本筆記簿。

「誰都可能有這種筆記簿，」爸爸對媽媽說，兩人又徹夜守候，「說不定這是蘇西哪天上學時丟掉的。」

證據愈來愈多，但他們依然拒絕接受事實。

兩天之後，也就是十二月十二日，警方找到我在伯特先生課堂上的筆記。紙張上的泥土和周遭所採集到的泥土不符，因此警方研判紙張可能被小動物從命案現場叼到這裡。伯特先生在課堂上講了一大堆理論，雖然有些我八成永遠無法理解，但我依然很勤奮地在方格紙上做筆記。有隻小貓踢翻了烏鴉的巢穴，這些方格紙的碎條就夾雜在樹葉和小樹枝之間。警方仔細地挑出紙張，除了方格紙外，還有一些比較薄而易碎、上面沒有格線的紙片。

發現筆記的女孩認出有些不是我的筆跡，而是雷・辛格的字跡。雷對我心儀已久，他在他媽媽特製的米紙上，寫了一些悄悄話給我，但我卻沒有機會看到他的情書。星期三上實驗課時，他把紙條夾在我的筆記簿裡，他的筆跡相當特別，一看就認得出來。警方取回這些紙條，拼湊出我的生物筆記，和雷・辛格的情書。

一名警探打電話到辛格家找雷問話，他媽媽對警探說：「雷有點不舒服，」但警方透過她得到了他們所要的消息。警探在電話裡提出問題，她重複說給兒子聽，雷聽了逐一回答；是的，他寫了一封情書給蘇西・沙蒙；是的，伯特先生請蘇西收小考考卷，他趁機把紙條夾在蘇西的筆記簿裡；是的，他曾說自己是摩爾人。

雷・辛格成了頭號嫌犯。

「那個討人喜歡的男孩是嫌犯？」當天晚上吃飯時，我媽問我爸。

「雷・辛格人不錯。」琳西語調平板地說。

我看著我的家人，我知道大家都很清楚雷・辛格絕不是凶手。

警方突然造訪雷・辛格家，他們仔細地審問雷，話語中帶著強烈暗示。雷黝黑的膚色、以及憤怒的神情，再加上他美麗、頗具異國情調、莫測高深的母親，更加深了警方的猜疑。但雷有不在場證明，一群不同國籍的學生可以證明他的清白。

雷的父親在賓州大學教授後殖民地歷史，凶殺案發生當天，他在賓大的國際學生中心演講，雷則在演講中和大家分享他的成長過程。

於是，事發之時雷不在學校。剛開始警方把這點視爲證據，將他當成嫌犯，後來警察取得一張參加「郊區生活：美國經驗談」演講的名單，名單上四十五名成員都看到雷站在講台上演講，警方只好承認雷是清白的。警察站在辛格家門外，隨手捏斷樹籬上的小樹枝，他們以爲已經不費吹灰之力就捉到了凶手，好像變魔術一樣，凶手從高高的樹上掉到他們面前，但結果卻非如此。雖然雷是清白的，但學校裡已經謠言滿天飛，同學們原本才慢慢開始接受他，現在所有的進展全被一筆抹消。自此之後，他一放學馬上回家，不再多作停留。

這些事情令我急得發狂。哈維先生的綠色房子就在我家旁邊，他在屋裡裁剪尖型塔，拼建一座哥德式的洋娃娃紙屋，我看在眼裡，卻不能把警察拉進哈維先生家，心裡眞是著急。哈維先生看電視新聞、翻閱報上消息，坦然地擺出無辜的樣子，先前他心中曾經波濤洶湧，現在他已平靜下來了。

我試著從小狗哈樂弟身上尋求慰藉。我不讓自己太想念爸爸、媽媽、妹妹和弟弟，但我告訴自己：想念哈樂弟沒關係。我覺得想念家人等於默認自己永遠不能和他們在一起，聽來或許有點愚蠢，但我不相信、也不接受我已經和他們分開了。哈樂弟晚上待在琳西身旁，每次爸爸開門，面對另一個無解的狀況時，牠總是站在爸爸身旁；牠靜靜地分享媽媽的悲傷，在大門緊閉的家中，牠也乖乖地讓巴克利拉扯牠的尾巴和雙耳，想念牠，就等於想念家人一樣。

泥土裡有太多血跡。

這些日子以來，陌生人不時上門來訪。好心卻顯得不知所措的鄰居、假裝關心卻毫不留情的記者，家裡不時有人敲門，一聽到敲門聲，家人都得先麻痺自己，以免情緒受到影響。十二月十五日又有人敲門，這次終於讓爸爸接受了事實。

敲門的是賴恩・費奈蒙和一名穿著制服的警察，這些日子以來，費奈蒙警探對爸爸一直很好。他們走進屋子，他們現在對我家已經很熟，也知道媽媽認為大家在客廳裡談話比較恰當，警方若有話必須和爸媽說，大家在客廳裡講，琳西和巴克利才聽不到。

「警方找到一樣東西，我們認為是蘇西的。」賴恩小心翼翼地說。我可以感覺到他考慮再三之後開口，他知道爸媽一聽到他的話，第一個念頭一定是警方找到了我的屍體，確定了我的死訊，他必須把話說清楚，爸媽才不會這麼想。

「什麼東西？」媽媽急切地問道，她雙臂交握，等著聽另一個微小卻引人猜疑的消息。她很固執，警方找到的筆記簿和小說對她都不具意義，她甚至覺得女兒少了一隻手臂也活得下來，血跡再多也只是血，而不是屍體。誠如她老公所言：沒有事情能是百分之百確定，她相信這話是眞的。

但當警察舉起裝著我的帽子的證物袋，媽媽忽然崩潰了。她心頭的最後防線開始動搖，她再也無法麻痺自己，拒絕接受事實。

「啊，絨球。」琳西說，她偷偷從廚房溜進客廳，除了我之外，沒有人看到她溜進來。

媽媽伸出雙手，發出金屬破裂般的尖叫，她如機械般頑固的心慢慢地破碎，似乎想在完全崩潰之前說出最後幾句話。

「我們做了纖維測試，」賴恩說：「不管是誰誘拐了蘇西，他在行凶時似乎用了這頂帽子。」

「你說什麼？」爸爸問道，他充滿無力感，完全無法理解警方告訴他的事情。

「凶手用這頂帽子阻止蘇西喊叫。」

「什麼意思？」

「帽子上沾滿了她的唾液。」穿著制服的警察說，他一直安靜地站在一旁，到現在才說話，「凶手用帽子堵住蘇西的嘴。」

媽媽從賴恩・費奈蒙手上奪下帽子，她親手縫在絨球上的鈴鐺發出聲響。媽媽頹然跪倒在地，她親手爲我縫製的帽子平躺在面前。

我看到琳西呆站在門口，我們的爸媽看來是如此陌生，她認不出爸媽，也認不出周遭的一切。

爸爸把好心的賴恩・費奈蒙和警察帶到大門口。

「沙蒙先生，」賴恩・費奈蒙說：「我們發現大量血跡，下手的人恐怕相當凶暴，再加上我們討論過的一些證據，我們必須假設你女兒已經遇害，我們打算把此事當成凶殺案來偵辦。」琳西偷聽到她已經知道的事情，五天前爸爸告訴她警方找到我的手肘，從那時她就知道我已經不在人間。媽媽開始嚎啕大哭。

「從現在開始，我們會以凶殺案來偵辦。」費奈蒙說。

「但我們還沒有看到屍體。」爸爸依然不放棄希望。

「所有證據都顯示你女兒已經遇害，我眞的非常遺憾。」

那個穿著制服的警察一直沒有正眼面對爸爸哀求的眼神，我懷疑警察學校是否教他們這麼做。但賴恩・費奈蒙筆直地回應爸爸的注視，「我晚一點再打電話給你們，看看大家情況如何。」他說。

爸爸頹然地走回客廳，他傷心得沒辦法安慰坐在地毯上的媽媽，或是安撫呆站在一旁的妹妹，他不能讓她們看到自己這副模樣。他蹣跚地走上二樓，心想哈樂弟躺在書房的地毯上，他剛才還在書房看到牠。等看到哈樂弟，他會把頭埋在小狗濃密的頸毛裡，此時，他才讓自己盡情痛哭。

那天下午，爸爸、媽媽和妹妹躡手躡腳地走動，好像害怕腳步聲會引來更多壞消息。奈特的媽媽送巴克利回家，她敲敲門，卻無人應答，過一會兒她只好悄悄離開。

雖然我家大門和左鄰右舍看起來完全相同，但她知道屋裡已起了變化。父母都不喜歡小孩吃零食，但此時她決定和巴克利一起犯規，她問巴克利想不想吃冰淇淋，然後兩人一起去吃冰淇淋，吃得小弟晚上沒胃口吃飯。

四點鐘時，爸爸和媽媽同時走到樓下的一個房間，他們從不同方向走過來，結果在同一個房間碰頭。

媽媽看著爸爸說：「我媽，」爸爸聽了點點頭，然後打電話給我唯一還活著的祖父母級長輩，琳恩外婆。

妹妹孤零零地被拋在一旁，我真擔心她會一時衝動做出傻事。她坐在她房裡一張爸媽不要的舊沙發上，拚命告訴自己要堅強。深深吸一口氣，屏住呼吸；坐直，站直，盡量保持直立；縮起身子，讓自己像小石頭一樣；把身子縮成一團，疊放在沒有人看得到的角落。

離聖誕節只剩下一星期，媽媽讓琳西自己決定要不要回學校，琳西決定回去上課。

星期一早晨，她在眾目睽睽下走向教室門口。

「親愛的，校長想找妳談談。」迪威特太太悄悄對她說。

琳西開口說話，眼睛卻沒有看著迪威特太太，她趁機練習，希望自己能練到視而不見地與人交談。這是我第一次發現琳西放棄了一些東西，迪威特太太是英文老師，更重要的是，迪威特先生是橄欖球教練，他一直鼓勵琳西加入橄欖球隊，琳西也非常喜歡迪威特夫婦。但從那天早晨起，琳西決定不再正視關心的眼神，只有面對那些和她吵得起架的人時，她才會直視對方。

她慢慢收拾桌上的東西，她聽到教室四方傳來竊竊私語，她確定她離開教室之前，丹尼・克拉克對施薇亞・亨妮說了什麼。她相信有人故意把東西放在教室後面，這樣大家走到後面拿回東西時，才可以順便和同學們談論已經過世的姊姊。

琳西穿過走廊，她穿梭於成排的寄物櫃中，小心翼翼地躲過周遭的人。我真希望能和她走在一起，邊走邊模仿校長走路、和在朝會說話的樣子。每次在禮堂集合開朝會時，校長總喜歡說：「你們的校長就像是一個有原則的朋友！」我每次都在琳西耳邊學校長說話，逗得她忍不住大笑。

她很慶幸走廊上沒什麼人，但她一走進行政中心，馬上面臨祕書們垂淚的眼光。

沒關係，她在家裡、自己的房間裡已經練習好了，她已準備好應付眾人的同情。

「琳西，」校長凱定先生說：「今天早上我接到警方的電話，我爲妳的損失感到難過。」

她直視著他，眼神有如雷射光束般尖銳，「我到底損失了什麼？」

凱定先生覺得他必須直截了當地討論這個悲劇，他起身走過書桌，帶著琳西坐在學生們口中的「校長室沙發」上。後來校方對一些問題變得比較敏感，有人建議說：「沙發給人錯誤的印象，在校長室裡擺張沙發不太好，椅子比較恰當。」凱定先生聽了之後才把「校長室沙發」搬走，換上了兩把椅子。

凱定先生和琳西坐在「校長室沙發」上，我希望不管她多麼生氣，坐在這張大名鼎鼎的沙發上，琳西仍會覺得有點興奮。最起碼我希望她是如此，我不願自己剝奪了她所有的快樂。

「我們會盡全力幫助妳。」凱定先生說，他眞是盡了全力。

「我很好。」琳西說。

「妳想不想談談？」

「談什麼？」琳西問道，她露出爸爸所謂的「傲慢」神情，爸爸有時對我說：「蘇西，妳別用這種傲慢的口氣和我說話。」琳西現在的口氣就和我一樣。

「妳的損失。」校長說，他伸手碰碰琳西的膝蓋，他的手有如烙印一般，琳西覺得自己好像被蓋上烙印。

「我不覺得自己損失了什麼。」她說，同時鼓起勇氣，強作鎮定地拍拍裙襬，檢查一下口袋。

凱定先生不知道該說什麼，一年以前他和維琪．克茲聊聊時，維琪哭倒在他的懷裡，當時情況確實有點棘手，但現在看來，維琪．克茲似乎成功地克服了喪母的打擊。當時他把維琪．克茲帶到沙發旁，嗯，其實是維琪自己走到沙發旁，逕自坐了下來，「我為妳的損失感到難過，」話一出口，維琪．克茲馬上像爆破的汽球一樣嚎啕大哭，他把她擁入懷中，她哭了又哭，當天晚上，他就把西裝送去乾洗。

但琳西．沙蒙是個完全不同的女孩，她天資聰穎，學校選派了二十名資優生，代表學校參加全州「資優生研討會」，琳西就是其中之一。她沒有任何不良紀錄，唯一的小問題是今年年初她帶了一本內容猥褻的小說 *Fear of Flying* 到課堂上，結果受到老師申誡。

「想辦法逗她開心吧，」我真想對校長說：「帶她去看麥克斯兄弟的電影，試試看坐了會發出像放屁聲音的椅墊，讓她看看你那幾件上面印著小魔鬼吃熱狗的內褲！」我只能不停地說話，但凡間的人卻聽不到我說什麼。

學校讓每個學生接受測驗，藉此決定誰是資優生、誰不是，我常對琳西說，雖然我有點不高興自己不是資優生，但更讓我惱火的是琳西的金髮。我們姊妹生來都有一頭金髮，但我的髮色愈來愈淡，到後來變成一頭不聽話的褐髮；琳西仍是一頭金髮，而且閃耀著神祕的光澤，她是家裡唯一貨眞價實的金髮女孩。

獲選為資優生後，琳西發憤圖強，一心想成為名副其實的優等生。她閉門苦讀，而且專看重頭書，我看《神啊！你在嗎？》（*Are You There God?*、*It's Me*、*Margaret*）之類的青少年讀物，她則研讀卡繆的名著。雖然她或許讀不透這些文學名著，但她把書本帶在身邊，同學，甚至老師們都對她敬畏三分。

「我的意思是，我們都想念蘇西。」凱定先生說。

琳西默不作聲。

「她是個非常聰明的女孩。」凱定先生試著安慰琳西。

琳西面無表情地回瞪他一眼。

「現在妳得負起責任囉，」他不知道自己在說些什麼，但琳西始終保持沉默，讓他覺得自己或許說中了什麼，「妳是沙蒙家唯一的女孩了。」

琳西依然毫無反應。

「妳知道今天早晨誰來找我嗎？」凱定先生一直保留這個大消息，他確定這件事一定能引起琳西的反應。「迪威特先生早上來找我，他想組織一個女孩的橄欖球隊，」凱定先生繼續說：「妳是其中的靈魂人物，他看到妳表現得那麼好，簡直和他隊裡的男選手一樣傑出，他覺得如果由妳領軍的話，其他女孩一定踴躍參加，妳意下如何？」

妹妹的心房有如拳頭般緊閉，誰也敲不開，她面無表情地回答說：「據說我姊姊在離橄欖球場大約二十英呎的地方遭到謀殺，我想我恐怕很難在這裡踢球。」

這話說中了心坎！

凱定先生目瞪口呆地看著琳西。

「還有什麼事嗎？」琳西問道。

「沒事了，我……」凱定先生再度伸出雙手，他還想說話，卻不知道該說什麼，最後他終於對琳西說：「我希望妳知道，大家都很難過。」

「我第一堂課快遲到了。」她說。

在那一刻，她讓我想起西部片中的一個角色。爸爸喜歡西部片，我們父女三人常一起看深夜播出的影片，片中總有一個男人，開槍射擊之後把手槍舉到唇邊，吹一口氣，將煙霧吹向荒野，琳西就讓我想起這樣一個人。

琳西站起來，慢慢走出校長辦公室，這是她唯一可以喘息的時刻，祕書們聚集在校長室外、老師們在教室裡、學生們坐在課桌椅前、爸媽在家裡，只有在這短暫的一刻，她可以逃開這一切。她絕不崩潰，我看著她，感覺得到她在心裡不斷重複：很好，一切都很好。沒錯，我死了，但這種事情隨時都會發生，人總是難逃一死，不是嗎？那天她走過校長室外面的辦公室，她看起好像直視祕書們的雙眼，其實她看的是祕書們擦得不好的口紅，以及她們的縐紗上衣。

當天晚上，她躺在自己房間的地上，雙腳伸到衣櫃下方，做了十下仰臥起坐，然後翻身繼續做伏地挺身，她做的可不是普通的伏地挺身，而是迪威特先生教的陸戰隊操式：抬頭、單手著地、或是兩下之間合掌拍擊。做了十下伏地挺身之後，她走到書櫃旁取下兩本最重的書，一本是大辭典，另一本是世界年鑑，她一手拿一本練習舉重，舉到手臂發酸才停下來。她只專注於自己的呼吸：吸氣，吐氣。

我們鄰居歐垂爾家有個陽台，我從小就羨慕他們家的陽台。天堂的廣場上也有個大陽台，此時，我坐在陽台上看著滿懷怒氣的妹妹。

我過世幾小時前，媽媽在冰箱上貼了一張巴克利的蠟筆畫，圖畫裡有條粗粗的藍線，將天空與地面隔成兩半。我死後的那些日子裡，我看著家人在蠟筆畫前走來走去，到後來我相信天堂和凡間，眞的有這麼一條粗粗的藍線，那是所謂的陰陽界，此處天堂與凡間的地平線交疊，色澤有如藍紫的矢車菊、寶藍的土耳其玉及湛藍的天空，我眞希望置身於這片深藍之中。

我有些單純的夢想，這些夢想通常也會成眞。我想要一些毛茸茸的小動物，我要有小狗作伴。於是，在我的天堂裡，每天早上有各種不同的小狗在門外的公園奔馳，我一開門就看到這些快樂的小狗，有些瘦小多毛、有些強壯結實、甚至有些無毛狗。比特犬在地上打滾，母狗的乳頭膨脹、黝黑，拚命把小狗趕過來吃奶，一家大小快樂地在陽光下嬉戲。巴薩特獵犬被自己的耳朵絆了一跤，牠們小跑步，在德國獵犬及大灰狗的腳踝間穿梭前進，還把北京狗擠到一旁。哈莉拿出高音薩克斯風，在門外擺好樂譜，對著公園吹奏藍調音樂，所有大灰狗都圍在她身旁，坐在地上隨著樂聲低嚎。鄰居們打開了大門，獨居的女人、或是有室友的女孩紛紛出來觀望，我走出大門，哈莉在群眾的安可聲中，不停地再奏一曲。夕陽逐漸西下，我們穿著小碎花、斑點、條紋或是花色簡單的睡衣和小狗隨著樂聲起舞，大家都非常高興。我們追著小狗跑，小狗們也反過來追我們，大家繞著圈子追來追去，當明月高掛天際時，樂聲告一段落，我們也停下來，靜靜地站著。

此時，天堂裡年紀最大的貝賽兒・厄特邁爾太太拿出小提琴，哈莉輕敲薩克斯風，兩人開始合奏。她們兩人一個年長而沉默，一個還不到青春期，樂聲你來我往，交織出撫慰人心的和諧樂章。

隨著音樂起舞的聽眾逐漸走進屋內，樂聲在空中迴盪，哈莉終於示意厄特邁爾太太接手，上了年紀、沉默而嚴肅的厄特邁爾太太以一曲輕快的三拍吉格舞，畫下了休止符。

此時四下一片沉寂，這就是我的晚禱。

第三章

從天堂俯瞰人間，什麼東西看起來都怪怪的。你八成最先想到從這麼高的地方向下看，就好像站在摩天大樓上一樣，地面上的東西看起來一定像螞蟻一般渺小。除此之外，我們還看得見離開凡間的靈魂。

哈莉和我經常仔細觀察人間，我們眼光留在某個定點、目不轉睛地盯上幾秒鐘，我們想看看在這個毫不起眼的時刻，有沒有發生什麼不尋常的事情。有時靈魂會飄過活人身旁，靈魂輕觸活人的肩膀或臉頰，然後繼續飄向天堂。活人通常看不見死人，但凡間有些人似乎清楚地感覺到周遭起了變化，有人說忽然感到一陣寒氣，有些死者的伴侶從夢中醒來，赫然發現一個模糊的身影站在床前、門口、或是輕飄飄地搭上校車，這些都是活人與死人的偶然交會。

離開人間時，我與一個名叫露絲的女孩擦身而過，她和我同校，但我們不是很熟。在我哭泣地離開人間的那個晚上，她剛好站在我飄往天堂的半路上，我沒辦法不碰到她。我剛喪失了生命，根本控制不了自己的腳步，也沒時間多想，在殘忍的暴行中，我只希望趕快脫離這一切。當你跨過生死界線時，生命像一艘駛離岸邊的船隻一樣，緩緩地離你愈來愈遠；死亡則像一條繩索，你必須緊捉著它，隨著它晃動，死亡終將把你帶往他處，你只希望它把你帶得遠遠地，離開這個充滿痛苦的時刻。

我好像在牢裡獲准打一通電話的犯人，拿起電話卻撥錯了號碼，結果讓露絲・康涅斯承受了意想不到的後果。我看到她站在伯特先生鏽跡斑斑的紅色跑車旁邊，我飄過她身旁，伸手碰了一下她的臉，我想在離開人間之前，再感覺一次人間的溫暖，她的臉頰是我和人間最後的聯繫。

十二月七號早晨，露絲跟她媽媽抱怨說昨晚作了一個惡夢，夢境栩栩如生，感覺像眞的一樣。她媽媽問她這話是什麼意思，露絲回答說：「我正走過老師的停車場，忽然間，我看到一個蒼白的鬼影，很快地從橄欖球場外面向我跑來。」

康涅斯太太邊聽邊攪拌鍋子裡的麥片粥，她看著女兒揮舞著像她爸爸一樣修長的手指，比手畫腳地述說著。

「我感覺得到那是個女鬼，」露絲說：「她從橄欖球場上飄起來，兩眼空洞，身上披了一件像紗布一樣的白色長袍。透過輕薄的紗布，我可以看到她的臉，她的鼻子、眼睛、臉頰和頭髮都隔著紗布若隱若現。」

康涅斯太太從爐子上端下麥片粥，把爐火關小，「露絲，」她說：「妳的想像力又開始作怪了。」露絲聽了就知道她最好閉嘴，她再也沒有提起這個有如眞實一般的夢，即使過了十天，我的死訊傳遍了學校，她也沒有說些什麼。我的死訊像所有恐怖故事一樣，講的人愈多，故事變得愈可怕，同學們加油添醋，把事情說得比原來發生的更可怕，但還是有很多沒人知道的細節，比方說，凶殺案究竟怎麼發生？哪裡是命案現場？凶手是誰？大家眾說紛紜，結果居然傳出我的死和魔鬼祭祀有關，凶殺案發生在午夜，頭號嫌犯則是雷・辛格。

雖然百般嘗試，我仍然無法傳達給露絲一個強烈的訊息，告訴她我的銀手鐲在哪裡。目前爲止還沒有人拾獲銀手鐲，我覺得它說不定能幫助露絲解除內心的困惑。銀手鐲原本暴露在田野中，等著被人拾獲，如果有人撿到它，認出它是什麼，說不定會想到：啊，這就是線索。但現在銀手鐲已不在玉米田裡了。

露絲開始寫詩。既然她媽媽和比較願意傾聽的老師，都不願意分享她這些沉重的親身經歷，於是她決定藉由詩句傳達事實。

我多麼希望露絲能到我家裡，和我的家人們談談，但除了妹妹之外，家人們絕對沒聽過露絲這個名字。露絲是那種上體育課大家挑選隊友時，最後才被選中的女孩。上排球課時，球一飛向她，她只會站在原地發抖，任憑球掉在她身旁，隊友和體育老師看了只好拚命忍住不作聲。

媽媽坐在玄關的椅子上，靜靜地看著爸爸跑進跑出。自從我出事之後，爸爸變得非常緊張，無時無刻盯著媽媽、小弟和妹妹的行蹤。在此同時，露絲知道她在夢裡看到的是我，她也悄悄做了些事情。

她把以前的紀念冊從頭到尾翻了一遍，用她媽媽做刺繡的剪刀剪下我在課堂上、化學社、以及參加其他課外活動的照片。我看著她愈陷愈深，心裡眞替她擔心。

聖誕節前一星期，她在學校走廊上看到了一件事情。

她看到我朋友克萊麗莎和布萊恩．尼爾遜。布萊恩有個讓女孩子看了目不轉睛的厚實肩膀，但他的臉讓我想起裝滿稻草的粗麻布袋，因此我叫他「稻草人」。他戴了一頂鬆垮垮的嬉皮帽，在學生抽菸室抽著手捲的香菸。克萊麗莎喜歡用天藍色的眼影，媽媽看了頗不以爲然，但正因如此，我相當欣賞克萊麗莎，她能做些我不能做的事，比方說，挑染一頭長髮、穿流行的厚底鞋、放學之後抽菸，這些都是爸媽不許我做的事。

露絲走向他們，他們卻沒看到她，她抱了一大疊從社會學老師卡普蘭太太那裡借來的書，這些是早期的女性主義論述，她把書背面向自己，這樣大家才看不到她抱的是哪些書。露絲的爸爸是個建商，他幫露絲做了兩條伸縮性極強的書帶作爲禮物，露絲把帶子繞在懷中的書上，準備利用放假時看完這些女性主義論述。

克萊麗絲和布萊恩格格地笑，他把手伸到她的襯衫裡，他手伸得愈高，她笑得愈厲害。但她不停地扭動，或是向後移一兩吋，藉此教他不要太過分。露絲大多時候都是冷眼旁觀，此時也不例外，她本來打算和往常一樣低下頭，目光移向他處，假裝沒看到什麼地走開，但大家都知道克萊麗絲是我的朋友，所以她決定站在一旁觀看。

「親愛的，別這樣，」布萊恩說：「愛我一點點嘛，一次就好。」

我看到露絲一臉厭惡地噘著嘴，我在天堂也做出同樣表情。

「布萊恩，不行，不能在這裡。」

「那麼，我們到玉米田裡吧？」他悄悄地說。

克萊麗莎緊張地傻笑，但仍輕輕地用鼻子愛撫布萊恩的頸背。這次她還是說不行。

在這之後，有人撬開了克萊麗莎的寄物櫃。

筆記本、胡亂塞在櫃子裡的照片、布萊恩背著克萊麗莎藏在她櫃子的大麻，全都不見了。

露絲從未體驗過嗑了藥而神魂顛倒的滋味，當天晚上，她拿了她媽媽細長的淡菸，掏光裡面的菸草，把大麻塞進去，她拿著手電筒坐在工具間裡，邊看我的照片邊抽大麻，她抽得很凶，連學校的癮君子也抽不了那麼多。

康涅斯太太站在廚房的窗子旁邊洗盤子，她聞到工具間傳來陣陣菸味。

「我想露絲在學校裡交了幾個朋友。」她對她先生說，康涅斯先生端著咖啡，坐著看晚報，工作了一天之後，他累得沒精神多想。

「很好。」他說。

「我們女兒或許還有點希望。」

「她向來都很好。」他說。

當晚稍後，露絲搖搖晃晃地走進廚房，她手電筒用得太久，再加上抽了八支捲了大麻的香菸，眼前幾乎一片模糊。她媽媽微笑地看著她走進來，和顏悅色地告訴她餐桌上有個藍莓派。過了好幾天，把心思放在其他事情之後，她才逐漸清醒過來，也才發現自己在神志不清的情況下，居然一口氣吃完整個藍莓派。

我的天堂裡經常充滿一股淡淡的臭鼬味，我在人間就喜歡這種味道，聞到臭鼬味時，入鼻的不只是一股嗆人的臭氣，我還可以感受到氣味的力量。臭鼬受到驚嚇才會發出這股強烈、持久的臭氣，隱約之中彷彿混雜著恐懼與禦敵的力量。弗妮的天堂裡充滿了純淨的菸草味，哈莉的天堂聞起來則像金桔。

我日夜坐在廣場的陽台上觀看，我看到克萊麗絲逐漸把我拋在腦後，在布萊恩身上尋求慰藉；我看到露絲在家政教室附近的角落，或是餐廳外面靠近護理教室的一角，目不轉睛地瞪著克萊麗莎。剛開始發現自己看得到學校發生的大小事情時，我像喝醉酒般地著了迷，我看到副足球教練偷偷地送巧克力給已婚的自然老師，也看到啦啦隊隊員使盡全力想引起某個壞學生的注意，這個學生不知道犯了幾次校規，也不知道被幾個學校退學，次數多到他自己都記不得。我還看到美術老師和他的女朋友在暖氣間做愛，也注意到校長對副足球教練投以欣賞的眼光，我的結論是這個副教練是全校最英挺的人物，但我實在不喜歡他方正的下巴。

每晚走回豪華公寓的路上，沿途會經過一排老式的街燈，我曾在舞台劇 *Our Town* 裡看過這樣的街燈，鐵鑄的燈架頂端彎成一道弧形，上面懸掛著圓形燈泡。和家人一起看戲時，我覺得圓圓的燈泡像是一個發光的大蘑菇，所以我記得這樣的街燈。在天堂的街道上，我故意走到街燈的影子下，這樣一來，我的影子好像刺破了每個發光的大蘑菇，回家途中，我經常玩這種遊戲。

有天晚上，看了露絲在做什麼之後，我像往常一樣踩著街燈的影子回家，半路上碰到了弗妮，四下無人，前方吹起一陣旋風，落葉隨風旋轉、緩緩上揚。我停下來看著她，目光停駐在她眼角和嘴邊的笑紋。

「妳爲什麼發抖？」弗妮問道。

雖然天候濕冷，我卻不能說自己因爲天氣冷才發抖。

「我實在沒辦法不想媽媽。」我說。

弗妮微笑地拉著我的左手，把我的手放在她雙手之間。

我好想輕吻她的臉頰，或是讓她抱抱我，但我什麼也沒做，反而看著她慢慢離去。

弗妮藍色的衣裙離我愈來愈遠，我知道她不是我媽媽，我不能玩這種假裝的遊戲。

我轉身走回廣場上的陽台，濡濕的空氣沿著我的大腿蔓延到手臂，無聲無息、輕輕柔柔地沾上髮稍。我想到晨間的蜘蛛網，網上沾滿了有如珠寶般的露珠，以前我卻不經思索，輕輕一揮地毀了它。

十一歲生日的早上，我一大早就起床，大家都還沒起來，最起碼我是這麼想。我偷偷摸摸地走下樓，朝飯廳看了又看，我猜爸媽把禮物放在飯廳，但飯廳裡卻沒有東西，餐桌上還是像昨晚一樣空空的。但我一轉身就看到客廳裡媽媽的桌上擺了一樣東西，媽媽的桌子相當別致，桌面永遠一乾二淨，我們管它叫「付賬單的桌子」。桌上有一疊包裝紙，中間擺了一個還沒有包好的相機，我一直想要一部相機，我已經苦苦哀求了好久，幾乎確定爸媽絕不會買給我。我走到桌前仔細瞧瞧，那是一部傻瓜相機，旁邊還擺著三捲底片和一個四角閃光燈。這是我的第一部相機，有了它，我就可以實現成爲野生動物攝影師的夢想。

我四下觀望，沒看到半個人，隔著半張半掩的百葉窗，我看到葛萊絲・塔金（媽媽習慣把百葉窗拉成半張半掩，她說這樣房子看起來比較美觀，但又和外界保持一段距離）。葛萊絲住在街尾，在一間私立學校上課，我看到她腳踝上綁了東西在街上走來走去，我趕快裝上底片偷偷地跟蹤她。我一面跟監，一面想像自己長大後追蹤野象和犀牛的模樣，我現在躲在百葉窗和窗戶後面，長大以後說不定藏身在高高的蘆葦叢之間，愈想愈興奮。我用沒有拿相機的那隻手拉高睡衣的下襬，靜悄悄地、甚至可說是鬼鬼祟祟地跟著葛萊絲移動，我走過家裡客廳、前門，一直跟到房子另一邊的書房，我看著她愈走愈遠，忽然想到我若跑到後院，就沒有東西阻礙視線了。

因此，我躡手躡腳地走到屋後，卻發現有人打開了通往後院的小門。

一看到媽媽，我馬上忘了葛萊絲。我從沒看過媽媽坐得這麼直，神情顯得這麼虛恍，她面向後院，坐在走廊外的一把鋁質摺疊椅上，手上拿了一個小碟子，碟子上是杯她常喝的咖啡。那天早晨媽媽還沒上口紅，所以咖啡杯緣沒有口紅印，或許她晚一點才會塗口紅吧。但她爲了誰上妝呢？我從沒想過這個問題，爲了爸爸？還是爲了我們？

哈樂弟坐在餵小鳥的水盆旁快樂地喘氣，牠專注地看著媽媽，沒有注意到我。媽媽直視前方，目光似乎延伸到無邊無際的未來，在那一刻，她不像我們的媽媽，而像一個和我沒關係的陌生人。眼前這個女子絲毫不像個母親，我從未看過媽媽露出這副神情，她臉上的肌膚白皙，沒有化妝依然柔嫩粉白，睫毛與雙眼頗具整體美。媽媽在酒櫃裡藏了一些裹著巧克力的櫻桃，這是她的私家珍藏，爸爸想吃櫻桃時，總是纏著媽媽，叫她「海眼姑娘」，此時我終於知道爸爸爲什麼這樣叫媽媽，我本來以爲這是因爲媽媽的眼睛是藍色的，現在我才知道這是因爲媽媽的眼神深邃，有如無邊無際的大海，令我看了有點害怕。我靈機一動，沒有多想爲什麼，只是直覺地想這麼做：我要在哈樂弟看到我、聞到我的味道之前，趁著草地上還沾滿了晨間露水，媽媽還沒有完全甦醒的時候，趕快拿起我的新照相機，捕捉住這一刻。

柯達公司把照片裝在一個厚重的大信封裡寄回來，我一看到照片就分辨出不同，在所有照片中，只有在第一張照片裡，媽媽才是艾比蓋兒。她完全不知道我在拍照，照片捕捉到最眞實的時刻；我一按下快門，快門聲嚇了她一跳，自此她又變回我們的媽媽、快樂小狗的主人、好好先生的太太、蒔花植草的女主人和笑容滿面的鄰居。媽媽的眼睛有如汪洋，裡面埋藏著說不盡的失落，我以爲我有一輩子的時間來了解她，但我只有在那一天才想到這個問題。我在世時就看過這麼一次，之後就忘了媽媽內心深處的艾比蓋兒；我只想看到我所熟悉的媽媽，永遠在她的保護之下，因此，我也沒再多想。

我在天堂的陽台上想著那張照片和媽媽，琳西則半夜悄悄走出房門，我像電影裡探頭探腦的小偷一樣看著她，我知道她想去我房間，也知道她不費什麼力氣就能打開我的房門，但她打算到我房裡做什麼呢？我的房間已成了家裡的禁地，媽媽碰也不碰，出事當天我匆忙地出門，來不及鋪床，到現在我的床還是保持原狀；我的河馬寶寶依然躺在被子和枕頭間，那天早上換上喇叭褲之前、本來想穿的一套衣服，現在也還擺在床上。

琳西走過房裡柔軟的小地毯，摸摸床上被我氣憤之下揉成一團的藍色裙子，和紅藍相間的針織背心。琳西有一件同樣花色、橘紅色和綠色相間的背心，她拿起我的背心，把它攤平放在床上，細細地撫平縐摺。背心實在不好看，卻又顯得如此珍貴，她輕撫我的背心，我感覺得到她的思緒。

琳西的手指輕輕畫過我床頭櫃上的金色托盤，盤裡放了各種不同的徽章，我最喜歡一個上面寫著

"Hippy-Dippy Says Love"的粉紅色徽章，我在學校停車場撿到它，媽媽說我可以留下來，但我必須保證不戴它上學。我在托盤裡擺了很多徽章，還把一些徽章別在爸爸母校印地安那大學的巨幅旗幟上。我以爲琳西想拿一、兩枚徽章，但她沒有，甚至連碰都沒碰，她只是用手指輕輕地畫過托盤上的每樣東西。過了一會，她看到托盤下有個東西露出白色的一角，她仔細地把它拉出來。

托盤下壓的是那張照片。

她深深吸了一口氣，張口結舌地坐到地上，手上仍握著照片。她好像被困在帳篷中，全身上下被繩索團團圍住，幾乎喘不過氣來。我直到拍照的那天早晨，才看到媽媽陌生的一面，琳西和當時的我一樣，也從未看過媽媽這一面。她看過這捲底片中的其他照片，照片中的媽媽一臉倦容，但依然面帶微笑；照片中媽媽和哈樂弟站在門前的茱萸樹下，陽光透過樹梢灑落在她的睡袍上，灑下點點光影。但我私藏了這張偷拍的照片，媽媽有她神祕、我們都不知道的一面，只有我看到這一面，我不願與其他人分享。

我第一次跨過陰陽界純屬意外，那天是一九七三年十二月二十三日。

巴克利在睡覺，媽媽帶琳西去看牙醫。那星期家裡每個人都同意要努力照常過日子，爸爸給自己指派了一項任務，他要把樓上的客房整理乾淨，爸爸向來把這裡當書房。

祖父曾教爸爸在空玻璃瓶建造帆船，媽媽、妹妹和小弟覺得沒什麼，我卻非常感興趣，爸爸的書房裡到處都是裝了帆船的玻璃瓶。

爸爸在保險公司上班，成天和數字爲伍，晚上下班之後，他喜歡閱讀南北戰爭之類的書籍，或是建造帆船鬆懈身心。每當準備揚帆時，他總是大聲叫我過去幫忙。

此時船隻已緊緊地黏在玻璃瓶底部，我跑進書房，爸爸叫我把門帶上，通常我一關上門，媽媽就搖鈴叫大家吃飯，媽媽對那些她沒有參與的事情，似乎特別有第六感，但如果媽媽的第六感失靈，沒有叫我們下去吃飯，我的任務就是幫爸爸扶玻璃瓶。

「扶直，」爸爸說：「妳是我的大副。」

瓶口留了一條棉線，爸爸輕輕一拉，哇！帆布緩緩升上桅桿，帆船成了快艇，我們也大功告成。我每次都想拍手慶祝，但我扶著玻璃瓶，空不出手來鼓掌。接下來，爸爸用蠟燭燒熱拉直的衣架，把衣架伸到玻璃瓶裡，很快地把瓶裡的棉線燒掉。他必須非常小心，稍有不慎，瓶裡小小的紙帆會起火，甚至轟的一聲，把我手上握的玻璃瓶燒成大火球。

爸爸後來做了一個木架取代我，琳西和巴克利不像我一樣喜歡帆船，爸爸使盡全力想引起他們的興趣，試了幾次之後，爸爸放棄了，自己一個人埋頭關在書房。對我們家其他人而言，每只玻璃瓶裡的帆船看起來都一樣。

那天爸爸一邊整理房間，一邊和我說話。

「蘇西，我的小女孩，我的寶貝水手，」他說：「妳總是喜歡那些比較小的帆船。」

我看著爸爸從書架上取下玻璃瓶，他把玻璃瓶放在書桌上排成一列，然後拿媽媽一件撕成布條的舊襯衫擦拭書架。書桌下擺了成打的空瓶，我們父女倆收集了這些瓶子，準備建造更多船隻。書架上還擺了更多玻璃瓶，有些是爸爸和祖父一起做的，有些是爸爸獨立完成的，有些則是我們合作的結晶。有些船隻保存得很好，只有船帆稍微泛黃，有些船隻過了這些年船身已經歪斜，甚至上下顛倒。書架上還有一個在我出事前一星期，在我手中忽然起火的玻璃瓶。

他最先把這個瓶子摔得稀爛。

我心中一陣抽痛。他轉頭看看其他玻璃瓶，瓶瓶標示著年歲記憶，瓶瓶可見扶持瓶口的手：他過世父親的手、他死去女兒的手。我看著爸爸砸爛剩下的玻璃瓶，他一面喃喃說著蘇西死了，一面把玻璃瓶砸向牆壁和木頭椅子，砸完之後，爸爸站在客房兼書房裡，四周都是綠色的玻璃碎片。所有的玻璃瓶都被摔在地上，船帆和船隻的碎片散見於破碎的玻璃瓶間，爸爸呆呆地站在一片狼藉之中，此時，也不知道怎麼回事，我在爸爸面前現身，每片玻璃、每個閃閃發光的碎片上，都可以看到我的臉。爸爸低頭觀望，仔細搜尋房間的每個角落。太不可思議了！但過了一秒鐘，我就不見了。他靜靜地站了一會，然後放聲大笑，笑聲發自丹田，有如野狼的哭嚎。他笑得用力又大聲，在天堂的我聽了全身發抖。

他走出書房，走過兩個房間，來到我的臥房。樓上的走道很窄，我的房門和其他房門一樣單薄，一拳就可以輕易地擊穿房門。他原本打算把我梳妝檯的鏡子砸爛，用指甲撕下牆上的壁紙，但他非但沒有這麼做，反而緊捏著床單，頹然地坐在我床邊低聲啜泣，淡紫色的床單被他捏得縐成一團。

「爸爸？」巴克利問道，他站在門口，一隻手握著我房間的門把。

爸爸轉頭，卻遏止不了淚水，他抓著床單，慢慢地倒在地上，然後他張開手臂，叫巴克利過來。通常他一叫，巴克利就跑過來，但這次他叫了兩聲，巴克利還是站在原地不動。雖然從未發生過這種情形，但小弟最後還是奔向爸爸懷裡。

爸爸把小弟包在床單裡，床單還留著我的味道。他記得我求他，讓我把房間漆成紫色，也記得他幫我把過期的《國家地理雜誌》移到書櫃下排（我當時已立志鑽研野生動物攝影藝術）。他還記得我曾是家中唯一的小孩，只是過了不久之後，琳西就出生了。

「我的小人兒，你對我來說是這麼特別啊。」爸爸緊抱著巴克利說。

巴克利抽身，目不轉睛地看著爸爸滿是皺紋的臉，爸爸的眼角依然淚跡斑斑，巴克利一臉嚴肅地親吻爸爸的臉頰，童稚的臉上充滿保護的神情；這樣的童稚之情是如此聖潔，連天堂裡的人也做不到。

爸爸把床單圍在巴克利的肩上，他記得我有時睡到一半，從高高的床上跌到柔軟的小地毯上，他坐在書房的綠色椅子上看書，被我摔下床的聲音嚇了一跳，趕快跑到我房間看看怎麼回事，看到我沒事才放心。他喜歡看我熟睡的模樣，即使作了惡夢，甚至摔到硬梆梆的木板地上，我依然呼呼大睡。在這樣的時刻，他相信孩子們將來一定會活得快快樂樂，無論他們想當總統、國王、藝術家、醫生，或是野生動物攝影師，孩子們想做什麼，就能做什麼。

我過世前幾個月，爸爸看著我躺在床上呼呼大睡，只是這次我床上多了巴克利，巴克利穿著睡衣，抱著小熊，背對著我縮成一團，半睡半醒地吸著大拇指。爸爸當時第一次有種奇怪的感覺，他想到做父親的不可能長生不老，忽然覺得有點難過。但他又想到他有三個小孩，這個數目讓他稍微放心一點，他想將來不管自己，或是孩子的媽出了什麼事，三姊弟總還有彼此。這麼看來，他幫沙蒙家起了頭，就算他到了風燭殘年，沙蒙家依然像強韌的鋼絲一樣，綿延不斷地持續下去。

他在小兒子身上找尋女兒的身影。他大聲告訴自己：把愛留給生者吧，但我的幽靈卻像繩索一般，不停地把他往後拉。他看著懷中的小男孩，「你是誰？」他喃喃問道：「你從哪裡來？」

我看著爸爸和小弟，心想事實和我們在學校學的差距真大。學校裡大家說生死之間界線分明，事實上，生者與死者之間有時似乎朦朦朧朧，難分難測。

第四章

我遭到謀殺幾小時後，媽媽忙著打電話找我，爸爸則在家裡附近挨家挨戶探尋。

這時哈維先生已經掩埋了玉米田裡的地洞，拿著裝著我屍塊的布袋離開現場。他經過我家附近，爸爸正站著和塔金夫婦說話，他繼續往前走，小心翼翼地穿過歐垂爾家和史泰德家，歐垂爾家的黃楊樹和史泰德家的秋麒麟幾乎碰在一起，哈維先生穿過濃密的樹葉，所經之處留下了我的氣味。憑著這股味道，吉伯特家的小狗才找得到我的手肘。但過了三天之後，雪水與冰霜沖淡了我的味道，連訓練有素的警犬也找不出蹤跡。哈維先生帶著我的屍塊回到家中，他進門，洗臉洗手，我已經在家裡等著他。

這棟房子易手後，新屋主一直抱怨車庫地上的污點。仲介帶著客戶看房子時，總是告訴買主那是車子的油垢，其實那是我的血跡，血跡滲出哈維先生手上的布袋，滴在水泥地上，首度向大家揭露我的下落。

你八成已經猜到我不是哈維先生手下的第一個犧牲者，我則過了一陣子才領悟到這一點。他知道要把我的屍體移出玉米田，也知道先看氣象，選擇雨雪轉強之際下手，這樣雨雪才會沖刷掉警方找尋的證據。但他不像警方以爲的那麼小心，比方說，他忘了把我的手肘裝進布袋，除此之外，他拿了一個布袋裝血淋淋的屍塊，如果當時有人看到他拿著布袋，走在狹窄的樹叢之間，任何人都會覺得很奇怪，歐垂爾家和史泰德家的樹叢距離非常近，連喜歡躲在這裡的小孩都覺得有點窄，更別說是個大人。

他走進浴室洗個熱水澡，郊區房子的浴室都大同小異，琳西、巴克利和我共用的浴室和哈維家的浴室也差不多。他洗得很慢，一點都不著急，內心充滿平靜。他關掉浴室的電燈，他覺得熱水洗去了我的氣息，突然又想起了我。他的耳際浮起我沉悶的叫喊聲，死亡的哀鳴眞是動聽。他也想到我如同嬰兒般、從未受過陽光曝曬的細白肌膚，他的刀鋒輕輕帶過，劃下完美的一刀，想到這裡，他在熱水下全身顫抖，陣陣喜悅讓他的手臂和大腿起了雞皮疙瘩。他把我裝在一個上蠟的布袋裡，裡面還有地洞架子上的刮鬍膏、剃刀、詩集和血跡斑斑的凶刀。刮鬍膏等東西和我的膝蓋、手指、腳趾混在一起，他提醒自己等一下，趁著血跡變黏之前，把剃刀等東西拿出來，最起碼要把詩集和凶刀留下來。

各種不同的小狗出現在晚禱時刻，有些小狗一聞到感興趣的味道就抬頭張望，這樣的小狗最討我歡心。有時候味道很清楚，小狗一聞就知道是生牛肉，有時則很難馬上分辨出來，不管情況如何，小狗一定循著味道追蹤，直到找到東西才停下來，然後再決定該怎麼辦。狗兒就是這樣：牠們不會因爲味道不好、或是目標太危險而放棄，牠們不斷搜尋，一心只想知道東西在哪裡，我也是如此。

哈維先生把裝了我的屍塊的橘色布袋放進車裡，開車到離家八英哩的落水洞。直到最近爲止，這一帶向來人跡罕至，堆滿了鐵路車軌和附近一家修車廠的雜物。一到十二月，有些電台不停地重複播放聖誕音樂，哈維先生轉到這個電台，在他那部巨大的廂型車裡一邊吹口哨，一邊恭喜自己。他覺得心滿意足，好像享用了蘋果派、起司漢堡、冰淇淋，和咖啡之後一樣高興。他作案愈來愈得心應手，技巧也愈來愈純熟，每次都出新招，連他自己也意想不到，每次犯案都像送給自己一個驚喜的禮物。

車內空氣冷冽而稀薄，我看到他呼吸的熱氣，眞想壓壓自己已如石頭般冷硬的肺部。

他抄捷徑，穿過兩個新工業區的狹小車道，廂型車搖搖晃晃地前進，忽然碰到一個大坑洞。裝了屍塊的布袋放在後座的一個保險箱裡，保險箱受到震動，猛力地撞向車子後方，刮下一塊塑膠皮。「可惡，」哈維先生咒罵了一聲，但過不久又開始吹口哨，沒有把車子停下來。

我記得曾和爸爸、巴克利來過這裡，我和巴克利坐在後座，兩個人合繫一條安全帶，巴克利緊緊地擠在我身旁，我們三人偷偷摸摸地從家裡開車過來。

爸爸先問我們想不想看看電冰箱怎樣變不見。

「地球會把冰箱吞下去喔。」爸爸說，他邊說邊戴上我垂涎已久的皮手套，我知道大人都戴皮手套，小孩才戴連指手套，我想要副皮手套已經想了好久。（一九七三年的聖誕節，媽媽買了一副皮手套給我當聖誕禮物，琳西接收了這份禮物，但她知道手套原本是我的。有一天從學校回家途中，她把手套留在玉米田邊。琳西總是帶東西給我，她向來都是如此。）「地球有嘴巴嗎？」巴克利問道。

「有啊，地球有張大圓嘴，但是沒有嘴唇。」爸爸說。

「傑克，」媽媽笑著說：「別鬧了，你知道我逮到這個孩子在外面對著金魚草喃喃自語嗎？」

「我跟你去。」我說，爸爸曾告訴我附近有個廢棄的礦坑，礦坑崩落之後形成一個落水洞，我才管不了這麼多呢，我和所有小孩一樣都想看看地球怎麼吞東西。

因此，當我看著哈維先生把我的屍體帶到落水洞時，我不得不承認他很聰明。他把布袋放在金屬保險箱裡，我的遺骸被金屬團團包圍。

他開到落水洞時已經很晚了，他把保險箱放在車裡，直接走到斐納更家。斐納更夫婦住在落水洞附近，這裡的地屬於斐納更家，所以把舊家電丟到落水洞的人都必須付費，斐納更夫婦就以此維生。

哈維先生敲敲白色小屋的門，一個女人出來開門，屋內飄來迷迭香與羊肉的香味，香味飄上我的天堂，哈維先生也聞到了味道，他從門口看到有個男人站在屋後。

「先生，您好，」斐納更太太說：「有東西要丟嗎？」

「是的，東西在我車子後面。」哈維先生回答，他已經準備好一張二十美金的紙鈔。

「你車裡裝了什麼？一具屍體嗎？」斐納更太太開玩笑說。

她絕想不到謀殺這回事。她家雖小，卻很溫暖，先生不用出去工作，所以家裡隨時有人修東西。她先生對她很好，兒子也很聽話，小孩年紀還小，依然以為母親就是全世界。

哈維先生笑了笑。我看著他露出笑容，一刻也不願移開我的眼光。

「車裡是我父親的舊保險箱，我終於把它載到這裡囉。」他說：「這些年來我一直想把它丟掉，家裡早就沒有人記得保險箱的號碼了。」

「保險箱裡有東西嗎？」她問道。

「只長了一些霉吧。」

「好吧，請把保險箱搬過來，你需要幫忙嗎？」

「好啊，謝謝妳。」他說。

接下來的幾年，斐納更夫婦陸續在報上讀到我的消息：少女失蹤，疑似遭到謀殺；鄰家小狗拾獲失蹤少女的手肘；十四歲少女在斯托弗玆玉米田遭到殺害；同齡少女請嚴加戒備；市政府同意重劃高中附近區域；被害少女之妹琳西・沙蒙代表全體學生致詞。他們絕對想不到那天晚上，一個孤獨中年人付了二十美金，請他們丟掉的灰色保險箱裡，躺著報上這個女孩的屍體。

走回車子的路上，哈維先生把手放進口袋，口袋裡擺著我的銀手鍊。他記不得何時脫下我手腕上的銀鍊子，也記不得什麼時候把鍊子放進新換上的長褲口袋裡。

他摸摸鍊子，肉實的食指輕撫平滑的賓州石、芭蕾舞鞋、迷你頂針的小洞、以及小腳踏車上轉動的車輪。他開車直上202號公路，開了一段之後停在路肩，吃完早先準備的肝泥香腸三明治，吃完之後繼續開到城鎮南邊、正在施工的工業區。那個時代郊區通常沒有警衛，工地四下無人，他把車停在一個流動廁所旁邊，雖然知道自己不太可能被人發現，但若眞的有人看到他，他就可以說他停車上廁所。

事發之後，我一想到哈維先生時，此時的情景總是浮上心頭。他在泥濘的坑洞間走來走去，巨大的挖土機靜靜地停在工地裡，龐大的怪手在黑暗中顯得更可怕。

哈維先生四處走動，幾乎在挖土機之間迷失了方向。我出事後那天晚上，夜空一片黑藍，他站在空曠的工地裡，四周景物看得一清二楚。我特意站在他旁邊，我要知道他看到了什麼，也要跟著去他想去的地方。雪停了，颳起了冬風，他根據蓋房子的直覺，走到一個他覺得會是人造湖的地方，他站在那裡，再摸一次我的銀手鍊，他喜歡爸爸幫我刻上了名字的賓州石，我最喜歡的則是手鍊上的小腳踏車。他扯下賓州石放進口袋裡，然後把銀手鍊、和手鍊上剩下的小飾品丟進未來的人工湖。

聖誕節前兩天，我看到哈維先生讀一本有關非洲馬利共和國的書。他讀到當地班巴拉人用衣物和繩索蓋房子，讀著讀著，他眼光忽然一閃，心中浮現一個念頭：他要像在玉米田中挖建地洞一樣再做些新的嘗試，這次他要蓋一座像在書中讀到的帳篷。打定主意之後他就出去買一些基本建材，準備花幾小時在後院裡搭一座帳篷。

摔破所有擺了船隻的玻璃瓶之後，爸爸看到哈維先生站在後院。

外面相當冷，但哈維先生只穿了一件薄薄的棉襯衫。他那年剛滿三十六歲，那一陣子他試著戴硬式隱形眼鏡，眼睛經常充滿血絲，包括爸爸在內的許多鄰居，都覺得哈維先生八成是酒喝多了。

「這是什麼？」爸爸問道。

雖然沙蒙家的男人心臟不太好，但爸爸喜歡做些零碎雜活，手藝也相當不錯。他繞過綠色房子走到後院，看到哈維先生忙著豎起幾枝像橄欖球門柱的長棍子。爸爸比哈維先生高大，當他走進後院時，看起來頗有架勢，也比哈維先生能幹。他剛剛才在玻璃碎片中看到我的身影，現在還有點頭昏腦脹，我看著他穿過草坪，像高中生上學一樣慢吞吞地走向後院，中途只在哈維先生家的樹叢前停了一下，輕輕用手掌撫過樹叢。

「這是什麼？」爸爸又問了一次。

哈維先生停手，瞪了爸爸好一會兒，然後轉身繼續工作。

「這是個蓆墊帳篷。」

「什麼是蓆墊帳篷？」

「沙蒙先生，」哈維先生說：「你失去了女兒，我眞爲你感到難過。」

爸爸振作起來，禮貌性地作出回覆。

「謝謝。」他僵硬地回答，好像喉頭梗著一個石塊。

兩人沉默了一陣子之後，哈維先生察覺到爸爸顯然無意離開，於是問爸爸願不願意幫忙。

就這樣，我在天堂裡看著爸爸和謀殺我的凶手，一起搭蓋帳篷。

爸爸對搭建帳篷所知有限。他知道把弧形片綁在分叉的長棍上，然後用小木棒在弧形片邊緣穿洞，把一邊搭成一個半弧形，他也知道接下來把木棒豎直，綁在橫桿上。哈維先生已經讀了講非洲部落的書，他知道該怎麼進行，爸爸聽了他的指示，所以才知道這些步驟。爸爸站在後院，心想鄰居說得沒錯：這個人果然奇怪。到目前爲止，爸爸只想到這麼多。

一小時之後，帳篷的基本架構已經完工，這時哈維先生忽然一聲不響地走進屋裡，爸爸以爲休息時間到了，哈維先生進屋去拿咖啡、或是泡壺茶。

爸爸錯了。哈維先生進屋，上樓查看先前放在臥房的凶刀，凶刀還在床頭櫃的素描本上。床頭櫃擺著一本素描本，他經常半夜起來，把夢裡所見的圖形畫在素描本上。他查看紙袋裡面的凶刀，刀鋒上的血跡已經變成黑色，血跡令他想起自己在地洞裡做的好事。他記得曾讀過非洲某個部落的習俗，族人爲新婚夫婦搭帳篷時，女人們會盡其所能地織出最漂亮的布疋，披在新人的帳篷上。

外面開始下雪，這是我死後所下的第一場雪，爸爸也注意到這一點。

「我聽得到妳的聲音，蘇西，」雖然聽不到任何回答，但他仍然對我說：「妳說些什麼呢？」

我拚命地盯著爸爸眼前枯萎的天竺葵，我想如果我能讓天竺葵開花，爸爸就能得到答覆。在我的天堂裡，天竺葵開得非常茂盛，枝葉蜿蜒地長到與我的腰部齊高；人間的天竺葵卻毫無動靜。

在片片雪花中，我注意到爸爸用異樣的眼光看著哈維先生的綠色小屋，他已經開始起疑。

哈維先生在屋內穿上了一件厚厚的法藍絨襯衫，但當他走出來時，爸爸最先注意到的是他手上的一疊白棉布。

「這些要幹嘛？」爸爸問道，忽然間，他滿腦子都是我的影子。

「我們把這些布蓋在帳篷上。」哈維先生說。他遞給爸爸一疊棉布，他的手背碰到爸爸的手指，爸爸忽然感到一股電流。

「你知道些什麼，對不對？」爸爸說。

哈維先生回應爸爸的注視，他盯著爸爸，但一句話也沒說。

他們開始工作，雪愈下愈大，雪花不停地飄落，爸爸在雪中走動，心情愈來愈激動。他知道警方已訊問了左鄰右舍，但他不禁自問：有沒有人問起我失蹤時哈維先生在哪裡？有沒有人在玉米田裡看到他？

爸爸和哈維先生把棉布蓋在弧形片上，順勢拉拉棉布，然後他們把剩下的棉布搭在橫桿上，棉布直直地垂下來，底端垂在地面上。

等到他們完工時，帳篷已覆蓋了一層薄薄的雪花，雪花落在爸爸的襯衫上，在皮帶上方留下一道薄雪。我的心好痛，我知道我永遠不能和哈樂弟跑到雪地裡、永遠不能把琳西從雪橇上推下去、永遠不能教小弟在手掌心做雪球。我孤獨地站在鮮豔的天竺葵花叢中，雪花輕柔無辜地飄落人間，有如雪白的布帘。

哈維先生站在帳篷裡，心裡想著處女新娘將騎著駱駝來到部落。爸爸緩緩走近他身邊，他對著爸爸舉起了雙手。

「好了，這樣就行了。」他說：「你何不趕緊回家呢？」

這時輪到爸爸說話了，但他腦海中只有我的名字；他輕輕地說：「蘇西，」尾音有如蛇行的嘶嘶聲。

「我們剛一起搭了帳篷，」哈維先生說：「鄰居都看見了，現在我們是朋友囉。」

「你知道一些事情。」爸爸說。

「回家吧，我幫不了你。」

哈維先生沒有笑，也沒有移動，他躲在新娘帳篷裡，把最後一張繡了姓名的棉布垂掛在地上。

第五章

我有點希望報應馬上到來。我們在電影裡或小說中常看到主角拿把槍、或是一把刀追蹤殺害家人的凶手，他像查理士·布朗遜一樣解決掉凶手，觀眾們則齊聲叫好。我眞希望爸爸像電影主角一樣傷心得失去了理智，解決掉哈維先生爲我報仇。

但現實是這樣的：

爸爸每天照常起床。醒來之前，他還是以前那個傑克·沙蒙，但隨著意識逐漸清醒，毒藥似乎慢慢地滲進體內，剛開始他幾乎無法起床，他覺得有個東西壓在身上，壓得他動彈不得，但他一定得動，不然就會失去生趣。他不停地跑來跑去，但再忙也無法消滅心中的罪惡感，罪惡感有如老天爺的大手一樣從天而降，不斷地指著他說：女兒需要你時，你居然不在她身旁。

爸爸到哈維先生家之前，媽媽坐在大門口，門口有個她和爸爸一起在聖法蘭西斯島買的雕像，她就坐在雕像旁。爸爸回家時，她已經不知去向，爸爸大聲叫她，喊了三次她的名字，心裡卻希望她不要出現；爸爸繼續走到樓上的書房，在筆記簿裡寫道：「他愛喝酒嗎？把他灌醉，說不定他喝醉了就會說出眞話。」我在天堂裡喜不自勝，我擁抱哈莉和弗妮，我以爲爸爸知道眞相了。

琳西忽然用力摔大門，摔得比以前都大聲，爸爸聽到聲音忽然回過神來，他有點慶幸琳西用力摔門，不然他八成會繼續胡思亂想，或是在筆記本上寫出更多亂七八糟的想法。這個下午過得眞奇怪，摔門聲把他拉回現實，他必須強迫自己回過神來，不然一定會愈想愈多。我覺得有點失望，就像以前吃飯時琳西告訴爸媽說她考得多好，或是歷史老師打算推薦她當模範生，我聽了心裡總是有點吃味。但琳西還活著，她也需要有人照顧。

她用力地走上樓，鞋子重重地踩在木板樓梯上，整棟房子幾乎隨之動搖。

或許我曾忌妒她占盡爸爸的關注，但我佩服她處理事情的方式。家裡只有琳西必須面對哈莉所謂的「行屍走肉症候群」：大家只想到死去的我，而忽略了活著的她。

大家一看到琳西就想到我，連我們的爸媽也不例外。即使琳西自己也這麼想，她避開鏡子，自此總是關著燈洗澡。

她在黑暗中走出澡盆，摸索著走到放毛巾的架子旁，熱騰騰的霧氣依然貼附在浴室瓷磚上，緊緊地包圍著她。四下一片漆黑，她覺得非常安全，不管家裡有沒有人，她知道躲在浴室就不會受到干擾。在這裡她才可以好好想我，有時她輕輕叫聲蘇西，說著說著，淚水不禁奪眶而出。她讓淚水流下已經潮濕的臉頰，在這裡沒人看得見，也沒人看得出她多麼傷心。有時她想像我跑了又跑、逃得遠遠的，她想像被捉走的是她自己，她奮力掙扎，直到安全脫身爲止。她不停地壓抑隨時浮現心頭的問題：姊姊現在在哪裡？

爸爸聽到琳西在她房裡發出各種聲響。砰的一聲，她用力關上了房門；啪的一聲，她把書丟在地上；吱嘎一聲，她躺到床上；啪啪兩聲，她把鞋子踢到地上。幾分鐘之後，爸爸走過去敲琳西的房門。

「琳西。」他邊敲門邊說。

沒有人回答。

「琳西，我能進來嗎？」

「走開。」琳西口氣相當堅決。

「甜心，別這樣。」爸爸低聲懇求。

「走開！」

「琳西，」爸爸壓低嗓門說：「妳爲什麼不讓我進去？」他用額頭輕輕敲打臥室房門，木板門感覺冷冷的，讓他暫時忘了鬢角的抽痛。起了疑心之後，他似乎一直聽到小小的聲音說：哈維、哈維、哈維。

琳西穿上襪子，悄悄地走到門口，她打開房門，爸爸稍稍後退，他希望自己看起來像在說「請不要跑開」。

「怎麼了？」琳西面無表情，一副挑釁的神情，「找我有什麼事？」

「我想看看妳好不好？」爸爸說。他想和哈維先生好好地作個了結，卻失去了動手的機會。他想到家人天天在街上走來走去，小孩上學還會經過哈維先生的綠屋，心裡更是懊惱。爲了重新燃起心中的鬥志，他必須和他的孩子談談。

「我想一個人待在房裡，」琳西說：「你看不出來嗎？」

「如果妳需要我的話，我在這裡。」他說。

「爸，」妹妹稍微讓步，對爸爸說：「我要一個人面對這件事。」

他還能怎麼辦呢？他大可不管別人怎麼想，放聲大喊：「我不要一個人面對這件事，我一個應付不來，妳不要逼我，」但他只是靜靜地站在門口，輕聲回答說：「我了解。」雖然還是不明白，但他說完就轉身離去。

我在美術課本上看過一座雕像的圖片，雕像是一男一女，女人把男人舉在空中，現在我眞希望像圖片裡的女人一樣把爸爸舉起來，我想讓我倆角色易位，由我這個做女兒的來安慰他說：「沒事，沒事，我不會讓你受到任何傷害。」

但我只能看著他打電話給賴恩・費奈蒙。

出事之後的幾星期，警方幾乎得到大家一致的崇敬，畢竟，小鎭極少發生失蹤女孩的凶殺案件。但日子一天天過去，警方依然缺乏線索，他們不知道我的屍體在哪裡，也找不到凶手，警方變得愈來愈焦急，發生凶殺案之後，證據通常在一段時間內就會浮現，但時間拖得愈長，破案的機會也愈來愈渺茫。

「我不想讓你覺得我失去了分寸，費奈蒙警探。」爸爸說。

「請叫我賴恩。」他在桌子的角落擺了一張我的照片，媽媽把這張我在學校照的照片拿給他，在消息得到證實之前，他就知道我八成凶多吉少。

「我確定有個鄰居知道一些事情。」爸爸說，他站在二樓書房窗口，看著遠方的玉米田，田主人對媒體表示玉米田目前將暫時休耕。

「哪個鄰居？你怎麼確定他知道一些事情？」賴恩・費奈蒙問道，他邊說，邊從抽屜裡挑出一枝斷了頭、布滿咬痕的鉛筆。

爸爸告訴他哈維先生搭了一座帳篷、提到我名字時的口氣、以及叫爸爸回家的樣子；爸爸還說哈維先生沒有固定工作，也沒有小孩，鄰居們都覺得他很奇怪。

「我會調查看看。」賴恩・費奈蒙說，他不得不這樣回答，雖然爸爸幾乎提不出任何有用的線索，但發生了這種不幸的事情，他必須盡量安撫家人。「別跟任何人提起此事，也不要再去找他。」賴恩警告說。

爸爸掛了電話之後忽然覺得一陣空虛，他不知道空虛感從何而來，只覺得心力交瘁。他打開書房房門，輕輕地把門帶上，在走道上呆站了一會兒之後，他再一次大叫「艾比蓋兒」，扯著嗓門找媽媽。

媽媽在樓下的浴室裡偷吃杏仁餅乾，每年聖誕節，爸爸的公司總會送大家一盒杏仁餅乾，她貪婪地大口大口咬，餅乾如陽光般在嘴裡迸躍。懷著我的那年夏天，她不想多花錢買孕婦裝，每天都穿同一件方格紋的棉衫。她想吃什麼，就吃什麼，邊吃邊摸著肚子說：「小寶寶，謝謝你。」吃得巧克力滴落在她的胸前。

忽然有人輕輕敲門。

「媽咪？」她急忙把餅乾放回醫藥櫃，嚥下嘴裡的餅乾。

「媽咪？」巴克利又叫了一聲，聽起來好像想睡覺。

「媽……咪！」

她眞恨這兩個字。

媽媽一開門，小弟馬上抱住她的膝蓋，緊緊地把臉埋在膝蓋間。

爸爸聽到聲音，循著聲音在廚房找到了媽媽，他們一起安慰巴克利，也藉此安慰自己。

「蘇西在哪裡？」巴克利問道，爸爸把花生醬抹在全麥麵包上，他做了三份，一份給媽媽，一份給自己，一份給他四歲大的兒子。

「你把玩具收起來了嗎？」爸爸問巴克利，只有巴克利直截了當地這麼問，他卻不知道自己爲什麼始終規避問題。

「媽媽怎麼了？」巴克利又問，父子兩人一起看著媽媽，媽媽站在水槽邊，望著空空的水槽發呆。

「這個禮拜想不想去動物園？」爸爸問道，他恨自己這麼做，恨自己這樣賄賂、欺騙小兒子。但他能告訴巴克利，大姊可能被人切成一塊塊埋了起來嗎？

巴克利一聽到「動物園」馬上想到猴子，暫時又忘了問我在哪裡。他還小，回憶的重擔還沒有落在他身上。他知道我出門了，但每個出門的人終究都會回家，不是嗎？

賴恩．費奈蒙挨家挨戶地探訪了左鄰右舍，他覺得喬治．哈維沒有特別奇怪之處，哈維先生是個單身漢，據說他本來打算和太太搬來這裡，但搬家之前太太就過世了。他幫藝品店做洋娃娃屋，向來獨來獨往。鄰居們只知道這麼多，雖然沒有人和他特別親近，但鄰居總是有點同情他。賴恩．費奈蒙覺得家家戶戶關起門來都有一段故事，喬治．哈維家似乎和別人不太一樣。

不，哈維先生說，他和沙蒙家不熟。他說他看過沙蒙家的小孩，每個人都知道誰家有小孩、誰家沒有小孩，他邊說邊低下頭，頭部稍微向左傾斜。「你看得到院子裡的玩具，有小孩的人家總是比較熱鬧。」他說了說，停了停。

「我知道你最近和沙蒙先生說過話。」賴恩二度造訪時，對哈維先生說。

「沒錯，這有什麼不對嗎？」哈維先生問道。他斜眼瞪著賴恩，過了一會兒不得不說：「我得去拿眼鏡，你來之前，我正在做些『第二帝國』的細活。」

「第二帝國？」賴恩問道。

「我已經交了聖誕節的訂單，現在想做些新玩意。」哈維先生說，賴恩跟他走到屋後，屋後的餐桌已經被推到牆邊，牆上堆滿了成排硬紙片，看起來像是迷你護牆板。

看來有點奇怪，費奈蒙警探心想，但這不足以證明他是殺人凶手。

哈維先生一拿起眼鏡馬上說：「是的，我最近和沙蒙先生說過話，他出來散步，幫我搭了一頂新娘帳篷。」

「新娘帳篷？」

「每年我都幫莉雅做個東西，」他說：「莉雅是我太太，幾年前過世了，我是個鰥夫。」

賴恩覺得自己侵犯了眼前這個男人的隱私，「嗯，我知道了。」他說。

「那個女孩碰到這種事，我想了就難過。」哈維先生說：「我想向沙蒙先生表達哀悼之意，但我經歷過同樣的事情，我知道這種時候說什麼都沒意義。」

「這麼說來，你每年這個時候都搭蓋帳篷？」賴恩．費奈蒙問道，這點他可以向鄰居查證。

「往年我都把帳篷搭在屋裡，但今年我想試試把帳篷搭在外面，我們的結婚紀念日在冬天，我本來以爲行得通，到後來雪愈下愈大，我才知道不行。」

「你在屋內的哪裡搭帳篷？」

「地下室，如果你想看看的話，我可以帶你下去，我把莉雅的東西統統收在地下室。」

但賴恩沒有繼續追查。

「我叨擾你夠久了，」他說：「我只想再仔細地搜查這一帶。」

「調查工作進行得如何？」哈維先生問道：「你找到任何線索了嗎？」

賴恩向來討厭別人問這個問題，但他想警方辦案難免侵犯了大家的隱私，大家有權這樣問。

「有時我想線索該出現的話，自然會出現，」他說：「如果它們想被警方發現，我們自然找得到。」

這樣的回答有點語焉不詳，且略帶禪意，但幾乎每個平民百姓聽了都點頭。

「你有沒有訊問艾里斯家的男孩？」哈維先生問道。

「我們和艾里斯家談過了。」

「我聽說他虐待這一帶的小動物。」

「你說得沒錯，他聽起來確實像是問題小孩，」賴恩說：「但出事當天，他在購物中心打工。」

「有證人嗎？」

「有。」

「我只想到這麼多，」哈維先生說：「我希望能多幫點忙。」

賴恩覺得他相當誠懇。

「從某個角度看來，他似乎有點不自在，」賴恩在電話裡對爸爸說：「但我找不出任何破綻。」

「那頂帳篷呢？他怎麼說？」

「他說那是幫他太太蓋的。」

「我記得史泰德太太告訴艾比蓋兒，他太太叫蘇菲。」爸爸說。

賴恩查了一下筆記本，然後說：「不，他太太叫莉雅，我把名字抄下來了。」

爸爸心想到底在哪裡聽過蘇菲這個名字？他確定他聽過這個名字，說不定是在一年前的社區聚餐上聽到的，但是餐會上大家禮貌地閒聊，小孩和太太的姓名像碎紙片一樣迸來迸去，隔天大家就忘了。

他確定哈維先生沒有參加餐會，這點他記得很清楚。哈維先生從不參加社區裡任何活動，很多鄰居都覺得很奇怪，但爸爸倒不這麼認爲。他自己也不喜歡這些半強迫的社交活動，在這些場合上也覺得不自在。

爸爸在筆記本上寫下「莉雅？」，然後又寫下「蘇菲？」。不知不覺中，他已經列出了其他受害者的名字。

聖誕節那天，家人們若置身我的天堂裡，說不定會好過一點。在我的天堂裡，大家不太在乎聖誕節，有些人穿了一身白衣服，假裝自己是雪花，除此之外，一點動靜也沒有。

那年的聖誕節，塞謬爾．漢克爾意外地拜訪我家。他的穿著打扮完全不像雪花，相反地，他穿著他哥哥的黑色皮夾克、和一件不太合身的工作服。

小弟拿著玩具站在大門口，媽媽暗自慶幸早就幫弟弟買了聖誕禮物，琳西得到一副手套和一個櫻桃口味的護唇膏，爸爸的禮物則是五條白手帕。早在一個月前，她就幫爸爸郵購了這份禮物。其實除了巴克利之外，沒有人想要任何禮物，聖誕節前的幾天，沒有人點亮聖誕樹上的小燈泡，只有爸爸放在書房窗口的蠟燭，閃爍著微弱的光芒。爸爸天黑之後才點燃蠟燭，但媽媽、妹妹和弟弟四點之後就不出門，因此只有我看到燭光。

「有人在外面！」弟弟大喊，他忙著用積木蓋摩天樓，積木疊得滿天高，摩天樓還沒有塌下來，「他拿著一個皮箱。」

媽媽把蛋酒留在廚房裡，走到大門口。琳西心不甘、情不願地在客廳和爸爸玩大富翁，每到假日一家人就必須聚在客廳，琳西實在不喜歡這樣。她和爸爸彼此放水，他們不管高額稅金，抽到不好的「機會」也刻意通融。

媽媽站在大門口，雙手摸摸裙角，她叫巴克利站在她前面，用手臂圈住小弟的肩膀。

「我們等那個人敲門。」她說。

「說不定是史垂克牧師。」爸爸一邊對琳西說，一邊從銀行拿選美比賽第二名的獎金十五元。

「看在蘇西的分上，拜託拜託不要是牧師。」琳西大膽地說。

爸爸緊抓著這句話不放，馬上驚覺到琳西終於說了我的名字。琳西擲了手上的骰子，前進到 Marvin Gardens。

「妳欠我二十四塊過路費，」爸爸說：「但我拿十塊錢就好。」

「琳西，」媽媽大喊：「有人找妳。」

爸爸看著妹妹起身離開客廳，我也看著琳西離開，然後跟著爸爸坐下。我的身影在遊戲板上晃動，爸爸看著盒子裡像鞋子一樣的棋子，唉，如果我能拿起棋子，把它從遊戲板上的「海邊寬闊木板道」移到「波羅的海」就好了。我始終宣稱波羅的海國家的人生活比較高尚，「那是因爲妳很奇怪，才會這樣認爲，」琳西反駁，爸爸聽了就說：「我眞高興還好有個女兒不是勢利鬼。」

「鐵路，蘇西，」他說：「妳總是喜歡買鐵路。」

爲了強調額前V形髮尖和垂在前面的蓬亂鬈髮，塞謬爾．漢克爾刻意把頭髮往後梳，這種髮型再加上身上的皮夾克，讓十三歲的他看起來像是年輕的吸血鬼。

「聖誕快樂，琳西。」他對我妹妹說，同時遞給她一個藍色包裝紙包著的小盒子。

我看得出琳西的悸動，這些天來，她盡全力把所有人擋在心門外，但她覺得塞謬爾很可愛，一顆心也像烹調中的香料一樣慢慢融化。雖然姊姊過世了，但她畢竟是個十三歲的小女孩，這個男孩看起來滿順眼的，而且他在聖誕節時到家裡找她，他的造訪難免在她心頭激起一陣漣漪。

「我聽說妳獲選爲資優生，」他先開口，藉此打破沒人說話的僵局，「我也是。」

媽媽此時才回過神來，不經思索地發揮女主人的殷勤：「你要不要進來坐坐？」她勉強招呼說：「我在廚房裡準備了一些蛋酒。」

「好，謝謝。」塞謬爾・漢克爾說，然後伸出手臂示意琳西挽住他，琳西和我都覺得很有趣。

「那是什麼？」巴克利躲在媽媽身後，指著他先前以爲是皮箱的東西問塞謬爾。

「那是一把中音薩克斯風。」

「什麼？」巴克利繼續追問。

這時琳西開口了：「塞謬爾會吹中音薩克斯風。」

「我只會一點點。」塞謬爾說。

小弟沒有再問薩克斯風是什麼，他知道琳西已擺出了我所謂「傲裡傲氣」的架勢，每次琳西一擺出這副德性，我就告訴巴克利：「別擔心，琳西只是傲裡傲氣，」我一邊說「傲裡傲氣」，一邊搔他癢，有時還用頭頂他的小肚子，逼著他不停喊著「傲裡傲氣」，喊到兩個人笑倒在地爲止。

巴克利跟著大人們走進廚房，再度提出他每天至少問一次的問題：「蘇西在哪裡？」

大家都沉默不語，塞謬爾看了看琳西。

「巴克利，」爸爸在廚房旁邊的客廳喊道：「過來和我玩大富翁。」

從來沒有人叫巴克利和他一起玩大富翁，大家都說他年紀太小，不知道怎麼玩。但聖誕節總有奇蹟發生，他趕快跑到客廳，爸爸一把抱起他，讓他坐在大腿上。

「看到這個像鞋子一樣的棋子嗎？」爸爸問道。

巴克利點頭。

「我要告訴你一件事，你要仔細聽，好嗎？」

「有關蘇西嗎？」小弟問道，他已不自覺地把我、和爸爸要說的話聯想在一起。

「是的，我要告訴你蘇西在哪裡。」

我在天堂忍不住熱淚盈眶，除此之外，我還能怎麼辦？

「蘇西玩大富翁時都選這個像鞋子的棋子，」爸爸說：「我選車子或是獨輪手推車，琳西選熨斗，有時媽媽也一起玩，她喜歡用大砲。」

「那是一隻小狗嗎？」

「是的，那是一隻牧羊犬。」

「我要這一個！」

「好。」爸爸耐著性子說，他覺得自己已經知道如何向小兒子解釋這件事。他讓小弟坐在他的大腿上，說話時可以感覺到巴克利的身體頂著他的膝蓋，小巴克利的身軀是如此溫暖、充滿了生氣，讓爸爸覺得很安心。「好，牧羊犬就是你的。再告訴我一次：哪一個棋子是蘇西的？」

「鞋子。」巴克利說。

「好，車子是我的，熨斗是琳西的，大砲是媽媽的。」

小弟聽得非常專心。

「我們現在把所有棋子放在板子上，好嗎?你先開始，幫我把棋子放在板子上。」

巴克利一把抓起棋子，再抓一把，直到把所有棋子擺在「機會」和「社區服務」兩疊紙牌之間才停手。

「好，假設其他這些棋子是我們朋友的。」

「比方說奈特?」

「沒錯，我們把帽子給奈特。好，遊戲板就像個小世界，如果我告訴你，我擲了骰子之後，有人把一個棋子拿走了，你覺得這是什麼意思?」

「這個人不能玩大富翁了?」

「沒錯。」

「爲什麼?」巴克利問道。

小弟抬頭看著爸爸，爸爸突然感到膽怯。

「爲什麼?」小弟繼續追問。

爸爸不想說「因爲這個世界不公平」、或是「事情就是如此」，他想說得簡明扼要，讓他四歲大的兒子明白這是怎麼一回事。他把手放在小巴克利的背上。

「蘇西死了。」爸爸說，他無法用任何遊戲規則來解釋這件事，「你知道這是什麼意思嗎?」

巴克利伸出小手蓋住板子上的鞋子，然後抬頭看看爸爸，似乎問他這樣對不對。

爸爸點頭說：「小寶貝，你再也看不到蘇西了，我們都再也看不到她了。」爸爸說完就低聲啜泣，巴克利抬頭看著爸爸淚汪汪的雙眼，還是不太清楚究竟是怎麼回事。

巴克利把鞋子收到他衣櫃的抽屜裡，直到有一天鞋子不見了，無論他怎麼找，鞋子依然消失無蹤。

媽媽在廚房調好蛋酒之後就離開，她走到餐廳仔細檢查餐具，她有條不紊地把三種叉子、餐刀和湯匙排在一起，在我出生以前，媽媽曾在一家新娘用品店工作，她在那裡學到了這種排列方式。她好想抽菸，也希望還活著的兩個小孩暫時消失一陣子。

「妳要拆開來看看禮物是什麼嗎？」塞謬爾問道。

他們站在廚房的流理台前，倚著洗碗機和放餐巾的抽屜，爸爸和小弟坐在廚房右邊的客廳裡，媽媽坐在廚房另一邊的餐廳想著艷藍色的 Wedgwood 骨瓷、深藍色鑲金邊的英國名瓷 Royal Worcester、和純白色鑲金邊的雷那克斯瓷器。

琳西笑著拉開盒子上的白色緞帶。

「緞帶是我媽幫我綁的。」塞謬爾說。

她撕開藍色的包裝紙，裡面是個黑色天鵝絨的盒子。扯下包裝紙之後，她小心翼翼地把盒子放在手上，我在天堂看了非常興奮，以前我和琳西一起玩芭比娃娃時，芭比和肯尼十六歲就結婚了，我們都覺得一個人一生只有一個眞愛，我們不知道什麼叫做妥協，也不願退而求其次。

「打開看看吧。」塞謬爾說。

「我怕。」

「別怕。」

他把手放在她額頭上，我看了不禁驚呼；哇，有個可愛的男孩來找琳西，我才不管他看起來像不像吸血鬼呢！這眞是天大的消息，値得貼在公布欄上昭告天下。

我忽然覺得自己知道所有祕密，換成平時，琳西絕不會告訴我這種事情。

你可說盒子裡的東西不足爲奇，令人失望，你也可以說它令人驚奇，全看個人怎麼想。這個禮物不足爲奇，因爲塞謬爾畢竟只是一個十三歲的男孩；這個禮物令人失望，因爲擺在盒子裡的不是一枚戒指；或者正因爲盒子裡不是一枚戒指，所以這份禮物才令人驚奇。盒子裡擺了半枚金心，塞謬爾從襯衫裡拿出另一半金心，金心吊在皮繩上，掛在塞謬爾的脖子上。

琳西一臉紅通通，我在天堂也滿臉通紅。

我忘了坐在客廳的爸爸，也忘了數銀器的媽媽，我看著琳西走過去、抬起頭來吻了塞謬爾・漢克爾，這幅景象太美好了，我幾乎覺得自己又活了過來。

第六章

離開人間前兩星期，我比平常晚出門，等我跑到學校時，畫了黑圈圈的校車停靠站早已空空蕩蕩。第一節上課鈴聲一響，如果你還想從學校大門走進來，校長室派來的糾察人員就會記下你的名字，我可不想上課上到一半被叫出去，坐在彼特福德先生辦公室外的硬板凳上等著挨揍。大家都知道彼特福德先生會把你叫進他的辦公室，叫你彎下身子，拿厚木板打你屁股，他還請店裡的人在木板上鑽洞，這樣揮動板子時阻力較小，板子落在牛仔褲上也比較痛。

我從來不曾遲到得太久，或是犯錯嚴重到挨打的地步，但我和其他學生一樣怕挨揍，我們都不想體會木板落在屁股上火辣辣的感覺。這時我想起克萊麗莎曾告訴我，「幼齒嗑藥族」經常從後門跑到禮堂的舞台（在學校裡，我們把吸大麻的初中生叫做「幼齒嗑藥族」），學校的工友克里歐通常把後門開著，他高中時是個經驗老道的嗑藥族，到後來高中也沒念完。

我躡手躡腳地走到舞台後方，後台四處都是電線和延長線，我小心翼翼地前進，以免被它們絆倒。走了一會兒，我停在一座鷹架旁，放下書包，整理一下頭髮。早上出門時我戴了一頂綴著鈴鐺的帽子，等到走過歐垂爾家、爸媽看不到之後，我馬上換上爸爸的黑色棒球帽，一脫一戴弄得我滿頭靜電，因此到學校之後，我通常直接跑到洗手間梳理一頭亂髮。

「妳很漂亮，蘇西．沙蒙。」

我聽到聲音，但一時不知道聲音來自何方。我看了看四周。

「我在這裡。」那人說。

我抬頭一看，看到雷・辛格靠在我上方的鷹架上。

「嗨。」他打聲招呼。

我知道雷・辛格喜歡我，他去年從英國搬來這裡，但克萊麗莎說他在印度出生。

我覺得他出生在外國、操著不同口音、長大後又搬到另一個國家，這樣的成長背景實在太酷了，更何況雷似乎比我們聰明八百倍，他還偷偷地喜歡我呢。剛開始我覺得他的穿著打扮，還有他帶到學校的外國香菸，讓人覺得有點做作，後來我才知道香菸其實是他媽媽的，先前我以為他裝模作樣，現在我卻覺得這些舉止正顯示他家世不凡，他的見識遠超過我們，所見所聞都在同輩之上。那天早上，他站在高高的鷹架上和我說話，我一顆心直直墜落到地面上。

「你沒聽到第一堂課的鐘聲嗎？」我問道。

「我第一節課是墨頓先生的通識課。」他說，這下我就明白了，墨頓先生經常宿醉，在第一堂通識課更是嚴重，因此也從不點名。

「你在上面幹嘛？」

「爬上來看看。」他邊說邊移動身子，移到我的視線之外。

我猶豫了一下。

「上來看看嘛，蘇西。」

有生以來，我第一次當壞孩子（最起碼我是這麼認為），我把腳跨到鷹架的底端，伸長手臂抓住第一道橫木。

「把妳的東西一起帶上來。」雷建議道。

我走回去拿書包，然後歪歪斜斜地往上爬。

「我來幫妳。」他邊說邊把雙手伸到我的腋下，即使穿著厚厚的夾克，我依然覺得不好意思。爬上去之後，我坐在鷹架上，雙腳在空中晃動。

「把腳伸上來，」他說：「這樣我們就不會被發現。」

我照他的話把腳伸上來，然後靜靜地看了他一會兒，我忽然覺得有點愚蠢，不知道自己爲什麼坐在這裡。

「你打算在這上面待一整天嗎？」我問道。

「等到英文課下課，我就下去。」

「哈！你蹺英文課！」我有點大驚小怪，好像聽說他搶了銀行。

「我已經看過皇家莎士比亞劇團演出的莎士比亞劇作，」雷說：「那個凶巴巴的老師沒什麼好教我的。」

我爲迪威特太太感到不平，如果當個壞小孩就得罵迪威特太太，那我寧願不當壞孩子。

「我喜歡《奧賽羅》。」我鼓起勇氣說。

「她教得太矯情，好像電影"Black Like Me"❶中的人物一樣，明明一知半解，卻還認爲自己最懂。」

雷眞是聰明，他是印度人，卻又來自英國，兩相結合之下，讓他在我們這個小鎭上有如火星人一樣罕見。

「電影裡那個裝扮成黑人的演員，看起來的確相當愚蠢。」我說。

「妳是說勞倫斯．奧利佛爵士？」雷說。

之後我倆坐著不說話，四下安靜無聲，我們聽到通識課下課的鐘聲，這表示再過五分鐘，我們必須趕到一樓教室上迪威特太太的英文課。快到上課時間了，我的心跳愈來愈快，雷仔細地打量我，目不轉睛地看著我身上的寶藍色雪衣、鮮黃綠色迷你裙和同色系的緊身長襪。我把平常穿的鞋子放在身旁的書包裡，腳上穿的是一雙假羊皮的靴子，靴子的前端和接縫滾了一圈髒髒的人造皮。如果早知道會在這裡碰到意中人，我一定好好打扮，最起碼從後門走進來之前，我會重新上一層草莓香蕉口味的亮色唇膏。

我感到雷慢慢靠過來，我們腳下的鷹架隨著他的移動吱吱作聲。我心想：他來自英國喔！他的雙唇愈靠愈近，鷹架微微傾向一側，我覺得天旋地轉，準備迎接初吻的震撼。就在此時，我們忽然聽到聲音，兩人都嚇得不敢動。

雷和我並肩躺下，眼睛盯著上方的燈光和電線。過了一會兒，有人推開舞台旁邊的門，從兩人的聲音，我們認出走進來的是彼特福德先生和教美術的萊恩小姐，除了他們之外，還有第三個人。

「我們這次不會處罰妳，但如果妳下次再犯同樣錯誤，我們絕不寬容。」彼特福德先生說：「萊恩小姐，妳把東西帶來了嗎？」

「是的。」萊恩小姐從一個天主教學校調到我們學校，她從兩個以前是嬉皮的老師手中接管了美術科。這兩個嬉皮老師把窯爐弄得爆炸起火，結果被學校開除，我們的美術課也從投擲黏土、熔製金屬等實驗藝術，變成中規中矩的素描。萊恩小姐一上課就把木頭塑像直立在教室前方，我們則乖乖地照著素描。

「我只是做作業。」說話的人是露絲．康涅斯，我聽出她的聲音，雷也認得出來，我們都上迪威特太太的英文課。

「這個東西，」彼特福德先生說：「不是作業。」

雷捏捏我的手，我們都知道彼特福德先生在說什麼。有人影印了露絲的畫作，大家在圖書館裡傳閱，傳了半天傳到一個站在卡片目錄櫃旁邊的男孩手裡，影印的畫作才被圖書館員沒收。

「如果我沒記錯的話，」萊恩小姐說：「我們臨摹的人像沒有胸部。」

畫中的女人雙腿交叉，斜斜地站著，四肢被繩索鉤在一起，美術課上可沒有像這樣的木頭人像。畫中是個眞正的女人，不知道是有意還是無心，女人的雙眼被炭筆描得黑黑的，感覺上好像大送秋波，有些學生看了很不舒服，有些學生則大呼過癮。

「木頭人像也沒有鼻子或嘴巴，」露絲說：「但妳還不是鼓勵我們畫出臉部。」

雷又捏了捏我的手。

「妳別再說了，」彼特福德先生說：「有問題的是畫中人物的姿態。這幅畫顯然有問題，尼爾遜家的男孩才會把它拿來影印。」

「這是我的錯嗎？」

「如果沒有這幅畫，就不會引起這些問題。」

「這麼說，整件事情是我的錯囉？」

「請妳站在學校的立場，想想這幅畫惹來多少麻煩。我也請妳幫幫忙，以後遵照萊恩小姐的指示，不要再畫些無聊的東西。」

「達文西還不是畫過人體素描。」露絲低聲嘟囔。

「了解了嗎？」

「了解。」露絲說。

舞台旁邊的門開了又關，過了一會兒，雷和我聽到露絲・康涅斯低聲啜泣。雷用嘴形示意說「我們走吧」，我悄悄移到鷹架的另一端，雙腳懸空試著找地方爬下來。

那星期雷在寄物櫃旁邊吻了我。他想在鷹架上吻我，卻沒有如願；我們的初吻純屬意外，就像瓦斯槍所散發的彩虹光環一樣美麗。

我背對露絲爬下鷹架，她沒有走開，也無意躲藏，我轉身時，她只是靜靜地看著我。她坐在舞台後方的木箱上，一對陳舊的布帘垂掛在她身旁，她看著我走向她，卻沒有擦乾臉上的淚水。

「蘇西・沙蒙？」她只想確定是不是我，她沒想到我居然會蹺第一堂課，直到那一天，我蹺課躲在禮堂後台的機率，就像班上最聰明的女孩被訓導人員大聲責罵一樣微小。

我站在她面前，手上還拿著帽子。

「這頂帽子好拙。」她說。

我舉起綴著鈴鐺的帽子，看了一看，「我知道，這是我媽做的。」

「嗯，妳都聽到了？」

「我能看看嗎？」

露絲把這張歷經滄桑的畫攤平，我目不轉睛地看著這幅畫。

布萊恩・尼爾遜用藍色原子筆在女人的雙腿交叉處，畫了一個不雅的洞洞，我覺得有點不好意思，她則一直看著我。我看到她目光一閃，好像有點好奇，然後她彎下身子，從背包裡拿出一本黑色皮面的素描簿。

素描簿裡頁頁盡是美麗的畫作，大部分是女人，也有些男人和動物的素描。我從未看過這麼生動的作品，素描簿裡每一頁都是她的精心傑作，那時我才了解露絲是多麼具有煽動性，她之所以引發爭議，倒不是因爲她畫了被同學誤用的裸體女人，而是因爲她比老師更有天賦。她是那種最安靜的異議分子，眞的，她不想被誤解也不行。

「妳眞的好棒，露絲。」我說。

「謝謝。」她說，我不停地翻閱她的素描簿，深深地沉醉在其中。看到畫中女人肚臍下的黑色線條，也就是我媽所說的「生小寶寶的地方」，我覺得又興奮又害怕。

我曾告訴琳西我絕不生小孩，十歲大的我還花了大半年時間告訴任何願意聽我說話的大人，長大以後我打算做輸卵管結紮。雖然我不太明白這是什麼意思，但我知道茲事體大，要動手術，而且每次爸爸聽了都大笑不已。

在那之後，我不再視露絲爲異類，反而認爲她相當特殊，她的素描實在太棒了，在那一刻，她的作品讓我忘記了校規、上課鐘聲、以及聽到鐘聲應該有的反應，諸如此類的事情全被我拋在腦後。

警方圍住玉米田全力搜尋，找了半天卻徒勞無功。警方放棄搜尋之後，露絲穿著她父親破舊的雙排扣厚呢布外套，外面披上她祖母的羊毛圍巾，一個人走到玉米田裡散步。她很快就注意到除了體育老師之外，她蹺了課老師也不說什麼，她太聰明，老師們都應付不了她，因此老師們覺得課堂上少了她反而輕鬆。有她在場的話，老師們必須多花精神，還得加快講課的進度。

她早上搭她父親的便車上學，這樣她才不必坐校車。康涅斯先生很早就出門，出門時總是帶著紅色的鐵製午餐盒，露絲小時候把午餐盒當作芭比娃娃的家，康涅斯先生也讓她這麼做，現在他在便當盒裡擺了一瓶波本威士忌。女兒在空蕩蕩的停車場下車前，他總是開著暖氣，暫時把車停下來。

「今天好好上學吧？」他總是這麼問。

露絲點點頭。

「喝一口再上路吧。」

露絲這下不點頭，直接把午餐盒遞給父親，康涅斯先生打開便當盒，扭開威士忌酒瓶喝一大口，然後把酒瓶遞到女兒手上，露絲誇張地把頭往後仰，表示自己也痛快暢飲，其實她把舌頭頂在瓶口，偷偷地啜一小口，如果父親盯著她看，她就小心翼翼地再喝一小口。

她側身跳下車，太陽升起之前，天氣依然非常寒冷，她忽然想起老師說活動活動比較容易保暖，因此她決定到玉米田走走。她慢慢走，邊走邊自言自語，有時還想到我。她通常在區隔橄欖球場和跑道的鐵條欄杆旁停步，倚在欄杆邊、看著周遭的世界逐漸甦醒。

就這樣，事發之後的幾個月，露絲和我每天早晨在這裡碰面。旭日緩緩地爬升到玉米田上方，爸爸一早把哈樂弟放出來，哈樂弟在高聳的乾枯玉米莖之間穿梭，跑進跑出追趕田裡的野兔。兔子喜歡運動場修剪得整齊的草地，成群野兔聚集在運動場邊境的草地上，灰黑的身影排列在畫了白線的草地旁，看起來像是一隊小小運動員。露絲慢慢地接近牠們，她喜歡看到小兔子像這樣排成一列，我也一樣。

她相信晚上人們入睡之後，絨毛動物會起來四處活動，雖然已經不是五歲孩童，她依然相信她爸爸的午餐盒裡藏著迷你牛羊，一有機會，迷你動物就跑出來喝口威士忌、聊聊天。

聖誕節過後，琳西把媽媽給我的手套放在橄欖球場邊和玉米田之間。有天早上，我看到野兔圍在手套旁，好奇地輕嗅手套邊緣的兔毛。然後我看到露絲在哈樂弟找到手套之前，從地上拾起手套，她把一隻手套的底部翻過來，露出手套裡的兔毛，把手套貼近自己的臉頰，她抬頭望著天空說：「謝謝妳。」我覺得她在對我說話，最起碼我喜歡這麼想。

在這些晨間的日子裡，我逐漸喜歡上露絲，雖然在陰陽界兩端的我們都不知道怎麼回事，但我們似乎注定與彼此相伴。我飄過她的身旁，她起了一陣寒顫，就這樣，兩個特立獨行的女孩找到了同伴。

雷和我一樣喜歡走路，社區裡的房子圍繞學校四周，他家在社區的最外端，他已經注意到露絲一個人走到玉米田裡，聖誕節之後，他上下學都相當匆忙，盡量不在學校多作停留，他希望殺害我的凶手早日落網，心情幾乎和我爸媽一樣急切。

眞凶落網之後，他才可以證明自己的清白，否則即使有不在場證明，他依然擺脫不了嫌疑。

有天早上，他父親不必到大學教書，雷趁此機會在他父親的保溫壺裡裝滿他母親的甜茶，一早就到學校等露絲。他在鉛球場旁邊等候，一個人坐在鉛球選手靠腳的金屬曲板上。

他看到露絲在欄杆的另一端走來走去，欄杆的一邊是橄欖球場，另一邊是廣受大家重視的足球場。他摩擦雙手，打了腹稿，準備和露絲說話。雖然他花了一年的時間總算如願地吻了我，但他之所以鼓起勇氣找露絲說話，並不是因爲他吻了我，而是因爲十四歲的他實在太寂寞了。

我看著露絲走向橄欖球場，她以爲這裡只有她一個人，康涅斯先生最近整建了一棟老房子，他在房子裡找到一套詩集，恰好符合露絲最近的嗜好。露絲手上緊抱著這套詩集。

她大老遠就看到雷站起來。

「嗨，露絲．康涅斯！」他一面大叫，一面揮舞著手臂。

露絲看看他，腦海中馬上蹦出這個男孩的名字：雷．辛格。但除此之外，她所知有限。雖然她聽到謠言說警察曾找過他，但康涅斯先生說：「沒有哪個小孩會做出這種事，」露絲相信父親的話，因此，她朝著雷走過來。

「我準備了一些熱茶，茶在保溫壺裡。」雷說，我在天堂上替他臉紅，他講起《奧賽羅》頭頭是道，但現在卻表現得像個拙蛋。

「不了，謝謝你。」露絲說，她站到他旁邊，但顯然比平常多保持一些距離，她的指尖緊壓著詩集破舊的封面。

「那天妳和蘇西在禮堂後台說話時，我也在場。」雷說，他把保溫壺遞給她，她沒有靠過去，也沒有做出任何反應。

「蘇西．沙蒙。」他說得清楚一點。

「我知道你說什麼。」她說。

「妳要參加她的追悼會嗎？」

「我不知道有個追悼會。」

「我想我不會去。」

我目不轉睛地盯著他的雙唇，天氣太冷，他的唇色比平常乾紅，露絲向前走了一步。

「你要一些護唇膏嗎？」露絲問道。

雷把羊毛手套舉到唇邊，手套輕輕擦過我曾吻過的雙唇，露絲把手伸到雙排扣外套口袋裡摸索，摸出一條護唇膏，「拿去，」她說：「我有很多條護唇膏，這條給你。」

「謝謝，」他說：「最起碼妳可以坐著陪我等校車來吧？」

他們一起坐在鉛球板上，這種事情在以前絕對不可能發生，現在我卻再次目睹以前認爲不可能發生的事。看到雷和露絲坐在一起，我覺得他比往常更迷人，他的雙眼漆黑而深邃，我在天堂凝視著他的雙眼，毫不猶豫地沉醉在其中。

早晨見面成了他們的習慣，雷的父親去教書時，露絲就裝一點威士忌在她爸爸的熱水瓶裡帶到學校，不然的話，他們就喝辛格太太準備的甜茶。早晨很冷，他們都凍得受不了，但兩個人似乎都不在乎。

他們談到在這個小鎮上身爲外人的感受，兩人一起朗誦露絲詩集裡的詩句，還談到未來的志願，雷想當醫生，露絲則希望成爲詩人暨畫家。他們討論班上哪些同學比較奇怪，偷偷地爲這些怪人編組，有些同學一看就知道是怪人，比方說麥克．貝爾斯，他嗑藥嗑得厲害，大家都不明白爲什麼學校還沒把他開除；還有從路易斯安那州來的傑里邁亞，大家覺得他和雷一樣是個外國人。有些同學比較看不出來哪裡奇怪，比方說講到甲醛就興高采烈的亞提，還有靦腆、把運動短褲穿在牛仔褲外的哈利．奧蘭德。維琪．克茲也有點奇怪，大家都以爲她母親過世後，維琪表現得還算正常，但露絲曾看到她躺在學校後面的松樹林裡睡覺。有時，他們會談起我。

「眞的好奇怪，」露絲說：「我的意思是，我和蘇西從幼稚園就同班，但一直到在禮堂後台碰面的那一天，我們才注意到對方。」

「她人眞的很好。」雷說，他想到我們站在寄物櫃旁，他的雙唇輕掃過我的雙唇，我閉著眼睛微笑，幾乎想要逃開。「你想他們會捉到凶手嗎？」

「我覺得會。你知道嗎，我們離案發現場只有一百碼。」

「我知道。」他說。

他們坐在鉛球板的邊緣，兩人都戴著手套，握著一杯熱茶，玉米田已經成爲無人進出的禁地，橄欖球場的球若滾進玉米田，膽子大的男孩才敢進去撿球。那天早晨，太陽高掛在玉米田上方，陽光投射在乾枯的玉米莖之間，但他們卻感受不到陽光的溫暖。

「我在田裡找到這個。」露絲指指皮手套。

「妳有沒有想過她？」雷問道。

他們再度沉默不語。

「我無時無刻都想著她，」露絲說，我覺得一股寒氣直下脊背，「有時我覺得她很幸運，你知道的，我恨這個地方。」

「我也是，」雷說：「但我住過其他地方，這裡只是暫時受罪，不是永遠的落腳地。」

「難不成你是說……」

「她上了天堂。當然，說這話得假設妳相信有天堂這回事。」

「你不相信嗎？」

「我不認爲有天堂，不，我不相信。」

「我相信，」露絲說：「我不是指快快樂樂、小天使在其間飛翔之類的廢話，但我相信的確有天堂。」

「她快樂嗎？」

「她上了天堂，不是嗎？」

「但這代表什麼呢？」

甜茶早已變冷，第一節課的上課鈴聲也已響起，露絲對著茶杯笑笑說：「嗯，就像我爸說的，這表示她已經離開了這個鬼地方。」

爸爸敲敲雷．辛格家的大門，雷的媽媽盧安娜出來開門，爸爸一看嚇得發呆，這倒不是因爲她沒有馬上表示歡迎，她本來就不是個熱絡的人，讓爸爸嚇一跳的是她深色的皮膚和灰色的雙眸。她開門之後稍微往後退了一步，爸爸覺得很奇怪，更讓他有點不知所措。

他曾聽警察談起她，警察覺得她冷漠、勢利、傲慢、奇怪，因此，他想像她就是如此。

「請進，請坐。」他一報上姓名，她馬上請他進來。一聽到沙蒙二字，她馬上張開微合的雙眼，他看著她漆黑的眼睛，眞想藉由這對靈魂之窗探究她深沉的內心世界。

她帶著他走進狹小的客廳，他幾乎絆了一跤，客廳地上都是書背朝上的書籍，牆上還有三排深廣的書櫃。她穿著黃色的印度紗麗，下身是金色絲織的七分褲，雙腳光禿禿，沒有穿鞋，她慢慢地走過滿牆的書櫃，停在沙發旁問說：「喝點什麼嗎？」他點點頭。

「熱的還是冷的？」

「熱的。」

她轉身走進一個他看不到的房間，他在褐色格子布的沙發上坐了下來，沙發對面有好幾扇窗戶，窗戶上垂掛著長長的棉布窗帘，外面耀眼的陽光很難透進來。他忽然覺得很安詳，幾乎忘了今天早上爲什麼再三查證辛格家的地址。

過了一會兒，正當爸爸想著他好累，等一下還要去乾洗店幫媽媽拿幾件早就該拿的衣服之時，辛格太太端了茶回到客廳，她把茶放在茶盤上，擺在爸爸面前的地毯上。

「對不起，我們沒有太多家具，辛格博士還在爭取終身教職。」

她走到隔壁房間，幫自己拿了一個紫色的靠枕，她把靠枕放在地上，面對他坐了下來。

「辛格博士是個教授？」雖然他已經知道答案，依然明知故問，這個美麗的女子和她擺設極簡的家，讓他有點緊張。

「是的。」她邊說邊倒茶，客廳裡安靜無聲，她拿起茶杯遞給他，他伸手接過茶杯，她接著說：「您女兒遭到謀殺的那一天，雷和他爸爸在一起。」

他眞想一頭倒在她的懷裡。

「您一定是爲了此事而來。」她繼續說。

「是的，」他說：「我想和雷談談。」

「他還在學校，」她說：「你知道的。」她縮起雙腿斜坐在地上，她的腳趾甲很長，沒有塗指甲油，雙腳的皮膚因常年跳舞而變得粗糙。

「我只想過來告訴你們，我絕對無意傷害他。」爸爸說。我從來沒看過他像現在這樣，他講得非常小心，字字聽來沉重，在此同時，他盯著她蜷曲在暗褐色地毯上的雙腿，一小圈微弱的陽光透過窗帘灑落在她的右頰，他不禁看呆了。

「他沒做錯什麼，不過是喜歡上你的女兒。唉，說來算是小男孩一片痴心。不過這整件事情依然讓人難過。」

雷的母親有許多年輕的仰慕者，送報的少年經常騎著腳踏車停在辛格家附近，希望辛格太太聽到報紙重重落在門前的聲音會走出來看看，說不定她會探個頭，甚至揮揮手。她不笑也沒關係，她在外面本來就極少露出笑容，她最迷人的是雙眸以及舞者般的姿態，她每一個微小的動作似乎都經過仔細思量。

警方上門詢問案情時，一行人走進陰暗的客廳，一心以為凶手已經就在屋內。但雷還沒有出現，盧安娜已讓眾人暈頭轉向，大家甚至坐在絲綢抱枕上一起喝茶。

警方以為她會和其他美麗女子一樣喋喋不休，說些言不及義的廢話，但她一派從容優雅，反而是警方愈來愈坐立難安。警方詢問雷時，她挺直身子，安靜地站在窗戶旁。

「我很高興蘇西有個像雷一樣的好男孩喜歡她，」爸爸說：「謝謝妳兒子對我女兒的青睞。」

她抿嘴微微一笑。

「他寫了一封情書給她。」他說。

「我知道。」

「唉，如果我早知道會發生這種事情，我也會寫封信給蘇西，」他說：「最起碼我可以在蘇西在世的最後一天，告訴她我愛她。」

「是啊。」

「我做不到，但妳兒子卻做到了。」

「沒錯。」

他們沉默地瞪了彼此一會。

「妳一定把警方逼瘋了。」他笑笑說，他不是對著她笑，而有點像是對著自己苦笑。

「他們來這裡指控我兒子是凶手，」她說：「我不在乎他們對我有何觀感。」

「我想雷這一陣子一定不好過。」爸爸說。

「請不要說這種話，」她嚴肅地說，邊說邊把杯子放回茶盤上，「你沒有必要同情雷，或是我們。」

爸爸想說些什麼，表示抗議。

她揮揮手說：「你失去了女兒，來找我們一定有你的理由，這點我能諒解。除此之外，請你什麼也別說，也別試著了解我們怎麼過日子。」

「我無意冒犯妳，」他說：「我只想……」

她再度揮揮手。

「雷再過二十分鐘就到家，我會先和他談談，讓他有些心理準備，然後你可以和他聊聊蘇西的事。」

「我說了什麼冒犯到妳？」

「我們沒有太多家具，我覺得這樣還不錯，這樣一來，哪天我們想離開這裡，馬上就可以打包上路。」

她試圖改變話題。

「我希望你們留下來。」爸爸說，他這麼說部分是出自禮貌，他從小就是個有禮貌的小孩，他也用同樣方式來教育我們。但除了禮貌之外，他也希望有機會多了解這個女人，她看似冷若冰霜，但或許這只是表相，說不定她不像表面上這麼鐵石心腸。

「你太客氣了，」她說：「我們才剛認識，根本不熟。我們一起等雷吧。」

爸爸離家時，媽媽和琳西正吵得不可開交。媽媽叫琳西和她一起到女青年會游泳，琳西想都不想就大喊：「我情願死也不要去！」爸爸看著媽媽先是面無血色地站在原地，然後放聲大哭，跑回他們的臥室，關起門來痛哭。他悄悄地把筆記本放進夾克口袋，拿起掛在後門門邊的車鑰匙，靜靜地溜出家門。

出事後的兩個月，我的父母似乎刻意避開對方，一個待在家裡，另一個就出去。爸爸經常在書房的綠色椅子上打瞌睡，醒來之後才躡手躡腳地走進臥室，悄悄地側身躺在床的一邊。如果媽媽拉了大半毛毯蓋在身上，他就不蓋被子，縮成一團躺在床上。這副姿態好像他隨時可以醒來，只要一出事，他馬上可以採取行動。

「我知道誰殺了她。」他聽到自己對盧安娜・辛格說。

「你告訴警方了嗎？」

「我告訴他們了。」

「他們怎麼說？」

「他們說目前爲止，除了我的臆測之外，還找不到什麼直接證據。」

「父親的疑心……」她開口說話。

「就像母親的直覺一樣有分量。」

這次她聽了微微一笑。

「他住在附近。」

「你有何打算？」

「我正在調查所有線索。」爸爸說，他很清楚這話聽起來是什麼意思。

「這麼說，我的兒子……」

「他是線索之一。」

「說不定你被那個所謂的凶手嚇壞了。」

「他嚇不了我，」他抗議道：「我一定得做些什麼。」

「我們又說不通了，沙蒙先生，」她說：「你誤會了我的意思，我不是說你來找我們是錯的，從某個角度而言，我了解你爲什麼來這裡，你希望得到一些支持，尋求一些溫情與慰藉，因此，你找上了我們，這樣對你、對我兒子都好，我只在乎這一點。」

「我說過我無意傷害任何人。」

「那個人叫什麼？」

「喬治・哈維。」除了告訴賴恩・費奈蒙之外，這是爸爸第一次大聲說出這個名字。

她沒說什麼，過了一會兒才站起來，她轉身背對他，走到一扇窗子旁邊把窗帘拉開，她喜歡放學時刻的陽光。雷出現街頭，她看著兒子一步步走近家門。

「雷快到家了，我出去等他，對不起，我暫時告退，我得穿上大衣和靴子。」她停了一下又說：「沙蒙先生，如果我是你，我也會採取同樣行動。我會和所有我覺得可疑的人聊聊，但我不會把他的名字告訴太多人。等到確定的時候，我會不動聲色，悄悄地把他殺了。」

他聽到她在走廊穿上大衣，她把衣架掛回去，金屬架子發出鏗鏘的聲響。幾分鐘之後，大門開了又關，一陣寒風從屋外吹進來，他看到她站在外面迎接兒子，母子兩人都沒有笑，他們低著頭，只見兩人的雙唇移動，雷知道我爸爸在裡面等著他。

媽媽和我從一開始就覺得賴恩・費奈蒙和其他警察不同，和他一起到我家的警察身材都相當魁梧，相形之下，費奈蒙警探顯得瘦小。除此之外，他還有些小地方和別人不同，一般人不太看得出來。比方說，他似乎經常若有所思，談到我，或是案子的進展時，他神情嚴肅，從來不開玩笑。只有和媽媽說話時，賴恩・費奈蒙才表現出樂觀的本性，他堅信謀殺我的凶手一定會落網。

「或許不是這一、兩天，」他對媽媽說：「但有朝一日，他一定會露出馬腳，這種人向來控制不了自己。」

爸爸去辛格家，留媽媽一個人在家，賴恩・費奈蒙來家裡找爸爸，她只好陪他聊天。媽媽在客廳桌上擺了一些圖畫紙，巴克利的蠟筆散落在圖畫紙上，他和奈特本來在客廳畫畫，畫到後來兩個小男孩累得打瞌睡，頭像沉重的花朵一樣垂下來，媽媽只好把他們抱起來，先抱一個，然後再抱另一個，依次將兩個小男孩抱到沙發上。他們各睡在沙發一邊，雙腳幾乎在沙發中間相碰。

賴恩・費奈蒙知道這種時候他應該輕聲細語，但媽媽注意到他不太喜歡小孩，他看著她抱起兩個小男孩，卻沒有站起來幫忙，他也不像其他警察一樣和她聊小孩子的事。不管我是生是死，在其他員警眼中，她只是個母親，費奈蒙對她則不是如此。

「傑克想跟你談談，」媽媽說：「但我想你很忙，一定沒時間等他回來。」

「還好，不太忙。」

媽媽塞到耳後的一撮頭髮滑落到耳際，她的表情頓時柔和了不少，我知道賴恩也注意到了。

「他去找可憐的雷・辛格。」她邊說邊把頭髮塞回耳後。

「眞抱歉我們必須訊問他。」賴恩說。

「是啊，」她說：「沒有任何年輕男孩能做出……」她說不下去，他也沒有逼她把話說完。

「他有充分的不在場證明。」

媽媽從圖畫紙上拾起一枝蠟筆。

賴恩・費奈蒙看著媽媽畫人和小狗，巴克利和奈特在沙發上發出輕微的鼾聲，巴克利彎起身子，蜷曲得像小嬰孩一樣，還把拇指放到嘴裡吮吸。媽媽曾說我們一定要幫他戒掉這個習慣，現在她卻羨慕小弟睡得如此沉靜。

「妳讓我想起我太太。」賴恩沉默了好一會兒之後開口。賴恩默不作聲時，媽媽已經畫了一隻橘色的獅子狗，和一匹看來像是遭到電擊的藍色小馬。

「她畫畫也很糟嗎？」

「以前我們沒什麼好聊的時候，她也是靜靜地坐著。」

過了幾分鐘之後，畫紙上多了一個黃澄澄的太陽、一棟褐色的小屋，屋外種滿了粉紅、湛藍和紫色的花朵。

「你說『以前』。」

他們同時聽到車庫門的聲音，「她在我們結婚不久之後就過世了。」賴恩說。

「爸爸！」巴克利從沙發上跳起來大叫，完全忘了奈特和其他人的存在。

「唉，眞是抱歉。」她對賴恩說。

「我也是，」他說：「我是說關於蘇西這件事，眞的，我很難過。」

巴克利和奈特跑到後門口歡迎爸爸回家，爸爸興高采烈地大叫：「我需要氧氣！」

經過漫長的一天之後，每次下班回家，我們抱他抱得太久，爸爸總是像這樣大聲喊叫。雖然聽起來有點誇張，但爲了小弟而裝模作樣已成爲爸爸一天中最快樂的時刻。

爸爸從後門走進客廳，媽媽則瞪著賴恩．費奈蒙，我眞想大聲告訴媽媽：快去落水洞附近仔細瞧瞧！我的身體埋藏在洞穴深處，靈魂卻高高在上看著你們呢。

警方還抱著一線希望時，賴恩．費奈蒙向媽媽拿一張我的學校照片。他把我的照片和其他照片擺在皮夾裡，照片中的小孩和陌生人都已不在人間，其中包括他的太太。如果案子破了，他就把破案日期寫在照片背面；如果案子沒破，照片背後就空白。不管警方認爲破案與否，只要他認爲案子沒破，照片背後就留白。我的照片背後一片空白，他太太的照片背後也看不到任何字跡。

「賴恩，你好嗎？」爸爸打聲招呼，哈樂弟在爸爸身旁跳來跳去，希望主人拍拍牠。

「我聽說你去找雷．辛格。」賴恩說。

「巴克利、奈特，你們上樓到巴克利的房裡玩，好嗎？」媽媽說：「費奈蒙警探和爸爸有事情商量。」

---

❶*Black Like Me*是美國記者John Howard Griffin的名著，John Howard Griffin化裝成黑人到美國南方各州旅行，親身體驗身爲黑人所受的不平等待遇。這本一九五〇年代的作品被視爲是種族歧視的經典之作，曾被改編成電影，也經常被選爲教材。

第七章

「你看到她了嗎？」巴克利邊上樓邊問奈特，哈樂弟緊隨在他們身後，「那是我大姊。」

「沒有。」奈特說。

「她出去了一陣子，但現在回家了。來，我們比賽誰跑得快！」

兩個小男孩和一隻小狗爭先恐後，快步衝上曲折的樓梯。

我不准自己多想巴克利，生怕他會在鏡子、或玻璃瓶蓋上看到我的身影。我像家裡每個人一樣，一心只想保護他。「他年紀還小，」我對弗妮說，弗妮聽了回答說：「年紀小就看不到我們嗎？妳認爲小孩子想像中的朋友打哪裡來的？」

兩個小男孩跑到我爸媽的臥室旁，在一幅裱好的墓碑拓印下坐了下來。拓印的眞跡來自倫敦一座墓園，媽媽曾告訴琳西和我，她和爸爸到倫敦度蜜月時遇見一個老婦人，她和爸爸想在家裡牆上掛些特別的東西，這位老婦人就教他們翻刻墓碑。到了我十歲出頭時，家裡大部分的拓印都被收到地下室，牆上改掛上色彩鮮豔的寫實畫，據說這些圖畫能刺激孩童學習。但是琳西和我依然非常喜歡墓碑拓印，掛在巴克利和奈特頭頂上這幅更是我們的最愛。

琳西和我時常躺在這幅拓印畫的下面，我假裝是畫中的騎士，哈樂弟是蜷伏在騎士腳邊的忠犬，琳西則是他遺留在世的愛妻。不管剛開始氣氛多麼莊嚴肅穆，到後來我們一定笑成一團。琳西告訴躺在地上裝死的我說，做妻子的日子還是要過下去，她下半輩子不能守在一個死人身旁，我聽了假裝勃然大怒，但每次都持續不了多久。說著說著，琳西一定會提起她的新愛人，此人不是給她一塊好豬肉的屠夫，就是幫她做掛鉤的鐵匠，「你死都死了，騎士，」她說：「我還得活下去呢。」

「昨天晚上蘇西來看我，還親了我一下。」巴克利說。

「她沒有！」

「她有！」

「眞的嗎？」

「眞的。」

「你有沒有告訴你媽？」

「這是祕密，」巴克利說：「蘇西說她還不想和其他人說話。你想看看其他東西嗎？」

「好啊。」奈特說。

他們站起來跑到屋裡另一邊，把哈樂弟留在拓印畫下方打瞌睡。

「來，進來看看。」巴克利說。

他們走進我房裡，我幫媽媽拍的照片被琳西拿走了，琳西想了一會兒，最後還是回來拿了"Hippy-Dippy Says Love"的徽章。

「這是蘇西的房間。」奈特說。

巴克利把手指舉到唇邊，媽媽每次要我們安靜時，都做出這個姿勢，小弟看過媽媽這麼做，現在也有樣學樣，示意奈特不要說話。他彎下身子，把小肚子貼在地面上，叫奈特也跟著做，他們像哈樂弟一樣在地上匍匐前進，慢慢地爬過垂掛在我床邊的摺飾，來到我藏東西的祕密地點。

彈簧床墊下面有塊木板遮住整個床墊，板子上有個小洞，我把我不想讓別人看到的東西從洞裡塞進去，藏在木板和床墊之間。我得提防哈樂弟跑進我房間，不然牠東抓西抓，到後來東西一定會掉出來。我失蹤一天之後，果然發生這種狀況。

爸媽到我房裡仔細搜尋，希望能找到一些線索，他們離開之後忘了關門，哈樂弟跑進來，叼出了我藏起來的小樹枝。我藏起來的東西散落在床下，其中一樣東西只有巴克利和奈特認得出是什麼。巴克利解開爸爸的舊手帕，手帕裡是一枝沾了血跡的小樹枝。

一年前，巴克利不愼呑下了這枝小樹枝，當時他和奈特在後院玩，兩個人把石塊堆得滿天高，院子裡有棵老橡樹，媽媽把曬衣繩的一端綁在橡樹上，巴克利在樹下找到一根小樹枝，他把樹枝當作香菸一樣放到嘴裡，我坐在我房間窗戶外面的屋頂上，一面塗著克萊麗莎給我的腳趾甲油，一面翻閱時裝雜誌，眼睛還不時盯著巴克利。

我總是被指派照顧小弟，爸媽認爲琳西不夠大，更何況，琳西的智力正在萌芽，她應該盡量發揮，我們可不能妨礙了她的成長，因此，那天下午，她在屋裡用一百三十色的蠟筆在畫紙上畫蒼蠅眼睛，照顧巴克利的差事則落在我頭上。

那天外面不太熱，又是夏天，於是我決定好好在家裡做保養。洗澡洗頭之後，我全身上下熱氣騰騰，於是，我坐在屋頂上吹吹風，還一邊慢條斯理地塗腳趾甲油。

一隻蒼蠅停在指甲油的塗抹器上，我上了兩層腳趾甲油，一面聽著小奈特出言挑釁，一面瞇著眼睛觀察停在面前的蒼蠅。琳西在屋裡幫蒼蠅眼睛上色，我盯著蒼蠅的眼睛，看看能不能辨識出不同的部位。微風輕輕吹拂，吹得毛邊褲管輕刷過我的大腿。

「蘇西！蘇西！」奈特大喊。

我往下一看，看到巴克利倒在地上。

每次和哈莉談到救人，我總是以那天發生的事情爲例，我相信命救得回來，哈莉則認爲不可能。

我趕快起身爬過窗戶，我一隻腳踏在窗邊的縫衣凳上，另一隻腳小心地跨到地上，雙腳著地之後，我馬上像運動員一樣跑向樓梯口，平常爸媽不准我們從樓梯扶手上滑下來，現在我卻很快地順著扶手往下滑，我大聲叫琳西，然後逕自衝到後院。我穿過後院的紗門，跳過狗屋的柵欄，一路衝到橡樹下。

巴克利哽到了，全身不停地顫動，我把他抱進車庫，奈特緊跟在後面，車庫裡停了爸爸的愛車馬自達，我看過爸媽開車，媽媽也示範過如何發動引擎和煞車，我知道爸爸把車鑰匙放在一個沒有用的花盆下，我把巴克利放在後座，從花盆下拿出鑰匙，一路疾駛到醫院，雖然車子的緊急煞車被我燒壞了，但大家似乎毫不在意。

「如果她沒有趕到醫院的話，」醫生後來告訴媽媽說：「妳的小男孩就完蛋了。」

因爲我救了小弟一命，所以外婆說我會長命百歲。唉，外婆的預測總是錯的。

「哇。」奈特發出驚嘆，他拿起小樹枝，不敢相信時間一久，鮮紅的血跡居然變成黑色。

「很正點吧。」巴克利說，想到當時那一刻，他仍然覺得有點害怕。他好痛，醫院的大床旁邊圍滿了大人，每個人都表情凝重。在那件事之後，他只有在另一個場合看到大人們同樣嚴肅的表情。不同的是，在醫院裡，大家本來好緊張，後來沒事了，大人們眼中閃爍著輕鬆的光芒，溫暖和煦的目光將他團團圍住。現在他爸媽卻目光呆滯，眼中的光芒似乎消失無蹤。

我覺得頭昏腦脹，拖著沉重的步伐走回廣場的陽台。天色已晚，我抬頭一看，忽然看到對面有一棟我從未進去過的大房子。

我小時候讀過《飛天巨桃歷險記》（*James and the Giant Peach*），眼前這棟建築物像是書中主角阿姨的房子：維多利亞式建築，龐大、陰暗，屋頂還有一個瞭望台。

我本來以爲瞭望台上站了一排女人，對著我指指點點，但等我慢慢熟悉陰暗的四周之後，我才知道瞭望台上站的不是女人，而是一排排烏鴉，每隻烏鴉嘴裡都啣著一根小樹枝。我轉身走回家，瞭望台上的烏鴉展翅高飛，一路緊隨著我。小弟眞的看到我了嗎？或者，這只是一個小男孩美麗的謊言？

第八章

三個月來，哈維先生一直夢到房屋。他夢見南斯拉夫的一隅，茅草爲頂的小屋架在高腳柱上，天際一片蔚藍，忽然間，洪水來勢洶洶地湧上來，小屋也因而隨波逐流。在挪威峽灣邊、以及隱密的村落間，他看到原木搭建的教堂，教堂的木頭是造船的維京人運來的，地方英雄和惡龍的雕像也都是木頭刻的。但他最常夢見的是沃洛格達的「聖主變容大教堂」（Church of the Transfiguration），謀殺我的那天晚上，這座他最喜歡的教堂就出現在夢中。過了一段日子，他又夢見女人和小孩，夢中影像晃動搖移，從不停止。但謀殺我之後，他享受了片刻安寧，在那些動盪的影像再度浮現之前，他在夢裡只看到這座他最喜歡的教堂。

我回到過去，看見哈維先生躺在他媽媽懷裡，他凝視前方，眼睛一直盯著擺滿彩色玻璃片的桌子。他爸爸把玻璃片按照形狀大小、及寬度重量疊成一落落，還像珠寶商一樣仔細地檢查每一片玻璃，看看有無裂縫或瑕疵。喬治・哈維只注意到掛在母親頸上的琥珀，橢圓形的琥珀鑲著銀邊，裡面有隻形狀完好的蒼蠅。

「他是建商。」有人問起他父親的職業時，年幼的哈維先生總是這麼說。後來他不再回答這個問題，他怎能回答說他父親在沙漠裡工作，用碎玻璃和舊木頭蓋些簡陋的小屋子呢？但他的確從父親那裡學到一些建築常識，他父親教他什麼才算是一棟好房子，怎麼蓋房子才會耐久。

因此，當那些晃動的身影重新出現在夢中時，哈維先生總是拿出他父親的素描簿，他把自己埋首在這些他不喜歡的圖片中，試圖忘記夢中惱人的影像。看著看著，他的母親就會來到夢中。母親在公路旁的田野上奔跑，她一身素淨，上身是白色緊身船形領襯衫，下身是白色的七分褲，和他最後一次看到她時一模一樣。最後一次看到母親時，她和父親開車到新墨西哥州郊外的一個小鎮，兩人在悶熱的車裡起了爭執，父親把她強拉出車外，喬治·哈維像石頭一樣呆坐在後座，他張大眼睛，心裡一點感覺也沒有，周圍的事情如慢動作般發生，這個年紀的他，已經學會不動聲色在一旁觀看。母親一直往前跑，瘦弱蒼白的身影愈來愈遠。哈維緊握著母親從頸上扯下來交給他的琥珀，他父親望著公路說：「兒子，她走了，她永遠不會回來了。」

第九章

外婆在追悼會前一晚抵達家中，她像往常一樣叫了豪華加長禮車，從機場一路啜飲香檳到我家。她身上披著所謂的「厚重漂亮的動物」，其實就是一件在教堂拍賣會上買到的二手貂皮大衣。爸媽沒有刻意問她要不要參加，她來了也好。追悼會是凱定校長的主意，「這對你的小孩和學校的學生都好，」他對爸媽說，於是，他主動在我們教會裡發起這個追悼會。爸媽像夢遊一樣點頭答應，麻木地處理該訂什麼花、該請誰來說話之類的事情。媽媽和外婆講電話時提到此事，外婆一說「我要參加，」媽媽聽了有點訝異。

「媽，妳不見得一定要來。」

外婆沉默了一會，「艾比蓋兒，」外婆說：「這是蘇西的喪禮啊。」

外婆堅持穿著二手貂皮大衣在鄰里間走動，讓媽媽覺得很不好意思。外婆還有一次化著濃妝參加我們社區裡的聚會，那次也讓媽媽下不了台。參加社區聚會時，外婆總是拉著媽媽問東問西，例如媽媽有沒有到這個人家、那個人的先生從事什麼行業、開什麼車等等，直到問出每個人是誰，外婆才會放媽媽一馬。外婆總想弄清楚鄰居是誰，現在我才明白，外婆試圖藉由這種方式來了解媽媽。但外婆卻打錯了算盤，很遺憾地，媽媽始終沒有回應。

「傑……克，」外婆走近大門口，誇張地喊道：「我們得好好喝一杯！」外婆看到琳西想要偷偷跑上樓，反正等一下外婆一定會找她，她想趁現在安靜個幾分鐘。「孩子們討厭我囉，」外婆感嘆，她的笑容忽然變得僵硬，露出一口潔白而完美的牙齒。

「媽，」媽媽打聲招呼，我眞想一頭栽進她那充滿悲傷的湛藍雙眼，「妳別多心，琳西只是想把自己打扮得漂亮一點。」

「在這個家想打扮得漂漂亮亮，簡直是不可能喔！」外婆說。

「媽，」爸爸說：「這個家和妳上次來時不一樣了。我幫妳倒杯酒，但我必須請妳尊重大家。」

「傑克，你還是一樣英俊得要命。」外婆說。

媽媽接下外婆的大衣，巴克利從二樓窗戶大喊：「外婆到了！」巴克利一喊，哈樂弟就被關到爸爸的書房，我小弟對奈特，或是任何願意聽他說話的人吹牛說，他外婆有一輛全世界最大的車子。

「媽，妳氣色不錯。」媽媽說。

「嗯，」爸爸一走遠，外婆馬上問道：「他還好嗎？」

「我們都想辦法應付，但實在很難。」

「他還唸叨著那個凶手嗎？」

「沒錯，他還是認爲那個人殺了蘇西。」

「你們會吃上官司，妳知道的。」她說。

「除了警方之外，他沒有對任何人提起。」

琳西坐在上面的樓梯口，媽媽和外婆都沒看到。

「他不該告訴任何人，我知道他想把事情歸咎於某人，但是……」

「媽，威士忌還是馬丁尼？」爸爸走回大門口問道。

「你喝什麼？」

「嗯，這一陣子我不喝酒。」爸爸說。

「啊，這就是你的問題囉。我自己來，你們不必告訴我酒放在哪裡！」

少了那件「厚重漂亮的動物」，外婆顯得相當瘦小。「節食要趁早，」她在我十一歲時就告誡我，「小寶貝，你現在就得開始節食，以免肥肉堆積在身上太久減不掉。大家說胖嘟嘟的樣子很可愛，其實是說這個人很醜。」她和媽媽時常爲了我是不是大到可以吃抑制食慾的藥而爭吵，她說這些藥是她的「救命丸」，還對媽媽說：「我把我的救命丸給妳女兒，妳居然剝奪她的權利？」

我還活著時，外婆做的每一件事似乎都是錯的，但那天她搭著租來的加長禮車來到家門口，她推開大門大搖大擺地走進來，奇怪的事也隨之發生。她趾高氣昂、一身氣派來到我家，也讓家中重新充滿生氣。

「艾比蓋兒，妳需要人幫妳。」晚飯之後，外婆對媽媽說。自從我失蹤之後，這是媽媽第一次下廚做晚飯，媽媽聽了嚇一跳，她剛戴上洗碗的藍色手套，在水槽裡放滿肥皂水，準備洗碗盤，琳西會幫忙擦碗，她以爲外婆會叫爸爸幫她倒一杯飯後酒。

「媽，妳能幫忙最好。」

「別客氣，」外婆說：「我到大門口拿我的魔術袋。」

「喔，不。」我聽到媽媽屏住氣息說。

「好啊，魔術袋。」琳西說，她整頓飯都沒開口。

「媽，拜託。」媽媽抗議，外婆從大門口走回來。

「孩子們，把桌子清乾淨，把你媽架到這裡，我要讓她改頭換面。」

「媽，別鬧了，我還有碗盤要洗。」

「艾比蓋兒。」爸爸輕聲說。

「喔，不，她或許讓你喝了酒，但她別想拿那些折磨人的玩意靠近我。」

「我沒醉。」爸爸說。

「你還笑。」媽媽說。

「妳告他啊。」外婆說：「巴克利，捉住妳媽媽的手，把她拖到這裡。」小弟聽了照做，他看到媽媽被別人管、被別人逼著走，覺得非常有趣。

「外婆？」琳西害羞地問道。

巴克利把媽媽拉到廚房的一張椅子旁，外婆已經把椅子拉過來面向她。

「什麼事？」

「妳能教我化妝嗎？」

「天啊，感謝老天爺，當然可以！」

媽媽坐下來，巴克利爬到她大腿上說：「媽咪，怎麼了？」

「艾比，妳在笑嗎？」爸爸笑著說。

媽媽的確在笑，她一邊微笑、一邊哭泣。

「甜心，蘇西是個好女孩，」外婆說：「就像妳一樣。」她緊接著又說：「好，把下巴抬高，讓我看看妳眼睛下的黑圈圈。」

巴克利爬下來，坐到另一張椅子上。「這是睫毛捲，琳西，」外婆邊說邊示範，「這些我全都教過妳媽。」

「克萊麗莎也用這個。」琳西說。

外婆把橡皮捲子夾在媽媽的上下睫毛，媽媽習慣這個程序，稍微把頭抬高。

「妳和克萊麗莎說過話嗎？」爸爸問道。

「不算是，」琳西說：「她常和布萊恩·尼爾遜在一起，他們蹺課的次數多到會被申誡。」

「我以為克萊麗莎不會這樣，」爸爸說：「她資質雖然不是最好，但從來沒惹過麻煩。」

「我上次看到她時，她渾身都是大麻味。」

「我希望妳不要惹上這些麻煩。」外婆說，她喝下最後一口威士忌，把酒杯重重地擺到桌上，「好，琳西，過來看看，妳瞧，睫毛一捲了上來，妳媽媽的眼睛是不是更神采奕奕呢？」

琳西試著想像自己眼睫毛捲起來的模樣，但腦海中浮現的卻是塞謬爾·漢克爾的雙眼，她想到塞謬爾吻她時，點點繁星在他的睫毛邊閃耀。想到這裡，她的瞳孔大張，像微風中的橄欖一樣劇烈顫動。

「想不到喔。」外婆說，她一隻手握著睫毛捲奇形怪狀的把手，一隻手扠在臀邊。

「想不到什麼？」

「琳西·沙蒙，妳交了男朋友。」外婆對大家宣布。

爸爸笑了笑，他忽然變得很喜歡外婆，我也是。

「我沒有。」琳西說。

外婆正要說話，媽媽就輕聲說：「妳有。」

「感謝老天爺喔，甜心，」外婆說：「妳應該交個男朋友。等幫妳媽化好妝之後，外婆再好好打點妳。傑克，給我一杯開胃酒吧。」

「開胃酒是飯前喝的……」媽媽又開始說教。

「別糾正我，艾比蓋兒。」

外婆喝醉了，她把琳西畫得像個小丑，她自己也說琳西看起來像個「紅牌妓女」，爸爸喝得像外婆所謂的「醉得恰恰好」，最令人驚奇的是，媽媽把髒碗盤留在水槽裡，上樓睡覺了。

大家睡著之後，琳西站在臥室的鏡子前看自己。她抹去一些腮紅，擦擦嘴唇，摸摸微腫的眉頭，她剛拔了些眉毛，原本濃密的眉頭稍顯紅腫。她在鏡中看到不同的自己，我也看出了不同：鏡中的她，是個能夠照顧自己的成年人。化妝品下是她所熟悉的臉孔，她知道這是自己的臉，但最近每個人一看到她，總是不自覺地想到我。上了口紅和眼影後，她臉部的輪廓變得鮮明，煥發出珠寶般的神奇光彩，家裡沒有任何一樣東西呈現出如此炫麗的光澤。外婆說得沒錯，化了妝之後，她的雙眼更加湛藍，拔了些眉毛後，臉型也爲之改變，腮紅更強調了她的顴骨（「這些輪廓可以再加強，」外婆強調說）。嘴唇看起來也不一樣，她對著鏡子做出各種表情：噘嘴、親吻、假裝像喝了雞尾酒一樣大笑。她低下頭，一面像好女孩一樣禱告，一面偷瞄自己這副好女孩模樣。上床睡覺時，她背貼著床，這樣才不會弄亂了她全新的容貌。

貝賽兒・厄特邁爾太太是我和琳西唯一見過的死人。我六歲、琳西五歲時，她和她兒子搬到我們這個社區。

媽媽說她有一部分的腦子不見了，因此，有時她一離開兒子家就不知道自己在哪裡。她經常走到我家前院，站在樹下凝視著街道，好像站在那裡等公車，媽媽常把她帶到廚房坐下來，幫兩人泡杯茶，安撫了她之後再打電話通知她兒子。有時她兒子家沒人接電話，厄特邁爾太太就坐在我家廚房，一語不發地盯著餐桌中間的擺飾，一坐就是好幾小時。我們放學回家時，她還沒回去，她坐在廚房裡對我們微笑，還經常邊摸琳西的頭髮邊叫「娜特莉」。

厄特邁爾太太過世時，她兒子請媽媽帶我和琳西參加葬禮，「我母親似乎特別喜歡您的小孩。」她兒子寫道。

「媽，她根本不知道我叫什麼。」琳西低聲抱怨，媽媽一面幫琳西扣上洋裝上無數的圓形鈕扣，一面心想：這又是一件外婆給的，毫無實際用途的禮物。

「最起碼她還叫妳娜特莉。」我說。

復活節剛過，春天剛開始變熱，那一星期氣溫攀升，大部分的冰雪已經融化，地面上只有少數殘雪。

厄特邁爾家的教堂相當華麗，「他們是有錢的天主教徒。」爸爸在車上說。琳西和我覺得這整件事情在厄特邁爾家教堂的墓園中，冰雪附著在墓石的底部，不遠之處，金鳳花已經開始萌芽。

非常有趣，爸爸不想參加喪禮，但媽媽大腹便便，根本沒辦法開車。媽媽懷巴克利懷到最後幾個月時，肚子大到坐不下駕駛座。她大部分時間都很不舒服，我們盡量離她遠一點，省得被罵。

但因為懷著巴克利，所以媽媽避開了瞻仰遺體的儀式，我和琳西則看到了遺容。喪禮之後我們忍不住一再討論，過了好久之後，我還不斷地夢見厄特邁爾太太躺在棺材裡的模樣。我知道爸媽不希望讓我們看到遺體，但大家列隊走過棺材時，厄特邁爾先生示意我和琳西上前看看，「哪一個是我母親說的娜特莉？」

他問道，我們瞪著她，我指指琳西。

「我希望妳過來說聲再見。」他說，他的古龍水比媽媽的香水更濃，刺鼻的香味，再加上自覺被排拒在外，讓我好想哭。「妳也可以過來。」他對我說，他伸手揮揮，把我們召喚到他身旁。

躺在棺材裡的人看起來不像厄特邁爾太太，但那又確實是厄特邁爾太太，感覺相當奇怪。我試著把焦點集中在她手上閃閃發光的戒指。

「媽，」厄特邁爾先生說：「這就是妳把她叫成娜特莉的小女孩。」

琳西和我後來對彼此坦承，我們當時都以為厄特邁爾太太會開口說話，我們當時也決定如果她眞的開口，我們會一把拉住對方沒命地逃跑。

過了痛苦難耐的一、兩秒鐘之後，瞻仰儀式結束，我們也回到爸媽身旁。

第一次在天堂裡看到厄特邁爾太太時，我不覺得十分驚訝。哈莉和我看到她牽著一個金髮小女孩走在一起，她向我們介紹說這是她的女兒娜特莉，我聽了也不覺得驚訝。

追悼會早晨，琳西盡可能在她房裡待久些，她不想讓媽媽看到自己臉上還化著妝，時間拖久了，就算媽媽看到她，也來不及叫她把妝洗掉。她還告訴自己說，從我衣櫃裡拿件衣服沒關係，我不會介意的。

但是整個情形看來卻怪怪的。

她打開我的房門，到了二月，大家愈來愈常闖入這個禁地，儘管如此，爸爸、媽媽、巴克利和琳西都不承認進去過我房間。大家不承認從我房裡拿了東西，拿了也無意歸還。每個人顯然都到過我房間，但大家對所有跡象都視而不見，房裡東西一有異動，即使不可能是哈樂弟的錯，大家還是責怪哈樂弟。

琳西想為塞謬爾好好打扮，她打開我的衣櫥，仔細地檢視裡面亂七八糟的衣物。我不是一個愛乾淨的人，每次媽媽叫我清房間，我總是把地上、或是床上的衣服塞進衣櫃。琳西總是覬覦我的新衣服，但她只能穿我穿過的舊衣服。

「天啊。」她看著陰暗的衣櫥輕嘆，眼前所有的衣服都是她的了，她覺得有點高興，也有點罪惡感。

「哈囉？有人在裡面嗎？」外婆問道。

琳西嚇得跳起來。

「對不起，甜心，把妳嚇了一跳，」她說：「我想我聽到妳在裡面。」

外婆站在門口，身上穿著一件媽媽所謂「賈姬式樣」的洋裝。媽媽始終不明白為什麼外婆的身材和我們不一樣，外婆的臀部平坦，穿上直筒洋裝顯得穠纖合度，即使已經六十二歲，外婆依然是個衣架子。

「妳在這裡幹嘛？」琳西問道。

「我要找人幫我拉拉鍊。」外婆邊說邊轉身，琳西看到外婆的黑色胸罩扣環和半截短襯裙，她從未看過媽媽穿上這樣的衣物。她走向外婆，小心翼翼地避免碰到拉鍊之外的任何東西，謹慎地幫外婆拉上拉鍊。

「看到拉鍊上的鉤子嗎？」外婆說：「妳扣得起來嗎？」

外婆的頸際充滿了香粉和香奈兒五號的香水味。

「妳一個人沒辦法做這樣的事情喔，這就是為什麼我們需要一個男人在身邊。」

琳西已經和外婆一樣高，而且身高還一直往上抽，她一手捏著鉤子、一手捏著鉤眼，幾撮挑染的金髮緊貼著外婆的後腦勺，她還看到柔軟的灰髮散落在外婆的頸背。她幫外婆扣好鉤子，然後站在原地不動。

「我已經忘了她的模樣。」琳西說。

「妳說什麼？」外婆轉身說。

「我記不得了，」琳西說：「我是說，我忘了她脖子是什麼樣子。外婆，我注意看過她的脖子嗎？」

「噢，親愛的，」外婆說：「過來。」她伸出雙臂，但琳西轉身面對衣櫃。

「我要打扮得漂漂亮亮。」

「妳已經很漂亮了。」外婆說。

琳西聽了幾乎無法呼吸，外婆從不讚美任何人，當她讚美妳時，妳會覺得她的讚美像天上掉下來的黃金一樣珍貴。

「來，我們一定能幫妳找到漂亮的衣服。」外婆邊說邊走向衣櫃，她比誰都會挑衣服，以前她偶爾會在開學之前來找我們，她帶我們去買衣服，我們看著她修長的手指飛快地在衣架間飛舞，衣架好像成了琴鍵，而她是鋼琴大師，讓人看了嘆爲觀止。忽然間，她停了下來，不到一秒鐘就從成堆衣服中拉出一件洋裝或襯衫給我們看，「妳們覺得如何？」她問道，她手上的那件衣服永遠完美極了。

她打量我的衣服，一面翻撿、一面把衣服貼在琳西身上比畫。

「妳媽媽的情況很糟，琳西，我從沒看過她這個樣子。」

「外婆……」

「噓，讓我想想。」她拿起一件我上教堂穿的洋裝，這件深色方呢格、小圓領的洋裝很大，穿上去之後我可以盤腿坐在教堂的椅子上，還可以讓洋裝的下襬垂到地上，所以我特別喜歡穿這件洋裝上教堂。

「她在哪裡買到這件布袋？」外婆說：「妳爸爸的情況也很糟，但他最起碼有股怒氣。」

「妳和媽媽說的那個人是誰？」

外婆聽了楞了一下，「什麼人？」

「妳問媽媽說，爸爸是不是還認爲那個人是凶手。那個人是誰？」

「就是這件！」琳恩外婆舉起一件琳西從沒看過的迷你裝，那是克萊麗莎的衣服。

「太短了。」琳西說。

「妳媽媽太讓我驚訝了，」琳恩外婆說：「她居然讓妳們買這麼流行的衣服！」

爸爸在樓下叫大家趕緊準備，再過十分鐘就要出門。

外婆馬上大顯身手，她幫琳西套上這件深藍色的洋裝，然後兩個人跑回琳西的房間穿鞋子。裝扮整齊之後，外婆在走道上就著頭上的燈光，重新幫琳西描描模糊的眼線，然後再幫琳西上一次睫毛膏，最後她幫琳西緊緊地上一層粉，她拿起粉餅，輕輕地沿著琳西的雙頰向上撲打。外婆跟著琳西走下樓，媽媽一看就說琳西的裙子太短，琳西和我看到媽媽一臉懷疑地瞪著外婆，直到此時，我們才發現外婆自己居然沒有化妝。巴克利坐在琳西和外婆中間，快到教堂時，他看看外婆，好奇地問她在做什麼。

「沒空上妝的時候，這樣做會讓兩頰顯得比較有精神。」她說，巴克利有樣學樣，和外婆一樣捏捏自己的臉頰。

塞謬爾．漢克爾站在教堂大門邊的石柱旁，他穿著一身黑衣，哥哥霍爾站在他身旁，身上披著聖誕節那天塞謬爾穿的破舊皮夾克。

霍爾長得像比較黑一點的塞謬爾，他經常騎著機車奔馳於鄉間道路，皮膚曬得很黑，臉上可見風吹雨打的痕跡。我們全家一走近，霍爾馬上掉頭離開。

「這位一定是塞謬爾，」外婆說：「我就是那個邪惡的外婆。」

「我們進去，好嗎？」爸爸說：「塞謬爾，很高興看到你。」

琳西和塞謬爾走在前面，外婆退後幾步走在媽媽旁邊，全家人一起走進教堂。

費奈蒙警探穿著一套看了令人發癢的西裝站在門口，他對我爸媽點點頭，目光似乎停駐在媽媽身上，

「跟我們一起，好嗎？」爸爸問道。

「謝謝，」他說：「我站在這附近就好了。」

「謝謝你來參加。」

家人們走進教堂擁擠的玄關，我眞想偷偷跑到爸爸的身後，在他的頸邊徘徊，在他的耳畔低語。但我已經存在於他的每個毛細孔間。

早晨一醒來，他仍有些宿醉，他轉身看著熟睡中的媽媽，媽媽貼著枕頭，發出淺淺的呼吸聲。唉，他可愛的妻子、心愛的女人，他眞想輕撫她的臉頰、順順她的頭髮、親吻她，但她睡得那麼安詳，只有在睡夢中，她才得到了平靜。自從獲知我的死訊之後，他每天都承受不同的煎熬，但老實說，追悼會還算不上最糟，最起碼今天大家會誠實面對我的死訊。這一陣子每個人都不明說，言詞閃爍聽了卻令人更難過。今天他不必假裝他已經恢復正常，管它什麼叫做正常，他可以坦然表露悲傷，大家看了也不會說什麼。艾比蓋兒也不必再刻意隱瞞，但他知道她一醒來，他就不能像現在這樣看著她。知道我死了之後，他所認識的艾比蓋兒就消失了，他再也看不到以前的她。我過世已將近兩個月，眾人已逐漸淡忘了這件悲劇，只有我的家人和露絲還牢牢地記得我。

露絲和她爸爸一起來，他們站在教堂角落、擺著聖餐杯的玻璃櫃旁，聖餐杯是美國獨立戰爭留下來的

古物，戰爭時期教堂曾經是醫院。迪威特夫婦和露絲父女閒聊，迪威特太太家裡的書桌上擺了一首露絲寫的詩，她打算星期一把這首詩拿給學校的輔導人員看看，露絲在詩中提到了我。

「我太太似乎同意凱定校長的說法，」露絲的父親說：「她認爲追悼會能幫助學生面對這件事。」

「你認爲呢？」迪威特先生問道。

「我覺得事情過去就算了，我們最好不要再打擾人家，但露絲說她想來。」

露絲看著我家人和眾人打招呼，也注意到琳西的新造型，她不喜歡琳西的樣子，她認爲化妝貶低了女性，向來反對使用化妝品。她看到塞謬爾·漢克爾握著琳西的手，腦海中忽然浮現女性主義書籍提到的「屈從」一詞，但我注意到她隔著窗戶偷瞄霍爾·漢克爾，霍爾站在教堂外古老的墳墓旁抽菸。

「露絲，」她爸爸問道：「怎麼了？」

她趕緊集中精神回答說：「什麼怎麼了？」

「妳剛才望著遠方發呆。」他說。

「我喜歡教堂的墓園。」

「女兒啊，妳是我的小天使，」他說：「趁位子被人占滿之前，我們趕快找個好位子吧。」

克萊麗莎也參加了追悼會，布萊恩·尼爾遜穿著他爸爸的西裝，無精打采地和克萊麗莎一起來。她擠過人群，走到我家人面前，凱定校長和伯特先生一看到馬上讓開，讓她繼續向前走。

她先和我爸握手。

「嗨，克萊麗莎，」爸爸說：「妳好嗎？」

「還好，」她說：「你和沙蒙太太好嗎？」

「我們很好，克萊麗莎。」他說，我心想：這真是個奇怪的謊言！「妳要不要和我們家坐在一起？」

「嗯……」她低頭看著雙手，「我跟我男朋友一起。」

媽媽有點神情恍惚，她瞪著克萊麗莎，心想克萊麗莎還活著，我卻死了。克萊麗莎感覺到媽媽的注視，媽媽的目光似乎烙印在她的肌膚中，讓她只想趕快逃開。

這時她看到那件洋裝。

「嗨。」她打聲招呼，把手伸向琳西。

「怎麼了？克萊麗莎。」媽媽情緒忽然失控。

「噢，沒事。」她說，她再看洋裝一眼，心裡知道她永遠不可能要回這件洋裝了。

「艾比蓋兒？」爸爸說，他聽得出媽媽的怒氣，也察覺到有些不對。

站在媽媽身後的外婆對克萊麗莎眨眨眼。

「我只想說琳西今天好漂亮。」克萊麗莎說。

我妹妹臉紅了。

站在玄關的人群起了一陣騷動，大家分開站在兩旁，史垂克牧師穿著祭服走向爸媽。

克萊麗莎悄悄走到後面找布萊恩，找到他之後，兩人一起走向外面的墓園。

雷．辛格躲得遠遠地，他要用自己的方式向我道別。秋天時我曾給他一張照片，他看著我的照片，默默地對我說再見。

他凝視著照片中的雙眼，盯著背景中那塊大理石花紋的絨布。每個孩子拍照時都以這樣的絨布作背景，坐在熾熱的燈光下擺出僵硬的笑容。雷不知道死亡代表什麼，它代表失落、一去不返，還是時間永遠停格？但他知道照片和本人一定不一樣，他自己就不像照片中那麼狂野、或是羞怯。他凝視著我的照片，心中逐漸明白照片中的不是我。我存在空氣中，環繞在他四周；我出現在他與露絲共度的寒冷清晨，以及兩堂課之間他一個人獨處的時刻，在這些時刻出現的我才是他想親吻的女孩。他想放手讓我走，卻不知道該怎麼做。他不想燒掉、或是丟掉我的照片，但也不想再看到它。我看著他把照片夾在一本厚重的印度詩集中，他和他母親在書裡夾了好多易碎的花朵，時間一久，花瓣已慢慢地化爲塵埃。

眾人在追悼會上對我讚美有加，史垂克牧師、凱定校長和迪威特太太說了很多好話，但爸媽只是麻木地坐在一旁。塞謬爾不斷地捏琳西的手，但她似乎沒有注意到他，眼睛眨都不眨。巴克利穿著奈特借他的西裝，奈特年初剛參加過婚禮，西裝正好派上用場，他坐立難安，一直盯著爸爸。追悼會即將結束前，外婆做出這一整天最重要的一件事。

唱到最後一首讚美詩歌時，我的家人站了起來，這時外婆靠近琳西，悄悄對她說：「在門邊的就是那個人。」

琳西轉頭一看。

賴恩・費奈蒙後面站著一個我們的鄰居，他站在門口，跟著大家一起唱讚美詩歌。他穿著厚厚的法蘭絨襯衫和卡其布長褲，穿得比追悼會的任何人都輕便。片刻之間，琳西已經認出他是誰，他們緊盯著對方，然後琳西就昏倒了。

大家趕緊過去照顧她，一片混亂中，喬治・哈維悄悄地穿過教堂後面的墓園，不動聲色地消失在獨立戰爭時代的墓碑之間。

第十章

在每年夏天舉辦的資優生研習營中，來自全州各地的七到九年級的資優生齊聚一堂，我經常想像在為期四星期的研習營中，這些天資聰穎的學生坐在大樹下，探頭探腦地試圖竊取別人的心血結晶。我想像在營火晚會上，他們表演神劇，而不只是唱唱民謠；女孩們一起淋浴時，大家興高采烈地討論芭蕾名伶丹波伊斯（Jacques d'Amboise）的優美身段、或是經濟學家約翰・肯尼斯・高伯瑞（John Kenneth Galbraith）的大腦構造，而不只是說些別人的閒話。

但即使是資優生也有自己的小圈圈，在所有的小集團中，「科學怪胎」和「數學金頭腦」的地位最高，這些人不善於社交，但最受到尊重。接下來是「歷史天才」，這些人知道冷僻歷史人物的生辰忌日，走過其他學員身邊時，他們總是低聲說些「一七六九到一八二一年」、「一七七〇到一八三一年」之類看似無意義的生卒年月日，琳西則暗自回答說「拿破崙」、「黑格爾」。

還有一些學員隸屬「巧手大師」，大家對於這些孩子名列資優生之列頗有微詞，這些孩子能拆卸機件，然後毫米不差地重新組裝，整個過程完全不需要說明書或是圖示。他們從實際層面來了解世界，而非從理論層面，好像也不太在乎成績。

塞謬爾是「巧手大師」的一員，他最崇拜的英雄是物理學家費曼博士（Richard Feynman）和他哥哥霍爾。霍爾自高中輟學，現在在落水洞附近開了一家修車廠，老主顧包括成群結黨的重型機車族、和騎著腳踏車在養老院停車場閒晃的老先生。霍爾抽菸，住在家裡車庫上方的房間裡，享有自由進出家門的特權，他還時常帶不同女友到修車廠。

每次有人問霍爾什麼時候才會長大，霍爾總是回答說：「永遠不會有這種時候。」塞謬爾受到哥哥啓發，每次老師問他未來的志向時，他總是回答說：「不知道，我才剛滿十四歲。」

露絲・康涅斯知道塞謬爾快滿十五歲囉。她時常坐在家裡後面的鐵皮工具室裡，康涅斯先生從快被拆掉的老房子裡找到各式各樣的門把和舊五金，工具室的地上堆滿了這些舊東西。露絲坐在陰暗的工具室裡冥想，想到頭痛才走回家裡。她爸爸坐在客廳裡看書，她經過客廳、直接跑到自己房間，情緒高昂地寫詩，詩作的標題包括「身爲蘇西」、「死亡之後」、「粉身碎骨」、「在她之旁」、以及「墳墓之唇」。〈墳墓之唇〉是她最得意的作品，參加資優生研習營時，她身邊也帶著這首詩。她讀了又讀，整張紙的摺疊處都快被磨破了。

資優生研習營開始的那天早上，露絲胃痛得不得了，她錯過了接送學生的巴士，結果只好請爸媽開車送她到營區。她這一陣子嘗試新的蔬果養生法，前一天晚上吃了一整顆白菜當晚餐。我過世之後露絲就開始吃素，康涅斯太太對此頗不以爲然。

「老天爺啊，這又不是蘇西！」康涅斯太太指著面前一吋厚的牛排對露絲說。

康涅斯先生凌晨三點把女兒送到急診室，過了幾小時再開車送她到營區。到營區之前，他們先回家拿行李，康涅斯太太已經幫露絲打包，行李放在車道的盡頭。

車子緩緩駛入營區，露絲瞄了排隊領名牌的學員一眼，看到琳西和全是男孩的「巧手大師」們在一起。琳西沒把名字寫在名牌上，而只在上面畫了一隻魚。她並非刻意撒謊，但她希望交幾個來自其他學校的新朋友，說不定其他地區的學生從未聽過我的事情，最起碼他們不會把她和我聯想在一起。

她整個春天都戴著半顆心的金飾，塞謬爾則戴著另外半顆心。他們不好意思在大家面前表露愛意，在學校裡不敢牽手，也沒有互遞情書。他們只是一起吃午餐，塞謬爾每天下課陪她走路回家。她十四歲生日當天，他給她一個插了一支蠟燭的蛋糕。除此之外，他們大部分時間依然和自己的同性朋友在一起。

隔天早晨，露絲很早就起床，她和琳西一樣，兩個人在營區向來獨來獨往，都不屬於任何小團體。她一個人到森林散步，邊走邊採集自己想命名的植物。她不喜歡「科學怪胎」們所標示的植物名稱，所以她決定自己爲花草命名。她在日記裡畫出樹葉花朵的形狀，標示出她認爲的性別，然後爲它們取名字，枝葉簡單的叫做「吉姆」，花朵較爲繁茂的則叫做「槃莎」。

琳西漫步到餐廳時，露絲已經排隊拿第二盤炒蛋和香腸。她在家裡信誓旦旦地說她不吃肉，說了就得算數，但在研習營的營區裡卻沒人知道這回事。

我過世之前，露絲從沒和琳西說過話，我過世之後，兩人也只在學校的走道上擦身而過，但露絲看過琳西和塞謬爾一起走路回家，也看過琳西和塞謬爾有說有笑。她看著琳西點了一些薄餅，其他什麼都不要。有時她把自己想像成我，也曾想像自己是琳西。

琳西對此毫不知情，渾然不覺地走到露絲旁邊。露絲攔下她，「這隻魚代表什麼？」露絲指著琳西的名牌問道：「妳信教嗎？」❶

「不，妳仔細看看魚頭魚尾的方向就知道了。」琳西一面隨口說說，一面心想要是有香草布丁就好了，香草布丁配薄餅最好吃。

「露絲．康涅斯，我是個詩人。」露絲自我介紹。

「琳西。」琳西說。

「琳西．沙蒙，是嗎？」

「拜託，請別說。」琳西說。在那短暫的一刻，露絲明顯地感受到提到我名字所引發的反應。一提到我，人們看著琳西，腦海中馬上浮現出一個女孩倒臥在血泊中的模樣，此時露絲終於知道這是什麼感受。

即使是自認與眾不同的資優生，在短短幾天內也組成了小團體。營區大部分的小團體都是男孩一國、女孩一國，十四歲的青少年很少認眞地談感情，那年唯一的例外是琳西和塞謬爾。

「男生女生親嘴！」他們到哪裡，每個人都這樣叫喊。父母不在身旁，又時値盛夏，他們的激情有如野草般滋生。我從未在自己認識的人身上，感受過如此單純的慾望，也從未看過慾望滋長得這麼快，更別說這人是我的親妹妹。

他們謹愼地交往，也遵守營區的規定，輔導員晚上巡房，拿手電筒照男孩營區附近比較濃密的樹叢時，從來沒有看過琳西和塞謬爾躲在樹叢裡親熱。他們在餐廳後面私會，或是偷偷在刻了他們姓名縮寫的大樹旁見面。他們親吻，想更進一步，卻辦不到。塞謬爾希望他們的第一次很特別、很完美，琳西只想做了就好。她想趕快有個經驗，然後她就可以眞正變成大人。她覺得性愛像是搭乘電影《星艦迷航記》中的運輸機，你消失於空氣中，過了一兩秒重新現形，之後就發現已置身在另一個星球。

「他們快做了。」露絲在她的日記裡寫道。我衷心希望露絲把所有事情寫在日記裡，她在日記裡描述與我在停車場相會，她寫說那天晚上，她感覺到我伸手碰了她一下，感覺絕對眞實，而不是她的想像。她描述我當時的模樣，以及我如何來到她的夢中。

她覺得有些鬼魂緊貼在活人身旁，像第二層肌膚一樣保護心愛的人。如果她努力書寫，說不定她能釋放我的鬼魂，自己也因而重獲自由。我站在她身後看她寫日記，心想將來不知道有沒有人會相信這些話。

一想到我，她覺得比較不孤單，好像冥冥中多了個朋友。冥冥中，她有了一個了解自己的人，夢中，她看到了玉米田，呈現在面前的是一個嶄新的世界；在這個新世界裡，她說不定能找到自己的歸屬。

「露絲，妳眞是一個傑出的詩人。」她想像我對她說。她望著自己的日記大作白日夢，夢中她的詩作是如此優美，文句優雅到能讓我死而復生。

我回顧露絲三歲時的一個下午，她坐在浴室的地上看她表姊脫了衣服，準備洗澡。表姊受託照顧露絲，她把露絲抱進浴室，洗澡時露絲才不會離開自己視線。露絲想摸摸表姊的皮膚和頭髮，眞想讓表姊抱抱。我不知道是否因爲如此，露絲日後才產生某種情愫。到了八歲時，露絲隱約覺得自己與其他女孩不同，小女孩都會迷上身旁的某些人，露絲覺得她對表姊、或是女老師們的感情，比其他小女孩的迷戀更強烈。她不僅希望得到她們的注意，更對她們有種強烈的渴求。隨著歲月增長，情愫在心中逐漸萌芽，原本青綠的嫩芽綻放爲鮮豔的番紅花。但誠如她在日記中所言，她並不想和女人發生關係，而是想永遠消失在她們懷裡；她只想有個藏身之地。

研習營的最後一星期，學員們通常忙著最後一項活動。每個學校的學生都必須在結業的前一天晚上、父母來到營區接小孩之前呈現活動成果，然後由裁判評比勝負。雖然最後一週的星期六早晨才宣布活動主題，但學員們早已開始準備。活動主題向來是設計捕鼠器，沒有人願意重複過去的設計，活動的難度也愈來愈高。

塞謬爾找戴牙套的小孩商量，他需要牙套上的小橡皮圈來強化捕鼠器的效果，琳西向退休的伙夫要來了乾淨的錫箔紙，錫箔紙反射出的光線會讓老鼠暈頭轉向。

「如果牠們喜歡上自己的倒影，那該怎麼辦？」琳西問塞謬爾。

「牠們不可能看得那麼清楚。」塞謬爾回答，他找到一些綑綁營區垃圾袋的鐵線，邊說邊忙著刮下鐵線上的紙片。那星期你如果看到一個小孩目不轉睛地盯著營區內一樣毫不起眼的東西，這孩子八成想著怎樣利用它做一個最棒的捕鼠器。

「牠們滿可愛的。」有天下午琳西說。前一天晚上，琳西花了大半夜在田裡抓老鼠，她把抓來的老鼠放在一個空兔籠裡。

塞謬爾若有所思地看著老鼠說：「嗯，當個獸醫也不錯，但我想我絕不會喜歡解剖老鼠。」

「我們得殺了牠們嗎？」琳西問：「競賽內容是誰能設計出最好的捕鼠器，而不是比賽誰最會殺老鼠。」

「亞提說他要用木頭做副小棺材。」塞謬爾笑著說。

「太噁心了。」

「亞提就是這樣。」

「據說他喜歡蘇西。」琳西說。

「我知道。」

「他提過她嗎？」琳西拿起一枝細木棍穿進兔籠上的鐵網。

「說實在的，他問起過妳。」塞謬爾說。

「你怎麼說？」

「我說妳還好，妳會好好過下去的。」

籠子裡的老鼠躲開木棍，紛紛跑到角落，牠們疊在一起，徒勞無功地試圖逃跑。「我們設計一個擺著紫色天鵝絨沙發的捕鼠器吧，我們還可以裝個門閂，老鼠坐在小沙發上，門一打開就有小小的起司球掉下來。我們可以把這個捕鼠器命名爲『野鼠的國度』。」

塞謬爾不像大人們一樣逼琳西說話，相反地，他只是一直說要用什麼布料幫小老鼠做沙發。

到了那年夏天，我走到哪裡都可以看到人間，因此，我愈來愈不常去廣場上的大陽台。一到晚上，我天堂裡的標槍及鉛球選手就不見了，他們到了其他人的天堂，在其他人的天堂裡，像我一樣的女孩毫無容身之地。其他人的天堂可怕嗎？他們也像我一樣看著人間的親友，愈看愈覺得孤單嗎？或者，其他人的天堂裡充滿了我夢想的東西？說不定其他人的天堂永遠都像諾克威爾（Norman Rockwell）的畫，畫中全家人聚在一起，餐桌上永遠有隻大火雞，切火雞的則是個皺著眉頭、雙眼炯炯有神的叔叔或伯伯。

如果走得太遠、或是想得太多，周圍的景象就起了變化。往下一看，我看得到玉米田，也聽得到田中莖葉所發出的低鳴，朦朧的聲響略帶悲戚，彷彿警告我不要越界。

我頭痛欲裂，天色也開始變黑，忽然間，我又回到了遇害的那天晚上，往事再度湧上心頭，感覺也愈來愈沉重。好多次我都這樣回到遇害現場，卻什麼也看不清楚。

我開始懷疑天堂到底是什麼，如果這裡眞是天堂，我祖父母應該也在這裡，特別是我最喜歡的祖父。

他會在這裡抱抱我，我們也可以一起跳舞，我整天都會非常開心，根本不會記得玉米田、墳墓等往事。

「妳可以這樣，」弗妮說：「很多人都是這樣。」

「怎樣才能達到那種境界？」

「嗯，這或許不像妳想像中那麼容易，妳必須放棄尋求某些答案。」

「我不明白。」

「如果妳不再問爲什麼遇害的是妳、而不是別人，不要想少了妳大家該怎麼辦，也不要管人間親友的感受，」她說：「妳就自由了。簡而言之，妳必須將人間拋在腦後。」

對我而言，這似乎是不可能的事。

露絲晚上偷溜到琳西的宿舍。

「我夢見她。」她輕聲對我妹妹說。

琳西睡眼惺忪地看著露絲說：「妳夢見蘇西？」

「早上在餐廳那件事，嗯，我是無心的，對不起。」露絲說。

琳西睡在三層行軍床的最下層，她正上方的室友翻了身。

「我可以到妳床上嗎？」露絲問道。

琳西點點頭。

露絲悄悄地爬到狹窄的床上，躺在琳西旁邊。

「妳夢見什麼？」琳西低聲問道。

露絲邊說邊翻身，琳西看得見她側面的鼻子、嘴唇和前額。「我在地底下，」露絲說：「蘇西走在我上面的玉米田裡，我可以感覺到她走在我上面，我想叫她，但我嘴裡塞滿了泥土，無論我叫得多大聲，她依然聽不到我的叫聲，然後我就醒了。」

「我沒有夢見過她，」琳西說：「我作過惡夢，夢見老鼠咬我的髮根。」

露絲覺得躺在我妹妹旁邊很舒服，兩人靠在一起感覺很溫暖。

「妳是不是愛上了塞謬爾？」

「沒錯。」

「妳想念蘇西嗎？」

四下一片黑暗，她只看得到露絲的側面，露絲又幾乎是個陌生人，因此，琳西老實地說出心裡的話，「我比誰都想她。」

迪文初中的校長家裡有事離開了營區，因此，今年輪到新上任的契斯特高中副校長來規畫活動主題。她忽然接下了這個任務，決定規畫出一個有別於設計捕鼠器的活動。

她匆匆地貼出了活動海報：如何逃脫刑責？如何犯下完美謀殺案？

學員們喜歡極了。音樂資優生、詩人、歷史天才、和小小藝術家們興致高昂地討論如何開始，他們狼吞虎嚥地吃完早餐的培根和炒蛋，邊吃邊比較過去的無頭公案，以及哪些平常的器物最能致命，他們還討論要謀殺誰，大家講得興高彩烈。七點十五分，我妹妹走進了餐廳。

亞提看著她走過去排隊，她感受到瀰漫在空氣中的興奮之情，但還不知道大家爲什麼那麼激動，她以爲輔導人員剛宣布了捕鼠器競賽。

亞提目不轉睛地盯著琳西，他看到自助餐桌的盡頭、擺餐具的桌子上方貼了一張海報，同桌的一個小孩口沫橫飛地講述「傑克開膛手」的故事，他聽了聽，然後站起來還餐盤。

他走到我妹妹身旁，低聲清清喉嚨，我把全部希望都投注在這個怪異的男孩身上，「幫幫她吧，」我說，我好希望凡間能聽到我的祈求。

「琳西。」亞提說。

琳西看著他說：「什麼事？」

站在自助餐桌後面的廚師，舀起一大杓炒蛋放在琳西盤裡。

「我叫亞提，和妳姊姊同年級。」

「我知道，我不需要棺材。」琳西邊說邊移動餐盤，朝著放橘子汁和蘋果汁的大水瓶移動。

「妳說什麼？」

「塞謬爾告訴我你正在幫小老鼠做木頭棺材，我不需要。」

「他們改變了競賽主題。」

那天早上，琳西已經決定拔下那件屬於克萊麗莎洋裝的鈕扣，用這些鈕扣來裝飾捕鼠器裡的沙發，實在太完美了。

「改成什麼？」

「妳要出去一下嗎？」亞提擋在琳西前方，不讓她走到放餐具的地方，「琳西，」他脫口而出：「今年的主題是謀殺。」

她目不轉睛地盯著他。

琳西緊抓住餐盤，目光停駐在亞提身上。

「我要在妳看到海報之前告訴妳。」他說。

塞謬爾衝進了餐廳。

「怎麼了？」琳西無助地看著塞謬爾。

「今年的主題是如何犯下完美謀殺案。」塞謬爾說。

塞謬爾和我都感受到震撼，琳西的心似乎裂成了碎片。她本來隱藏得那麼好，內心的傷口也愈來愈小，只要再過一陣子，她就能像變魔術一樣瞞過每個人。她將整個世界排拒在心門之外，甚至不願意面對自己。

「我沒事。」她說。

但是塞謬爾知道這不是眞話。

他和亞提看著她轉身離開。

「我已經試著警告她。」亞提有氣無力地說。

亞提回到他的座位旁，畫了一個又一個長長的針管，他幫針管裡的液體上色，下筆愈來愈重，最後他在針管外面畫了三滴點滴，整幅畫才大功告成。

寂寞啊，我心想，在人間、在天堂，寂寞的感覺都是一樣的。

「用刀殺人、把人大卸八塊、槍殺，」露絲說：「眞是變態。」

「我同意。」亞提說。

塞謬爾把我妹妹帶到外面說話，亞提看到露絲拿著一本空白的筆記本，坐在戶外的野餐桌旁。

「但是謀殺的理由倒是相當充分。」露絲說。

「妳想凶手是誰？」亞提問道，他坐到野餐桌旁的長椅上，雙腳跨在桌下的鐵架上。

露絲坐著，幾乎動也不動，她雙腿交叉，一隻腳不停地晃動。

「你怎麼知道這件事？」她問。

「我爸爸告訴我的，」亞提說：「他把我和我姊姊叫進客廳，叫我們坐下。」

「咗！他說什麼？」

「他先說發生了一件可怕的事，我姊姊聽了馬上說『越南』，他沒說什麼，因爲每次一提到越南，他和我姊姊就吵架。他過了一會兒說：『不，親愛的，我們家附近發生了一件可怕的事，我們都認識這個人。』她以爲我們的朋友出了事。」

露絲感到天上落下一滴雨水。

「然後我爸就崩潰了，他說有個小女孩遭到謀殺，我問說是哪個小孩子，我是說，他說『小女孩』，我以爲是個小孩子，妳知道的，年紀比我們小。」

眞的下雨了，雨滴落在紅木桌面上。

「妳想進去嗎？」亞提問道。

「其他人都在裡面。」露絲說。

「我知道。」

「我們淋雨吧。」

他們筆直地坐了一會兒，看著雨點落在他們四周，聽著雨滴拍打在樹葉上。

「我知道她死了，我感覺得到，」露絲說：「後來我在我爸爸看的報紙上瞄到她的名字，才確定她已經死了。報上剛開始沒提到她的姓名，只說是個『十四歲的女孩』，我跟我爸爸要報紙，他卻不肯給我。你想想，她們姊妹一整個禮拜都沒來上學，可能是其他人嗎？」

「不知道是誰告訴琳西？」亞提說。雨勢轉大，他躲到桌下，大聲喊說：「我們會被淋得像落湯雞。」

大雨來得急，也去得快，雨忽然停了，陽光透過樹梢灑下來，露絲抬頭，望穿樹梢，「我想她在聽我們說話，」她悄悄地說，小聲得沒人聽得見。

研習營的每個人都知道琳西是誰，以及我怎麼死的。

「你能想像被刺殺的感覺嗎？」有人說。

「謝了，我還是不要知道比較好。」

「我覺得那一定很酷。」

「你想想，她現在出名囉。」

「這算什麼出名嘛？我寧願因爲得了諾貝爾獎而出名。」

「有人知道凶手爲什麼找上她嗎？」

「我打賭你不敢問琳西。」

說完學員們就拿筆列出他們所認識、已經過世的人。

祖父母、外公外婆、叔叔、嬸嬸，有些人失去了爸爸或媽媽，只有極少數學員失去了兄弟姊妹，他們的兄弟姊妹都是因爲心臟出了問題、白血症之類說不出疾病名稱的絕症而辭世，大家認識的人當中，從來沒有人遭到謀殺，但現在他們的名單上多了我。

琳西和塞謬爾躺在一艘破舊的小船下，船身已經老舊到沒辦法浮在水面上，塞謬爾將琳西抱在懷裡。

「我沒事了，」她說，眼中已不再有淚水，「我知道亞提想幫我，」她試探性地動了動。

「琳西，別這樣，」他說：「我們靜靜地躺在這裡就好了，等事情平靜之後再說。」

塞謬爾的背緊貼著地面，剛下了大雨，地面很濕，他把琳西拉近自己，這樣她才不會被弄濕。他們躺在船下狹小的空間裡，兩人的呼吸愈來愈急促，他牛仔褲裡的男性特徵變硬了，想停也停不住。

琳西把手伸過去。

「對不起……」他先開口。

「我準備好了。」我妹妹說。

十四歲的琳西離開了我，飄向一個我從未到過的境界。我失去童貞的那一刻，四周充滿了驚恐與鮮血；琳西初嚐雲雨的那一刻，四周有著一扇扇明亮的窗。

「如何犯下完美謀殺案」是天堂裡的老遊戲，我總選冰柱當凶器，因爲冰柱一融化，凶器就消失了。

---

❶魚形圖案象徵基督教。

第十一章

爸爸清晨四點醒來，家裡安靜無聲，媽媽躺在他身旁，發出輕微的鼾聲，琳西去參加資優生研習營，家裡只剩下巴克利一個小孩。小弟把毯子蓋在頭上，睡得像塊石頭一樣一動也不動，爸爸看著熟睡中的巴克利，心想怎麼有人這麼好睡。其實我和巴克利差不多，我還活著的時候，琳西和我時常拿巴克利開玩笑，我們拍手、故意把書掉在地上、甚至大敲鍋蓋，就爲了看看巴克利會不會醒過來。

離開家裡之前，爸爸進房間看看巴克利，他只想確定小兒子沒事，感受一下抵著自己手掌心的溫暖鼻息。他穿上薄底慢跑鞋和輕便的運動服，然後幫哈樂弟戴上項圈。

天色尚早，他幾乎可以看到自己呼出的空氣。在清晨時分，他可以假裝現在仍是冬季，告訴自己季節還未改變。

他也可以趁著早上遛狗經過哈維先生家。他稍微放慢腳步，除了我之外不會有人注意到他，就算哈維先生醒來了也不會起疑。爸爸相信只要觀察得夠仔細、看得夠久，他一定能在窗扇之間、房屋的綠漆表面、或是擺了兩個白色大石頭的車道旁邊，找到他所需要的線索。

一九七四年的夏天已經接近尾聲，我的案子依然呈現膠著狀態。警方找不到屍體，也抓不到凶手，案情幾乎毫無進展。

爸爸想到盧安娜・辛格曾說：「等到確定的時候，我會不動聲色，悄悄地把他殺了。」他沒有把這話告訴媽媽，因爲媽媽聽了八成會驚慌失措，驚慌之餘，她一定會把這件事情告訴別人，而爸爸猜想她八成會告訴賴恩・費奈蒙。

從他造訪盧安娜，回家之後發現賴恩在等他那天之後，他就覺得媽媽愈來愈倚賴警方。爸爸覺得警方提不出什麼理論，但每次爸爸批評警方，媽媽總是立刻捉出爸爸的漏洞，然後以「賴恩說這不代表什麼」、「我相信警方會查出眞相」之類的話搪塞爸爸。

爸爸心想爲什麼大家這麼相信警方呢？爲什麼不相信直覺？他知道凶手一定是哈維先生。但他想到盧安娜說等到確定的話，這表示他必須等到證據確鑿之後才可以動手，更何況，雖然爸爸打心底裡知道凶手是誰，但從法律的觀點而言，所謂的「知道」卻不是毋庸置疑的鐵證。

我在同一棟房子裡出生、長大，我家像哈維先生的房子一樣四四方方，像個大盒子，正因如此，每次我到別人家作客時，心中總是升起一股無謂的忌妒。我夢想家裡有扇大窗戶、挑高的圓屋頂、露天陽台，臥室裡還有個斜斜的天花板。我喜歡院子裡種著高壯的大樹、樓梯下方有個小儲藏室、屋外有道高大繁茂的樹籬、樹籬中有些乾枯枝葉圍成的小洞，你可以爬進去坐在裡面。在我的天堂裡，我有陽台和迴旋的階梯，窗戶外有鐵製的欄杆，鐘塔一到整點就傳出清脆的鐘聲。

我熟知哈維先生家的平面圖。我的血跡沾在他的衣服和皮膚上，靈魂跟著他進到屋內，他車庫的地上留有我溫暖的血印，到後來才變黑變乾。我也熟知浴室的擺設，在我家的浴室裡，媽媽爲了迎接遲來的巴克利，在粉紅色的牆沿補刷上戰艦；哈維先生家的浴室和廚房則是一塵不染，牆上貼著黃色的瓷磚，地上鋪著綠色的地磚，哈維先生還喜歡把室內溫度調得很低。我家樓上是巴克利、琳西和我的房間，哈維先生家的樓上則幾乎沒有任何東西，他在二樓擺了一張直靠背椅，有時他上樓坐在椅子上，隔著窗戶監看遠處的高中，聆聽從玉米田另一端飄來的樂隊練習聲。他最常待在一樓後面的房間裡，不是在廚房糊洋娃娃屋，就是在客廳聽收音機。色慾浮上心頭時，他就畫些地洞、或帳篷之類怪異建築物的草圖。

幾個月來，沒有人再爲了我的事情上門叨擾。到了那年夏天，他偶爾才看到一部警車停在家門前。他夠聰明，沒有因此改變正常作息，白天走去車庫、或到外面信箱拿信時，他也裝出沒事的樣子。

他調了好幾個鬧鐘，一個告訴他何時該拉開窗帘，一個告訴他何時該把窗帘拉上，他還配合鬧鐘的指示打開、或關掉家裡的電燈。偶爾有小孩上門推銷巧克力棒，或是問他想不想訂報紙，他總是客氣地回答，態度雖然和善，口氣卻是公事公辦，不會讓大家起疑。

他仔細編排每樣東西，這樣他才覺得安心。這些小東西包括一個結婚戒指、裝在信封裡的一封信、一個鞋後跟、一副眼鏡、一個卡通人物圖案的橡皮擦、一小瓶香水、一個塑膠手環、我的賓州石、以及他媽媽的琥珀墜子。等到夜深人靜、確定不會有送報生或鄰居來敲門之後，他才拿出這些東西。他像數念珠一樣盤點每樣東西，他已忘了東西屬於誰，我則知道每樣物主的姓名。鞋後跟屬於一個名叫克萊兒的女孩，她是紐澤西州人，個子比我小，哈維先生把她騙到廂型車的後座。（我覺得我不會跟人到車子的後座，我只想知道哈維先生如何在地下挖出一個不會倒塌的地洞，就是因爲這樣的好奇心，我才會跟他走。）他沒有欺負克萊兒，只在放她走之前一把扯下她的鞋後跟。他把她騙到車後座，脫下她的鞋子，她放聲大哭，哭聲讓他頭痛欲裂，他叫她不要哭，他說如果她不哭，他就放她走。他脫下她的鞋子，小女孩光腳走出車子，剛開始默不作聲，但後來又開始嚎啕大哭，他把她抓回來，同時拿起小刀弄鬆鞋後跟，過了一會兒，有人用力地拍打後車門，他聽到男人說話的聲音，一個女人大喊說要叫警察，他只好打開車門。

「你到底對這個孩子做了什麼？」男人大聲質問，小女孩一面嚎啕大哭，一面從後座鑽出來，男人的朋友趕緊扶住她。

「我在幫她修鞋子。」

小女孩哭得歇斯底里，哈維先生卻神色自若。但克萊兒已看到他那怪異的眼神，我也看過同樣的眼神在我全身上下游移。他有股難以啓齒的慾望，滿足慾望的代價則是我們的性命。

男人們和女人困惑地站在車旁，克萊兒和我看得很清楚，他們卻看不出怎麼回事。哈維先生把鞋子交給其中一個男人，然後匆忙地離開。他留下一隻鞋後跟，他時常拿起這個小小的皮鞋後跟、慢條斯理地用食指和拇指摩擦，這是他最喜歡的安神念珠。

我知道家裡哪個地方最陰暗，我告訴克萊麗莎我曾在那裡躲了一整天，其實我才在裡面待了大約四十五分鐘。地下室屋頂和一樓地板的中間有個大約兩英呎的通道，裡面有許多管道和電線，拿著手電筒朝裡照，我可以看到裡面布滿了灰塵，這就是全家最陰暗的地方。這裡只有灰塵，沒有蚊蟲，媽媽卻像外婆一樣，有次看到一隻小螞蟻，隔天馬上打電話找驅蟲公司。

哈維先生家的鬧鐘響了，提醒他拉上窗帘，下一個鬧鐘聲則提醒他鄰居都睡了，他也該把家裡的燈關掉。關燈之後，他走到密不通風的地下室，地下室完全不透光，也沒有任何缺口，鄰居看不出異樣，也不能指指點點說他很奇怪。以前他喜歡爬到地下室和一樓地板之間的狹窄通道，殺害我之後，他對通道已不感興趣，但他依然喜歡待在地下室，坐在舒適的椅子上，盯著這個直通廚房地面的狹窄通道，看著看著就睡著了。有天清晨四點四十分，爸爸經過哈維家的綠色小屋，哈維先生當時就睡在地下室裡。

喬．艾里斯是個醜陋的小霸王，他常在水底偷掐琳西和我，我們非常討厭他。因爲他，我們甚至不參加游泳課的聚會。喬有隻小狗，不管小狗願不願意，喬成天拉著狗跑來跑去，小狗個子小、跑不快，但喬根本不管，他不是出手打牠，就是拉著尾巴把小狗提起來，看了令人難過。有一天小狗忽然不見了，經常受喬折磨的小貓也不見蹤影，自此之後，家裡附近經常傳出寵物失蹤的消息。

我跟著哈維先生爬上天花板的通道，赫然發現一年來失蹤動物的遺骨。喬後來被送去上軍校，從那之後，大家早上把貓狗放出去，晚上牠們都平安回家，因此，鄰居都認爲小動物失蹤一定和艾里斯家的男孩有關，沒有人知道這棟綠屋的屋主才是眞凶，大家也無法想像哈維先生居然如此變態，他把石灰撒在貓狗的屍體上，這樣屍體才能儘快化爲白骨。他數著白骨，強迫自己不看那封裝在信封裡的信、那只婚戒、或是那瓶香水，唯有如此，他才能遏止內心不正常的慾望。其實他最想摸黑上樓，坐在直靠背椅上，監看遠處的高中。啦啦隊的歡呼聲響徹雲霄，他喜歡聽著歡呼聲，想像啦啦隊長的嬌軀，他也喜歡看校車停在街口，鄰居家的小學生蹦蹦跳跳地下車。唯有藉由數骨頭，他才能遏止這些衝動。他還偷看了琳西好久，他知道琳西是男子橄欖隊裡唯一的女生，琳西傍晚經常在家裡附近慢跑，哈維先生躲在家裡看了她好久。

最令我難以理解的是，每次一有衝動，他都試圖控制自己。他殺害小動物，爲的就是犧牲一些比較沒有價值的生命，藉此阻止自己出手殘害孩童。

到了八月，爲了自己，也爲了我爸好，賴恩決定和爸爸保持距離。爸爸這一陣子太常打電話到警察局，管區警察覺得不勝其擾。爸爸的舉動不但幫不了警察破案，反而讓整個警察局對他產生反感。

七月的第一個星期，爸爸又打電話到警察局，這下眞惹火了警方。局裡大家都聽說傑克·沙蒙對總機小姐說，他今天早上帶狗散步經過哈維先生家時，狗放聲大叫，沙蒙先生把整個過程仔細地向總機小姐說明，他還說無論他如何喝阻，狗還是不停地咆哮。局裡每個人都把這件事情當作笑話，大家都說「鮭魚」先生和他的大笨狗又出巡了。

賴恩站在我家門口的階梯上抽完香菸，雖然天色尙早，但前一天的濕氣已開始起作用。這一帶夏天經常下大雷雨，這一星期來，氣象報告每天都說會下雨，但到目前爲止只是非常悶熱，賴恩明顯地感覺到濕氣，渾身上下熱得黏答答。他這次來訪可不像以往那麼單純。

他聽到屋裡有女孩子低聲唱歌，他把香菸丟到樹籬旁邊的水泥地上，把菸踩熄，然後拉拉門上沉重的銅門環，他還沒敲門，門就開了。

「我聞到你的香菸味。」琳西說。

「妳在唱歌嗎？」

「那玩意會害死你喔。」

「妳爸爸在家嗎？」

琳西站到一旁讓他進去。

「爸！」琳西對著屋內大喊：「賴恩找你！」

「妳前一陣子不在家，對不對？」賴恩問道。

「我才剛回來。」

我妹妹穿著塞謬爾的壘球襯衫，和一件奇形怪狀的運動褲，媽媽已經唸叨說琳西從營區回來，全身上下沒有一件是她自己的衣服。

「我相信妳爸媽一定很想念妳。」

「別太確定，」琳西說：「我不在家裡煩他們，他們八成很高興。」

賴恩心想她說得沒錯，最起碼這一陣子他來家裡時，媽媽似乎比較不那麼緊張。

琳西說：「巴克利在他床底下蓋了一個小鎮，他把你任命爲鎮上的警察局長。」

「我被升級囉。」

他們同時聽到爸爸在樓上走動，然後傳來巴克利的哀求聲。琳西聽得出來只要巴克利用這種聲音說話，不管他要求什麼，爸爸八成都會說好。

爸爸和巴克利從樓上走下來，兩人臉上都面帶微笑。

「賴恩。」爸爸打聲招呼，上前握握手。

「傑克，早。」賴恩說：「巴克利，今天早上還好嗎？」

爸爸拉著巴克利的手，把他推到賴恩面前，賴恩鄭重其事地蹲在我弟弟面前。

「我聽說你任命我爲警察局長。」

「是的，賴恩叔叔。」

「我覺得我沒資格當上局長喔。」

「你比誰都有資格。」爸爸神情愉快地說。他喜歡賴恩・費奈蒙到家裡坐坐，每次賴恩一來家裡，爸爸總覺得大家已有了共識，在整個緝凶行動，他背後有一群人在幫他，他不必一個人孤軍奮鬥。

「孩子們，我有事和你父親談談。」

琳西帶著巴克利進廚房，她答應幫巴克利弄些麥片，自己則想喝杯叫做「水母」的飲料。塞謬爾曾示範給她看，他把甜酒釀製的櫻桃放在杯底，然後加上琴酒和糖，他們吸乾櫻桃上的糖汁和琴酒，吃到後來雙唇被櫻桃汁染得通紅，頭也開始發暈。

「要叫艾比蓋兒過來嗎？要不要來杯咖啡或其他飲料？」

「傑克，」賴恩說：「我這次來沒什麼大消息，事實上，我什麼消息也沒有。我們能坐下來談嗎？」

我看著爸爸和賴恩走向客廳，客廳裡冷冷清清，似乎沒人來過，賴恩坐在一張椅子邊上，等爸爸坐下來。

「傑克，」他說：「我今天來是想談談喬治・哈維。」

爸爸臉色一亮：「我以爲你說你什麼消息也沒有。」

「我的確沒有任何消息。站在警方和我自己的立場，有件事情我必須對你說。」

「請說。」

「請你不要再打電話，告訴我們任何有關喬治・哈維的事情。」

「但是……」

「我必須請你就此打住，無論你怎麼說，我們依然無法把他和蘇西的死扯上關係。狗在他家門前狂吠，和他後院的新娘帳篷都不是證據。」

「我知道凶手是他。」爸爸說。

「我同意他是個怪人，但據我們所知，他不是個殺人犯。」

「你怎麼知道他不是殺人犯？」

賴恩．費奈蒙繼續說話，但爸爸腦子裡只想著盧安娜．辛格說過的話，以及站在哈維家門口的感覺。他覺得屋內散發出一股寒氣，不消說，這股寒氣一定是發自喬治．哈維。此人鬼鬼祟祟，又是殺害我的頭號嫌犯，賴恩說得愈多，爸爸愈相信自己是對的。

「你們決定停止對他的調查。」爸爸語氣平淡地說。

琳西悄悄地站在門邊，那天賴恩和另一名警察手執綴著鈴鐺的帽子上門時，她也是這樣站在門邊。琳西有頂一模一樣的帽子，從那天之後，她悄悄地把她那頂帽子塞在衣櫥深處、擺著舊洋娃娃的盒子裡，她絕不讓媽媽再聽到同樣的鈴聲。

客廳裡站著我們的爸爸，我們都知道他心裡只有我們，他把我們擺在心裡，愛我們愛到自己難以負荷。他的心像琴鍵一樣快速地跳動，乍聽之下似乎很安靜，無形的巧手一撥，心房不停地開閉，發出溫暖而規律的脈動。琳西從門邊走向爸爸。

「嗨，琳西，我們又見面了。」賴恩說。

「費奈蒙警探。」琳西開口。

「我剛告訴妳爸爸……」

「你告訴爸爸警方準備放棄了。」

「如果有任何充分的理由懷疑這個人……」

「你說完了嗎？」琳西問道，她忽然扮演起妻子的角色，也成了最負責任的長女。

「我只想告訴你們，警方已經調查了每個可能的線索。」

爸爸和琳西聽到媽媽下樓，我也看到她。巴克利從廚房衝出來，一把抱住爸爸的腿。

「賴恩，」媽媽看到賴恩．費奈蒙，伸手把睡袍拉緊一點，「傑克有沒有幫你倒杯咖啡？」

爸爸看著他太太和賴恩．費奈蒙。

「警方撒手不幹了。」琳西邊說邊把手放在巴克利肩上，輕輕把他拉向自己。

「撒手不幹？」巴克利問道，他總是把尾音拉長，好像含著水果糖一樣，直到索然無味才停下來。

「什麼？」

「費奈蒙警探到家裡來，叫爸爸不要再煩他們了。」

「琳西，」賴恩說：「我沒有這麼說。」

「隨便你怎麼說。」琳西說，我妹妹現在只想離開這裡，她眞希望資優生研習營永遠不要結束，她、塞謬爾、甚至亞提可以一直待在營裡。亞提以冰柱作爲凶器，贏得了「如何犯下完美謀殺案」競賽的首獎，琳西眞希望一切都像營裡這麼單純。

「我們走吧，爸爸。」她說。爸爸慢慢地拼湊出一些事情，此事無關喬治．哈維，也無關我，他從媽媽的眼神裡看出了蹊蹺。

爸爸最近愈來愈常一個人在書房待到很晚，那天深夜，他一個人待在書房裡，覺得自己快要崩潰了。我的死帶給他極大的打擊，自此之後的發展更超乎他的想像，「我覺得自己站在即將爆發的火山口，」他在筆記本裡寫道，「賴恩．費奈蒙說哈維沒有嫌疑，艾比蓋兒居然認爲他是對的。」

他在筆記本上寫東西時，窗口的蠟燭不停地閃爍，雖然桌上點了檯燈，閃爍的燭光依然讓他分心。他坐在大學時代留下來的舊木椅上，椅子發出吱嘎聲，熟悉的聲音讓他稍覺心安。在公司裡，他連最要緊的事情都做不好，白天他看著一欄欄數字，明知他必須作成表格，他卻覺得這些數字毫無意義，上班時也經常出錯，頻率高到連自己都害怕。更糟的是，他怕自己沒辦法照顧身邊的兩個孩子，我剛失蹤的那一陣子，他就有這種憂慮，最近更是擔心。

他站起來伸個懶腰，試著做些醫生教他做的運動。我看著他伸展筋骨，他的柔軟度非常好，我從未看過他做出這些姿勢。他可以是個舞者，不必當個會計師；他可以在百老匯的舞台上與盧安娜・辛格一起跳舞。

他猛然關掉檯燈，只留下窗口的燭光。

他坐在低矮的綠色安樂椅上，這已成為他最喜歡的角落。我常看到他睡在這裡，書房像個密室，安樂椅有如溫暖的子宮，我則靜靜地站在一旁守候。他盯著燭光，心想自己不知道該怎麼辦。每次他想和媽媽親熱，媽媽總是躲開，悄悄地移到床的另一邊，但警探來訪時，她似乎恢復了生氣。

燭光投射在窗口，閃閃爍爍有如鬼影，他早已習慣鬼影般的燭光，眞實的火光與幢幢鬼影交疊，他瞪著兩束光影，想著今天發生的種種事情，逐漸沉沉入睡。

快要睡著時，他和我都看到窗外閃起一道燈光。

燈光似乎來自遠方，白色的燈光慢慢地移過附近人家的草坪，朝學校的方向前進。爸爸看到燈光，時間已經過了十二點，當天又不是滿月，家裡附近和往常一樣漆黑，樹木和房屋在黯淡的月光下顯得朦朧。史泰德先生有時深夜出來騎腳踏車，從遠處就可以看到一閃一閃的燈光，但是史泰德先生不會騎車糟蹋鄰居的草坪，更何況他也不會這麼晚出來騎車。

爸爸在安樂椅上稍微前傾，從書房裡看著燈光逐漸移往休耕中的玉米田。

「混蛋，」他輕聲說：「你這個殺人的混帳東西。」

他從書房的衣櫥裡抓了一件打獵穿的夾克，自從十年前打獵不怎麼成功之後，他就再也沒有穿過這件夾克。此時，他匆匆套上夾克，走到大門旁的櫃子裡找出一枝琳西迷上橄欖球之前，他幫琳西買的棒球球棒。

自從我失蹤之後，爸媽就在門口玄關幫我留一盞燈。雖然警方八個月前就告訴他們我不會回來了，爸媽依然不忍心把燈關掉，整晚都讓燈亮著。此時，爸爸先把燈關掉，然後深深吸一口氣，伸手握住大門門把。

他扭動門把，走出大門，發現外面一片漆黑。他關上大門，手裡拿著球棒站在家門口，我會不動聲色，悄悄地……等字句再度浮上心頭。

他走過前院，過馬路，走向他最先看到燈光的歐垂爾家。四下一片漆黑，他經過歐垂爾家的游泳池和生鏽的鞦韆架，他的心跳得非常快，但他心裡只有一個念頭：喬治．哈維殺了我鍾愛的小女孩，除此之外，他心裡一片麻木。

他逐漸接近橄欖球場，在球場右邊的玉米田深處，他看到一道微弱的燈光。警方把這一帶的玉米田圍起來，田裡清理得乾乾淨淨，還用挖土機把田地剷平，爸爸對這一帶不太熟，他抓緊身旁的球棒，幾乎不敢相信自己即將出手傷人，但他很快就不再猶豫，他很清楚哈維就是兇手，也知道自己該怎麼做。

風勢助他一臂之力，大風由球場吹向玉米田，把他的褲管吹得飛在腿前，大風催著他往前走，所有事情都被拋在腦後。他一走進玉米田深處，馬上把焦點投注在前面的燈光，風聲成了他的最佳掩護，大風颸過荒蕪的田野，呼嘯的風聲蓋過了他踏過玉米梗的腳步聲。

他腦中充滿各種無意義的思緒：小孩子穿著直排輪鞋在人行道上飛馳、他父親的菸草味、以及艾比蓋兒的笑靨，他倆初次相逢時，她的笑容像光束一樣刺穿了他迷惑的心。手電筒的燈光忽然熄滅，玉米田裡一片漆黑。

他向前走了幾步，然後停了下來。

「我知道你在那裡。」他說。

我讓玉米田淹大水，我燃起大火照亮整個玉米田，我散播出陣陣冰雹與花雨，但爸爸依然沒有收到警訊。我被放逐在天堂，只能在一旁觀看。

「我來報仇了。」爸爸顫抖地說，他心跳愈來愈快，熱血湧進胸膛，怒氣如大火般在心中翻滾，他吸氣、呼氣，心情愈來愈激動，媽媽的笑靨已經不見了，取而代之的是我的笑容。

「這裡沒別人，」爸爸說：「我來這裡把事情做個了結。」

他聽到啜泣聲，我眞希望能像學校禮堂打燈一樣，直直地把聚光燈打下來。每次舉辦活動時，打燈的人總是笨手笨腳地把燈光打在舞台右側，如果由我來打燈的話，爸爸會看到在他面前的是一個顫抖哭泣的女孩，雖然她上了藍色眼影，穿著帥氣的皮靴，此時她卻嚇得尿濕了褲子，畢竟她還是個小孩。

爸爸的口氣充滿恨意，她沒認出他的聲音。「布萊恩？」克萊麗沙顫抖地問道：「布萊恩，是你嗎？」她滿懷希望，希望是唯一保護她的屏障。

爸爸一鬆手，手上的球棒掉在地上。

「哈囉？誰在那裡？」

像稻草人般瘦削的布萊恩·尼爾遜聽著呼號的風聲，把他哥哥的舊車停在學校停車場。他最近老是遲到，上課或吃晚飯時也經常打瞌睡，但是偷看《花花公子》雜誌、或是有漂亮女孩走過時，他精神總是好得很。今晚有個女孩在玉米田裡等他，他打算準時赴約。他慢條斯理地向前走，大風吹過他的耳際，剛好爲他打算做的事情提供了最佳掩護。

布萊恩從他媽媽放在水槽下的急救箱找到一支大型手電筒，他拿著手電筒走向玉米田，事後他對大家說，走著走著，他聽到克萊麗莎哭喊著求救。

爸爸吃了秤坨鐵了心，毅然決然地走向啜泣的女孩。母親正幫我織手套，蘇西也需要一副手套，冬天的玉米田裡好冷！啊，克萊麗莎，蘇西傻兮兮的朋友！她們經常在一起討論化妝，做些小小的果醬三明治，她還有身古銅色的肌膚。

他盲目地衝到她面前，在黑暗中把她撞倒在地。他滿腦子都是她的尖叫聲，叫聲迴盪在空曠的田野中，聲聲觸動他的心房。「蘇西！蘇西！」他尖叫地回應。

一聽到我的名字，布萊恩拔腿就跑，他奮力往前衝，不再迷迷糊糊。手電筒的燈光在田間閃爍，在極爲短暫的一刻，燈光照到了哈維先生，但除了我之外，沒有人看到他。他藏身於玉米田埂中，匍匐前進時剛好被燈光照到，他悄悄地躲在暗處，再次聆聽年輕女孩的啜泣聲。

手電筒照到了爸爸，布萊恩以爲找到了目標，一把把爸爸從克萊麗莎身上抓起來，他用手電筒拚命打爸爸的頭、臉和背部，爸爸大聲喊叫，連聲哀嚎。

布萊恩忽然看到旁邊的球棒。

我拚命推擠天堂與人間的界線，但界線卻牢不可破。我好想伸手把爸爸扶起來，讓他遠離這一切，把他帶到我身旁。

克萊麗莎跌跌撞撞地跑向布萊恩，爸爸的眼睛和布萊恩的眼睛對個正著，但爸爸幾乎不能呼吸。

「你這個王八蛋！」布萊恩顯然已經認定爸爸居心不良。

田裡傳出囁嚅低語，我聽得到我的名字，也嚐得到爸爸臉上的鮮血。我眞想伸手撫摸他破裂的雙唇，和他一起躺在我送命的玉米田裡。

但在天堂的我只能轉身離去。我被困在完美的天堂裡，嚐到的鮮血又苦又澀，卻什麼也不能做。我要爸爸徹夜守候，永遠不要忘了我，但我也希望他鬆手，讓我就這麼過去。書房中的綠色安樂椅仍留有爸爸的餘溫，我吹熄窗口那支閃耀著微弱火光的蠟燭，這是我唯一獲許的小小恩准。

第十二章

我站在門口看著爸爸睡覺。當晚就傳出了消息，警方推斷沙蒙先生傷心得發瘋，半夜跑到玉米田裡找人報仇。根據警方了解，沙蒙先生不停打電話到警局，而且一口咬定他的鄰居涉有重嫌，再加上費奈蒙警探當天早上告訴沙蒙先生，警方雖然有意破案，但案情已陷入膠著，警方追查了所有線索，我的屍體依然無影無蹤，因此，警方打算放棄偵查。這些事情都讓警方相信他們的推斷沒錯。

爸爸的膝蓋骨破裂，影響到關節，醫生必須開刀修補，然後加以縫合。我看著像錢包大小的縫線，心想這看起來眞像針線活。我希望執刀的醫生手比我巧一點，爸爸要是送到我手上，那就完了，我在家政課上總是笨手笨腳，老搞不清楚拉鍊的正反面。

醫生相當有耐心，他一面使勁地洗手、一面聽護士向他說明事情始末。他記得曾在報上讀過我的事情，他年紀和爸爸相仿，自己也有小孩，他拉拉手上的手套，心裡不禁打了個寒顫。他和眼前這個男人有許多相似之處，境遇卻有天壤之別。

病房中一片漆黑，只有爸爸病床上的日光燈發出微弱的光芒。直到天亮、琳西走進病房之前，病房裡只有這點微弱的光芒。

媽媽、妹妹和弟弟被警車的警迪聲吵醒，迷迷糊糊從臥房走到樓下漆黑的廚房。

「去把妳爸爸叫醒，」媽媽對琳西說：「這麼吵他還睡得著，我眞是不敢相信。」

妹妹聽了就上樓找爸爸，家裡每個人都知道在哪裡找得到他，短短六個月之內，書房裡那張綠色的安樂椅已經變成他的床。

「爸不在書房！」琳西一看到爸爸不在，馬上大喊：「爸爸不見了，媽！媽！爸爸不見了！」琳西非常慌張，語氣中帶著少有的恐懼。

「該死！」媽媽說。

「媽咪？」巴克利說。

琳西衝到廚房，媽媽站在爐子前準備燒水泡茶，背影看來充滿無名的焦慮。

「媽？」琳西說：「我們不能老坐在這裡。」

「妳難道看不出來嗎？」媽媽茶泡到一半，手上還拿茶包。

「什麼？」

媽媽放下茶包，扭開爐火，轉過身來，她看見巴克利已經依偎在琳西身旁，神情緊張地吸吮拇指。

「他跑去找那個男人，給自己惹了一身麻煩。」

「我們應該出去看看，媽，」琳西說：「我們應該去幫他。」

「不。」

「媽，我們一定得幫爸爸。」

「巴克利，不要吸手指！」

小弟嚇得放聲大哭，琳西一面伸手把巴克利拉近自己，一面看著我們的母親。

「我要出去找他。」琳西說。

「妳絕不能這麼做，」媽媽說：「時間一到，他自然就會回來，我們什麼都不要管。」

「媽，」琳西說：「如果他受傷了怎麼辦？」

巴克利不哭了，他看看琳西，再看看媽媽，他知道「受傷」是什麼意思，也知道家裡誰不見了。

媽媽意味深長地看著琳西說：「我們不要再說了，妳可以上樓等，或是和我一起等，隨妳便。」

琳西啞然失聲，她盯著我們的媽媽，一心只想跑到玉米田找爸爸。爸爸和我都在那裡，忽然間，她覺得家裡的重心轉移到玉米田中。雖然她只想跑開，但巴克利溫暖的身軀卻緊貼著她。

「巴克利，」她說：「我們回樓上吧，你可以和我一起睡。」

小弟看出了蹊蹺：每次他一得到特殊待遇，過一會兒大人一定會告訴他壞消息。

警察一打電話來，媽媽馬上跑到門口的櫃子旁，「他被我們自己的球棒打傷了！」她邊說邊抓了外套、鑰匙和口紅，琳西從來不曾感到如此寂寞，但也變得比較負責，巴克利不能一個人待在家裡，她自己也還不會開車。況且，大家不都認爲太太應該陪在先生身旁嗎？

玉米田裡的騷動吵醒了鄰居，琳西知道她該怎麼做，她先打電話給奈特的母親，然後馬上聯絡塞謬爾。一小時之內，奈特的母親來家裡帶走了巴克利，霍爾．漢克爾也騎著摩托車停在我家門口。緊貼著塞謬爾英俊的大哥，第一次坐上拉風的摩托車，本來應該令人高興才是，但她滿腦子只想著我們的爸爸。

琳西走進病房時沒看到媽媽，房裡只有爸爸和我。她走到病床的一邊，靜靜地啜泣。

「爸？」她說：「爸，你還好嗎？」

病房房門被推開了一點點，門口站著高大英挺的霍爾・漢克爾。

「琳西，」他說：「我在訪客區等妳，如果妳需要我載妳回家，我在外面。」

她轉過頭，霍爾看到她臉上的淚水。「霍爾，謝謝你，如果你看到我媽……」

「我會告訴她妳在這裡。」

琳西拉起爸爸的手，仔細看看爸爸有無動靜。我親眼看著琳西在一夕之間成了大人，我聽到她在爸爸耳邊，輕哼巴克利出生前爸爸常唱給我們聽的兒歌：

石頭和骨頭；
冰雪與霜凍；
種籽、豆豆、小蝌蚪。
小徑、樹枝、微風輕輕吹拂，
我們都知道爸爸想念誰！
他想念兩個小女兒，是啊，兩個小女兒。
小女孩知道她們在哪兒，你知道嗎？你知道嗎？

我真希望爸爸聽了會緩緩露出笑容，但他吃了藥，沉浮在迷濛的夢境之間，麻醉藥像張堅固的蠟紙緊緊地蓋住他，讓他暫時失去了意識。在此迷幻之境，他的女兒沒死，膝蓋沒有破裂，但也聽不到女兒甜蜜的歌聲。

「當死者不再眷念生者，」弗妮曾對我說：「生者就可以繼續過下去。」

「死者呢？」我問：「我們何處去呢？」

她不願回答我的問題。

警方一聯絡上賴恩．費奈蒙，他馬上趕到醫院，呼叫他的人說艾比蓋兒．沙蒙找他。爸爸在手術房，媽媽在護理站附近焦急地踱步。她披了一件雨衣開車到醫院，雨衣裡只有夏天穿的薄睡衣，腳上是平時在後院穿的包頭鞋，她沒有特別花時間整理頭髮，口袋或皮包裡也沒有紮頭髮的橡皮圈。醫院停車場霧氣沉沉，她停下來檢視一下臉龐，然後在黑暗中熟練地上了紅色的口紅。

賴恩從醫院白色的長廊一端走過來，她看到他的身影，心情頓時放輕鬆。

「艾比蓋兒。」他走向媽媽，邊走邊打招呼。

「噢，賴恩。」她說，說完隨即一臉茫然，彷彿不知道接下去該說什麼。她只想叫出他的名字，接下來想說的就不是言語所能表達。

媽媽和賴恩拉著手，護理站裡的護士瞄了一眼就把頭轉開，護士們習慣尊重別人的隱私權，她們看多了，早已習以爲常，但是她們也看得出來，眼前這個男人對這個女人具有特殊意義。

「我們到訪客區談談。」賴恩說，然後帶著媽媽走向長廊另一端。

他們邊走，媽媽邊告訴他爸爸正在動手術，他告訴媽媽玉米田裡發生了什麼事。

「他顯然認爲那個女孩是喬治．哈維。」

「他以為克萊麗莎是喬治・哈維？」媽媽在訪客區外停了下來，一臉不可置信的神情。

「當時外面很暗，艾比蓋兒，我想他只看到那個女孩手電筒的燈光。我今天早上到過你們家，這也使整個情況變得更糟，傑克這下子更堅信哈維涉案。」

「克萊麗莎還好嗎？」

「她有些抓傷，擦了藥之後已經出院了。她又哭又叫，整個人相當歇斯底里。唉，她是蘇西的朋友，怎麼會發生這種不幸的巧合？」

霍爾懶洋洋地坐在訪客區陰暗的一角，雙腳跨在他幫琳西帶來的安全帽上。一聽到有人走過來，他馬上坐直身子。

一看到走過來的是我媽和一名警察，他又恢復懶洋洋的坐姿，他讓自己及肩的頭髮遮住臉龐，他十分確定我媽媽不記得他是誰。

但媽媽認出塞謬爾曾經穿到我家的皮夾克，一時之間，她以為塞謬爾在這裡，但隨即轉念一想，喔，這是他哥哥。

「我們坐坐吧。」賴恩指指訪客區另一邊的塑膠椅說。

「我們還是走走吧，」媽媽說：「醫生說最起碼再過一小時才會有消息。」

「去哪裡呢？」

「你有香菸嗎？」

「妳知道我有。」賴恩帶著愧疚的笑容說。他想從媽媽的眼睛裡讀出她在想什麼，媽媽看著其他地方，眼神迷濛，彷彿若有所思。他希望能伸手定住那雙湛藍的大眼睛，讓它們專注在此時此刻，把焦點投注在自己身上。

「那麼，我們找個出口吧。」

他們找到一個通往水泥陽台的出口，陽台離爸爸的病房不遠，上面放了一套暖氣設備。雖然空間狹小，外面又有點冷，但機器的噪音和排放出的熱氣使這裡自成一個小世界，他們覺得離眾人好遠。他們抽菸、互相凝視，忽然間，兩人都覺得彼此的關係進入了一個新境界。他們不知道爲何走到這個地步，卻又急著想說些什麼。

「你太太怎麼死的？」媽媽問道。

「自殺。」

她的頭髮遮住大半張臉，這副神情讓我想到克萊麗莎忸怩作態的模樣。我們一起逛街時，一看到男孩子她就擺出這種樣子，她傻笑得有點過分，還對男孩子眨眼睛，注意他們在看什麼。此時媽媽擦上紅色的口紅，嘴上叼支香菸，從口中吐出一圈圈煙霧，看了令我大吃一驚。我只在我偷拍的照片裡看過媽媽的這一面，這個母親眼中沒有我們這些小孩。

「她爲什麼自殺？」

「我常想妳女兒爲什麼遭到謀殺之類的問題，不想這些時，腦子裡就縈繞著妳問的問題。」

媽媽臉上突然浮現奇怪的笑容。

「再說一次。」她說。

「再說什麼？」賴恩看著她的微笑，眞想伸手一捉，讓笑靨停留在自己的指尖。

「我女兒遭到謀殺。」媽媽說。

「艾比蓋兒，妳還好嗎？」

「沒有人這麼說，鄰居們說得支支吾吾，大家都說這是一樁『可怕的悲劇』，但我只想聽到有人大聲、明白地告訴我眞話。以前我還沒做好心理準備，現在我可以面對事實了，大聲告訴我沒關係。」

媽媽把香菸丟在水泥地上，讓菸蒂繼續燃燒。她伸手圈住賴恩的臉。

「說吧。」她說。

「妳女兒遭到謀殺。」

「謝謝。」

媽媽和全世界其他人之間，似乎有道無形的界線，此時，我看著她鮮紅的雙唇緩緩蠕動，悄悄地越過了這道界線。她把賴恩拉近自己，慢慢地吻上他的雙唇，他剛開始似乎有點猶豫，他的身體僵硬，彷彿告訴自己不可以，但抗拒的念頭愈來愈薄弱，到後來變得像空氣一樣被吸進了身旁嗡嗡作響的暖氣機。她解開雨衣，他把手貼在她的睡衣上，輕撫著她身上的薄紗。

媽媽非得覺得自己無法抗拒不可。小時候我就看過男人拜倒在她裙下，我們到超市買菜時，店員經常主動幫忙找購物單上的東西，還幫我們把東西搬到車上。她和盧安娜・辛格都是鄰居公認的漂亮媽媽，每一個碰到她的男人都會不由自主地微笑，當她向他們請教問題時，他們心中小鹿亂撞，幾乎有求必應。但是只有爸爸能讓她開懷大笑。她笑個不停，家裡各個角落都充滿她的笑聲，很奇怪地，她覺得這樣很好，也顧不得自己的淑女形象。

我們小時候，爸爸藉著加班、或是利用午餐時間工作來累積休假，因此，他每星期四都可以提早回家。星期假日是全家在一起的時間，星期四晚上則是「爸爸媽媽時間」，琳西和我都知道這個時候要乖，我們必須安靜地待在房子另一頭，也不可以探頭探腦地偷窺。那時候爸爸的書房還很空，我們通常待在裡面玩。

媽媽下午兩點左右就幫我們洗澡。

「洗澡時間到囉！」她像唱歌般地宣布，聽起來好像要帶我們出去玩，剛開始感覺上也確實是如此，我們爭先恐後地跑到各自的房裡，穿上浴袍，然後在走廊上碰頭。媽媽領軍，母女三人手牽手走向我們粉紅色的浴室。

媽媽大學時專攻希臘神話，小時候她經常說神話故事給我們聽。她講冥后珀耳塞福涅和宙斯的故事，還買古代納維亞諸神的圖畫書給我們，我們看了經常作惡夢。她向外婆拚命爭取，外婆才讓她上研究所，她拿了一個英語系的碩士學位，也曾想過當老師，她打算等我們夠大，可以照顧自己之後再去找個教職。

洗澡時間和希臘神話已成爲朦朧的回憶，但我清楚地記得媽媽惆悵的表情，她曾有個夢想，現實生活卻剝奪了她的夢想，我看著她，幾乎可以感覺到她複雜的心情。身爲她的大女兒，我總覺得是我剝奪了她的機會，因爲我，所以她不能追求她想要的人生。

媽媽先把琳西抱出浴缸，一面幫她擦乾身體，一面聽她喋喋不休地說橡皮玩具鴨的故事。接下來輪到我，雖然我們都想保持安靜，但溫暖的洗澡水鬆弛了我們幼小的心靈，我們把心事一五一十地告訴媽媽，爭先恐後地說哪個男孩捉弄我們、哪個鄰居養了一隻小狗、爲什麼我們不能也養一隻小狗等等，媽媽仔細聆聽，好像把我們的話牢記在心裡，以供日後參考。

「好，要緊的事先做，」她決斷地說：「妳們兩個先好好地睡個午覺！」

媽媽和我先一起幫琳西蓋好被子，我站在床邊，媽媽親親妹妹的額頭，幫她把臉上的頭髮撥到一旁。我想從那時開始我就和妹妹爭寵，我們總是計較媽媽親誰親得比較久、哪個人洗完澡後媽媽陪她比較久。很幸運地，我在後面一項總是占上風。現在回想起來，我才發現媽媽是如此落寞，特別是我們搬進這個房子之後，她變得更孤單。因爲我是長女，和她相處的時間最久，所以我成了她最親密的朋友。

雖然我年紀太小，不太了解她對我說的話，但我喜歡在她輕柔的話語中沉沉入睡。令人慶幸的是，在天堂裡我可以回到過去，重新體驗那些時刻，再度與媽媽相會。我伸手越過陰陽界，輕輕牽起我那年輕、落寞母親的手，換成以前，我絕對沒有機會這麼做。

她對四歲的我描述希臘神話中的海倫：「她啊，神采奕奕、精力充沛，把事情搞得亂七八糟。」她評論提倡節育的瑪格麗特・桑格：「蘇西，大家都以外表來評斷她，因爲她長得像小老鼠似的，所以每個人都以爲她起不了什麼作用。」她對女權主義者葛羅莉亞・史坦能的評論是：「我知道這麼說很不好，但我眞希望她修修指甲。」她還對我說些鄰居的閒話：「那個穿緊身褲的白癡，被她混蛋先生管得死死的，這些典型的鄉下人啊，對什麼都有成見。」

「你知道冥后珀耳塞福涅是誰嗎？」一個星期四午後，她心不在焉地問我，我沒有回答，到那時，我已經知道媽媽把我抱進臥室時，我應該安靜下來。在浴室裡的時刻屬於我和琳西，媽媽幫我們擦乾身子時，我們姊妹講個不停，幾乎無話不談，一回到我房裡就是屬於媽媽的時刻。

她拿起浴巾，把它掛在我的床柱上，「發揮一下想像力喔，把塔金太太想像成冥后，」她邊說邊打開衣櫃的抽屜，把內褲拿給我。她總是把我要穿的衣服一件件擺好放在旁邊，也從來不催我，她早就觀察出我的習慣，我不喜歡被人催，如果我知道有人看著我綁鞋帶，我連鞋子都穿不好。

「她身穿白色的長袍，袍子像床單一樣垂掛在肩上。長袍的料子非常好，不是閃閃發亮，就是像絲綢一樣輕盈。她穿著黃金打造的涼鞋，周圍都是火光熊熊的火炬……」

她走到抽屜旁幫我拿內衣，心不在焉地把內衣套在我頭上，而不像平時一樣讓我自己穿衣服。每次碰到這種時候，我總是把握機會再當個小寶寶，我乖乖地任她擺布，也沒有抗議說我是大女孩，不需要人家幫忙。在那些寧靜的午後，我只是靜靜地聽我神祕的母親說話。

我站到臥室的牆角等她幫我鋪上床單，她總是看看手錶，然後對我說：「嗯，我們玩一下下就好，」說完就脫下鞋子，和我一起鑽到被子裡。

我們母女都沉醉在這個時刻，她專心說故事，我則迷失在她的話語中。

她講珀耳塞福涅的母親、農業之神得墨忒耳、愛神邱比特等神話故事給我聽，我聽著聽著就睡著了。有時我被爸媽在我床邊說話的聲音、或是他們午後歡愛的聲音吵醒，我半睡半醒地躺在床上，聽著朦朧的聲響。爸爸講過帆船的故事，我喜歡假裝自己在溫暖的船上，我們全家一起在大海中航行，海浪輕輕地拍打著船身。不一會兒，在爸媽的笑聲及朦朧的呻吟中，我再度進入夢鄉。

就這樣，媽媽偷得浮生半日閒，也依稀保留了重返職場的夢想。但到了我十歲、琳西九歲時，這些小小的歡愉全都不見了。她發現經期晚了，因此，她開車到診所接受檢查。回家之後，她微笑地告訴我們好消息，雖然我和妹妹感覺到她有點強顏歡笑，但因爲我還是個小孩子，也因爲我不願多想，所以我寧可相信媽媽確實很開心。對我而言，媽媽的笑容有如獎品般珍貴，我也跟著猜測我會有個小弟弟、還是小妹妹。

如果多加注意，我一定看得出某些跡象。我現在看得出家裡的轉變，爸媽床邊本來擺著各個大學的簡介、希臘神學的百科全書、及艾略特、迪更斯等文學名著，後來這些書都不見了，取而代之的是小孩的故事書、園藝雜誌及食譜。我把這些轉變視爲理所當然，直到我去世兩個月前，我還認爲《家庭園藝娛樂大全》是給媽媽的最佳生日禮物。知道自己懷了第三個小孩後，媽媽隱藏了更多不爲人知的一面，這些年來，她內心的渴求不但沒有隨著歲月消減，反而與日俱增。一碰到賴恩，她的渴求如野馬般脫韁而出，她失去了自制，屈服於內心的慾望。她任由自己的身體做主，肉體一甦醒，或許能喚起內心殘留的感覺。

目睹這些事情並不容易，但我依然把一切看在眼裡。

他們初次的擁抱顯得急切、笨拙而熱情。

「艾比蓋兒，」賴恩說，他的雙手伸到她的雨衣內圍住她的腰，薄紗般的睡衣幾乎不成兩人之間的屏障，「想想妳在做什麼。」

「我想都想煩了。」她說，兩人身旁的風扇排送出熱風，她的頭髮隨之飛揚，看似天使頭上的光環。賴恩瞇著眼睛看她，眼前這個美麗的女子顯得危險、狂野。

「妳先生……」他說。

「吻我，」她說：「請吻我。」

我看著媽媽出聲哀求，她躲躲閃閃，只爲了逃避我的記憶。我已阻止不了她。

賴恩閉上雙眼，用力地親吻媽媽的額頭。她拉他的手，一面把手放在自己胸前，一面悄悄地在他耳邊說話。我知道她爲什麼這麼做，憤怒、傷心、沮喪在此刻一併爆發，在這個水泥陽台上，過去的失落全部湧上心頭，她需要賴恩驅走她那死去的女兒。

他們雙唇相疊，賴恩把她推到牆邊，讓她的背頂著石灰牆，媽媽緊緊抱著他，彷彿他的親吻能帶給她新生命。

以前放學回家之後，有時我會站在院子旁邊看媽媽除草，她坐在除草機上，神情愉悅地穿梭在松樹之間，我也記得早上起床時，媽媽一面吹口哨、一面泡茶的樣子，我更記得每個星期四爸爸趕著回家，他遞給媽媽一束萬壽菊，媽媽粲然一笑，臉上頓時泛出澄黃的光彩。他們曾經那麼相愛，完完全全地為彼此著迷，如果沒有小孩的話，媽媽依然能夠重拾這樣的熱情，但有了小孩之後，她變得愈來愈疏離。這些年來，爸爸和我們愈來愈親，媽媽卻離我們愈來愈遠。

琳西握著爸爸的手，在病床旁睡著了。媽媽依然心神不寧，恍惚地經過坐在訪客區裡的霍爾。過了不久之後，賴恩也帶著同樣表情走過來，霍爾看夠了，他一把抓起安全帽，離開訪客區，走向長廊的另一端。

在化妝室待了幾分鐘之後，媽媽走向爸爸的病房，走到一半就被霍爾攔下來。

「妳女兒在裡面。」霍爾大喊，她轉過身。

「我叫霍爾‧漢克爾。」他說：「我是塞謬爾的哥哥，我們在追悼會上見過面。」

「噢，是啊，對不起，我沒有認出你。」

「沒關係。」他說。

兩人頓時默不作聲，氣氛有點尷尬。

「琳西打電話給我，我一小時前載她過來。」

「噢。」

「巴克利在鄰居家。」他說。

「噢。」她一直盯著他，似乎試圖恢復知覺，他的臉孔逐漸把她拉回現實。

「妳還好嗎？」

「沒事，我只是有點心煩，你能了解，對不對？」

「我完全了解。」他慢慢地說：「我只想告訴妳，妳的女兒在裡面陪妳先生，妳需要我的話，我在訪客區。」

「謝謝。」她說，她看他掉頭離開，他穿著一雙騎摩托車的靴子，後跟已經磨得差不多了，她在原地站了一會兒，聽著他的腳步聲在走廊發出陣陣回音。

她趕緊回過神，甩甩頭、提醒自己在醫院裡。她從沒想過霍爾之所以過來和她寒暄，就是為了提醒她這一點。

病房裡一片漆黑，日光燈在病床上方閃爍著微弱的光芒，形成室內唯一明顯的光影。琳西坐在床邊的椅子上，頭靠在病床的一邊，手伸得長長地握住爸爸，爸爸依然不省人事，仰臥在病床上。媽媽不可能知道我也在病房裡，我們一家再度聚首，只是今非昔比，以前她把我和琳西哄上床，等待她的先生、我們的爸爸回家共度熱情的午後，現在我們四人都不一樣了。她看著琳西和爸爸在一起，兩人儼然自成一國，這幅景象讓她覺得相當欣慰。

成長過程中，我總是和媽媽大玩捉迷藏，我不願承認我愛她，卻又千方百計希望得到她的注意與認同。對爸爸，我卻不用要這種把戲。

現在，我再也不用躲躲閃閃。媽媽站在黑暗中看著爸爸與琳西，我看著媽媽，心裡作了決定。我知道上天堂意味著許多事情，其中之一就是凡事操之在己，現在，我決定對家人一視同仁，不再厚此薄彼。

夜深人靜時，醫院和養老院上方經常有許多快速飄搖的靈魂，哈莉和我有時候晚上失眠，兩個人就爬起來看。看著看著，我們發現似乎有人在遠方指揮這些靈魂，我們只是觀眾而已。因此，我和哈莉覺得此處之外必定別有洞天，遠方一定還有一個更加包羅萬象的天地。

剛開始弗妮和我們一起看。

「這是我喜歡偷做的事情之一，」弗妮坦承說：「雖然已經過了好些年，但我仍然喜歡看成群靈魂在空中飄浮、盤旋，吵吵鬧鬧地擠成一團。」

「我什麼也沒看見。」我說，那是我們第一次一起觀看。

「仔細看，」她說：「不要說話。」

看到靈魂之前，我就感受到他們的存在。我感覺到一股暖流，彷彿點點星火沿著手臂向上蔓延。忽然間，我看到他們了！他們拋下凡間的肉體，發出像螢火蟲般的光芒，點點火花呼嘯回旋，逐漸向四方延伸。

「好像雪花一樣，」弗妮說：「每個靈魂都不一樣。但從我們這裡看過去，每一個卻都是同一副模樣。」

第十三章

一九七四年秋天，琳西回到學校上學時，大家知道她不僅有個姊姊遭到謀殺，還有個「發瘋」、「精神失常」、「瘋瘋癲癲」的爸爸。眾人對爸爸的指控最令她傷心，因爲她知道這不是眞的。

剛開學的幾星期，琳西和塞謬爾聽到各種各樣的謠言，謠言在學生之間廣爲流傳，像鍥而不舍的毒蛇一樣緊跟著他們。這場風暴還蔓延到布萊恩・尼爾遜和克萊麗莎頭上，好巧不巧地，他們剛好和琳西同一所學校，他們兩人形影不離，在學校裡到處宣傳那天晚上在玉米田發生的事情。他們貶低我爸爸，藉此彰顯自己有多酷，利用這個機會來出名。

雷和露絲有天經過玻璃牆邊，牆外是露天休息區，旁邊有排假石頭，大家眼中的壞學生通常喜歡坐在這裡。雷和露絲看到布萊恩坐在假石頭上講得口沫橫飛，那年，布萊恩從原本緊張兮兮的「稻草人」，變成了眾人眼中雄赳赳、氣昂昂的男子漢，克萊麗莎對他又愛又怕，終於和他上床。不管人生多麼無常，我所認識的每個人似乎都在長大。

那年巴克利上了幼稚園，一上學就迷上了他的老師蔻伊科小姐。蔻伊科小姐帶他去上洗手間，或是跟他解釋回家作業時，總是溫柔地拉著他的小手，她的魔力著實令人無法抗拒。由於老師的寵愛，小弟得到了一些特權，蔻伊科小姐經常多給他一塊餅乾，或是給他一個比較柔軟的坐墊，但小弟卻因此和班上同學有了距離，小朋友都疏遠他。在小孩子的團體中，他本來只是一個普通孩子，但我的死卻使他與眾不同。

塞謬爾每天陪琳西走路回家，然後沿著大馬路、豎起拇指搭便車到霍爾的修車廠，他希望霍爾的兄弟們會認出他，也經常搭上各式各樣拼裝起來的摩托車和卡車。到達目的地之後，霍爾會幫車主好好檢查一下車子。

有段時間塞謬爾都沒有到我們家，事實上，除了家人之外，那段時間沒有任何人進出我家大門。爸爸到十月才能起來走動，醫生說他的右腳一直會有點僵硬，但如果他多多運動、多伸展筋骨的話，應該不成大礙，「除了盜壘之外，其他都沒問題，」外科醫生手術完之後的早晨對爸爸說。爸爸清醒過來時，看到琳西坐在他身旁，媽媽則站在窗邊凝視著停車場。

巴克利在學校飽受寇伊科小姐寵愛，在家裡更是爸爸的小天使，他不停地問說什麼是「人造膝蓋」，爸爸也和顏悅色地回答。

「人造膝蓋來自外太空喔，」爸爸說：「太空人帶回一些月球的碎片，他們把碎片打成一片片，拿來做像人造膝蓋之類的東西。」

「哇，」巴克利咧嘴一笑，「能讓奈特看一眼嗎？」

「快了，巴克利，快了。」爸爸說，但臉上的笑容愈來愈微弱。

巴克利一五一十地把學校的事情、或是爸爸說的話告訴媽媽，他對媽媽說：「爸爸的膝蓋是月球碎片做的喔，」或說：「寇伊科小姐說我圖畫得很好，」媽媽聽了總是點點頭。她知道自己在做什麼，她把紅蘿蔔和芹菜切成一口一塊大小，清洗保溫壺和午餐盒，琳西說她夠大了、不願意帶午餐盒上學，媽媽就用一種蠟紙做的紙袋幫琳西裝三明治，這樣女兒的午餐就不會滲出來，也不會弄髒衣服。雖然是一件小事，但媽媽發覺這種瑣事居然能讓自己開心。她像以前一樣按時洗衣服、折衣服，該燙衣服就燙、不該燙的就拉直吊在衣架上；她知道從地上撿起什麼東西、從車裡找到什麼小玩意，床上擺了一團濕毛巾，她也知道從裡面拉出來的是什麼東西。她依然每天早上鋪床，把床單四角塞進去，拍鬆枕頭，把床上的絨毛玩具擺正，拉開百葉窗透透光。

巴克利喊著找媽媽時，她總是在心裡賄賂自己說：先專心聽巴克利說話，然後妳就可以暫時不想這個家，好好想想賴恩。

到了十一月，爸爸已能蹣跚地走動，也就是他所謂的「敏捷地跳來跳去」。巴克利吵著要一起玩時，他經常扭曲著身子跳動，姿勢相當奇怪。但只要能逗兒子開心，要他做什麼都可以，他也不管媽媽或是其他人看了覺得如何。除了巴克利之外，每個人都知道我過世快滿一週年了。

秋意漸濃，空氣冷冽而清新，爸爸時常和巴克利帶著哈樂弟在圍著籬笆的後院玩耍。爸爸坐在一把舊鐵椅上，雙腳伸在前面，把腳跨在一個擦鞋器上，擦鞋器是外婆在馬里蘭州的一個骨董店買的，式樣相當誇張花稍。

巴克利把吱吱作響的玩具牛丟到空中，哈樂弟趕忙跑過去撿，哈樂弟猛然把巴克利撞倒在地，牠用鼻子頂著小主人，還用粉紅色的舌頭猛舔小主人的臉，巴克利樂不可支。看到五歲小兒子精力充沛的模樣，爸爸也樂在心裡。但他心中依然存在著陰影，眼前這個活蹦亂跳的小男孩，說不定也會被人從他身邊帶走。

基於種種因素，爸爸請了長假待在家裡，腿部受傷固然是原因之一，卻不是最主要的因素。他的老闆和同事對他莫不另眼相待，大家戰戰兢兢地在他辦公室外徘徊，也不敢太靠近他的辦公桌。同事們好像覺得女兒遭到謀殺是個傳染病，大家似乎覺得只要一鬆懈，同樣的悲劇也會發生在他們身上，因此，大家對爸爸避之唯恐不及。沒有人知道爸爸怎樣應付這種悲劇，但在此同時，他們又不想看到爸爸流露出悲傷，大家希望爸爸把傷痛儲藏在檔案櫃裡，擺在大家都看不到的角落，永遠都不要打開。他經常打電話回辦公室，每次一說他想多請幾天假，老闆總是欣然同意，老闆甚至說如果有必要的話，多請一星期、甚至一個月都沒關係。爸爸還以爲因爲他平日準時上班，也不介意加班，所以老闆才這麼爽快。在家靜養的日子裡，他避開哈維先生，也強迫自己不要想他。除了寫在筆記簿之外，他再也不提哈維先生。他把筆記簿藏在書房裡，令人驚訝地，媽媽沒說什麼就同意不再清理書房。他在筆記簿裡向我道歉：「甜心，我需要休息一陣子，我得想想如何追查下去，我希望妳能諒解。」

他決定十二月二日，感恩節過後銷假上班。他要在我逝世一週年之前回去工作，辦公室是他所能想到最公眾的場合，他回去上班，大家才知道他已經恢復正常。

但如果他有勇氣面對自己的話，他會知道這只是一個藉口。一回去上班，他就不必面對媽媽，這才是他想銷假上班的眞正原因。

如何重修舊好呢？如何再度讓她動心？她顯得愈來愈疏離，她把全副精力放在家務上，他卻把所有事情藏在心裡。最後他決定專心休養，同時想辦法對付哈維先生。他失去的或許不只是我，但責怪他人，總比想失去了什麼來得容易。

外婆預定感恩節時來訪，琳西這一陣子都照著外婆在信上的指示做保養，外婆說把小黃瓜切片放在眼部，可以消除眼睛浮腫，把燕麥粥塗在臉上，可以清潔毛細孔，幫助吸收多餘的油脂，用蛋黃洗頭髮，頭髮會更有光澤。琳西第一次用這些東西美容時，自己都覺得有點愚蠢，媽媽看了也為之一笑，但隨即想到自己是否也該做些保養。因為想到賴恩，所以她腦中才會閃過這個念頭，但她之所以想起他，並不是因為愛上了他，而是因為和他在一起，她才能忘掉其他事情。

外婆來訪的兩星期前，巴克利和爸爸在後院和哈樂弟玩，巴克利和哈樂弟在一堆堆乾枯的樹葉裡跳來跳去玩捉迷藏，「巴克利，小心，」爸爸說：「你會惹得哈樂弟咬人喔。」結果果真如此。

爸爸說他想試試新遊戲。

「我們來試試看你這個老爸爸還背不背得動你，再過不久，你就太重囉。」

就這樣，爸爸擺出了笨拙的姿態。在後院的一角，只有他、小弟和哈樂弟，就算他跌倒了，看到的也只有這兩個愛他的家人。他和小弟一起努力，兩人都想重溫尋常的父子之樂。巴克利站到鐵椅上，爸爸說：「好，爬到我的背上，」爸爸往前蹲，接著說：「抓住我的肩膀喔。」他不確定自己背不背得動小弟，我在天堂屏息觀看，食指與中指交叉，暗自為他祈禱。爸爸在玉米田裡就成了我的英雄，這時他冒著傷勢復發的危險，就為了讓小弟知道一切還像以前一樣，爸爸用心良苦，我看了更是佩服。

「把頭低下來，好，頭再低一點。」爸爸邊走邊警告小弟，父子兩人得意洋洋地前進。他們穿過玄關，繼續走上三樓，爸爸小心地保持平衡，每踏上一級階梯都感到一陣劇痛，哈樂弟跟在後面，巴克利上下晃動，笑得樂不可支，爸爸看了覺得這麼做是值得的。

父子兩人和小狗一上樓就發現琳西在浴室裡，琳西一看到他們馬上大聲抱怨。

「爸……！」

爸爸站直，巴克利伸手碰碰天花板上的電燈。

「妳在做什麼？」

「你覺得我像在做什麼？」

她坐在馬桶蓋上，身上圍了一條白色的大浴巾（這些浴巾都是媽媽漂白過、吊在曬衣繩上晾乾、折好、放在洗衣籃中、拿到樓上放毛巾的櫃子裡……）。她的左腿跨在浴缸邊緣，腿上塗滿了刮鬍膏，右手拿著爸爸的刮鬍刀。

「別用這種傲慢的口氣說話。」爸爸說。

「對不起，」琳西低下頭說：「我只想有點隱私權。」

爸爸舉起巴克利，把他抬高到自己頭上，「洗手台，巴克利，踩到洗手台上，」爸爸說。巴克利知道平常他不准踩到洗手台上，現在爸爸居然叫他踩上去，也不管他沾了泥巴的雙腳肯定會弄髒洗手台的瓷磚，他覺得非常興奮。

「好，跳下來。」小弟照辦，哈樂弟繞著他跑跑跳跳。

「甜心，妳還小，不到刮腿毛的年紀。」爸爸說。

「外婆十一歲就開始刮腿毛了。」

「巴克利，回你的房間，把狗一起帶走，好嗎？我要在這裡待一會兒。」

「好，爸爸。」

巴克利還小，爸爸只要有耐心略施小計，小弟就願意坐到他背上，兩人也可以像一般父子一樣玩耍。

但爸爸看著琳西，心中痛上加痛。他彷彿看到牙牙學語的我被大人抱著洗手，但時間卻就此停住，我永遠沒機會做妹妹現在打算做的事。

巴克利離開之後，爸爸把注意力轉移到琳西身上，兩個女兒對他都一樣重要，他一定要好好照顧這個僅存的女兒。「妳知道要小心吧？」他問道。

「我才剛要動手，」琳西說：「爸，讓我自己來吧。」

「妳手上那把刮鬍刀的刀片是不是舊的？」

「是。」

「嗯，那個刀片被我的鬍子磨鈍了，我幫妳換一片新的。」

「謝謝，爸。」琳西說，她頓時又成了他心愛的、坐在他背上的小女兒。

他離開浴室，經過走廊，走到二樓另一邊的主臥房，他和媽媽依然共用浴室，但兩個人已經不再睡在同一個房裡。他伸手到櫃子裡拿出一包新的刀片，忽然閃過一個念頭：教女兒刮腿毛的應該是艾比蓋兒，他心裡一陣刺痛，但很快就決定不再多想，他要專心幫女兒這個忙。

他拿著刀片回到浴室，教琳西如何換刀片和使用刮鬍刀。「特別注意腳踝和膝蓋附近，」他說：「妳媽媽常說這是危險地帶。」

「如果你想留下來看的話，請便。」她說，她現在不介意他留下來了。

「但我可能把自己弄得鮮血淋漓喔，」話一出口，她馬上後悔，眞想狠狠打自己一拳，「爸，對不起，」她說：「我移開一點，來，你坐這裡。」

她站起來坐到浴缸的邊緣，打開水龍頭，在浴缸裡放水，爸爸彎下來坐到馬桶蓋上。

「沒關係，小寶貝，」他說：「我們好一陣子沒談起妳姊姊了。」

「哪需要談起她？」她說：「不說她也無所不在。」

「妳小弟看起來還好。」

「他很黏你。」

「是啊。」他說，他發現自己喜歡聽琳西這麼說，取悅兒子顯然奏效，他覺得很欣慰。

「唉啊，」琳西大叫一聲，白色的刮鬍膏泡沫上忽然滲出一道血跡，「這眞是太麻煩了。」

「用拇指按住傷口，一下子就止血了。妳刮小腿就好，」爸爸提議說：「除非我們打算去海邊，不然妳媽媽都只刮到膝蓋附近。」

琳西暫停，疑惑地說：「你們從來不去海邊啊。」

「我們以前常去。」

爸爸在大學暑假打工時認識媽媽，爸爸對煙霧瀰漫的員工休息區大爲不滿，他剛下了一些難聽的評論，媽媽就笑笑地拿出一包香菸，當時她還保持每天抽一包菸的習慣。「好啊，我說錯話了，這下完了，」他說，雖然她的香菸薰得他全身都是煙味，但他依然留在她身旁。

「我最近常想我比較像誰，」琳西說：「像外婆，還是像媽媽？」

「我覺得妳和妳姊姊比較像我媽媽。」他說。

「爸？」

「怎麼了？」

「你還相信哈維先生涉案嗎？」

一枝火柴終於和另一枝火柴迸出了火花！看來爸爸總算有了同夥。

「我相信他絕對和這件事情有關，甜心，我百分之百確定。」

「既然如此，爲什麼賴恩不逮捕他呢？」

她握著刮鬍刀笨手笨腳地向上刮，刮完了這隻腿之後，她停下來等爸爸說話。

「唉，怎麼說呢？」他嘆了一口氣，一肚子的話傾囊而出，他從未仔細地向誰解釋自己爲什麼懷疑喬治・哈維，「我那天在他家後院碰到他，我們一起搭了一座帳篷，他說帳篷是幫他太太蓋的，我以爲他太太叫做蘇菲，但賴恩記下來的卻是莉雅。他的舉動相當奇怪，所以我確定他一定有問題。」

「大家都覺得他是個怪人。」

「沒錯，我也知道，」他說：「但大家和他都沒什麼關係，他們不知道他是不是故意作假。」

「故意作假？」

「故作無辜的樣子。」

「哈樂弟也不喜歡他。」琳西加了一句。

「完全正確！我從來沒看過哈樂弟叫得那麼凶，那天早上，牠叫得背上的毛都豎起來了。」

「但是警察把你當成瘋子。」

「他們只能說沒有證據。對不起，我話說得直接一點，在缺乏證據和屍體的情況下，他們不能貿然行動，抓人總得要有根據。」

「什麼樣的根據？」

「我猜警方必須找出他和蘇西的關聯，比方說有人看到他在玉米田或是學校附近徘徊，諸如此類的事情。」

「或者，他家裡有蘇西的東西？」爸爸和琳西愈談愈興奮，她另一隻腿已塗滿了刮鬍膏，但她卻不管它。他們覺得我一定在哈維家的某個角落，兩人有了共同話題，討論得更起勁。我的屍體可能在地下室、一樓、二樓、或是閣樓，雖然他們不願想這麼可怕的事情，但如果屍體眞的在喬治・哈維家，那將是最佳證據，哈維先生的謊言也會被揭穿。儘管如此，爸爸和妹妹仍不願朝這方面多想，兩人轉而討論我穿的衣服及隨身攜帶的小東西，他們記得我帶了我最喜歡的橡皮擦、背包裡面別了大衛・卡西迪的徽章、背包外面則別了大衛・鮑伊的徽章。他們詳細列出我穿戴的飾物，殊不知眾人所能找出的最直接證據是我的屍塊、我那空洞腐爛的雙眼。

唉，我的雙眼。雖然有外婆幫她化妝，但琳西依然面臨同樣的問題：每個人都從她的雙眼中看到了我。有時她從鄰座女孩的小鏡子、或是不經意地從街窗的倒影中看到自己的雙眸，她總是趕緊把目光移開。和爸爸在一起時更是難過，她知道只要一談到我，不管是哈維先生、我的衣物、我的背包、我的屍體、甚至只是我的名字，爸爸總顯得特別小心，他不要把琳西和我混爲一談，琳西就是琳西，而不是我的化身，但他愈小心，琳西愈不自在。

「這麼說，你想到他家裡看看囉？」她說。

他們凝視著對方，兩人都知道這個主意很危險。他猶豫了一會兒，最後終於說隨便闖入別人家是違法行爲，他也從未打算這麼做，但是妹妹知道爸爸說的不是眞話，她也知道爸爸需要別人幫他完成這件事。

「甜心，妳該刮另一隻腿了。」

她點點頭，轉過身繼續刮腿毛，她已經知道該怎麼做。

外婆在感恩節那個星期一抵達家中，她的觀察力像往常一樣敏銳，一進門就檢查琳西臉上有沒有青春痘。她注意到媽媽恬靜的笑容背後似乎隱藏了些什麼，也注意到每次一提到費奈蒙警探，媽媽的神態就不太一樣。

當天晚上吃完飯之後，外婆看到媽媽婉拒爸爸幫她收拾，憑著敏銳的觀察，外婆當下就知道自己的猜測沒錯。外婆馬上宣布她要幫媽媽清洗碗盤，口氣之堅決讓大家嚇了一跳，琳西想這下不用幫忙了，心裡也鬆了一口氣。

「艾比蓋兒，我來幫妳忙，我們母女一起做事吧。」

「妳說什麼？」

媽媽本來打算早早打發琳西，然後她可以站在水槽前，一個人慢慢收拾善後。她可以一個人站在窗前發呆，站到夜幕低垂、自己的影子出現在窗前爲止，屆時客廳裡的電視聲也漸趨沉寂，樓下又只剩下她一個人。

「我昨天才修了指甲，」外婆一面把圍裙繫在米黃色的連身洋裝上，一面對媽媽說：「所以妳洗我擦。」

「媽，眞的，妳不必幫我。」

「甜心，相信我，我一定要幫妳。」外婆說，口氣顯得有點嚴肅。

巴克利拉著爸爸的手，兩人走到廚房邊的房間看電視，暫時獲得自由的琳西則上樓打電話給塞謬爾。

外婆圍著圍裙的樣子實在很奇怪，她手上拿著擦碗的毛巾，看起來像拿著紅旗的鬥牛士、等著碗盤衝向她。

媽媽雙手伸到熱水裡，濺起陣陣水花，廚房裡只有洗碗、和碗盤的碰撞聲，外婆和媽媽沉默地工作，緊繃的氣氛似乎一觸即發。隔壁房間傳來足球轉播的噪音，我聽了更覺得奇怪。爸爸只喜歡籃球，從來不看足球轉播；外婆只吃冷凍或是外帶食品，從來不洗碗盤，今晚大家好像很反常。

「唉，老天爺喔，」外婆開口，「把這個盤子拿去，」她把剛洗好的盤子遞給媽媽，「我想好好和妳談談，但我怕打破碗盤，來，我們去散散步。」

「媽，我必須……」

「妳必須去散散步。」

「我們洗完碗再去。」

「妳仔細聽好，」外婆說：「我知道我是我，妳是妳，妳不願意和我一樣，妳高興就好，我也無所謂。但我是明眼人，有些事一看就明白，我知道妳有事瞞著我，而且不是什麼好事，妳懂我的意思吧？」

媽媽的表情莫測高深，似乎隨時可能變臉，她的臉龐倒映在洗碗槽中的泡沫，臉上的神情也像泡沫一樣飄浮不定。

「妳說這話什麼意思？」

「我隱約覺得有些不對，但我不想在這裡談。」

這樣講就行了，外婆，我心想。我從未看過外婆那麼緊張。

媽媽和外婆找個理由單獨出去散步並不難，爸爸膝蓋受傷，絕不會想要跟她們一起出去，再說，這些天爸爸走到哪裡，巴克利就跟到哪裡，所以爸爸不去，巴克利也不會跟著去。

媽媽一語不發，她知道非照做不可。兩人想了想，走到車庫解下圍裙，把圍裙放在車頂上，媽媽彎腰拉起車庫的大門。

時候還早，她們出門時還沒天黑，「我們可以順便帶哈樂弟走走。」媽媽提議。

「不了，我們母女兩個就好了，」外婆說：「想到我們兩人一起出去散步，好怕人喔，是不是？」

媽媽和外婆向來不親，雖然兩人都不願意承認，但她們心裡都很清楚，有時甚至拿這點開玩笑。她們彷彿是一個大社區裡唯一的小孩，雖然不怎麼喜歡彼此，但因爲社區裡沒有其他孩子，所以不得不和對方一起玩耍。以前媽媽總是朝著她自己的目標拚命前進，外婆向來無意追趕，現在外婆發現自己必須迎頭趕上。

她們經過歐垂爾家，快走到塔金家時，外婆說了壓在心裡好久的話。

「我看得開，所以才接受了妳爸爸有外遇這件事，」外婆說：「妳爸爸在新罕布夏州有個女人，兩人持續了好久。她的姓名縮寫是F，我始終不知道它代表什麼。這些年來，我想了好幾千種方式來解釋F代表什麼。」

「媽？」

外婆沒有轉身，繼續往前走。她覺得秋天冷冽的空氣讓人心神舒暢，最起碼她覺得比幾分鐘前好過多了。

「妳知道妳爸爸這件事嗎？」

「不知道。」

「我想我沒和妳提過，」外婆說：「以前我認爲沒必要告訴妳，現在是時候了，妳不覺得知道了比較好嗎？」

「我不確定妳為什麼要告訴我。」

她們走到轉角，往回走就可以走到家，繼續往前則會走到哈維先生家，媽媽忽然呆呆地站在原地。

「我可憐的小寶貝，」外婆說：「來，把妳的手給我。」

她們都覺得很奇怪，外公外婆不常和小孩親熱，媽媽用手指就可以數得出來小時候外公哪幾次彎下腰來親她，外公的鬍子刺刺的，夾帶著一絲古龍水的香味，雖然這些年來找了又找，媽媽卻始終找不出那是哪一種古龍水。外婆拉起媽媽的手，兩人朝另一個方向前進。

她們走到社區的另一端，這裡似乎有愈來愈多住戶搬進來，新蓋的房子沿著大路延伸，好像船錨一樣把整個社區導向以前的舊街道，因此，我記得媽媽把這裡的房子稱為「船錨屋」。順著船錨屋一直走下去，就可以走到設有獨立戰爭遺址的弗奇鎮歷史國家公園。

「蘇西的死讓我想起妳爸爸，」外婆說：「以前我都不讓自己好好悼念他。」

「我知道。」媽媽說。

「妳因為這樣而恨我嗎？」

媽媽停頓了一會兒說：「是的。」

外婆用另一隻手拍拍媽媽的手背說：「妳看吧，說說話就得到了寶藏。」

「得到了寶藏？」

「我們談談就說出了真心話。妳和我，我們母女講話難得這麼坦白，真心話不就像寶藏一樣珍貴嗎？」

她們經過一些種了很多樹、一公畝大小的土地，二十年前，這一帶的男人拿著工具，把地鏟平種下樹苗，過了二十年之後，這些樹木即使算不上高聳雲霄，也比當年長高了一倍。

「妳知道我一直覺得很孤單嗎？」媽媽問外婆。

「這就是爲什麼我們需要出來走走。」外婆說。

媽媽專心看著眼前的道路，她一隻手緊握著外婆的手，母女緊緊地手拉著手。她想到自己孤單的童年，也想到自己的兩個女兒把紙杯用長線綁在一起，拿著杯子走回自己房間，然後對著杯子說悄悄話，她看了覺得很有趣，卻不太了解姊妹兩人爲什麼講得那麼高興。小時候除了她之外，家裡只有她和外公外婆，後來外公也過世了。

她抬頭凝視樹木的尖端，樹林矗立在小山丘上，方圓數哩之內沒有任何建築物高過這些樹木，樹林附近地勢雜亂，從未整理爲建築用地，附近只有幾戶老農夫還住在這裡。

「我無法形容心裡的感受，」媽媽說：「對誰都說不出來。」

她們走到社區盡頭，夕陽逐漸西下，餘暉照在眼前的小山丘上。她們在原地站了好一會兒，兩人都無意轉身，媽媽望著最後一絲微弱的陽光消失在道路的盡頭。

「我不知道該怎麼辦，」她說：「現在一切都完了。」

外婆不太確定所謂的「一切」是什麼意思，但她沒有繼續逼問。

「我們是不是該回去了？」外婆提議。

「回去哪裡？」媽媽說。

「回家吧，艾比蓋兒，我們該回去。」

她們轉身往回走，大路兩旁房屋林立，家家戶戶看起來都一樣，只有靠著門上的裝飾才分辨得出不同。外婆永遠搞不清楚這樣的社區，也不知道自己的女兒爲什麼選擇住在這種地方。

「走到轉角時，」媽媽說：「我要繼續往前走。」

「妳要走到他家？」

「沒錯。」

媽媽轉身，我看到外婆也跟著轉身。

「妳能不能答應我，不要再和那個男人見面？」外婆問道。

「哪個男人？」

「和妳發生牽扯的那個男人。我講了半天，講的就是這回事。」

「我沒有和誰有牽扯。」媽媽說，她的思緒像飛躍在屋頂間的小鳥一樣奔騰，「媽？」她邊說邊轉身。

「艾比蓋兒？」

「如果我想離開一陣子，我能不能借用爸爸的小木屋？」

「妳有沒有聽我說話？」

她們聞到空氣中傳來一股味道，媽媽緊繃、紛亂的思緒再度受到干擾，「有人在抽菸，」她說。

外婆看著她的女兒，往日那個循規蹈矩、實事求是的女孩已經不見了，媽媽顯得如此反覆無常、心神不寧，外婆知道她沒什麼好說的了。

「嗯，聞起來像是外國香菸，」媽媽說：「我們去看看是誰在抽菸。」

天色愈來愈暗，外婆沉默地凝視著遠方，媽媽則循著煙味前進。

「我要回去了。」外婆說。

但媽媽依然繼續向前走。

她很快就發現菸味來自辛格家，盧安娜・辛格站在自家後院的一棵大樹下抽菸。

「哈囉。」媽媽打聲招呼。

盧安娜沒有像一般人一樣馬上回應，她已經習慣保持冷靜，不管是警察指控她的兒子是殺人犯，或是她先生把今晚的晚宴當成了系務會議，她依然保持一貫的冷靜。稍早她告訴兒子說他可以上樓，然後自己悄悄地從後門溜出來，似乎沒有人在意她離開了晚宴。

「沙蒙太太，」盧安娜邊說、邊吸了一口氣味強烈的香菸，在香菸的煙霧中，盧安娜上前和媽媽握手，「眞高興和妳碰面。」

「你們家今晚請人吃飯嗎？」媽媽說。

「我先生請幾個同事過來聊聊，我負責招待。」

媽媽笑了笑。

「我們兩人都住在一個莫名其妙的地方，不是嗎？」盧安娜問道。

她們目光相遇，媽媽笑著點點頭。在大馬路的某處，她自己的母親正在回家途中，但此時此刻，她和盧安娜遠離眾人，兩人彷彿置身於一個安靜的島嶼。

「妳還有香菸嗎？」

「當然，沙蒙太太，當然有，」盧安娜在黑色長衫的口袋裡摸索，找出一包香菸和打火機，「Dunhills，」她說：「我希望妳抽得慣。」

媽媽點燃香菸，然後把藍色金邊的香菸盒還給盧安娜，「艾比蓋兒，」她吸了一口菸說：「請叫我艾比蓋兒。」

在樓上漆黑的房間裡，雷聞得到他母親的香菸味，盧安娜不計較兒子偷拿她的香菸，雷也不明說母親抽菸。樓下人聲鼎沸，他聽到他父親和同僚們用六種語言大聲爭辯，眾人嘲弄將來臨的感恩節，興高采烈地批評這個節日眞是太美國化了。

他不知道我媽媽和他媽媽站在後院的草坪上，也不知道我正看著他坐在窗邊嗅聞外面甜膩的菸草味。過了一會兒，他轉身離開窗邊，扭開床邊的小燈開始閱讀，老師要大家找一首十四行詩寫報告，他手上拿著詩集，眼睛盯著書本裡的詩句，腦海中卻不斷浮現過去某些時刻。他眞希望能回到過去，重頭再來一次，如果他在禮堂的鷹架上就吻了我，說不定事情不會像現在一樣。

外婆繼續朝媽媽說的方向前進，最後終於看到那棟大家都想忘記的房子。她看著這棟離家不遠的綠色房屋，心想傑克說得沒錯，這個屋子在黑暗中散發出邪惡的氣息，令她不寒而慄。她聽到蟋蟀的叫聲，也看到這人門前的花床裡聚集了一群螢火蟲。忽然間，她覺得自己只能對女兒表示同情，除此之外，她什麼忙也幫不上。她女兒碰到這樣的悲劇，即使她自己的先生曾經有過外遇，她依然不知道怎麼幫助女兒。她決定明天早上告訴媽媽，如果需要的話，媽媽隨時可以借外公的小木屋。

那天晚上，媽媽作了一個她覺得非常美妙的夢。她夢見自己從未去過的印度，那裡有橘色的錐形交通路標，還有各種美麗的昆蟲，昆蟲蟲身是天青色，上顎則是璀璨的黃金。眾人抬著一個年輕的女孩在街上遊行，女孩受了傷，眾人把她抬往一個木棒堆起來的平台，準備將她火葬。熊熊大火吞噬了年輕女孩，在明亮的火光中，媽媽覺得渾身輕飄飄，感受騰雲駕霧般的喜悅。女孩雖然被活活燒死，但最起碼她有個完整乾淨的身體。

第十四章

整整一星期，琳西仔細地觀察哈維先生家裡的動靜。這個謀殺我的凶手也經常窺伺每個人，琳西只是以其人之道還治其人之身罷了。

琳西先前已經答應和學校的男子橄欖球隊一起受訓，迪威特先生和塞謬爾都鼓勵她加入男子橄欖球隊，她下定決心試試看，因此，她和球員們一起受訓，準備迎接這個重大的挑戰。爲了表示支持，塞謬爾和琳西一起接受訓練，他知道自己絕不可能入選，時常自嘲說這些訓練只會讓他成爲「穿短褲跑得最快的傢伙」。

塞謬爾確實能跑，但一上球場，他卻控制不了身旁的橄欖球，不但看不到球，也踢不準。塞謬爾經常陪琳西在家裡附近跑步，琳西每次經過哈維先生家都仔細觀望，塞謬爾跑在前面幫琳西設定速度，因此，他沒有注意到她的舉動。

哈維先生從綠色房屋裡向外看，他注意到琳西的窺伺，覺得非常不舒服。雖然事發至今已經將近一年，但是沙蒙家卻始終緊盯著他。

在其他城鎮也發生過同樣情況，雖然一般人看不出異狀，但總有一個女孩的家人懷疑到他。他已經知道如何應付警察，他一臉無辜，假裝對警方的調查工作大感佩服，他還不時提出一些不相關的線索，好像這些沒有用的訊息能幫助警方破案。這種應對方式天衣無縫，警方從未對他起疑。他想到自己向費奈蒙提到艾里斯家的男孩，這招眞是漂亮。謊稱自己是鰥夫也屢次奏效，最近常想到哪一個受害者，他就把她說成自己的太太。他不怕想不起來，只要想起母親，受害者的臉孔自然浮現心頭。

他每天下午出去一、兩個小時，他先去買東西，然後開車到弗奇鎭歷史國家公園。他先在鋪了柏油的大馬路上走走，然後到林間小道散步，有時他發現自己置身在成群學童之中，小朋友到這裡參觀喬治・華盛頓的故居，大家好奇地四處張望，好像眞的會在屋裡找到喬治・華盛頓的一根銀色假髮。他看到小孩子認眞的模樣，心情爲之一振。

學校老師、或是解說人員偶爾會注意到他站在一旁，他看來和善，卻是個陌生面孔，總是難免引來詢問的眼光。他有上千種說辭來應付他人的詢問：「我以前常帶小孩來這裡，」或是「我在這裡認識我太太，」他知道謊稱家人如何如何最有效，女人一聽就露出了微笑。有一次解說人員對學童講解一七七六年冬天的一場戰役時，有個長得不錯的胖女人還試圖和他搭訕。

那次他謊稱自己是鰥夫，還提到一個叫做蘇菲・西契遜的女人，他說她是自己的亡妻、及唯一的眞愛。這些話像美食一樣吸引了這個胖女人，她滔滔不絕地說她的小貓、弟弟、弟弟有三個小孩、她非常疼愛他們等等，他一面靜靜地聽，一面想像她陳屍在自己地下室的模樣。

從那之後，一看到學校老師垂詢的眼光，他就悄悄走到公園其他地方。他看著母親們推著娃娃車，神采奕奕地走在泥土小徑上；他看到蹺課的學生情侶在濃密的田野、或是隱密的小徑旁親熱。公園最高處有個小樹林，他有時把車子停在這裡，坐在車子裡看著神情落寞的男人把車停在他旁邊。這些穿著西裝、或是法蘭絨襯衫和牛仔褲的男人把車停好，下車，很快地走到樹林裡，他們有時回頭好奇地看哈維先生一眼，如果距離夠近的話，透過車子的擋風玻璃，他們會看見哈維先生一臉狂暴、貪得無饜的色慾，這正是他手下的受害者所看到的臉孔。

一九七四年十一月二十六日，琳西看到哈維先生出門，她放慢腳步，逐漸脫離其他跑步的男孩。稍後若有人問起，她可以說她月經來了，大家聽了就會閉嘴。有些人本來就反對迪威特先生的決定，他們認為女孩怎麼可以參加區域性的橄欖球賽，琳西知道這個藉口一定讓反對者抓到把柄，但她依然決定這麼做。

我看著妹妹，心裡眞是佩服。女人、間諜、運動員、獨行俠，此時此刻，她成了這些角色的化身。

她歪著身子、裝出肚子痛的樣子，一拐一拐地走路，隊員們轉頭問她怎麼了，她揮揮手表示沒事，她把手扠在腰際，繼續往前走，直到隊員跑到遠遠的馬路盡頭，她看到大家轉彎之後才挺直身子。哈維先生家旁邊有一排高大的松樹，松樹多年來無人修剪，枝葉非常濃密。她坐在一棵松樹下，繼續裝出疲倦的樣子，以免鄰居看了起疑。坐了一會兒，她覺得時候到了，身子一縮，像皮球一樣藏在兩棵松樹之間。她在此耐心等候，隊員們在附近還會再跑一圈，她看著大家經過她面前，眼光隨著他們行進，過了一會兒，隊員跑過一塊空曠的土地，抄捷徑跑回學校，終於只剩她一個人。她已經盤算好她有四十五分鐘，超過四十五分鐘爸爸就會擔心她爲什麼還沒回家。琳西和爸爸的協議是如果她和男子橄欖球隊一起受訓，塞謬爾五點之前必須送她回家。

那天成天烏雲密布，晚秋寒意正濃，她的腿上和手臂都起了雞皮疙瘩。跑步時她全身發熱，但一走到她和曲棍球隊員合用的浴室，她就開始全身發抖，直到沖個熱水澡才舒服一點。此時她站在哈維先生家外面，不但覺得冷，也怕得起了雞皮疙瘩。

男孩們抄捷徑跑回學校時，她小心翼翼地爬到另一邊地下室的窗口。如果被逮到的話，她已經想好了一套說詞：她追一隻小貓咪追到這裡，貓咪消失在兩棵松樹之間，灰色的小貓跑得非常快，一路衝向哈維先生家，她不加思索就跟著跑。

她從外面看得到地下室，裡面一片漆黑。她試著推開窗戶，但窗戶從裡面鎖起來，她從外面打不開，唯一的辦法是打破玻璃。她很快地在心中盤算，雖然打破玻璃會發出一些噪音，但計畫進行到這個地步，她不能就此打住。更何況，爸爸坐在書桌旁盯著時鐘等她回家，時間不多了，她脫下毛衣，把毛衣綁在雙腳上，坐下來，手臂支撐住身體，用雙腳踢玻璃。一下、兩下、三下，玻璃終於發出輕微的破裂聲。

她彎著身子爬進去，小心翼翼地沿著牆壁向下爬，她找到幾個立足點，但爬到離地面幾英呎時，她不得不跳下來，踩在玻璃碎片和水泥地上。

地下室看起來很整齊，和我家的地下室大不相同。我家的地下室堆滿了寫著「復活節彩蛋」和「聖誕節燈泡／裝飾品」的紙箱，爸爸爲這些放滿節慶用品的紙箱做了一個木架，但紙箱依然堆在地上。

冷空氣從外面吹進來，冷風吹過地上閃閃發光的碎玻璃，流竄到地下室各個角落。她看到哈維先生的安樂椅和旁邊的小桌子，也看到金屬架上那個閃爍著數字的大鬧鐘。我想把琳西指引到天花板上的通道，讓她看到通道裡的小動物骨頭，但我也知道雖然琳西畫得出蒼蠅眼睛的構造、在伯特先生的自然課上也表現得非常傑出，但一看到骨頭，她一定會以爲那是我的遺骨，因此，我也慶幸我指引不了她，她還是不要看到那些骨頭比較好。

雖然我無法現身，她也感覺不到我的推拉和指引，但她一個人待在地下室裡，依然感覺很不好。陰暗、寒冷的地下室裡瀰漫著某種氣息，令她忍不住打了寒顫。

地下室的窗戶大開，她站在離窗戶只有幾英呎的地方，但不管發生什麼事，她都只能繼續前進，不能回頭。她拚命告訴自己無論如何都必須保持冷靜，專心搜尋線索，但在那一刻，她好想塞謬爾，他八成以爲跑到終點就會看到她，因此，他會繼續跑回學校等她。他在學校等不到她，八成會起疑心，但他大概以爲她先去沖個熱水澡，於是他也決定去沖個澡，然後再等等看。但是他會等多久呢？她看看通往一樓的樓梯，然後小心翼翼地走上樓，她眞希望塞謬爾也在這裡，亦步亦趨地跟著她，有他在身旁，她才不會感到這麼孤單。但她刻意瞞著他，也沒有告訴任何人，她的舉動已超越了法律界線，甚至稱得上犯法，這點她非常清楚。

如果被逮到的話，她會說她需要透透氣，所以才會上樓。她一步步爬上樓梯，鞋尖夾帶著一些細白的粉末，她卻沒有注意到。

她扭開門把，走到一樓，從剛才到現在只過了五分鐘，她還有四十分鐘，最起碼她是這麼想。微弱的光線透過緊閉的百葉窗照進來，室內一片朦朧。她站在和我家隔間一模一樣的房子裡，再度感到猶豫。忽然間，她聽到晚報「啪」的一聲摔在門口，送報的小弟騎著腳踏車經過門口，丟下報紙之後順便按了一下車鈴。

琳西告訴自己她已經進到屋裡，只要好好找，說不定能找到她想要的東西。她可以把東西像獎盃一樣拿回家給爸爸，從此不但可以脫離我的陰影，爸媽也不會一天到晚盯著她。琳西向來爭強好勝，即使我們已經陰陽相隔，她依然想勝過我。

她看到大門口深藍與灰色相間的石板地，我家也有同樣的石板地，她記得小時候跟在我後面爬，她還是小嬰兒，我才剛學會走路。她看到我搖搖晃晃、快快樂樂地走到隔壁房間，她記得自己好想跟上去，也記得我在客廳嘲笑她，她被激得跨出了人生的第一步。

哈維先生家比我家空曠多了，地上沒有地毯，室內感覺更冷。她經過石板地走進隔壁的房間，這個房間在我家是客廳，房裡的木板地面擦得閃閃發光，她的腳步聲響起回音，她走到哪裡，回音就跟到哪裡。

回憶如潮水般湧上心頭，她不能不想，每一件卻都是痛苦的回憶。巴克利跨坐在我的肩膀上，姊弟倆搖搖晃晃地走下樓；我手裡拿著閃亮的金星，在媽媽的扶持下，把星星放到聖誕樹頂端，她站在一旁觀看，忌妒我搆得到聖誕樹；我從二樓樓梯扶手上滑下來，鼓動她加入我；我們姊妹倆吃完晚飯之後，苦苦哀求爸爸講故事；哈樂弟叫個不停，我們全家跟著牠跑。還有無數的生日與節慶場合，我們被拉去照相，臉上露出不自然的笑容，笑得臉都僵了。我們穿著一模一樣的天鵝絨、或是方格洋裝，手裡拿著絨毛兔和上了色的復活節雞蛋，腳上的皮鞋有條帶子，帶扣非常硬。媽媽試圖對準焦距，我們盡可能保持微笑，照片洗出來總是模模糊糊，我們的眼睛也有明亮的紅點。琳西保留了這些物品，但沒有一件東西能留下拍照前後的時刻。我們在家裡玩耍，或是爭著搶玩具，沒有任何一樣物品能捕捉這些屬於我們姊妹的時刻。

她忽然看到我的背影晃過隔壁房間，這個位置在我家是餐廳，在哈維家則是他搭造洋娃娃屋的地方。我像小時候一樣，總是跑在她前面。

她快步趕上我。

她跟著我跑過樓下的房間，雖然她為了加入橄欖球隊接受了嚴格訓練，跑到大門前的玄關時，她依然上氣不接下氣，覺得頭暈目眩。

以前我們在公車站常看到一個年紀比我們大一倍的男孩子，我想起媽媽常指著他對我們說：「他不知道自己很有力氣，妳們碰到他要小心一點。」你對他和顏悅色，他就給你一個大大的擁抱，他一臉可憐兮兮，憨厚地微笑，彷彿希望你也抱抱他。有一次，他把一個叫做黛芬妮的小女孩抱起來，他抱得非常緊，一放手，小女孩就重重地摔到地上，在那之後，我們就沒有在學校裡看過他。據說他被送到另一個學校，大家也沒有再提起他。此時，我在陰陽界用力地推擠，希望能讓琳西注意到我，我好想幫她，但又怕用力過猛傷了她。

琳西走到玄關的樓梯旁，在樓梯上坐了下來，她閉上眼睛穩住呼吸，心想自己爲什麼闖進哈維先生家。她覺得四周瀰漫著一股詭譎沉悶的氣息，她陷在裡面，好像是一隻被困在蜘蛛網中的蒼蠅，周圍盡是絲綢般的綿密蛛網。她知道爸爸在某種力量的驅使下跑進玉米田，現在這股力量也逐漸向她逼近。她本來希望幫爸爸找到一些線索，有了這些證據，她和爸爸就能重拾往日的親密，爸爸的偵查有了方向，也可以理直氣壯地找賴恩理論。但此時此刻，她卻好像看著自己跟著爸爸掉進無底的深淵。

她還有二十分鐘。

在哈維先生家裡，琳西是唯一活生生的人，但她卻不孤單，除了我之外，她還有其他同伴。哈維先生在這裡策畫了多起謀殺案，屋裡除了我之外，還有其他女孩的陰魂，琳西雖然毫不知情，其他受害者卻逐漸出現在我面前。我站在天堂，一一叫出她們的名字：

賈姬．梅爾，德拉瓦州，一九六七年，十三歲。

隨著賈姬的身影，我看到一把翻倒在地上的椅子，椅子的底部朝上，她倒臥在椅子旁邊，身上只有一件破爛的T恤，靠近頭部的地上有著一小攤鮮血。

弗蘿拉．赫南迪茲，德拉瓦州，一九六三年，八歲。

他只想碰碰她，但她卻大聲尖叫，八歲的她個子很小，她左腳的襪子和鞋子後來找到了，屍體卻遍尋不著。她的屍骨被埋在一棟老舊公寓的地下室裡。

莉雅・福克斯，德拉瓦州，一九六九年，十二歲。

他和莉雅躺在一個公路路橋下，他在一張沙發椅上悄悄地殺了她。橋上來往的車聲令他昏昏欲睡，他不知不覺地躺在她的屍體上睡著了。十個鐘頭之後，有個流浪漢敲敲他用廢棄門板搭蓋的小屋，他才猛然驚醒，匆匆收拾隨身物品和莉雅的屍體之後逃逸。

蘇菲・西契逖，賓州，一九六〇年，四十九歲。

蘇菲是他的房東，她把二樓隔成兩間，其中一間分租給他。他喜歡牆上半圓形的窗戶，房租也便宜，但她太喜歡講她兒子，還堅持朗誦詩歌給他聽。他到她房裡和她做愛，她一開始說話，他就敲碎她的頭蓋骨，然後把屍體抬到附近的小溪丟掉。

麗迪亞・強森，一九六〇年，六歲。

賓州巴克郡，他在採石場附近的山丘上挖了一個小洞穴，在裡面耐心等候，她是年紀最小的受害者。

溫蒂・瑞奇，康乃迪克州，一九七一年，十三歲。

溫蒂在一個酒吧外面等她爸爸，他在樹叢裡強暴她，然後把她勒死。那次他恢復了意識，不像以往一樣作案之後昏昏沉沉。他聽到說話聲，而且聲音愈來愈近，他把溫蒂的遺體拉過來，臉部朝向自己，然後輕咬她的耳朵。「喔，老兄，對不起，」他聽到有人向他道歉，原來是兩個喝醉酒的男人走到附近的樹叢方便，他們還以爲打擾了他的好事。

我看到一座座飄浮在空中的墳墓，陣陣冷風迎面吹來，寒氣逼人。哈維先生留下了許多紀念品，受害者的靈魂附著在這些充滿回憶的物品上，屋子裡處處可見飄浮的靈魂。但那天我不管她們，趕緊回到琳西身邊。

琳西一起身，我馬上回過神來跟著她，我們一起走上樓梯，她覺得自己好像塞謬爾和霍爾愛看的殭屍片中的主角：眼睛直視著前方，一腳前一腳後，一步步地往前走。她走進樓上的一個房間，這裡在我家是爸媽的臥室，她在房裡沒有找到任何東西。她走到另一個房間，這個房間在我家是我的臥室，在這裡則是哈維先生的臥房。

這個房間擺了最多東西，她必須盡可能不要弄亂房裡的擺設。她把手伸到堆在架上的毛衣之間摸索，她以爲會摸到一把刀、一把槍、或是一枝被哈樂弟咬過的原子筆，卻什麼也沒有摸到。忽然間，她聽到某種聲音，她辨識不出那是什麼聲音，也沒有多加理會。她轉身繼續走向床邊，床頭燈還亮著，燈下擺著哈維先生的筆記簿，她走過去看看，又聽到另一個聲音，但她依然沒有理會。車子駛進家門，煞車發出尖銳的聲音，有人猛力關上了車門。

她翻閱筆記本，裡面有許多樑柱、鑽子、塔樓、和拱架的素描，她看著各式各樣的測量和摘要，這些對她都不具任何意義。她翻到最後一頁，終於聽到外面傳來腳步聲，而且離她愈來愈近。

哈維先生拿出鑰匙打開大門時，琳西看到一張鉛筆素描，這張小小的素描上畫著一個凹下去的地洞，地洞的一旁有個架子，裡面有壁爐，哈維先生還畫出如何把地洞裡的煙霧排送到外面。琳西看到紙上哈維先生細長的字跡：「斯托弗茲玉米田」，眼光就再也離不開這張素描。我的手肘被發現之後，新聞報導中曾提到可能的案發現場，若不是讀了這篇報導，她也不會知道玉米田的地主叫做斯托弗茲。現在她終於知道我一直想告訴她的事情：我就死在這個地洞，我在洞中奮力掙扎、放聲尖叫，最後還是送了命。

她撕下素描，哈維先生已經走到廚房弄東西吃，他做一個他最愛吃的肝泥香腸三明治，還洗了一盤青葡萄。他聽到木板嘎嘎作響，身子隨之僵硬，木板再度作響，他挺直身子，心裡明白八成出了什麼事。

葡萄滾落到地上，他跨出左腳，一腳把葡萄踩得稀爛。琳西衝到百葉窗邊，想辦法打開鎖得緊緊的窗子。哈維先生兩步當一步地衝上二樓，琳西擠出窗外，跳到屋頂上，他衝到二樓樓梯口，眼看著就要追上她了。琳西彎起身子從屋頂上滾下來，壓破了屋旁的一支排水管，哈維先生衝進臥房時，她已經掉在樹叢、雜草和亂七八糟的肥料中。

但她沒有受傷，謝天謝地，她沒有受傷！幸好她年輕，身手矯健。他走到窗邊，正想爬到窗外時，她搖搖晃晃地站了起來。他忽然停了下來。他看到她跑向鄰家的樹叢，她背上絹印的球衣數字5！5！5！看來格外醒目。

原來是穿著橄欖球衣的琳西・沙蒙啊。

琳西回家時，塞謬爾和爸媽、外婆一起坐在客廳裡。

「噢，天啊。」媽媽先隔著門上的小方格窗看到琳西，一看馬上大叫。

媽媽一打開大門，塞謬爾就衝到媽媽和琳西之間。琳西走進家門，她看也不看媽媽一眼，甚至不管一跛一跛走過來的爸爸，直接衝到塞謬爾懷裡。

「天啊！我的天啊！我的天啊！」媽媽看著琳西身上的泥土和傷痕，嘴裡不住地驚呼。

外婆走過來站到媽媽身邊。

塞謬爾把手放在琳西頭上，順順她的頭髮。

「妳到哪裡去了？」

琳西轉頭面向爸爸，她先前非常激動，現在看起來比較鎮定，也虛弱不少，整個人似乎小了一號。那天我腦海中只有一個念頭：謝天謝地她沒事。

「爸？」

「怎麼了，小寶貝？」

「我真的去了，我闖進他家了。」她微微發抖，拚命控制自己不要哭。

媽媽忽然大聲說：「妳說妳做了什麼？」

但琳西依然不看她，她從頭到尾都沒有看媽媽一眼。

「我幫你找到這個，我想或許有用。」

她把素描揉成一團，緊緊地握在手裡。手裡握著東西跳下來比較危險，但她依然完成了使命。

爸爸忽然想到當天稍早曾讀到一句話，他凝視著琳西的雙眼，大聲地說出這句話。

「鬥爭狀態中，一個人的應變能力最快。」

琳西把素描交給爸爸。

「我去接巴克利。」媽媽說。

「媽，妳難道看都不想看一眼嗎？」

「我不知道該說什麼，妳外婆住在我們家，我有好多東西要買，還要烤一隻火雞，大家好像都不知道還有個家要照顧。我有個家、有個兒子，我要出去了。」

外婆跟著媽媽走到後門，卻無意阻止她出去。

媽媽一出門，琳西伸手握住塞謬爾的手，爸爸看著哈維先生的素描，心裡的想法和琳西一模一樣：我可能喪身於此。他抬起頭來。

「妳現在相信我了嗎？」他問琳西。

「是的，爸爸。」

爸爸心想眞是謝天謝地，隨即起身想去打個電話。

「爸。」琳西又說。

「什麼事？」

「我想他看到我了。」

上天保佑，我妹妹那天沒事，這眞是老天的最佳贈禮。我從天堂廣場的大陽台走回家，一想到爸媽、巴克利和塞謬爾可能失去她，我不禁害怕得全身發抖，更何況，我很自私，我希望她爲了我留在人間。

弗妮從餐廳走向我，我幾乎連頭都不抬。

「蘇西，」她說：「我有一件事要告訴妳。」

她把我帶到老式的街燈下，然後將我領到暗處。在黑暗中，她遞給我一張折成四折的紙。

「等妳堅強一點再攤開來看看，到那裡走走。」

兩天之後，我照著弗妮的地圖走到一處田野，我時常經過這裡，雖然覺得風景很漂亮，卻從沒有過去瞧瞧。地圖上用虛線標示出路徑，我緊張地在田間成排的小麥中尋找記號，忽然間，我看到它就在我面前。我側身於麥梗之間，慢慢地走向它，我手中的地圖漸漸消失無蹤。

我看到一棵樹齡悠久、優雅美麗的橄欖樹豎立在眼前。

太陽高掛在天空，橄欖樹前有塊空地，我等了一會兒，不久就看到另一邊的麥田起了波動，有人穿過麥田向這裡走來。

以她的年紀，個子算是瘦小，就像她在世時一樣。她穿了一件棉布洋裝，裙邊和袖口有點磨損。

她停下來，我們互相瞪著對方。

「我幾乎每天都來這裡，」她說：「我喜歡聽這些聲音。」

我這才發現四周都是沙沙的聲音，小麥在風中搖曳，彼此摩擦，颯颯作響。

「妳認識弗妮嗎？」

小女孩神情嚴肅地點點頭。

「她給我來這裡的地圖。」

「這麼說，妳一定準備好了。」她說。這裡是她的天堂，她可以隨心所欲，想做什麼就做什麼。我坐在樹下的草地上，看著她快速地旋轉，裙襬揚成一個小圓圈。

轉完圈圈之後，她走向我，上氣不接下氣地坐在我旁邊，「我叫弗蘿拉・赫南迪茲，」她說：「妳叫什麼名字？」

我告訴她我叫什麼，然後忍不住哭了出來，我終於認識了另一個被他殺害的女孩。

「其他人很快就會過來。」她說。

弗蘿拉再度轉圈飛舞，其他小女孩和女人穿過麥田，從不同方向走來。我們向彼此訴說悲慘的遭遇，每個人都把滿肚子的心事說出來。我每說一次，心裡的悲傷就減輕一點點。我也告訴她們我家出了什麼事。凡人的悲傷是眞實的，凡間每天都會發生令人傷心的事情，悲傷就像花朵或陽光，想藏也藏不住。

第十五章

剛開始他們母子沒有被人逮到，這是他母親最快樂的時刻。她帶著他躲到商店外的角落，一面向兒子展現偷到的東西，一面笑得花枝亂顫。喬治・哈維一面跟著笑，一面等待適當時機和母親親熱，母親忙著清點最新的戰利品，說不定他能趁她不注意時抱抱她。

對他們母子而言，下午從父親身邊溜出來，開車到隔壁鎮上買食物和雜貨是個解脫。他們非常窮，僅靠收集破銅爛鐵來賺錢。收了破爛之後，母子兩人合力把瓶瓶罐罐搬到老哈維先生的舊卡車上，開車到隔壁鎮上換錢。

母子兩人第一次被逮到時，收銀台的店員小姐對他們相當客氣，「有多少錢，就拿多少東西，剩下的原封不動擺在櫃檯就好。」店員小姐輕鬆地說，還向八歲的喬治・哈維眨眨眼。母親從口袋裡拿出一瓶阿斯匹靈，不好意思地把藥瓶放在櫃檯上，整張臉都垮了下去，哈維先生不禁想起父親經常斥責母親說：「妳比我們兒子好不到哪裡去。」

從此之後，哈維先生就非常怕被逮到。一想到被人識破，他的胃部就像碗裡被攪拌的雞蛋一樣翻騰，非常不舒服。只要看到有人一臉嚴肅、眼神犀利地朝他們走來，他就知道店員已經看到母親偷東西。

母親後來把偷到的東西拿給他，叫他藏在衣服裡，因爲母親這樣交代，所以他就照辦。母子成功地溜到外面，坐進車裡之後，她放聲大笑、雙手猛力地敲打方向盤，還說哈維是她親愛的小同謀，車裡頓時充滿她狂放的笑聲。母親向來捉摸不定，但在那短暫的一刻，他可以感覺到母親的愛。他知道此刻稍縱即逝，過了不久之後，母親就會轉而注意路邊閃閃發光的東西，她會拉著他一起過去看看這個「發財的機會」，但在此之前，在媽媽的笑聲中，他心中確實了無牽掛；在那短暫的一刻，他內心充滿溫暖，感到非常自由自在。

他記得母子兩人第一次長途旅行時母親曾說過的話，當時他們開車在德州鄉間行進，路途枯燥而漫長，忽然間，他們看到路旁有個白色的木頭十字架，十字架底部擺了一堆鮮花和枯萎的花朵。他眼睛很尖，馬上注意五顏六色的色彩。

「你不要光看死人和墳墓，眼界放寬一點，」他母親說：「有時候從他們身邊拿點小東西也沒關係。」

即使在那時，他就已感覺到他們的所作所爲是錯的。他們下車走到十字架旁，母親的眼睛變成兩個黑點，他看了就知道她正在專心搜尋。她找到兩個墜飾，一個是心形，另一個像眼睛的形狀，她拿起來給兒子看。

「不知道你爸爸覺得這些有沒有用，但是我們可以收藏起來，別告訴你爸爸，這是我們的祕密喔。」

母親藏了一大堆寶貝，從來沒有拿給父親看。

「你要心形、還是眼睛形狀的墜飾？」

「眼睛形狀。」他說。

「我看這些玫瑰花還很新鮮，我們可以留下來，擺在車裡很好看。」

那時他父親在德州的一個地方打零工，單靠雙手拆卸木板。那天他和母親趕不及回到父親工作的地方，只好睡在卡車裡過夜。

他和母親像往常一樣彎著身子靠在一起，在卡車裡面睡覺很奇怪，他母親像咬毛毯的小狗一樣坐立難安，在座位上不停地動來動去。喬治・哈維從以前的經驗得知，他最好乖乖聽話，母親叫他移到哪裡，他就移到哪裡。除非母親找到一個舒服的睡姿，不然他也無法闔眼。

睡到半夜，他正夢見圖畫書裡的宮殿，忽然有人猛敲車頂，他和母親嚇得馬上坐起來。車外站著三個男人，他們隔著車窗往裡看，喬治・哈維很熟悉這樣的眼神，有時父親喝得酩酊大醉，眼神也是同樣恍惚。此時男人們不但喝醉酒，還虎視眈眈地盯著他母親，渾然無視於他的存在。

他知道絕不可以出聲求救。

「不要說話，他們的目標不是你。」她輕聲對他說。他們身上蓋著老舊的毛毯，他縮在毛毯下冷得發抖。

其中一個男人站到卡車前，其他兩人猛敲卡車車頂，邊笑邊吐舌頭。

他母親拚命搖頭，但只惹得男人們更激動。站在車前的男人用臀部頂撞車子，另外兩人看了笑得更厲害。

「等一下我會慢慢移到車門口，」他母親輕聲說：「我會假裝準備走出車外，等我一說『好』，我要你馬上摸到鑰匙，啓動引擎。」

他知道母親的指示非常重要，這麼說無異表示她很需要他。雖然母親故作鎮定，但恐懼卻像金屬一樣擊破了她的僞裝，他可以聽得出母親很害怕。

她對男人們露出微笑，他們興奮地大叫，彷彿鬆懈了下來。她用手肘悄悄地推推排檔桿，然後鎮定地說：「好，」喬治・哈維馬上伸手扭動車鑰匙，卡車的老引擎在隆隆巨響中開始運轉。

男人們的表情頓時起了變化，原本一臉獵物到手的快樂，現在看到女人準備倒車，三個人都滿臉疑惑，不知道她有何打算。她一面換檔，一面對兒子大喊：「趴下來！」卡車猛然撞上站在幾英呎之外的男人，哈維蜷伏在座位上，清楚地感覺到車子的力道。男人被撞得飛到車頂，他母親很快再度倒車，把男人甩到地上。

在那個時刻，他清楚地領悟到身為女人和小孩的悲哀，兩者都是全世界最不幸的人。

哈維先生看著琳西跑向鄰家的樹叢，一顆心怦怦地跳得好快，但他馬上就鎮定下來。他必須仔細衡量所有最糟糕的後果，然後再決定採取什麼行動，他父親從未教他這麼做，這一招是母親教他的。他看到筆記本被翻過，還被撕掉了一頁，他趕緊檢查一下裝凶刀的袋子，幸好刀子還在，他帶著刀子走到地下室，先前他已經在房子的地基中挖了一個方洞，他把刀子丟進洞中，然後從金屬架上取下這些年從受害者身上拿下來的紀念品，他挑出原本嵌在我手鐲上的賓州石，把它緊握在手中，「哼，看妳找不找得到！」他在心中暗想。他把其他小東西放在一條白手帕上，然後把手帕的四角打結，做成一個像流浪漢拿著的小包包。他趴在地上，把一隻手臂伸到洞裡，拚命地往下伸。他一隻手拿著小包包，一隻手在洞裡摸索，最後終於摸到地基深處的一個鐵條尖端，工人們在鐵條上澆了水泥作地基，鐵條的尖端已經生鏽了。他把裝了戰利品的小包包吊在鐵條尖端上，然後從洞中伸出手臂，慢慢地站起來。今年夏天他把一本詩集埋在弗奇鎮歷史國家公園的森林裡，他向來喜歡花點時間湮滅證據，但現在他卻希望證據趕快消失。

他最多只能等五分鐘。他可以說他起先又害怕、又生氣，然後像每個家裡遭小偷的人一樣，花點時間清點袖扣、現金、工具等貴重物品，所以才沒有馬上報警。但他知道再等下去大家就會起疑，他必須及時打電話報案。

他打起精神，踱了幾步，用力吸幾口氣，等電話接通時，他已能裝出緊張的聲音。

「有小偷闖進我家，我想請警察過來看看。」他對接線生說。他一面想著該對警察說什麼，一面盤算他最快什麼時候能離開這裡，以及他該帶走什麼東西。

爸爸打電話到警察局，特別指定要找賴恩．費奈蒙說話。但局裡的人找不到費奈蒙，警方告訴爸爸他們已經派了兩名警察前往調查。哈維先生出來開門，警察看到他氣得隱含淚光，雖然警察有點不齒一個大男人當眾落淚，但他們覺得哈維先生在這種情況下的反應，似乎沒有什麼不妥。

廣播電台後來透露了琳西手上那張素描的內容，哈維先生聽了馬上表示願意讓警察到他家搜索。除此之外，他似乎非常同情沙蒙一家的遭遇，這些舉動都加深了警方對他的好感。

警察實在不想干擾哈維先生，他們仔細地搜索哈維先生家，除了二樓一個堆滿了漂亮洋娃娃屋的房間之外，其他看起來沒什麼不對，屋裡的東西充其量只能顯示屋主是個非常寂寞的人。警察找了半天，什麼也沒找到，後來只好轉換話題，大家站在二樓放了洋娃娃屋的房間裡有一搭沒一搭地閒聊，有個警察隨口問哈維先生花了多久時間搭建這些洋娃娃屋。

警方後來說他們一提到洋娃娃屋，哈維先生馬上變得非常友善。他走進臥房拿筆記本，完全沒有提到其中少了一頁，他熱心地展示洋娃娃屋的草圖，警察注意到他愈說愈高興，聽了一會兒之後，警察小心翼翼地提出下一個問題。

「哈維先生，」一位警察說：「我們想請你到局裡去一趟，好讓我們做進一步的偵訊。你當然有權請律師一起過來，但是……」

哈維先生插嘴打斷警察的話：「在這裡問就可以了，我願意回答所有問題。雖然我是受害的一方，但我不打算對那個可憐的女孩提出告訴。」

「那個闖進你家的女孩，」另一個警察說：「她確實拿了一樣東西。她拿到一張畫了玉米田的素描，田裡還有某個建築物……」

警察後來告訴費奈蒙說，哈維先生說得頭頭是道，令人不得不相信他。他提出一個極爲完美的解釋，完美到警察絲毫沒有起疑。不過話又說回來，警方本來就沒有把他當成凶手，也就是因爲如此，他們對他毫無戒心。

「唉，這個可憐的女孩。」他邊說邊把手指放到緊閉的雙唇上，轉身拿起筆記本，他把筆記本一頁頁翻給警察看，最後翻到一張很像被琳西拿走的素描。

「就是這一張，你們說的那張素描很像這一張，對不對？」警察現在變成了聽眾，不自主地點點頭。

「我只想了解事情是怎麼發生的，」哈維先生坦承，「我承認我沒辦法不想這件可怕的悲劇，我和這裡的每個人都一樣，我們都想當時怎樣才能阻止這件悲劇？爲什麼大家什麼聲音都沒聽到，沒有看出什麼不對？你想想，那個女孩一定會大聲求救，對不對？」

「好，請看這裡，」他拿起鉛筆指著素描對兩位警察說：「恕我直言，但根據建築原理，再加上大家說玉米田裡發現大量血跡，發現血跡的地方又非常隱祕，我推斷或許……」他注視著兩位警察，偷偷地觀察他們的眼神，兩位警察聽得很仔細，事實上，他們迫不及待想聽他怎麼說，警方毫無線索，找不到屍體，也沒有任何證據，說不定這個奇怪的男人能提供一個可行的偵查方向。「我推斷凶手說不定在田裡挖了一個類似地洞的洞穴，我承認我愈想愈多，到後來甚至像畫洋娃娃屋的草圖一樣，畫出地洞裡的一些細節，例如壁爐、木架等等。嗯，這只是我的習慣，」他停了一會兒說：「家裡只有我一個人，我時間很多。」

「你覺得你的推論正確嗎？」其中一個警察問道。

「我覺得我掌握到一些苗頭。」

「你爲什麼沒有打電話給我們呢？」

「我沒辦法讓他們的女兒死而復生。更何況，費奈蒙警探上次來找我時，我說我懷疑艾里斯家的男孩和此事有關，結果卻是個錯誤的線索，我不想再提出任何外行人的觀點干擾來你們辦案。」

警察臨走前向哈維先生道歉，他們說費奈蒙警探明天會再打電話給他，大概再確定一下今天的對話。警察看到筆記本，也聽了哈維先生的推論，這些都顯示哈維先生是個奉公守法的老百姓，殊不知他的受害者才是無辜的小市民。警察記下我妹妹從地下室闖入，然後從臥室窗戶逃走，他們和哈維先生討論了家裡的損失，哈維先生說他願意負擔所有損失，他還強調沙蒙先生幾個月前在玉米田裡出手傷人，顯然是傷心過了頭，現在這個可憐女孩的妹妹似乎也受到了父親的影響，他不會多計較。

我知道這件事情對我家的影響，我看著家裡氣氛愈來愈凝重，也知道愈來愈不可能逮到哈維先生了。到奈特家接巴克利之後，媽媽在30號公路的一個便利商店旁打電話給賴恩，請他到超市附近的購物中心和她碰面。他掛了電話馬上開車過去，倒車出去時，屋裡的電話鈴聲大作，他卻充耳不聞。車裡儼然是個隱祕的小天地，他邊開車邊想我媽媽，他明知這麼做不對，但他卻無法抗拒她。他曾想理智地分析爲什麼拒絕不了她，但理智維持不了多久，所有可能的解釋很快就被拋在腦後。

超市離購物中心很近，媽媽開車過去，過不了多久就到了。她牽著巴克利的手走過幾道玻璃門，來到購物中心的兒童遊戲區。父母親買東西時，可以把小孩暫時留在這裡。

巴克利樂不可支，「啊，遊戲區，我可以在這裡玩嗎？」他邊說邊看著同年齡的小孩子在遊戲區裡跳來跳去，還有人在鋪了橡膠的地上翻觔斗。

「你眞的想在這裡玩嗎？」媽媽問他。

「拜託拜託嘛。」他說。

她做出讓步的樣子說：「好吧。」他聽了馬上衝向紅色的金屬溜滑梯。「要乖喔，」她對著他大喊，她以前從不讓他一個人在遊戲區裡玩。

她把名字留給在遊戲區工作的管理人員，同時告訴管理人員說她在樓下商店附近買東西。

哈維先生對警方大談他的推論時，媽媽在一家賣些亂七八糟東西的商店裡閒逛。過了一會兒，她感到有人輕拍她的肩膀，她如釋重負地轉頭一看，卻只看到賴恩・費奈蒙走出商店的背影。她穿過在黑暗中發光的面具、黑色的塑膠球、毛茸茸的小妖精鑰匙圈、和一個微笑的骷髏頭，跟著賴恩走到店外。

他沒有回頭，她繼續跟著他走，剛開始有點興奮，愈走卻愈心煩。行進之間她有足夠的時間思考，但她卻不願多想。

她終於看到他打開一道白色的門，門嵌在牆裡，她以前從來沒有注意到這裡有一扇門。

前方陰暗走道傳來陣陣噪音，由此判斷，她知道賴恩帶她走進了購物中心的空調中心，或是放置抽水機的地方。她不在乎自己在哪裡，四下一片黑暗，讓她覺得好像置身於自己的心房。她忽然想到一幅在醫生辦公室看到的圖片，圖片在眼前不斷擴張，她還看到爸爸穿著棉布長袍、黑色襪子坐在檢查台的一側，醫生正向他們解釋心臟衰竭的危險性。她思緒一片混亂，正想放聲痛哭，忽然發現自己已經接近走道盡頭。走道通往一個三層樓的大房間，房間裡有好幾個巨大的金屬高塔和圓筒，上面插了很多亂七八糟的小燈泡，規律的震動聲在屋內迴盪。空調設備把購物中心的空氣排到室外，然後把新鮮空氣輸送進來，抽送之間發出震耳欲聾的聲響，她停下來聽聽還有什麼聲音，但除了機件運轉的聲音之外，她什麼也聽不到。

我比她先看到賴恩，他站在迹近黑暗的室內等她，他眞希望能從那對迷濛的大眼睛裡看出她想要什麼。雖然心裡覺得對不起我爸爸、我的家人，但他依然不自主地陷進這雙迷濛的雙眼之中。他眞想告訴她：「艾比蓋兒，我願意永遠沉溺在妳的眼神中，」但他也知道自己無權這麼說。

媽媽瞇起眼睛在交錯的金屬機件之間辨識東西，漸漸看出了究竟。有那麼短暫的一刻，我感覺到媽媽只想待在這裡，雖然這是個陌生的環境，但她覺得待在這裡，大家都找不到她，這樣就足以帶給她平靜。

賴恩伸手，用指尖碰觸媽媽的手指。賴恩要是不在這裡的話，說不定我可以單獨和媽媽共享這一刻，媽媽也可以暫時脫離一切，忘記自己是沙蒙太太。

但賴恩碰了媽媽，她也轉過身來。雖然他就在她面前，她對他卻似乎視而不見。

他了解她爲什麼如此心不在焉，也沒有怪罪她。

我在天堂廣場的陽台上看著他們，我感到頭暈目眩，呼吸也愈來愈急促。媽媽緊抓賴恩的頭髮，他一手攬住她纖細的身軀，把她愈拉愈近。我看著他們兩人，心想媽媽永遠不會知道就在這個時候，謀殺我的兇手正把兩位警察請出他家大門。

賴恩輕吻媽媽的脖子和胸部，我可以感覺到他的吻像小老鼠的腳步一樣細碎、像墜落的花瓣一樣輕盈，神奇中帶著一絲絕滅。賴恩的親吻有如耳語一般，帶著她遠離我、她的家人，和她心中的悲傷。她縱情於肉體的歡愉，任由自己的身體擺布。

賴恩牽起媽媽的手，把她帶離牆邊，他們走進金屬輸送管之間，隆隆的機器聲加上回音，周遭更顯得嘈雜。在這個時候，哈維先生開始打包，小弟在遊戲區交了新朋友，琳西和塞謬爾並排躺在她的床上，兩人衣著整齊，心裡卻非常緊張，外婆在空蕩蕩的客廳裡一口氣灌下三杯烈酒，爸爸則看著電話發呆。

媽媽貪婪地拉起賴恩的外套和襯衫，他也順勢幫忙。他看著她與身上的衣物掙扎，先脫掉毛衣，然後脫下寬大的連身裙、和套頭棉衫，最後身上只剩下內褲和緊身襯衣。他目不轉睛地看著她。

塞謬爾親吻琳西的頸背，她身上有肥皂和藥膏的味道，就在那一刻，他已下定決心永遠不離開她。

賴恩想說些什麼，我知道媽媽已注意到他想開口，她閉上雙眼，示意他不要說話，但她心中卻發出陣陣強烈的呼喊。她睜開雙眼看著他，他安靜了下來，嘴巴閉得緊緊地，她把緊身襯衣從頭上脫下來，內褲也緩緩地落在地上。我也可以像她一樣有副完美的軀體，只是我已經失去了長大的機會。她的肌膚如月光般清澈，雙眼如大海般深邃，但內心卻是一片空白。她已經迷失了自己，在無盡的悲傷中，她只能自我放縱。

哈維先生最後一次關上他家的大門，自此再也不回頭；媽媽忘情於最原始的慾望中，只有在情人憐憫的懷抱裡，她才能躲開自己破碎的心。

第十六章

我過世滿週年的那一天，辛格博士打電話說他不會回家吃晚飯。不管如何，盧安娜依然照常做運動。冬天裡房間有個角落似乎最保暖，她坐在這裡的地毯上舒展筋骨，雖然腦子裡仍不斷想著先生又不回家，但她放任自己的思緒，也不試圖安慰自己，反正運動做累了，她自然會把這件事拋在腦後。她坐在地上，身體向前傾，朝著腳趾頭的方向伸長手臂，她專心做運動，腦中逐漸一片空白。她彎腰、起身，肌肉微微作痛，身體感受到一陣愉悅的痛楚，也忘了所有事情。

餐廳的落地窗幾乎碰到地面，窗戶和地面之間只有一道細長的護牆板，冬天時暖氣從這裡排送出來，因爲不喜歡受到暖氣的聲音干擾，所以盧安娜經常把暖氣關掉。從餐廳裡可以看到外面的櫻桃樹，樹葉和花朵早已凋零，空蕩蕩的餵鳥架掛在樹枝上輕輕搖晃。

她不停地伸展筋骨，身子暖和了才停下來。此時，她已忘了自己是誰，周遭的一切也離她愈來愈遠。她忘了她的年紀和兒子，但先生的身影卻悄悄地潛回心頭。

她有個預感，隱約知道先生爲什麼愈來愈晚歸。他的遲歸不是因爲有了外遇、或是碰上一個崇拜他的學生，而是他的野心。多年前，她也曾野心勃勃，若不是因爲受了傷，她也不會輕言放棄，因此，她了解先生爲什麼晚歸。

她聽到外面傳來一些聲音，哈樂弟在兩條街外大叫，吉伯特家的小狗聞聲回應，雷在樓上走來走去。

過了一會兒，樓上再度傳來前衛搖滾歌手 Jethro Tull 的歌聲，突如其來的樂聲隔離了所有的雜音。

雖然她抽菸，但爲了不讓雷有樣學樣，所以她偶爾才偷偷抽兩口，除此之外，她沒有任何不良嗜好，身體也還算健康。鄰居太太們都稱讚她身材保持得很好，有些太太還問她介不介意和她們分享養顏之道，但她總認爲大家基於禮貌，想和她這個寂寞的外國鄰居說說話，所以才問她這些問題。此時她雙腿盤坐，呼吸緩慢而深沉，卻無法全然放鬆、忘掉一切。她一直想著先生工作的時間愈來愈長，雷長大之後，她一個人該怎麼辦？這個念頭悄悄地從腳底鑽上來，沿著小腿、膝蓋窩爬到大腿，繼續向全身蔓延。

門鈴響了。

盧安娜很高興有人打斷了她的思緒，雖然她平日做事按照規矩，很少做到一半停下來，但此刻她不管運動做到一半，一躍而起，拿起披在椅子上的一條披肩，匆匆把披肩圍在腰際，雷在樓上放音樂放得震天響，她在樂聲中走去開門，心想敲門的說不定是鄰居。人家過來抱怨音樂太大聲，她卻穿著紅色緊身褲，腰際圍著大披肩來應門。

站在門口階梯上的是露絲，手上抱著一個裝雜貨的紙袋。

「嗨，」盧安娜說：「有什麼事嗎？」

「我來找雷。」

「請進。」

樓上的音樂依然非常大聲，她們幾乎扯著嗓門說話，露絲走進了玄關。

「請自己上樓。」盧安娜邊喊邊指著樓梯。

我看著盧安娜打量露絲寬鬆的裝扮，高領毛衣、及身上的雪衣，她在心中對自己說：嗯，說不定我可以從她開始，幫自己找點事做。

露絲稍早跟著媽媽去超市，買菜時，她在紙盤、塑膠叉子和湯匙之間看到一些蠟燭。在學校裡她就知道今天是什麼日子，回家後她躺在床上看書，然後幫媽媽整理她爸爸所謂的工具室，以及她自己的「詩人小屋」，現在還陪媽媽一起買菜。但這些都不足以悼念我過世一週年，所以她決定做些特別的事。

一看到蠟燭，她馬上想到找雷一起行動，儘管所有跡象都顯示他們不是男女朋友，但因爲他們時常在鉛球場見面，所以同學們仍然將他們湊成一對。露絲大可畫她想畫的裸女圖、圍上頭巾、以搖滾女歌手 **Janis Joplin** 爲題寫報告、或是大聲抗議刮腿毛和腋毛是對女性的壓迫，但在同學眼中，她仍是那個被人發現和一個怪胎親嘴的怪女孩。

沒有人知道那只是一個實驗，他們也沒有告訴大家。雷只親過我，露絲則沒有任何經驗，因此，他們決定親吻對方，試試看是什麼感覺。

事後他們躺在教師停車場後面一棵楓樹的落葉上，露絲對雷說：「我沒什麼感覺。」

「我也沒什麼感覺。」雷坦承道。

「你吻蘇西時有感覺嗎？」

「有。」

「什麼感覺？」

「我覺得我要得更多。那天晚上我在夢中又吻了她，我不知道她是不是也有同樣感覺。」

「你想過和她發生關係嗎？」

「我們還沒有進展到那個地步，」雷說：「現在我吻了妳，感覺卻不一樣。」

「我們可以繼續試試看，」露絲說：「只要你不告訴別人，我願意配合。」

「我以爲妳喜歡女孩子。」雷說。

「好，我們打個商量，」露絲說：「你可以假裝我是蘇西，我也假裝自己是她。」

「妳眞是個怪人。」雷笑笑說。

「你是說你不想試試看囉？」露絲戲弄他說。

「別鬧了，讓我再看看妳的素描吧。」

「或許我很奇怪，」露絲邊說邊從背包裡拿出素描本，她以《花花公子》爲範本畫了許多裸女圖，她對裸女的各個部位略作刪減或添增，還在被塗黑的敏感部位上加上毛髮，「但最起碼我不會拿炭筆在女人的某個部位上亂塗。」

露絲走進房裡時，雷正隨著音樂跳舞。雷有近視眼，鏡片相當厚，但因爲他爸爸只肯花錢配最便宜、最堅固的鏡框，所以他在學校盡量不戴眼鏡，在家裡則沒關係。他穿著有污點的寬鬆牛仔褲，身上的T恤皺兮兮的，露絲想他一定是穿著T恤睡覺，我知道確實是如此。

一看到露絲抱著超市的紙袋站在門口，雷馬上停下來，他伸手拿下眼鏡，卻不知道該拿它怎麼辦，只好拿著眼鏡對她揮揮手說：「嗨。」

「你能把音樂關小聲一點嗎？」露絲大喊。

「當然！」

音樂關掉之後，她的耳朵還隆隆作響了一會兒，在那短暫的一刻，她注意到雷的目光閃爍。

雷站在房間的另一頭，他和露絲之間隔著他的床，床上的被單亂七八糟地捲成一團，床邊掛著一張我的肖像，這是露絲憑記憶畫的。

「你把它掛起來了。」露絲說。

「我覺得這幅畫眞的很棒。」雷說。

「只有你和我這麼認爲，其他人可不這麼想。」

「我媽媽也覺得它很不錯。」

「她性子很烈喔，」露絲邊說邊放下紙袋，「難怪你這麼奇怪。」

「袋子裡是什麼？」

「蠟燭，」露絲說：「我在超市買的，今天是十二月六日。」

「我知道。」

「我想我們說不定一起到玉米田裡點支蠟燭，跟她說再見。」

「妳要向她道別幾次？」

「我只隨便想想，」露絲說：「我自己去好了。」

「不，」雷說：「我跟妳一起去。」

露絲穿著雪衣，坐下來等雷換上襯衫。他轉身背對著她，她看著他的背，心想他雖然瘦，但手臂上的肌肉發育得非常好，他的膚色和他媽媽一樣，比自己蒼白的皮膚好看多了。

「如果你想要的話，我們可以親親嘴。」露絲說。

他轉過身微微一笑，他已經喜歡上這個「實驗」，而且親吻時也不再想著我，但他不能讓露絲知道。

他喜歡她詛咒人的模樣，也喜歡她的聰穎。雷的父親是個博士，露絲的爸爸則只會修補老房子，雖然她嘴裡說博士又不是醫生，沒什麼了不起的，但她依然相當羨慕，辛格家成排成櫃的書籍更令她羨慕不已，她非常希望自己家裡也有這樣的藏書。

他走過來和她一起坐在床上。

「妳把雪衣脫下來吧。」

她脫下了雪衣。

就這樣，在我過世滿一年的那天，雷緊貼著露絲，兩人吻了起來。吻著吻著，露絲忽然停下來看著雷，「該死，」她說：「我還以為我有點感覺呢！」

雷和露絲悄悄來到玉米田，雷握著露絲的手，她不知道這是因為他倆一起到此悼念我，還是因為他喜歡她。她思緒一片混亂，往常的直覺已派不上用場。

她忽然看到其他人，顯然不是只有她想到我。霍爾和塞謬爾兩兄弟手插在口袋裡，背對著她站在玉米田裡，露絲看到地上擺著黃色的水仙花。

「水仙花是你帶來的嗎？」露絲問塞謬爾。

「不是，」霍爾幫弟弟回答：「我們來的時候就看到花了。」

史泰德太太從樓上兒子的房間探頭看看，過了一會兒她披上外衣，朝玉米田走過去。她不知道這樣做對不對，也不知道自己該不該去，這些都不是她能回答的問題。

葛萊絲・塔金在家裡附近散步，她看到史泰德太太拿著一株一品紅走出家門，她們站在街旁聊了一會兒，葛萊絲說她得先回家，等一下再過去和大家會合。

葛萊絲回家打了兩通電話，一通給她的男朋友，他住在離這裡不遠、比較富裕一點的地區，另一通電話打到吉伯特家。吉伯特家的小狗最先發現證據，由此證實了我已遇害，即使事隔一年，他們一家對這件事依然耿耿於懷。吉伯特夫婦上了年紀，兩位老人家比較不方便自己走到崎嶇的玉米田裡，所以葛萊絲主動說要陪他們一起去，吉伯特先生馬上一口答應，他告訴葛萊絲・塔金說他們一定要去，去了他太太才會安心。他總是想到他太太，藉此掩飾自己的痛苦，但此時我卻看得出他的悲傷。他們曾考慮把狗送給別人，但小狗帶給他們夫婦太多快樂，他實在捨不得割愛。

雷時常幫吉伯特夫婦跑腿，吉伯特夫婦相當喜歡他，也覺得大家錯怪了他。吉伯特先生不確定雷知不知道大家要去玉米田，所以他打電話到辛格家，盧安娜說她兒子八成已經去了，她自己稍後也會過去。

琳西站在窗邊往外看，她看到葛萊絲・塔金挽著吉伯特太太、葛萊絲的男友攙扶著吉伯特先生，四個人一起穿過歐垂爾家的草坪。

「媽，玉米田裡有些狀況。」她說。

媽媽正在看莫里哀的小說，她大學時曾勤讀莫里哀的作品，但畢業以後就再也沒有碰他的小說。她身旁擺了一疊沙特、柯萊特、普魯斯特、福樓拜的小說，大學時就是因爲這些小說，大家才認爲她思想前衛。最近她把這些書從臥室的書架上搬下來，她答應自己今年要把這些書重讀一次。

「我沒興趣，」她對琳西說：「但我相信你爸爸回來之後，一定會想過去看看。妳爲什麼不上樓陪妳弟弟玩呢？」

琳西這一陣子都很聽話，不管媽媽說什麼，琳西都百依百順。她相信媽媽冷淡的外表下一定有些感覺，因此，她決定留下來陪媽媽。她坐在媽媽旁邊的椅子上，靜靜地看著窗外的鄰居。

晚來的人頗具先見之明帶來了蠟燭，到了夜幕低垂之際，蠟燭照亮了整個玉米田，每個我認識的人、或是從小學到初中坐在我旁邊的同學似乎都在那裡。伯特先生準備好隔天的解剖實驗，從學校走出來時，看到玉米田裡有些動靜，他慢慢地走過去看看，一發現大家爲什麼聚集在這裡，他馬上回學校打幾個電話。我的死讓學校一位祕書非常難過，此時她和她兒子一起來到玉米田，還有一些老師沒有參加學校主辦的追悼會，現在他們也加入大家的行列。

哈維先生涉案的傳言已在感恩節晚上傳遍整個社區，鄰居莫不議論紛紛。到了隔天中午，這件事已成爲附近唯一的話題。眞有這種可能嗎？那個不愛說話、舉止有點奇怪的人可能謀殺蘇西．沙蒙？鄰居都滿腹懷疑，但沒有人敢到我家詢問細節。過去一星期來，我家朋友的表兄弟、或是幫我家割草小男孩的父親都成了眾人追問的對象，任何可能知道警方偵查進展的人更是廣受奉承。從某個角度而言，大家聚集在玉米田中不只是爲了悼念我，更是藉此安慰彼此。一個殺人犯居然和大夥住在同一個社區裡，大夥在街上碰到他，他還向小女孩們買女童軍餅乾、向小男孩訂雜誌，想了眞令人心寒。

愈來愈多人聚集在玉米田中，我在天堂裡看了愈來愈興奮。大家點燃蠟燭，歐垂爾先生依稀記得祖父唱過的一首類似輓歌的民謠，他帶頭輕輕哼唱，鄰居們剛開始覺得不自在，但學校的祕書隨即跟著唱，歐垂爾先生的男高音中多了她不甚悠揚的歌聲。盧安娜僵硬地站在外圍，離兒子很遠，她剛要出門就接到先生電話，辛格博士說他今晚要睡在辦公室裡，不會回家過夜，但社區裡其他人家的先生一下班就跟著鄰居來到這裡，他們怎麼可能一面賺錢養家、一面確保孩子不會出事呢？社區裡做父親的都知道不可能，無論他們多麼小心，發生在我身上的悲劇，依然可能發生在他們的孩子身上。

沒有人打電話到我家，大家都不想打擾我的家人。我家的柴堆、煙囪、車道、和籬笆就像雨後氣溫驟降的樹木一樣，覆蓋了一層透明的冰霜，令人難以穿透。雖然我家看起來和街上其他人家沒什麼不同，但大家都知道沙蒙家出了大事。大門背後，「謀殺」二字將門面染得血紅，沒人能想像屋裡發生了什麼事。

夕陽西下，天際逐漸染上一層玫瑰花似的粉彩。此時，琳西終於明白大家為什麼聚集在玉米田裡，媽媽的眼睛則始終沒有離開書本。

「他們在田裡悼念蘇西，」琳西說：「妳聽。」她推開窗戶，迎面吹來一陣十二月的寒風，遠處飄來陣陣微弱的歌聲。

媽媽勉強打起精神說：「我們已經舉辦過追悼會了，我覺得算是了結了。」

「什麼了結了？」

媽媽雙手手肘擱在沙發把手上，她稍微往前靠，燈光照不到她的臉，琳西看不清楚她臉上的表情。

「我不相信她在那裡等我們，我也不認為點點蠟燭、或是做些諸如此類的事情就能緬懷蘇西，我們可以用其他方式來紀念她。」

「例如什麼？」琳西說，她雙腿交叉坐在媽媽面前的地毯上，媽媽坐在沙發上，手上拿著莫里哀的小說，用手指按住剛才讀的那一頁。

「我不想只當個母親。」

琳西覺得她了解媽媽的話，她也不想只當個女孩。

媽媽把小說放回咖啡桌上，她再往前靠，靠到沙發邊緣，身子一低坐到地毯上。我看了非常吃驚，媽媽從不坐在地上，她一向坐在付賬單的書桌前、有靠背的扶手椅上、或是和哈樂弟一起縮在沙發一角。

她握住琳西的手。

「妳打算離開我們嗎？」琳西問道。

媽媽不停地顫抖，答案了然於心，但她怎麼說得出口呢？她只好撒謊：「我答應絕不離開妳。」

她眞想重回無憂無慮的青春時代。她想再回到瓷器禮品店工作，拿著被自己打破的 Wedgwood 杯子躲起來，暗自希望經理不要找到她。她曾夢想像西蒙・波娃和沙特一樣住在巴黎，她多麼希望自己還是那個充滿夢想的女孩。她想起初次碰到傑克的情景，那天下班後，她想到這個傻呼呼的男孩就忍不住大笑。他雖然討厭別人抽菸，長得倒是滿可愛的，她告訴他巴黎的咖啡館總是煙霧瀰漫，他聽了似乎相當動心。夏季接近尾聲時，有次她請他到家裡坐坐，兩人第一次發生了關係。她是處女，他是處男，完事之後她拿出一支香菸，他開玩笑說他也要一支，她遞給他一個斷了把手的藍色瓷杯當菸灰缸，這個瓷杯就是被她打破的 Wedgwood 杯子，她把杯子藏在大衣裡偷偷拿回家，她生動地描述整個過程，講得天花亂墜。

「靠過來一點，小寶貝。」媽媽說，琳西乖乖照做，她把背貼在媽媽胸前，媽媽抱著她在地毯上輕輕搖擺，姿態顯得有些不自然。「琳西，妳表現得眞好，有了妳，妳爸爸才活得下來。」話一說完，她們就聽到爸爸的車子駛進車道。

琳西倚在媽媽懷裡，媽媽則想著盧安娜站在後院抽菸的模樣。Dunhills 香菸甜膩的氣味消失在馬路盡頭，媽媽的思緒也跟著飄向遠方。她結識爸爸之前交的最後一個男朋友喜歡抽 Gauloises，她覺得這人裝腔作勢，沒什麼了不起，但他總是一副憂國憂民的德性，讓她也跟著擺出嚴肅的樣子。

「媽，妳看到蠟燭了嗎？」琳西凝視著窗外問道。

「去找妳爸爸吧。」媽媽說。

琳西到門口找爸爸，爸爸正把大衣和鑰匙掛起來，他說他們會去，他們當然一定要去。

「爸爸！」小弟在二樓大叫，爸爸和琳西走上二樓找他。

「妳決定吧。」爸爸說，巴克利興奮地繞著爸爸跑來跑去。

「我不想再護著他了，」琳西說：「我們不應該再瞞著他，這樣太不切實際了。蘇西已經死了，他知道的。」

小弟抬頭看著琳西。

「大家幫蘇西辦了一個聚會，」琳西說：「我和爸爸要帶你去。」

「媽媽生病了嗎？」巴克利問道。

琳西不想對他撒謊，更何況，她覺得就某個方面而言，媽媽確實生病了。

「是的，媽媽病了。」

琳西說她先帶巴克利到房間換衣服，然後到樓下和爸爸會合。

「妳知道嗎？我看得到她。」巴克利說，琳西低下頭來看著他。

「她過來和我說話，妳在練球時，她還來陪我。」

琳西不知道該說什麼，只好一把抱起他，狠狠地把他抱在懷裡，巴克利也時常這樣擁抱哈樂弟。

「你好特別喔！」她對小弟說：「不管發生什麼事，我會永遠在你身旁。」

爸爸慢慢地走下樓，他的左手緊抓著木頭扶手，直到走到一樓樓梯口才鬆手。

爸爸沉重的腳步聲愈來愈近，媽媽拿起莫里哀的小說躲到餐廳，這樣爸爸才看不到她。她站在餐廳的角落繼續看書，遠遠地躲開家人。她聽到大門開了又關，正如她的期待。

離我遇害不遠之處，我的鄰居、師長、親朋好友選了一個地方圍成一個圓圈。爸爸、琳西和巴克利一出門就聽到歌聲，爸爸一心只想飛向溫暖的燭光，他好希望我活在每個人的心目中，也希望大家永遠記得我。我看著大家，心中忽然明白今晚每個人就此向我道別。許多小女孩一去不復返，我已成爲其中之一，聚會結束，回家之後，大夥會讓我安息在他們心中，像一封陳年信件一樣，永遠不會再打開、或是拿出來重讀。我已向大家說了再見，我祝福大家，也在冥冥之中保佑大家，從此之後，大夥不會再想起我。往後只有在一些特殊的時刻，比方說在街上碰到老朋友、貴重的東西失而復得、陌生人從遠方的窗邊向他們微笑地揮揮手、或是可愛的孩童對著他們扮鬼臉，大夥才會想起我。

露絲最先看到我的家人，她拉拉雷的衣袖說，「過去幫他。」雷在偵查工作剛開始曾經見過我爸爸，他聽了露絲的話，朝著爸爸的方向移動。塞謬爾也走過來，他們像年輕的牧師一樣，把我的家人帶到人群中，眾人讓出一塊地方給他們，四周愈來愈安靜。

好幾個月來，除了開車上下班、或是到後院坐坐之外，爸爸沒有在外面走動，也沒有和鄰居打照面。此時，他一一巡視鄰居的臉龐，終於明白我深受大家喜愛，連他不認識的人都關心我。他心中頓時充滿溫暖，他已經好久沒有這種感覺，過去這些日子來，除了巴克利之外，沒有任何人能帶給他溫暖，只有在父子相聚的短暫時刻，他的心頭才有一絲暖意。

他看著歐垂爾先生說：「史坦，以前蘇西夏天經常站在窗前，聽你在後院唱歌，她非常喜歡你的歌聲，你能為我們唱首歌嗎？」

人們通常在追悼會上藉著歌聲悼念心愛的人，雖然沒有人希望在這種場合受到垂青，但歐垂爾先生卻把爸爸的請求當成難得的殊榮。他引吭高歌，剛開始聲音有點顫抖，但歌聲馬上變得清澈悠揚。眾人也跟著引吭高歌。

我記得爸爸所說的那些夏日，我常覺得怎麼這麼晚才天黑，也希望天黑之後會涼快一點。有時我站在玄關的窗戶旁邊，窗外飄來陣陣微風，歐垂爾家的歌聲伴隨著微風而來，我聆聽歐垂爾先生大唱愛爾蘭民謠，微風中帶著一絲淡淡的泥土味，空氣也逐漸變得潮濕，我知道這表示快下大雷雨了。此時家中顯得難得的安靜，琳西坐在她房裡的舊沙發上用功，爸爸在書房看書，媽媽在樓下做針線活或是清洗碗盤。

我喜歡換上長睡袍，跑到後面的陽台，大滴的雨點落在屋頂，微風透過紗窗紗門飄進屋裡，吹得睡袍緊貼在我身上。清新的空氣帶著一絲暖意，令人身心大快，天際閃過一道閃電，雷聲隨之隆隆作響。就在這時，媽媽走到陽台的紗門口，像往常一樣警告說：「再不進來，妳就會得重感冒。」說完就安靜了下來，我們一起聽著大雨傾盆而下，遠處傳來陣陣雷聲，大地的氣息逐漸籠罩了我們。

「妳看起來勇氣十足，好像什麼都不怕。」媽媽有天晚上說。

我也這麼認為，我好喜歡這些母女同心的時刻，我轉身面對她、把自己緊緊地包在睡袍裡說：

「我的確什麼都不怕。」

瞬間快照

我用爸媽給我的照相機，趁家人不注意時拍了很多快照，數量多到爸爸不准我把底片全部洗出來，他逼我選出哪幾捲底片值得洗，我愈照愈起勁，到後來我在衣櫃裡擺了兩個盒子裝底片，一個標示著「送出去洗」，另一個標示著「暫時保留」，媽媽說我只有在這個時候才顯得有條有理。

我好喜歡柯達自動相機所捕捉的時刻，相機的四角閃光燈一閃，閃光燈燈泡瞬間即逝，拍照的那一刻也一去不回，唯一留下來的只有一張照片。閃光燈剛用完時熱得燙手，我把四角形的小閃光燈在兩手間丟來丟去，直到閃光燈冷卻爲止。燈泡裡燒壞的鎢絲變成點點藍絲，有時還把薄薄的玻璃燒得焦黑。我用我的相機捕捉了寶貴的時刻，有了相機，我可以使時間停頓，永遠保留住那個時刻。這些影像全是我的，誰也無法把它們從我手裡奪走。

一九七五年夏天的一個晚上，媽媽對爸爸說：

「你曾在大海裡做愛嗎？」

爸爸回答說：「沒有。」

「我也沒有，」媽媽說：「我們假裝這裡就是大海吧。明天我可能就走了，說不定我們從此不再相見。」

隔天，她就去了外公在新罕布夏州的小木屋。

同年夏天，琳西、爸爸、或是巴克利經常發現門口擺了一鍋燉菜、一個蛋糕、或是爸爸最喜歡的蘋果派，這些東西有的好吃，有的不怎麼樣，史泰德太太的燉菜令人難以下嚥，吉伯特太太烤的蛋糕雖然太黏，但還不太難吃，盧安娜的蘋果派最可口，簡直是人間美味。

媽媽離開之後，爸爸經常整晚待在書房裡，長夜漫漫，他反覆閱讀南北戰爭時期瑪麗・切斯特（Mary Chestnut）寫給她先生的信，試圖藉此忘掉一切。他不想責怪任何人，也不想抱持任何希望，但他卻做不到。只有一件事情讓他臉上稍微露出笑容。

「盧安娜・辛格烤的蘋果派眞不賴。」他在筆記本上寫道。

秋天的一個下午，爸爸接到外婆打來的電話。

「傑克，」外婆在電話裡說：「我想搬過去和你們住。」

爸爸雖然沒說什麼，但他的猶豫卻是盡在不言中。

「我想過去幫幫你和孩子們，我在這個空蕩蕩的大房子浪費夠多時間了。」

「媽，我們的生活才剛重新上軌道。」他結結巴巴地說，但他知道他不能一直麻煩奈特的母親照顧巴克利，媽媽已經離開四個月了，他本來以爲她只是暫時離開，現在看起來她是不會回來了。

外婆相當堅持，我看著她忍著不喝杯裡剩下的伏特加，「我會控制自己不喝酒，最起碼……」她認眞地想了想，「嗯，最起碼下午五點以前我不喝，哎呀，管他的，如果你覺得有必要，我就把酒給戒了。」

「妳知道自己在說什麼嗎？」

外婆心裡很清楚，從握著聽筒的雙手到穿著高跟鞋的雙腳，她全身上下的毛細孔都清楚得很，「是的，我知道自己在說什麼。」

掛了電話之後，爸爸才開始擔心，他忽然想到：我們該讓外婆睡哪裡呢？

每個人都知道外婆該睡在哪個房間。

到了一九七五年十二月，哈維先生離開已經一年了，但大家仍然不知道他的行蹤。有一陣子，附近店家在窗戶上貼了一張哈維先生的人像素描，到後來膠帶變得髒兮兮，草草繪製的素描也殘破不堪。琳西和塞謬爾經常待在霍爾的修車廠，她從不涉足其他年輕人常去的一家簡餐店，這家店的老闆相當奉公守法，他把喬治·哈維的人像素描放大兩倍貼在大門口，客人一問怎麼回事，他馬上描述所有可怕的細節，從年輕女孩在玉米田中遇害，一直講到警方只發現一隻手肘。

到後來琳西終於請霍爾載她到警察局，她想知道警方究竟打算怎麼辦。

他們向留在修車廠的塞謬爾說聲再見，在濕冷的風雪中，霍爾帶著琳西到警察局。

琳西年紀輕輕，又顯得來勢洶洶，警察從一開始就有點不知所措，他們知道她是誰之後，對她更是敬鬼神而遠之。這個滿懷怒氣的十五歲小女孩神情專注，胸部嬌小而渾圓，雙腿瘦長卻頗具曲線美，她的雙眼雖有如花朵般嬌豔，眼神卻如鐵石般冷硬。

琳西和霍爾坐在局長辦公室外的木頭板凳上等候，局裡另一頭有樣東西，她看了覺得非常眼熟。東西擺在費奈蒙警探的桌上，因爲顏色很特殊，所以相當突出，一眼就看得到。媽媽經常說這種紅色是中國紅，比鮮紅的玫瑰花更耀眼，自然界中很難看得到這種顏色，只有唇膏才顯得出這種色彩。媽媽穿上中國紅的衣服非常漂亮，她也深以爲傲，每次圍上一條中國紅的圍巾時，她總是神情驕傲地說，連外婆都不敢穿這個顏色的衣服。

「霍爾。」她愈看費奈蒙桌上的那條圍巾，愈覺得眼熟，全身的肌肉也跟著緊繃。

「什麼事？」

「你看到那條紅色的圍巾嗎？」

「看到了。」

「你能不能過去把它拿給我？」

霍爾轉過頭來看著她，琳西對他說：「我覺得那是我媽媽的圍巾。」

霍爾走過去拿圍巾，賴恩從琳西身後走進來，他拍拍琳西的肩膀，忽然看到霍爾走向他的桌子。一時之間，琳西和費奈蒙警探目不轉睛地看著對方。

「我媽的圍巾爲什麼在你這裡？」

賴恩結結巴巴地說：「八成是哪天她留在我車上的。」

琳西站起來面向他，她眼神犀利，心裡已朝最壞的方面想，「她在你車裡幹嘛？」

「嗨，霍爾。」賴恩說。

霍爾手裡拿著圍巾，琳西一把把圍巾搶過來，愈說愈生氣：「你爲什麼有我媽媽的圍巾？」

雖然賴恩是警探，但先看出琳西表情變化的是霍爾。琳西一臉了然，臉上像彩虹一樣浮現出各種色彩，我妹妹上數學課時總是最先算出答案，也常向同學們解釋雙關語，她的反應很快，這個時候也是如此。霍爾把手搭在琳西的肩膀上，推推她說：「我們該走了。」

稍後在修車廠後面的房間裡，琳西邊哭邊向塞謬爾述說這件她不敢相信的事情。

小弟滿七歲時爲我造了一座城堡。我們姊弟以前總說要一起蓋城堡，但爸爸卻始終鼓不起勇氣幫小弟，一想到城堡，爸爸就想起他曾和失蹤的哈維先生一起搭帳篷，這樣的回憶太令他傷心了。

哈維先生家搬進了一戶人家，新住戶家裡有五個女兒，喬治．哈維潛逃後的那個春天，他們在後院蓋了一座游泳池，女孩們的笑聲經常飄進爸爸的書房。後院中洋溢著小女孩嘰嘰喳喳的聲音，女孩們個個健康快樂，毫髮無傷。

爸爸聽在耳裡，痛在心裡。時值一九七六年春天，媽媽已經離家多時，他關上書房的窗戶，即使在最悶熱的夜晚也不開窗，唯有如此，他才聽不到鄰家小女孩的笑聲。他看著小兒子孤單地在茂密的樹叢裡自言自語，巴克利已經從車庫裡搬來幾個空陶罐，角落裡早被人遺忘的擦鞋器也被他拖了過來，凡是能當城牆的東西都被他搬到後院。琳西、塞謬爾和霍爾還幫他從大門口車道邊搬來兩塊大石頭，塞謬爾沒想到巴克利找得到這麼大的石塊，他看著石塊問說：「你打算拿什麼蓋屋頂？」

巴克利一臉疑惑地看著塞謬爾，霍爾暗想修車廠裡有哪些東西能派上用場，他忽然想到車行後面的牆邊有兩片鐵皮。

就這樣，巴克利的城堡有了屋頂。一個燠熱的夜裡，爸爸從書房往外看，卻看不到兒子的蹤影。巴克利安然地坐在城堡中，他半跪半爬地把陶罐拉進來，然後在陶罐前擺上一張大紙板，紙板很高，幾乎碰到鐵皮屋頂，城堡裡光線微弱，勉強可以看書，霍爾還遵照巴克利的要求，用黑色的噴漆在一邊的木板門上寫了「禁止入內」幾個大字。

小弟大多待在裡面看*Avengers*和*X- Men*等漫畫，他幻想自己變成*X- Men*中的金剛狼，金剛狼有一身全宇宙最堅強的金屬所構成的骨骼，無論傷勢多麼嚴重，隔天都能自動癒合。他偶爾會想到我，他想念我的聲音，更希望我會從屋子裡跑出來，用力拍打城堡的鐵皮屋頂，大聲叫他讓我進去。有時他也希望琳西和塞謬爾多待在家裡一會兒，或是爸爸能像以前一樣陪他玩，爸爸以前無憂無慮，現在笑容中總帶著一絲憂傷。小弟覺得每件事情都沾上了憂慮的色彩，絕望與憂傷好像隱形的磁場一樣，始終籠罩著我們的爸爸。但小弟卻不容許自己想念媽媽，一想起媽媽，他就埋首到漫畫書的世界裡，書中孱弱的主角變成半人半獸的英雄，眼睛綻放出萬道光芒，手執魔仗擊穿銅牆鐵壁，縱身一躍就跳上摩天大樓。平時他想像自己是蜘蛛人，一生氣就變成綠巨人，一受到傷害，他就想像自己是漫畫書裡的英雄，轉眼之間，他不再是個敏感脆弱的小男孩，而成了堅強的超人，童稚之心也變成了鐵石心腸。我看著小弟這樣長大，不禁想起外婆曾說過的一句話，以前我和琳西在她背後扮鬼臉，或是露出不屑的表情時，外婆總是說：「當心妳們臉上的表情喔，現在擺出什麼表情，將來就一直是這副德性。」

有一天，上了二年級的巴克利拿了一篇他寫的故事回家，故事是這樣的：「從前有個叫做比利的小孩，他看到一個地洞，他走進地洞裡，從此之後卻再也沒有出來。」

爸爸成天心不在焉，看不出故事有什麼不對。他學媽媽把這故事貼在冰箱上面，同一個地方還貼著巴克利好久以前畫的蠟筆畫，但早就沒人注意到圖畫上湛藍的地平線。小弟年紀雖小，卻知道他寫的故事有問題，他察覺出老師的反應很奇怪，好像漫畫書中人物一樣含糊其詞。於是他把故事從冰箱上拿下來，趁外婆在樓下時悄悄把它拿到我以前的房間，他把故事折成小小的四方形塞進床墊下面，這裡以前是我放寶貝的地方，現在卻已空空如也。

一九七六年秋季的一個大熱天，賴恩・費奈蒙到證物室查看一個大型保險箱，保險箱裡放了在哈維先生地下室天花板中間找到的動物骨頭和一些粉末，化驗結果證實這些粉末是生石灰，調查行動由他親自主持，但無論挖得再深、找得再仔細，警方在哈維先生家裡依然沒有找到其他骨頭或屍體。車庫的地上留有我的血跡，這是破案的唯一線索，但警方卻毫不知情。賴恩花了好幾星期、甚至好幾個月仔細研究琳西偷到的素描，他還帶了一組人員回到玉米田裡重新搜查，大家挖了又挖，最後終於在田裡的另一頭找到一個可口可樂空罐，空罐上驗出兩枚指紋，警方在哈維先生家採集到他的指紋，又比對了我的出生證明，結果證實空罐上是我和哈維先生的指紋。至此終於證據確鑿，賴恩也確知傑克・沙蒙從一開始就沒錯。

但是不管他多麼努力追查喬治・哈維的下落，此人似乎從地球上消失了，怎麼找也找不到。他也查不出此人的任何紀錄，官方紀錄中根本沒有這個人。

他手邊只有哈維先生的洋娃娃屋，因此，他打電話詢問幫哈維先生賣洋娃娃屋的商人、以及買洋娃娃屋的有錢人，結果依然一無所獲。洋娃娃屋裡有許多小椅子、附有銅製把手的小門、和小型斜面窗，屋外還有些布做的灌木林和小樹，賴恩打電話給製造這些東西的廠商，卻依然打聽不出任何消息。

各種證據擺在地下室一張大桌子上，桌上除了證物之外沒有其他東西。賴恩坐在桌前，逐一檢視一大疊我爸爸印製的尋人海報，雖然早已熟知我的長相，但眼前的海報依然讓他看了發呆。最近這一帶新蓋了很多房子，他覺得破案的關鍵或許有賴於此，隨著社區的開發，人們整地蓋房子，附近的土地都被徹底地翻了過來，說不定警方會因而找到破案所需的證據。

保險箱最下面有個袋子，裡面裝著那頂綴著鈴鐺的帽子。他記得他把帽子拿給我媽媽時，她看了馬上難過得跪倒在地毯上。他仍然不知道自己從什麼時候開始愛上她，但我卻知道是哪一天。那天他和媽媽坐在我家客廳等爸爸回家，巴克利和奈特腳碰腳在沙發上睡覺，媽媽在畫紙上隨意塗鴉，從那天開始，他就愛上了她。

他竭盡心思想找到謀殺我的凶手，卻徒勞無功；他試著愛我的母親，結果也是同樣枉然。賴恩看著琳西偷到的玉米田素描，心裡不得不承認一個事實：因爲自己的猶豫，所以凶手才會從他手裡脫逃。他擺脫不了心中的罪惡感，就算沒有其他人知道，他心裡也很清楚，因爲他和媽媽在購物中心幽會，所以喬治・哈維才有機會逃走，這全是他的錯。

他從口袋裡拿出皮夾，皮夾裡的照片代表著他曾經參與、卻無法破案的案件，其中一張是他的亡妻。他把所有照片擺在桌上，逐一將照片翻成面朝下，然後在每一張照片的背面寫上「歿」字。以前他等著在照片背後寫下破案日期，現在凶手是誰、爲什麼行凶、如何行凶等問題對他已毫無意義。他永遠猜不透他太太爲什麼自殺，也永遠無法理解爲什麼有這麼多小孩失蹤。他把證物和照片放回保險箱，關掉電燈，離開冷颼颼的證物室。

但他對以下這些事情卻毫不知情：

一九七六年九月十日，一名獵人在康乃迪克州打獵，他走回車子時看到地上有個閃閃發光的東西，那就是原本掛在我銀手鍊上的賓州石。過了一會兒，他又看到附近的地面被熊挖過，亂七八糟的地面上有些骨頭，一看就知道是一隻小孩子的腳。

媽媽在新罕布夏州只待了一個冬天，之後就決定開車去加州。她一直想開車橫越美國，卻始終沒機會實現心願。她在新罕布夏州的一個朋友告訴她，舊金山附近的一家酒廠在找人，工作靠勞力，他們要求的條件不嚴苛，而且如果自己不想說，他們也不會過問你的私事，她覺得這三點聽起來都不錯。

這個朋友對她有意思，但她不想和他發生關係。此時她已經知道不能靠性愛來解決問題，從第一次和賴恩在購物中心發生關係開始，她就知道兩人絕對沒有結果，她甚至無法眞切地感受到他的愛憐。

她收拾好東西，起程前往加州，沿路上每在一個小鎭停留，她就從鎭上寄明信片給妹妹和小弟，明信片上寫著：「嗨，我在俄亥俄州的達頓市，紅雀是俄亥俄州的州鳥，」或是「昨天傍晚抵達密西西比州，密西西比河眞是遼闊。」

行行復行行，她來到了亞利桑那州，以前她只在家裡附近旅行，現在離她以前去過最遠的地方已有八州之遙。她租了一個房間，從外面的製冰機裡拿了一桶冰塊，明天即將抵達加州，她買了一瓶香檳酒來慶祝，她想起新罕布夏州的朋友曾說，他花了一整年的時間清洗裝酒的大酒桶，酒桶裡長滿了黴菌，他背朝下，平躺下來，拿著刀子刮掉酒桶內一層層黴菌。黴菌看起來或摸起來都像肝臟，下班之後不管洗多少次澡，果蠅依然繞著他飛舞。

她從塑膠杯裡啜飲香檳，看看自己在鏡中的倒影。她強迫自己一定要看。

她記得有年除夕夜，她和爸爸、我、琳西，以及巴克利一起坐在客廳裡，那是我們全家人第一次熬夜守歲，她白天讓巴克利先睡，這樣小弟才能得到足夠的睡眠。

巴克利睡到天黑才起床，他覺得晚上一定比聖誕夜更好玩，在他幼小的心靈中，新年是最有意思的節日，他以爲午夜鐘聲一響，他就置身於五光十色的玩具王國。

幾小時之後，小弟邊打呵欠，邊靠在媽媽的大腿旁，媽媽用手指輕輕梳理小弟的頭髮，爸爸悄悄地走到廚房泡熱可可，琳西和我幫大家切巧克力蛋糕。午夜時分，鐘聲敲了十二下，遠處隱約傳來祝賀聲，其間夾雜著稀落的鞭炮聲，除此之外，四下一片寂靜。小弟失望極了，他不明白爲什麼這麼安靜，小臉上寫滿了疑惑與失望，媽媽看了不知如何是好，她想到Peggy Lee早期的一首歌〈就只有這樣嗎？〉，小弟的表情就是如此，看起來好像快哭了。

她記得爸爸把小弟舉到肩膀上，接著開始引吭高歌，我們也跟著一起唱：「舊日良友豈能相忘，別後怎能不懷想；舊日良友豈能相忘，記取過去好時光。」

巴克利瞪著大家，歌詞裡的生字像泡泡一樣飄浮在空中，他完全不知道是什麼意思，「什麼是lang syne？」他一臉疑惑地問道。

「對啊，那是什麼意思？」我也問爸媽。

「過去的日子。」爸爸回答。

「沒錯，lang syne代表早就過去的日子。」媽媽說，忽然間，她低頭將盤子裡的蛋糕屑堆在一起。

「嗨，海眼姑娘，」爸爸說：「怎麼了？」

她記得自己隨意打發了爸爸的問題，她心裡好像有個水龍頭開關，往右一扭就阻擋了自己的思緒。過不久，她就站起來叫我幫她收拾杯盤。

一九七六年秋天，媽媽來到加州。她直接開到海邊，把車停下來看海。一路上她看到許多家庭，每個家庭不是吵架、咆哮、就是扯著嗓門大喊大叫，大家似乎每天都面臨無窮的壓力。過去四天裡，除了這些吵吵鬧鬧的家庭之外，她似乎什麼也沒看到，現在她隔著擋風玻璃觀海，心情總算輕鬆下來。她想起大學時代讀的書，以及維吉尼亞．吳爾芙的一生，那時一切都顯得朦朦朧朧，充滿了羅曼蒂克的情調，讀書讀累了就到海邊，撿塊石頭在口袋裡，優游於拍打在岸邊的波浪間，生活過得好有詩意。

她把毛衣鬆鬆地綁在腰際，然後沿著岸邊的懸崖爬下去。懸崖下除了陡峭的石頭和奔騰的海浪之外，其他什麼也沒有。雖然她很小心，我仍然緊盯著她每一個步伐，我眞擔心她不注意滑倒。

媽媽只想爬到懸崖下看海，她想在這個離家數千英哩的海灘，踏踏由大海另一端飄過來的海浪，她心裡只有這個念頭，或許大海將爲她受洗，海浪輕輕一拍，一切就可以重新來過。但人生眞的那麼簡單嗎？小孩子上體育課時常玩一種遊戲，孩子們在兩個密閉的小室間跑來跑去，不停地撿木塊、堆木塊，生命會不會也像這樣反反覆覆，永無休止呢？她只想著走向大海、大海、大海，我則緊張地看著她一步步踏在岩石間。附近忽然傳來女孩的聲音，我們同時聽到聲音，抬頭一看也都嚇了一跳。

沙灘上有個小嬰兒。

媽媽看到岩石之間有個小沙灘，沙灘上鋪了一張毛毯，毯子上有個戴著粉紅色針織帽、穿著背心和靴子的小女嬰。小寶寶一個人躺在毛毯上，旁邊有個白色的絨毛玩具，看起來像是隻小綿羊。

媽媽慢慢往下爬，沙灘上站了一群大人，他們背對著媽媽，每個人都穿著黑色和深藍色的衣服，帽子和靴子上還有很酷的線條，大家看起來一本正經，舉止卻相當慌張。我用我野生動物攝影師的雙眼一瞄，馬上看到幾個三腳架和一個銀色圓盤，圓盤周圍還圍了一圈鐵線。有個年輕人拿著圓盤左右移動，光線也隨之落在毛毯上的小嬰兒身上。

媽媽放聲大笑，每個人都很忙，只有一位助理抬頭看看岩石間的媽媽。我想他們八成在拍廣告吧，但拍什麼廣告呢？買一個健康活潑的小女嬰來取代死去的女兒嗎？我看著媽媽開懷大笑，她的臉上逐漸綻放出光彩，我也看到隱藏在笑容之後的奇怪表情。

她看著小女嬰身後的海浪，心想海浪眞是美得令人目眩。它們可以在轉眼之間，靜悄悄地把小女嬰從沙灘上捲走，大海一瞬間就能奪走小女嬰的性命，這些衣著時髦的大人再怎麼追也沒辦法。四下雖然平靜，但隨時可能發生災難，海浪一來，小女嬰的性命就隨波而逝，沒有人救得了她，即使是早已預期到意外之災的母親也束手無策。

那個星期，她在庫索酒廠謀得一份工作，葡萄園在海灣上方的一個山谷裡。她寫了好些明信片給琳西和巴克利，她在信中斷斷續續地述說快樂的時刻，希望自己在這些篇幅有限的明信片裡聽起來快樂一點。休假時她常到梭塞里多或是聖羅沙的街上走走，在這些優雅富裕的小鎮上，大家似乎都是陌生人。她試著專心觀察周遭陌生的一切，但無論她怎麼試，一走進禮品店或是咖啡廳，她馬上覺得四面八方的牆壁不停地跳動，悲傷頓時襲上心頭。她心中一陣苦楚，憂愁慢慢地蔓延到全身，淚水像戰場上英勇直前的士兵一樣泉湧而出，她深深吸一口氣，拚命克制自己不要在公共場所落淚。有時她會走到餐廳裡，點一杯咖啡和一份吐司，和著淚水把吐司吞下去。她常到花店買水仙花，買不到的話，她會覺得好像被人搶走了什麼。她對生活別無他求，只求有朵鮮黃嬌嫩的水仙花。

眾人臨時起意在玉米田爲我舉行的追悼會讓爸爸大爲感動，也讓他想做更多事情。從那之後，他每年舉辦追悼會，但參加的鄰居和朋友卻愈來愈少。露絲、吉伯特夫婦等人年年準時參加，但其他大多是附近的高中生。時間一久，學生們只聽過我的名字，眾人以訛傳訛，到後來甚至拿我的遭遇來警告獨來獨往的學生，特別是特立獨行的女孩們。

這些陌生人一提到我的名字，我心裡總是一陣刺痛。爸爸叫我，或是露絲在日記本提起我時，我覺得非常安慰，但這些陌生人說起我時，我覺得他們好像記得我，但轉眼間又忘了我是誰，我好像被貼上了一個標籤，上面寫著：被謀殺的女孩，這種感覺非常不好。只有幾個老師記得我的模樣，伯特先生就是其中之一。他有時利用午休到他紅色的飛雅特車裡坐坐，一個人在車裡想著因血癌過世的女兒。透過車窗隱約可見遠處的玉米田，他望著玉米田，默默地爲我祈禱。

短短幾年內，雷・辛格變成一個英俊的青年。他散發出一股英挺之氣，走到哪裡都相當引人注目。十七歲的他依然一臉稚氣，但再過不久他將成爲一個眞正的大人。他雙眼深邃，眼睫毛又密又長，一頭濃密的黑髮，再加上年輕男孩特有的細緻輪廓，使他帶著一絲神祕的中性氣質，男人女人都爲他著迷。

我看著他，心裡升起一股不尋常的渴望。他經常坐在書桌前，邊看他最喜歡的解剖學名著 *Gray's Anatomy*，邊按照書本檢視自己的身體。他用手指輕按頸動脈，或是用大拇指輕壓縫匠肌，縫匠肌由臀部外側延伸到膝蓋內側，他很瘦，身上的骨骼和肌肉分明，很容易就找到這條人體最長的肌肉，我看著他的拇指沿著縫匠肌移動，他不帶感情地檢視自己的身體，我卻只想碰他、抱他，探索這副年輕的身軀。

到了收拾行囊、準備到賓州大學讀書時，他已經熟記了許多冷僻的字。我愈看這些字愈擔心，他腦子裡裝滿了這些奇怪的字，怎麼擺得下其他東西呢？眼球的水晶體構造、耳朵的半規管、或是交感神經系統，我擔心他爲了牢記這些字眼，難免會把露絲的友誼、他母親的關愛，以及我的回憶擠到一旁。

其實是我多慮。盧安娜在家裡東翻西找，希望幫兒子找到像 *Gray's Anatomy* 一樣有份量的書籍讓他帶去學校，她也希望找到一些能讓雷常保赤子之心的東西。

她趁著兒子不注意時把一本印度詩集偷偷塞到行李裡，詩集裡夾了一張我的照片，他到了宿舍一打開行李，這張早已被他遺忘的照片就掉在床上，他盯著照片，試圖分析我的臉部構造，他細細地檢視我眼球的微血管、鼻骨的結構、及皮膚泛出的色彩，但無論如何，他依然避不開那雙曾被他吻過的雙唇。

一九七七年六月，如果我還在世的話，現在已經高中畢業了。畢業典禮當天，露絲和雷早已離開學校。學校課程一結束，露絲就帶著她媽媽的舊皮箱搬到紐約市，皮箱裡裝滿了她新買的黑色衣服。雷比其他人早畢業，已經在賓州大學過著新鮮人的生活。

高中畢業典禮那天，外婆給巴克利一本講園藝的書。她教他如何播種、如何栽種，他可以種他最喜歡的花卉，花卉長得慢，他討厭的蘿蔔倒是長得快。外婆還教他許多植物名稱：百日草、金盞草、三色紫羅蘭、紫丁香、康乃馨、喇叭花及蔓生的牽牛花。

媽媽偶爾從加州打電話回家，她和爸爸沒講多久，兩人都覺得很不自在。她問巴克利、琳西、哈樂弟好不好、房子的狀況如何，最後還問爸爸有沒有什麼話想告訴她。

「大家都很想念妳。」爸爸在電話裡告訴她，當時是一九七七年十二月，葉子已經掉光了，枯黃的樹葉不是掉了一地、就是被掃成一堆堆在路旁，雖然大地已準備迎接風雪，到目前爲止仍然還沒下雪。

「我知道。」她說。

「教書工作如何？我以爲妳計畫回學校教書。」

「我的確這麼想過。」她老實說，她在酒廠的辦公室打電話，午餐之後比較清閒，但再過不久就有一群老太太們前來參觀，她還得處理一些訂單。她沉默了一會，然後緩緩地說：「但是計畫總會改變。」沒人能說她不對，爸爸更是什麼也不能說。

露絲在紐約下東區向一位老太太租了一個小房間，房間原本是老太太放衣服的壁櫥，僅能容下一人，露絲只負擔得起這樣的房租，況且，她也不打算花太多時間待在房裡。每天早上，她把雙人床墊捲起來放到角落，這樣她才有地方可以穿衣服。她每天出門之後就不再回去，若非不得已，她絕不在這個勉強稱為「家」的壁櫥裡多待一分鐘。這裡只是她睡覺、接收信件的地方，地方雖小，但總是個實實在在的落腳處。

她在餐廳當女侍，不上班時就徒步走遍曼哈頓。我看著她用膠水修補破舊的靴子，她知道紐約市治安不好，所到之處都可能發生謀殺案，無論是陰暗的樓梯間或是美麗的高樓大廈裡，紐約市處處隱藏著危險。她盡可能在亮處逗留，也非常留心街上的動靜，藉此保護自己的安全。她隨身帶著日記，走累了就到咖啡店或酒吧裡點個最便宜的東西，坐下來寫點東西、或是用店裡的洗手間。

她相信自己具有別人所沒有的感應力，但除了詳細記下她看到的景象之外，她卻不知道如何運用這種能力。儘管如此，她已逐漸習慣這種超凡的感應力，也不再覺得害怕。她常看到已經過世的女人和小孩，但在她心目中，這些鬼魂已和凡間的活人一樣真實。

在賓州大學的圖書館裡，雷讀到一篇標題爲「死亡狀況」的研究報告，這份研究以養老院的老人爲對象，報告中指出，院中有很多老人曾向醫生或護士說，他們晚上看到有人站在床邊，這個人通常試圖和他們說話、或是叫出他們的名字，有時碰到這種現象的老人變得非常激動，醫生必須幫他們開鎮定劑，甚至把他們綁在床上，幫助他們鎮定下來。

報告進一步解釋說，病人在臨死前經常發生連續的輕度中風，因此，他們才會產生這些幻覺。報告中指出：「與病人家屬討論這種現象時，我們時常將之稱爲『死亡天使來訪』，其實這種現象肇因於連續的輕微中風，病人的健康原本就逐漸惡化，中風更使病人意識不清。」

雷用手指輕撫桌上的報告，他想像自己站在一個上了年紀的患者床邊，如果他心中沒有任何成見，說不定也會像露絲多年前在停車場一樣，感覺到有人輕輕飄過他的身旁。

哈維先生這幾年來居無定所，他在波士頓郊區和南方各州的北邊活動，這些地方找工作比較容易，也沒有人問東問西。他甚至偶爾想要重新做人，強迫自己走上正途。他向來喜歡賓州，也時常繞回來看看。我家附近公路旁有家 7-11便利商店，商店後面和鐵道之間有片樹林，他有時露宿於此，也發現樹林裡的菸蒂和啤酒罐愈來愈多。只要有機會，他依然喜歡開車到以前住的地方看看，他通常利用清晨或深夜冒險一試，此時四下空空蕩蕩，只有野雉在路上遊蕩。以前這一帶有很多野雉在公路上跑來跑去，哈維先生的車燈一照，野雉空洞的雙眼就露出光芒。以前大家還讓小孩到這一帶採集黑梅，但現在農地已被改建成房屋，房屋愈蓋愈多，這裡也愈來愈少看到小孩和青少年。哈維先生有時在弗奇鎮歷史國家公園過夜，他睡在公園裡草木茂盛的田野中，採集林中的野菇充飢。有天晚上，他在公園裡發現兩具屍體，這兩個經驗不足的露營者，不愼吃了長得很像野菇的毒香菇，結果中毒身亡。他小心地拿走兩人身上值錢的東西，然後頭也不回地離開，這些全都被我看在眼裡。

只有霍爾、奈特、和哈樂弟才能進入巴克利的城堡。隨著時光流逝，大石塊下的草地早已乾枯，一下雨城堡裡就泥濘不堪，而且發出陣陣惡臭。儘管如此，城堡依然沒有倒塌，只是巴克利已愈來愈少涉足。到後來霍爾終於開口叫巴克利趕快修理。

「巴克，我們得做些防水設施。」有天霍爾對小弟說：「你十歲了，應該大到可以用壓膠槍了。」

外婆向來喜歡年輕的男孩子，她鼓勵巴克利聽霍爾的話，每次聽到霍爾要來我家，她一定盛裝以待。

「妳在幹嘛？」有個星期六的早晨，爸爸從書房探頭出來詢問。他聞到檸檬和奶油的香味，鍋裡有個金黃色的麵團。

「我在做鬆餅。」外婆說。

爸爸不可置信地看著她，想看看外婆是不是發瘋了。現在還不到十點，他還穿著睡袍，外面的氣溫已高達攝氏三十二度，但外婆卻穿著絲襪，臉上還畫了妝。忽然間，他注意到霍爾穿著汗衫站在後院裡。

「天啊，媽，」爸爸說：「這個男孩子年紀那麼輕，幾乎是妳的……」

「但他看了真讓人開心，不是嗎？」

爸爸無可奈何地搖搖頭，然後坐到廚房的餐桌前說：「好吧，瑪塔・哈里夫人❶，愛心鬆餅什麼時候才會好啊？」

一九八一年十二月，賴恩接到一通來自德拉瓦州的電話，他實在不想接到這樣的電話，但當地的警探依然找上了他。德拉瓦州威明頓附近發生了一件謀殺案，警方研判這個案子和一九七六年康乃迪克州的謀殺案有關，經過一位警探鍥而不舍地追蹤調查，警方發現在康乃迪克州找到的一個手鍊，恰好是我失蹤物品清單上的東西。

「這個案子的偵查工作已經告一段落。」他在電話中告訴對方。

「我們想看看你手邊有什麼證據。」

「嫌犯叫做喬治・哈維，」賴恩大聲說，坐在附近的警探都轉過頭來看他，「案子發生的時間是一九七三年十二月，受害者叫做蘇西・沙蒙，十四歲。」

「你們有沒有找到這個『賽門』女孩的屍體？」

「她姓沙蒙，念起來就像英文的『鮭魚』。我們只找到一隻手肘。」賴恩說。

「她有親人嗎？」

「有。」

「警方在康乃迪克州找到一些牙齒，你們有她的齒印紀錄嗎？」

「有。」

賴恩走到證物室，他原本希望永遠不必再碰這個裝了證據的保險箱，現在卻不得不再把它拿出來。他知道他必須打電話通知我的家人，但他決定盡量拖久一點，等到確定德拉瓦州的警探查出什麼之後，他再和我的家人聯絡。

自從塞謬爾告訴哥哥琳西偷到玉米田的素描之後，將近八年來，霍爾一直悄悄地透過機車騎士朋友們追查喬治・哈維的下落。他也像賴恩一樣，除非得到確切的線索，否則絕不透露任何消息，但八年來他始終沒有得到可靠的證據。有天深夜，一名地獄天使（Hell's Angel）幫派的重型機車騎士洛夫・西契遜和霍爾閒聊，此人不但說自己曾經坐過牢，還說他懷疑他家的房客謀殺了他母親。霍爾問了一些他經常問的問題，例如這名房客的身高、體重、嗜好等等，洛夫說這人不叫喬治・哈維，但這不表示此人不是哈維先生。比較奇怪的是，洛夫的母親和其他受害者不同，蘇菲・西契遜是個四十九歲的中年婦女，她在自己家裡遭到謀殺，凶手用一個粗鈍的東西把她打死，然後把屍體丟到附近河裡，屍體被人發現時依然完好，這幾點都不符合喬治・哈維的作案手法。霍爾讀了不少犯罪小說，他從書中得知凶手的作案手法通常有固定模式，這些特定的手法經常是破案的關鍵。既然洛夫提到的案子不符合喬治・哈維的作案模式，霍爾也不再多問，他一邊修理洛夫破舊的哈雷機車，一邊和洛夫聊些其他事情，聊著聊著，洛夫忽然提起一件事，霍爾聽了全身毛骨悚然。

「那個傢伙蓋洋娃娃屋。」洛夫說。

霍爾馬上打電話給賴恩。

隨著時光飛逝，我家後院的樹木愈長愈高。這些年來，我一直留心家人、朋友、及鄰居的動靜，我也時常看著那些曾經教過我的老師、我想上他們課的老師、以及我一直想上的高中。我坐在天堂廣場的大陽台，時常假裝自己還在家裡後院的大樹下，在我的想像中，一切都和以前一樣，巴克利仍然和奈特在樹下捉迷藏，玩到後來不小心吞下了一截小樹枝。有時我來到紐約市的一角，在某個樓梯間等露絲，我和雷一起用功，也跟媽媽一起開車經過濱海公路，母女兩人共享溫暖鹹濕的海風。但無論跑到哪裡，晚上我一定回到書房陪爸爸。

我緊跟著大家，也仔細觀察每個人的成長。我知道大家都記得我，也知道每個人都因爲我的死而有所不同。或許我的死只帶來微小的變化，沒有人猜得出變化有多大，但我珍惜這些小小的改變，把它們偷偷地藏在心裡。我始終覺得只要一直跟在旁邊觀看，我就不會失去我所愛的人。

有天晚禱時，哈莉吹著薩克斯風，貝賽兒·厄特邁爾太太像往常一樣跟著合奏，忽然間，我看到哈樂弟了！牠就在我眼前，飛快地衝過一隻毛茸茸的大白狗。哈樂弟晚年在凡間過得很好，媽媽離開之後，牠每晚睡在爸爸腳邊，一刻都不讓爸爸離開牠的視線。牠陪巴克利蓋城堡，琳西和塞謬爾在後院陽台親熱時，只有牠可以在場。在牠壽終正寢的前幾年，外婆每個星期天早晨都幫牠做個花生鬆餅，外婆把像圓鍋一樣大的鬆餅放在地上，哈樂弟就想用鼻子把鬆餅頂起來，外婆百看不厭，每次看了都開懷大笑。

我等哈樂弟過來嗅嗅我，我眞擔心牠上了天堂就不認得我了。牠還記得我就是那個和他一起睡覺的小女孩嗎？我沒有等太久，牠一看到我就高興地衝過來，一把把我撞倒在地上。

---

❶瑪塔·哈里夫人（Mata Hari），是二十世紀初荷蘭的紅牌舞女，後來因間諜罪名被判死刑，現在用來泛稱以美貌勾引男人的交際花。

第十七章

二十一歲的琳西是個大人了，雖然我永遠無法像她一樣，但我幾乎已不再爲此難過。她到哪裡，我就跟到哪裡，我取得了大學文憑，坐在塞謬爾的機車後座，手臂緊緊地圈住他的腰，緊靠著他取暖……。

好吧，我知道、我知道，那不是我，而是琳西。儘管如此，我發現琳西比其他人更容易讓我忘了自己是誰。

從天普大學（Temple University）畢業的那天晚上，琳西坐塞謬爾的機車回我爸媽家，他們再三向爸爸和外婆保證，到家之前絕不碰放在機車置物箱裡的香檳，「放心吧，我們畢竟是大學畢業生囉，」塞謬爾說。爸爸向來信任塞謬爾，這些年來，塞謬爾對他唯一僅存的女兒始終好得沒話說。

從費城騎車回家的半路上，天空忽然飄起雨絲。剛開始雨勢不大，琳西和塞謬爾以時速五十英哩的速度前進，小雨打在臉上有點痛。時值燠熱的六月天，冰冷的雨滴落在滾燙的柏油路面上，激起一股瀝青的焦味。琳西喜歡把頭埋在塞謬爾的肩胛骨之間，她深深地吸一口柏油和道路兩旁的青草味，想起剛才大夥站在禮堂前，那時還沒下雨，微風吹拍著每個人的畢業袍，在那短暫的一刻，每個人好像都將隨風飛揚。

到了離家八英哩的地方，雨下得愈來愈大，斗大的雨滴把人打得發痛，塞謬爾對身後的琳西大喊說他要暫時把車停下來。

他們慢慢騎過公路旁雜草叢生的路面，這裡有點像兩塊商業區之間的荒地，現在雖然長滿了雜草，但不久後就會出現一排商店或是修車廠。機車在濕滑的路面上搖搖晃晃，但幸好沒有滑倒在路肩，塞謬爾用雙腳幫助煞車，然後像霍爾教他的一樣讓琳西先下車，等琳西離機車遠一點之後，自己再跳下車子。

他打開安全帽上的防護鏡，對琳西大喊說：「我看這樣不行，我得把機車推到樹下。」

琳西跟在他後面，隔著安全帽，雨滴顯得寂靜無聲。他們小心翼翼地走過濕滑泥濘的小路，踩過公路旁邊的樹叢和垃圾，雨似乎愈下愈大，琳西慶幸自己換下了畢業典禮穿的洋裝，塞謬爾堅持叫她換上皮夾克和皮褲，當時她抗議說自己看起來像個變態，現在卻很慶幸聽了塞謬爾的話。

塞謬爾把車推到路旁一棵橡樹下，琳西緊跟在後面，一週前，他們一起去剪頭髮，雖然琳西的髮色較淡、髮質也比較細，設計師依然把她的頭髮剪得像塞謬爾一樣短。一脫下安全帽，大顆雨滴馬上透過樹梢落在他們頭髮上，琳西的睫毛膏也變糊了。我看著塞謬爾用拇指抹去琳西臉上的睫毛膏，「畢業快樂！」

他站在陰暗的樹下說，然後彎下身來吻她。

我去世兩星期後，他倆在我家廚房第一次相吻。以前我和琳西經常抱著芭比娃娃，或是對著電視上的青春偶像，一面傻笑一面幻想心上人是什麼模樣，從他倆第一次接吻的那一刻，我就知道塞謬爾是琳西唯一的眞愛。塞謬爾處處爲琳西著想，兩人從一開始就建立了默契。他們一起進天普大學，四年來始終形影不離，塞謬爾不喜歡上大學，在琳西的督促之下才勉強完成學業。琳西在學校裡快樂極了，就是因爲這樣，所以塞謬爾才撐過了四年大學生涯。

「來，我們找找看哪一帶的樹林比較茂密。」他說。

「機車怎麼辦？」

「等雨停了，說不定得叫霍爾來接我們。」

「該死！」琳西抱怨了一聲。

塞謬爾笑笑，然後拉著琳西的手，兩人一起往前走。他們剛跨步就聽到雷聲，琳西嚇得跳了起來，塞謬爾馬上抱緊她，閃電離他們還有一段距離，等他們走得愈近，雷聲會變得更大。琳西向來不喜歡打雷，一聽到雷聲就變得非常緊張，她想像閃電把大樹劈成兩段，大火延燒到附近的房子，整個社區的小狗都在地下室裡大叫。她彷彿聽到狗兒的哀嚎，愈想心裡愈害怕。

他們穿過矮樹叢，這裡雖然有些樹木，但地面依然積了不少水。現在雖然是下午，但除了塞謬爾手上的手電筒之外，光線卻相當黯淡。儘管如此，他們知道這裡不是人跡罕至的荒郊野外，否則他們不會隨便一踩就踩到空罐和玻璃瓶。他們踩在垃圾上繼續往前走，過了一會兒，他們透過茂密的樹叢隱約看到一棟維多利亞式的老房子，屋子頂端的玻璃窗顯得殘破不堪，塞謬爾馬上關掉手電筒。

「你想有人在裡面嗎？」琳西問道。

「裡面暗暗的。」

「嗯，看起來怪怪的。」

他們互相看了一眼，兩人都有同一個念頭，最後琳西先開口說：「進去看看吧，最起碼屋子裡比較乾。」

傾盆大雨中，他們手牽手飛快衝向房子。地上愈來愈泥濘，他們不但得趕快跑，還得小心不要滑倒在地上。

跑到房子附近時，塞謬爾漸漸看得出屋頂上尖斜的屋角，以及懸掛在山形牆上的十字形木頭裝飾。一樓大部分窗戶都被木頭封住，但大門沒有封死，門扇一開一合，猛力地撞在裡面的牆上。塞謬爾實在很想站在外面觀察房子的屋簷和上楣，但他還是跟著琳西衝進屋子裡。他們站在大門口的玄關裡，全身發抖地看著環繞在房子四周的樹林。我很快地檢查一下這棟老房子裡面，屋裡沒有可怕的怪獸躲在角落，也沒有上門搶劫的流浪漢，只有他們兩人。

家裡附近的農地已經逐漸消失，但這些地方卻留有最多孩童時代的回憶。這一帶本來是一大片農田，我家附近最先被改建成住宅區，後來的建商都以我們社區爲範本，同樣的房屋似乎愈蓋愈多。我小時候常想像大路盡頭是什麼模樣，那些地方有沒有色彩鮮豔的房屋、鋪了水泥的車道，和特大號的信箱呢？如果沒有的話，那裡有些什麼呢？塞謬爾也有同樣想法。

「哇！」琳西說：「你想這棟房子多老了？」

琳西的聲音在屋內迴盪，他們好像站在教堂裡講話一樣。

「我們四處看看吧。」塞謬爾說。

一樓的窗戶釘上了木板，窗戶不透光，他們很難看到屋裡有什麼東西，幸好塞謬爾帶著手電筒，在手電筒的燈光下，他們看到屋內有座壁爐，牆邊還靠著一排椅子。

「看看這個地板，」塞謬爾說，他拉著她一起跪下來，「妳看到這些木工嗎？這戶人家顯然比他們的鄰居有錢。」

琳西聽了露出微笑，就像霍爾鍾情於機車一樣，塞謬爾對木工也情有獨鍾。

他用手指輕輕滑過地板，同時示意琳西跟著做，「這棟破舊的老房子眞是太漂亮了。」他說。

「這是維多利亞式的房子嗎？」琳西盡其所能地猜測。

「我不敢亂講，」塞謬爾說：「但我想這是一棟哥德復興式的房子。我注意到山形牆的牆緣有些交叉的桁柱，這表示這棟房子大概是一八六〇年之後蓋的。」

「你看。」琳西說。

很久以前有人在地板中間放了一把火。

「唉，眞糟糕啊。」塞謬爾說。

「他們爲什麼不用壁爐呢？每個房間都有壁爐啊。」

大火在天花板上燒出一個大洞，塞謬爾抬頭透過洞口往上看，他忙著檢查窗架周圍的木工，看看能不能辨識出樣式。

「我們到樓上看看。」他說。

「我覺得我們好像在山洞裡，」琳西邊爬樓梯邊說：「這裡好安靜，幾乎聽不到外面的雨聲。」

塞謬爾一邊上樓，一邊輕拍著牆壁說：「妳可以把人藏進牆壁裡。」

他們忽然安靜了下來，氣氛變得有點尷尬。碰到這種時候，他們知道最好什麼都不說，過一會兒就好。我知道在這種時候，他們心裡都想著同一個問題：我在哪裡？大家還記得我嗎？該不該提到我呢？答案通常是否定的。我雖然有點失望，但也知道我已不再是大家關注的焦點。

但此時此地卻讓琳西比平常更想念我。今天是她畢業的日子，生日及畢業典禮之類的場合總勾起她的回憶，我比平時更栩栩如生地出現在她腦海中。現在她待在這個安靜的大房子裡，心中更是充滿了對我的思念。雖然如此，她依然沒說什麼。

她記得獨闖哈維先生家時，她曾強烈地感受到我的存在，從那之後，她始終覺得我就在她身旁，我如影隨形地跟著她，我倆就像雙胞胎一樣行動一致。

走到樓上時，他們看到一個房間，這正是他們剛才抬頭看到的房間。

「我要這棟房子。」塞謬爾說。

「你說什麼？」

「這棟房子需要我，我感覺得到。」

「說不定我們應該再等一會兒，等太陽出來之後再決定。」她說。

「我從沒看過這麼漂亮的房子。」他說。

「塞謬爾．漢克爾，」我妹妹說：「東西壞了，你就非得把它修好不可。」

「妳還說我呢。」他說。

他們靜靜地站一會兒，嗅著透過壁爐和地板傳過來的潮濕空氣。雖然大雨聲聲入耳，但琳西覺得已找到了棲身之所。她安全地躲在世界的一角，身邊還有自己最心愛的人相伴。

她拉著他的手，我跟著他們走到二樓最前面的一個小房間，一上樓就可以看到這個八角形的房間。

「凸肚窗，」塞謬爾指著窗戶對琳西說：「妳看這些窗戶，窗戶的形狀和這個小房間一樣，我們把這樣的窗戶叫做『凸肚窗』。」

「它們讓你『性』致高昂嗎？」琳西笑著說。

我讓他們單獨待在雨中漆黑的大房子裡。我不知道琳西是否注意到，她和塞謬爾動手拉開彼此皮褲的拉鍊時，外面已經不再雷電交加。閃電停止了，如老天爺怒吼般的怕人雷聲也銷聲匿跡。

爸爸坐在書房裡，手裡握著雪花玻璃球，玻璃觸感冰涼，摸了讓他覺得很舒服。他搖搖玻璃球，看著裡面的企鵝消失無蹤，不一會兒，雪花緩緩飄落，企鵝又慢慢地現身。

霍爾冒雨從畢業典禮會場騎車回到我家，看到霍爾安全無事，爸爸本來應該覺得放心才對，如果霍爾能平安地度過風雨，塞謬爾應該也沒問題。但爸爸反而更加不安，他朝壞的方面打算，愈想愈擔心。

琳西的畢業典禮讓他悲喜交加，巴克利坐在他旁邊，很盡責地告訴他什麼時候該微笑、什麼時候該鼓掌。他通常知道該如何反應，但他反應向來比一般人慢，有時顯得比較遲鈍，最起碼他自己是這麼認爲。他的反應就像在公司處理的保險文件一樣，等一陣子才看得到結果。大部分人看到車子、或是從高處滾下來的石頭都趕快跑，爸爸卻要等一下才反應得過來。他好像被人狠狠地壓了一把，壓得他神經知覺失靈，從此無法馬上做出反應。

巴克利敲敲書房半開的門。

「進來。」爸爸說。

「別擔心，他們會平安回來的。」十二歲的小弟已經相當老成，而且善體人意。雖然買菜煮飯的不是他，但家裡卻由他一手打點。

「兒子啊，你穿西裝看起來眞不錯。」爸爸說。

「謝謝。」小弟聽了很高興，他想讓爸爸以他爲榮，一早就花了不少精神打點衣著，甚至請外婆幫他修剪垂到眼前的劉海。小弟正值尷尬的青春期，他不再是個小男孩，卻也不算大人，他大部分時間穿著寬大的T恤和鬆垮垮的牛仔褲，但他今天覺得穿上西裝也不錯。「霍爾和外婆在樓下等我們。」他說。

「我過一會兒就下去。」

巴克利把門關到底，將門閂緊緊拴住。

我的衣櫃裡依然留著那個標示著「暫時保留」的盒子，那年秋天，爸爸把盒子裡最後一捲底片送出去洗，每當晚飯前好不容易有些時間獨處，或是看電視、看報紙看到什麼讓他傷心的消息，他就打開抽屜，小心翼翼地拿出這些照片。

以前我拍這些「藝術照」時，爸爸總是一再告誡我不要浪費底片，但我卻拍出他最好的一面。他看著其中一張照片，我的角度取得非常好，他的臉清楚地呈現在三呎見方的照片上，綻放出鑽石般的光芒。

爸爸曾教我如何取景和構圖，我拍這些「藝術照」時，八成聽了他的話。他把底片送出去洗，卻不知道底片的順序，或是我究竟拍了些什麼，洗出來的照片中有一大堆哈樂弟的獨照，我還拍了許多草地和自己的腳，照片中一團模糊的灰影其實是小鳥，我還試著拍攝柳樹樹梢的落日，結果只呈現出一些黑點。有段時間我決定只拍媽媽，有一天爸爸從照相館拿回那捲底片，他坐在車裡看著手裡的一疊照片，幾乎認不出照片中的女人是誰。

在那之後，他一再把這些照片拿出來看，次數多到自己都算不清了。他愈看照片，對照片中的女子愈有感覺，隔了好久之後，他才發現那是怎樣的感情。他的感覺向來遲鈍，直到最近他才坦然面對心中的情愫，他發現自己重新愛上了這個女人。

他不知道爲什麼兩個結了婚、朝夕相處的夫妻，居然忘記對方長什麼樣。他也不知道他和我媽之間出了什麼問題，如果一定要他解釋，他只能說他們忘了彼此的模樣。底片中的最後兩張照片點出了問題的關鍵，我記得那時爸爸剛下班回家，哈樂弟聽到車子開進車庫的聲音開始大叫，我則忙著叫媽媽看鏡頭。

「他馬上進來，」我說：「站直一點，」媽媽聽著照做，這就是我喜歡攝影的原因之一，一拿起相機，我就可以指揮被拍照的人，即使連爸媽也得聽我的話。

我從眼角瞄到爸爸走進後院，他手裡拿著輕便的公事包，我和琳西很久以前曾經好奇地檢查公事包裡有什麼，看了半天卻沒發現任何有趣的東西。爸爸放下公事包，我趁機拍下媽媽最後一張獨照。媽媽顯得若有所思，似乎努力想擺出沒事的樣子，我按下快門，照片中的她幾乎已經跟平常一樣。在最後一張照片裡，爸爸靠過來親吻媽媽的臉頰，她的眼神中依然帶著一絲失落。

「是我讓妳變成這樣嗎？」爸爸把媽媽的照片排成一列，對著照片喃喃自語，「妳怎麼變成這樣呢？」

「閃電停了。」我妹妹說，此時汗水已經取代了雨水，濡濕了她的肌膚。

「我愛妳。」塞謬爾說。

「我知道。」

「不，我的意思是我愛妳，我要妳嫁給我，我要和妳一起住在這個房子裡！」

「你說什麼？」

「無聊透頂、毫無意義的大學生活已經結束了！」塞謬爾大喊，小房間裡充滿了他的聲音，堅實的牆壁幾乎擋不住迴盪在室內的叫聲。

「我不覺得大學生活毫無意義。」我妹妹說。

塞謬爾本來一直躺在我妹妹旁邊，此時他站起來，跪在她面前說：「嫁給我吧。」

「塞謬爾？」

「我不想再照著規矩來，嫁給我吧，我會把這個房子弄得漂漂亮亮。」

「誰來養活我們呢？」

「我們可以養活自己，」他說：「我們一定想得出辦法。」

她坐起來，和他一起跪在地上，他們兩人都衣冠不整，體溫逐漸下降，也覺得愈來愈冷。

「好。」

「妳答應了？」

「我想我沒問題，」我妹妹說：「我的意思是，好，我答應嫁給你。」

我們常聽到一些形容人有多高興的陳腔濫調，直到這時我才了解這些話是什麼意思。比方說，我從來沒看過無頭的公雞，也不知道被斬了頭的公雞爲什麼還能高興地跳來跳去，但此時此刻，我高興地……嗯……像無頭公雞一樣跳來跳去！我興奮地不停尖叫，我妹妹！塞謬爾！哈！哈！哈！我的夢想成眞囉！

眼淚流下她的雙頰，他把她抱在懷裡，輕輕地搖擺。

「親愛的，妳高興嗎？」他問道。

她靠著他赤裸的胸膛點點頭說：「是的，」說完整個人就呆住了，「我爸，」她抬頭看著塞謬爾說：「我知道他在擔心。」

「沒錯。」他回答。她的心情頓時起了變化，他也試著跟著調適。

「這裡離我家幾英哩？」

「大概十英哩左右，」塞謬爾說：「還是八英哩吧。」

「我們走得到吧？」她說。

「妳瘋了。」

「我們的運動鞋放在機車另一邊的置物箱裡。」

穿著皮褲沒辦法跑步，所以他們套上內衣褲和T恤，光著下身向前跑。他們幾乎是裸體在公眾場合飛奔，我們家從來沒有人像他們一樣。塞謬爾這些年來都像這樣帶著琳西向前跑，路上幾乎沒有車子，偶爾有車子經過時，路旁的積水濺起一道水牆，濺得兩人幾乎喘不過氣來。雖然兩人都曾在雨中跑步，但雨勢從來沒有像現在這麼大。他們剛開始步伐還算穩健，雖然雙腿沾滿了泥巴，他們依然邊跑邊比賽誰能找到樹蔭避雨。跑了兩、三英哩之後，兩人就安靜了下來，他們按照多年訓練出來的速度，提起勁來一步步向前跑，兩人專心聽自己的呼吸，以及濕球鞋踏在地面的聲音。

跑著跑著，她不再刻意避開地上的水坑。水花四濺，她忽然想到以前常去的游泳池，我們家曾是游泳池的會員，我去世之後，家人們感覺到眾人異樣的關注，從此之後就不去了。游泳池在這條路上，但琳西沒有抬起頭來探尋那個熟悉的泳池，相反地，她低頭回想過去的一件往事。有一次她和我穿著帶有小摺邊裙的連身泳衣在水底下嬉戲，還張大眼睛看著對方，我們才剛學會在水底張眼這個把戲，琳西比我還不行，我們的頭髮在水中飄揚，小摺邊裙隨著水波飄動，兩個人的雙頰都漲得鼓鼓的，拚命屏住呼吸。過了一會兒，我們手拉著手一躍而起，兩個人一起破水而出。浮出水面之後，我們耳朵轟轟作響，一面大口大口地吸氣，一面開懷大笑。

我看著漂亮的妹妹快步奔跑，她呼吸規律、步伐穩健，顯然還記得以前在游泳課學到的技巧。她在雨中極力維持能見度，雙腿起起落落，努力地依照塞謬爾所設定的速度前進。我知道她不再逃離我，也不再奔向我，她就像中了槍的生還者一樣，深及內臟的傷口終將逐漸癒合，八年前我在她心頭留下的傷口，現在終於只剩下一個傷疤。

兩人跑到離家只有一英哩時，雨勢已經轉緩，鄰居們開始隔著窗戶看看外面的狀況。

塞謬爾放慢速度，琳西也跟著慢下來，他們的T恤有如第二層肌膚一樣緊貼在身上。

琳西覺得有點抽筋，但過一會兒就好了。她再度跟著塞謬爾使勁往前跑，忽然間，她全身起了雞皮疙瘩，臉上露出燦爛的笑容。

「我們要結婚了！」她說，他停下來，猛然將她擁入懷裡，兩人熱情地擁吻，吻到路旁有車子經過、司機對他們按喇叭也不停止。

下午四點我家門鈴鈴聲大作，霍爾正穿著我媽媽的舊圍裙，在廚房裡幫外婆切巧克力蛋糕。他閒不下來、喜歡幫忙，外婆也喜歡指使他做東做西，兩人剛好是絕佳組合。在一旁觀看的巴克利則喜歡吃，正等著大啖剛出爐的蛋糕。

「我來開門。」爸爸說，雨下個不停，他喝了幾杯雞尾酒提振精神，酒是外婆調的，但酒精濃度比較低一點。

他精神頗爲振奮，卻又帶著一絲疲倦，好像退休的芭蕾名伶一樣，舉止雖然從容優雅，但看得出多年來在舞台上跳躍的那隻腳已經疲乏，身體也微微地傾向另一側。

「我好擔心啊。」他邊開門邊說。

琳西雙臂抱在胸前，爸爸看了她狼狽的樣子忍不住露出微笑，他不好意思再往下看，趕快從大門旁邊的櫃子裡拿出幾條毯子，塞謬爾先幫琳西蓋上毯子，爸爸笨手笨腳地把毯子披在塞謬爾肩上，門口的石板地上積了一灘水。琳西剛把毯子披好，巴克利、霍爾和外婆就走到大門口。

「巴克利，」外婆說：「去拿幾條毛巾過來。」

「你們眞的冒雨騎回來？」霍爾難以置信地問道。

「不，我們跑回來的。」塞謬爾說。

「你說什麼？」

「大家到客廳坐吧，」爸爸說：「我們來升一爐火。」

琳西和塞謬爾披著毯子，背對著爐火取暖，剛開始全身發抖，後來才稍微好一點，外婆和巴克利用銀盤端來小杯的白蘭地，大家邊喝邊聊，仔細聆聽琳西和塞謬爾講述機車、林中造型典雅的老房子、以及那個讓塞謬爾興奮不已的八角形房間。

「機車還好嗎？」霍爾問道。

「我們已經把車子推到樹下，」塞謬爾說：「但我想你最好派部拖吊車過去。」

「我很高興你們沒事。」爸爸說。

「沙蒙先生，爲了你，我們才冒雨跑回來。」

外婆和小弟坐在客廳另一端，離爐火比較遠。

「我們不想讓任何人擔心。」琳西說。

「嗯，其實是琳西不想讓你擔心。」

客廳裡忽然靜了下來，塞謬爾說的當然是眞話，但他也指出一個大家都知道的事實，我們的爸爸是如此脆弱，琳西和巴克利始終關心爸爸的感受，這已成爲他們生活的一部分。

外婆迎上琳西的目光，對她眨眨眼說：「霍爾、巴克利和我烤了一些巧克力蛋糕，如果你們餓了，冰箱裡還有一些冷凍的義大利千層麵，我可以幫你們解凍。」說完她就站起來，小弟也跟著起身幫忙。

「我想吃點巧克力蛋糕，外婆。」塞謬爾說。

「你叫我『外婆』？嗯，聽來不錯，」她說：「你也要改口叫傑克『爸爸』嗎？」

「或許吧。」

巴克利和外婆離開之後，霍爾察覺氣氛有點緊張，於是他也站起來說：「我想我最好過去幫忙。」

琳西、塞謬爾和爸爸聽著廚房傳來的噪音，客廳一角的大鐘滴答作響，媽媽以前常說我們家這座「殖民地時期大鐘頗具原始風味」。

「我知道我太愛操心。」爸爸說。

「塞謬爾不是這個意思。」琳西說。

塞謬爾沉默不語，我也靜靜地看著他。

「沙蒙先生，」他終於開口，但他還是沒有勇氣叫「爸爸」，「我向琳西求婚了。」他戰戰兢兢地說。

琳西的心幾乎跳到胸口，但她看的不是塞謬爾，而是我們的爸爸。

巴克利端來一盤巧克力蛋糕，霍爾隨後拿了一瓶一九七八年的Dom Perignon走進來，手上還拿了好幾個杯子，「外婆準備了這瓶香檳，慶祝你們畢業。」霍爾說。

外婆最後才進來，手上只有一杯高杯酒，燈光映在酒杯上，閃爍著如鑽石般清澈的光芒。

在琳西眼中，客廳裡似乎只有她和爸爸，「爸，你意下如何？」她問道。

「我想……」他掙扎著站起來和塞謬爾握手，「我再也找不到比你更好的女婿了。」

外婆興奮地接口：「天啊，小寶貝，我的甜心，恭喜！恭喜！」

連巴克利也輕鬆了下來，他卸下平時一板正經的樣子，露出難得的笑容。只有我看得見纏繞在我妹妹和爸爸之間的牽掛，旁人看不出父女之間的牽絆，但這樣的牽絆卻是會傷人的。

爸爸和琳西加入眾人的行列，大家高興地聽著外婆不斷舉杯道賀。一片道賀聲中，只有巴克利看到我站在客廳角落的大鐘旁。他啜飲著香檳，眼睛盯著站在一旁的我，我身上散發出細細的白線，白線向四方延伸，緩緩地在空中飛舞。有人遞給他一塊蛋糕，他拿在手裡，卻沒有咬下去。朦朧之中，他看到我的臉龐和軀體，我的頭髮還是中分，胸部還未發育，臀部也依然平坦。幾秒鐘之後，我就消失無蹤了。

這些年來，看家人看到心煩的時候，我經常到停靠於賓州車站的火車裡坐坐。乘客上上下下，人潮來來往往，我聽他們說話，人聲混雜著火車車門開關的聲音，列車長大聲地報出站名，皮鞋和高跟鞋踩過水泥月台、金屬車階、然後登上鋪了地毯的車廂，急速的腳步在柔軟的地毯上發出沉悶的聲響。琳西跑步時，有時稍微放慢腳步休息一下，她說這樣仍然算是運動，我也是如此，我坐在車裡觀察四周動靜，只不過不像往常那麼專心罷了。我聽著火車站裡的各種聲音，感覺到火車的移動，有時還聽得到其他鬼魂的說話聲。這些鬼魂和我一樣已經離開人間，我們都在一旁靜靜觀看。

天堂裡幾乎每個人都有牽掛，凡間總有一個我們放不下、時時吸引我們注意的人。這個人可能是我們的摯愛、親人、或是好友，甚至可能是在緊要關頭伸出援手、或是對我們微微一笑的陌生人。我經常聽到其他鬼魂和他們心愛的人說話，但凡人卻聽不見我們的聲音。我想他們八成和我一樣，再怎麼試都沒有用。父母對小孩的循循善誘、男男女女對另一半的絮絮私語，這些都是單方面的努力，我們這邊殷切地叮嚀，凡間的人卻永遠不會回應。

火車或停在月台上、或緩緩地沿站停靠，我的耳際充滿著各種姓名和叮嚀：「小心玻璃」、「聽你爸爸的話」、「喔，她穿這件洋裝看起來好大」、「媽，我跟在妳後面」、「……艾斯摩拉達、莎莉、露培、奇莎、法蘭克……」好多好多名字！火車逐漸加速，這些凡間聽不到的聲音和名字也愈來愈大聲；兩站之間，我們渴望的呼叫聲達到了高點，聲音大到震耳欲聾，震得我不得不睜開雙眼。

車廂內頓時一片寂靜，我透過車窗往外一瞄，看到女人在吊衣服、或是收衣服。她們彎腰從洗衣籃拿出衣物，沿著曬衣繩把白色、黃色、或粉紅色的床單拉直。

我數數男人和小男孩的內衣褲，也看到小女孩穿的小棉褲，衣服在風中劈啪作響，我好懷念這種生氣蓬勃的聲音。在微風拍打衣物的聲音中，鬼魂無窮無盡的呼喚逐漸銷聲匿跡。

啊，濕衣服的聲音！劈劈啪啪、仆仆塌塌，雙人床厚重的床單濕濕地垂吊在洗衣繩上，水滴沿著床單滴滴答答地流下來，這個聲音總令我想起童年往事。我以前經常躺在滴水的衣物下，伸出舌頭來接水，我和琳西還假裝滴水的衣服是交通號誌，不是她追我，就是我追她，兩個人在剛洗好的衣服之間大玩捉迷藏。媽媽總是再三警告我們：手上沾了花生醬不要抹在床單上，有時她發現爸爸的襯衫上沾了一塊檸檬糖果的印子，不免就會訓我們一頓。窗外的衣服是眞的，衣服的肥皂味也是眞的，此時此刻，回憶與想像同時湧上心頭，我已分辨不出眞假。

那天離開我家客廳之後，我坐上了火車，腦海中始終只出現一幅畫面：

「扶直喔。」爸爸說。我握著裝有小船的玻璃瓶，爸爸小心翼翼地燒掉升起桅桿的細繩，小船隨即在藍色的海面上啓航。我靜待爸爸完成這項重要的任務，在這個緊要的關鍵時刻，我知道瓶中的世界完完全全操之在我。

第十八章

露絲的爸爸在電話裡提到落水洞時，露絲正待在她租來的小房間裡，她一面把長長的電話線繞在手腕和臂膀上，一面簡短回答「是」、「不是」，表示她在聽爸爸說話。房東老太太喜歡偷聽，因此，露絲不喜歡在電話裡多說什麼。她打算過一會兒再到街上打對方付費的電話，告訴家人說她準備回去看看。

建商把落水洞封起來之前，她一定要再回去看一次。她對落水洞之類的地方有著無名的喜愛，但正如她沒有告訴任何人她曾在停車場看到我的鬼魂一樣，她也沒有告訴大家她喜歡落水洞之類的地方。她在紐約看到太多酒鬼爲了引人注意，或是想免費得到一杯酒，在眾人面前大談家人和傷心往事。她絕不會這麼做，她覺得一個人的私事不應該成爲眾人說東道西的話題，也不應該變成酒酣耳熱之際的消遣，她把心事一五一十地寫在日記裡，它們也幫她保守祕密。每次有股衝動想找人傾吐時，她就輕聲告訴自己：「藏在心裡，藏在心裡，不要隨便跟人說。」想著想著，她總是回到街上漫步，她徒步走過紐約市的大街小巷，腦中只有故鄉的玉米田和她父親檢視骨董的神情。紐約市成了冥思的最佳場所，不管她的腳步聲在街道上發出多大聲音，這個大都會在她心中幾乎激不起任何漣漪。

現在她看起來已不像高中時代那樣陰陽怪氣，但如果仔細觀察的話，你可以感覺到她的眼神有如跳躍的兔子一般機靈，很多人看了相當不自在。她臉上時常帶著一種特殊的表情，好像等著什麼人到來，或是留心防備一些還沒有發生的事。她上班的小酒館經常有人說她的頭髮、或是雙手很漂亮，偶爾她從吧檯後面走出來，有些客人看了還讚美她的雙腿，但從來沒有人提到她的眼神。

她總是隨便套上黑色緊身褲、黑色短襯衫、黑色靴子、和黑色的T恤，她上班、休閒都穿同一套衣服，衣服上早已布滿污漬。污漬在陽光下特別明顯，露絲本來不知道，有天她到一家露天咖啡屋，點了一杯東西坐下來休息，她低頭看看自己的裙子，這才發現裙子上都是伏特加、威士忌的污漬。酒精的污點似乎讓裙子顯得更黑，露絲覺得很有趣，特別在日記提上一筆：「酒精改變了布料，就像酒精影響人一樣。」

她習慣一出門先到第一大道喝杯咖啡，路旁的台階上坐了幾個烏克蘭女人，每個人腿上都抱著一隻小狗，露絲喜歡假裝和這些吉娃娃、博美狗說話，這些狗個子雖小，叫起來可是怒氣沖沖，每次走過牠們旁邊，牠們總是叫得驚天動地，露絲非常喜歡這些充滿敵意的小傢伙。

喝完咖啡之後，她不停地在城市中漫步，經常走到兩腿發酸，幾乎走不動。除了一些奇怪的人之外，沒有人和她打招呼，她自己發明了一個遊戲，看看怎麼走才不會碰到紅綠燈，她從不因任何人而放慢腳步，有時一群紐約大學的學生、或是拿著洗衣籃的老婦人與她擦身而過，人來人往，她只感覺到行人像風一樣飄過身旁，面目卻是一片模糊。她經常想像自己如果死了，大家沒看到她，八成會覺得很奇怪，但她也知道其實她只是一個沒沒無聞的小人物，除了她的同事之外，沒有人知道她住哪裡，也沒有人等候她回家。她大隱於市，沒有人知道她是誰。

她不知道塞謬爾向我妹妹求婚了，唯一和她保持聯絡的同學只有雷，除非雷告訴她，否則她永遠也不會知道這件事。在學校裡她已經聽說我媽離開了，這件事在學校再度引起各種謠言，她看著我妹妹應付得很辛苦，她們偶爾會在走廊上碰面，露絲知道同學們覺得她是怪人，大家看到琳西和她說話或許又會謠言四起，她只好在不增加琳西困擾的前提下，找機會說幾句話爲琳西打氣。她記得琳西在資優生研習營對她說的話，那天晚上就像作夢一樣，夢中所有該死的規矩全部鬆綁，她們才可以暢所欲言。

雷和其他人不同，對她而言，他們的親吻與愛撫就像玻璃櫃裡的寶貝一樣，她非常珍惜這些回憶。每次回家探望父母，她總會想辦法和他聚聚，一想到要去落水洞，她也馬上想到邀他一起去。她想他應該會欣然答應，他平常課業壓力相當大，有機會探險一下也不錯。他經常講實習的經驗給露絲聽，如果氣氛對的話，說不定這次他會講得更仔細一點。雷的描述讓露絲有身歷其境之感，她不但了解他說的話，更能體會他的感受。或許他不知道他的話有如此強大的影響力，但他確實喚起了她內心所有的感覺。

她沿著第一大道朝北走，她能清楚地指出自己曾在哪些地方逗留，也確知曾有女人或小女孩在這些地方遇害。每天寫日記時，她試著把這些地方列出來，但她一想到那些陰暗狹窄的長巷、以及曾在這裡發生的事情，她就不知如何下筆。她每天想著這些懸而未決的謀殺案，想得忽略了其他比較單純的案件，比方說她在報上讀到誰遭到謀殺、或是她曾探訪某個女人的墳墓，這些事情全被她拋在腦後。

她不知道她在天堂裡相當出名，我告訴朋友們誰是露絲、以及她做了什麼，她每天在大都會中漫步，走到曾經發生凶殺案的地方就靜靜地哀悼，回家之後還在日記裡爲每個受害者祈禱。很快地，天堂裡每個人都聽說了這件事，特別是遭到謀殺的女人們，她們都想知道露絲是否發現了她們遇害的地方。在天堂裡有很多人爲露絲著迷，但這些人的舉動恐怕會讓露絲失望，她們聚在一起熱切討論露絲的模樣，好像一群小女生圍著偶像雜誌大談影視紅星一樣，氣氛不像露絲想像中的莊嚴肅穆。

只有我可以跟著露絲四處觀察，大家都覺得露絲肩負著光榮的使命，其實不然。這種超級感應力雖然相當驚人，有時卻令人相當痛苦。有時露絲腦中閃過某個影像，雖然稍縱即逝，卻留下不可磨滅的印象。

影像如同鎂光燈一樣快速一閃，有時是一聲尖叫、某人從樓梯上被推下來、或是一雙緊緊勒住脖子的手，有時則是某個女人、或小女孩的遇害過程，整個過程歷歷在目，栩栩如生地呈現在她眼前。

露絲一身黑衣，遊走於喧擾的紐約大都會區。曼哈頓中城人來人往，行色匆匆，沒有人注意到這個駐足於路邊的女孩。一身藝術系學生打扮的露絲走到哪裡都不會引人注目，大家只當她是個平常的大學生，也沒有特別注意到她。但對身居天堂的我們而言，她肩負著重大使命，凡間絕大多數的人甚至連試都不敢試。

琳西和塞謬爾的畢業典禮之後隔天，我陪露絲一起出去漫遊。她走到中央公園，雖然早已過了午餐時間，但公園裡依然相當熱鬧，情侶坐在參差不齊的草地上，她偷偷地望著他們，在這個晴朗的午後，她的窺伺顯得格外醒目，有些年輕人一臉懷疑地看著她，但他們一接觸到她的目光，馬上把頭低下來，或是轉頭看其他地方。

走著走著，她橫越了中央公園，她有很多地方可以去，有些角落樹林密布，她甚至可以待在那裡寫日記，記錄這裡曾經發生的暴力事件。但她選擇了大家認爲比較安全的地方，比方說公園東南邊的小池塘，池面平靜無波，池邊寧靜涼爽，而且附近人來人往，比較熱鬧。她也常去公園裡的人造湖，這裡相當清幽，湖邊常見老人揚起手工雕刻的美麗帆船。

公園裡有個動物園，她經常坐在通往動物園小徑旁的長椅上看人。碎石路另一頭有個保母帶著小孩出來玩，還有一些成年人獨自坐在樹蔭下看書。雖然走得很累，但她依然從背包裡拿出日記，她翻開日記，把日記放在膝上，手上拿枝筆假裝寫東西。她知道一個人坐在公園休息時，最好裝出有事情做的樣子，不然就會有奇怪的人過來搭訕。日記是她最親密的朋友，日記裡擺著她所有的心事。

坐了一會兒，她面前忽然出現一個小女孩，保母睡著了，小女孩一個人走來走去迷了路，眼看就要走進公園和第五大道之間的玫瑰花叢。露絲回過神來，正想和一般人一樣大聲警告小孩的保母，冥冥中似乎有其他人注意到不對，露絲還沒看到什麼，保母就忽然驚醒，猝然坐直，高聲喝令小女孩回來。

在這種時候，露絲總覺得天堂與人間彷彿存在著一組相互對照的密碼，一組是平安長大的小女孩，一組則是不幸遇害的小女孩，兩者之間好像有著某種神祕的關聯。保母收拾好東西、捲起毛毯、準備帶著小女孩離開，露絲這才看到先前是誰警告了保母，那是一個年紀很小的小女孩，很久以前，小女孩迷路走進玫瑰花叢，自此就消失無蹤。

從小女孩身上的衣服判斷，露絲知道這是很久以前發生的事，但她只看到小女孩一個人，她不知道事情發生在白天或是黑夜，小女孩身旁沒有保母，也沒有媽媽，小女孩就這麼失蹤了。

我和露絲一起坐下來，她翻開日記，在裡面寫道：「時間？小女孩在中央公園迷路走向樹叢，白色的衣領繡著蕾絲邊，好精緻。」寫完之後她闔上日記，順手把日記放回背包裡。不遠之處的動物園裡有座企鵝展示館，到展示館裡坐坐通常能減輕她的痛苦。

我們下午都待在展示館裡，展場四周的座椅鋪著絨氈，她一身黑衣，靜靜地坐在椅子上，遠遠看去只看到她的臉龐和雙手。企鵝搖搖擺擺地前進，一面發出咯咯的叫聲，一面潛進水裡，牠們姿態笨拙地滑下棲息的岩石，一到水裡卻變成穿著燕尾服的勇士。小孩子把臉貼在玻璃箱上興奮地大叫，露絲數數活生生的小孩，也細數在場有多少孩童的陰魂，展示館內四處洋溢著小孩愉快的笑聲，只有在這短暫的一刻，她才能將鬼魂的哀鳴逐出腦外。

畢業典禮後的那個週末，小弟像平常一樣早起。七年級的他每天帶著午餐上學，他參加學校的辯論社，上體育課時，他也像當年的露絲一樣，到最後才被大家選為隊員。他不像琳西一樣那麼喜歡運動，外婆說他只會練習擺出「高傲的姿態」。

他最喜歡的不是級任老師，而是一位圖書館館員，這個高瘦、蒼白、一頭硬髮的女人保溫壺裡裝著熱茶，她時常一邊喝茶、一邊說年輕時住在英國的事情。受到她的影響，小弟好幾個月講話都帶英國腔，琳西看英國廣播公司製播的《大師劇作精華選粹》（Masterpiece Theatre）時，他也顯得非常有興趣。

媽媽離開之後，家裡的花園就乏人照顧，前一陣子小弟問爸爸能不能讓他重新整理花園，爸爸回答說：「當然可以，巴克，好好幹吧。」

他的確非常認眞。晚上睡不著時，他就詳細翻閱園藝目錄，看得幾乎出神。他還翻閱了學校圖書館裡所有關於園藝的藏書，外婆建議他種些荷蘭芹和紫蘇，霍爾則說茄子、香瓜、小黃瓜、胡蘿蔔和豆子之類「有用的植物」比較好，小弟覺得兩人說的都沒錯。

他不喜歡書上說的方法，書上建議將花卉和番茄分開種、香料最好種在花園的角落，他覺得這些建議沒什麼道理，決定照自己的方式試試看。他每天纏著爸爸幫他帶種子回來，還主動跟外婆去買菜，外婆看他在超市裡殷勤地跑來跑去，買完菜之後只好帶他到花店買一小盆花。就這樣，他憑著一支鏟子，慢慢地種出滿園花草。他現在等著番茄成熟，也等著看雛菊、牽牛花、紫羅蘭和鼠尾草萌芽，小時候搭蓋的城堡現在成了工具間，裡面擺著他的工具和補給品。

外婆知道總有一天，巴克利會明白他不能把花草蔬果全部種在一起，園中的花草也不會同時萌芽。胡蘿蔔和馬鈴薯在地底下愈長愈大，最後一定會干擾了小黃瓜的生長，生命力旺盛的雜草說不定會蓋過荷蘭芹，活躍於園中的害蟲也可能咬壞脆弱的花蕊。但她什麼也沒說，只是在一旁耐心等著巴克利自己發現這些事情。

到了這把年紀，她知道多說無益，說得再多也挽救不了什麼，七十歲的她相信只有時間能證明一切。

巴克利把地下室的一箱衣服拖到廚房裡，爸爸正好下樓喝咖啡。

「你拿了什麼東西啊，小農夫？」爸爸說，他早上心情總是特別好。

「我要打椿把番茄圍起來。」小弟說。

「它們已經冒芽了嗎？」

爸爸穿著藍色的睡袍，光腳站在廚房裡，外婆每天早上幫大家準備一大壺咖啡，爸爸從咖啡壺裡倒一杯咖啡，邊喝邊看著他的小兒子。

「我今天早上剛看到一些嫩芽，」小弟高興地說：「它們捲在一起，好像正要張開的手掌一樣。」

過了一會兒，爸爸靠在流理檯旁邊，把小弟的話重複說給外婆聽，這時他才看到小弟從地下室拿了什麼東西。箱子裡的衣服是我的，琳西先挑過一次，把她想要的衣服拿走，剩下的擺在我房間裡，外婆搬進我房間之後，她趁爸爸上班時，悄悄把琳西挑剩的衣服收到箱子裡，她把箱子放到地下室，箱子上只簡單地標示著「保留物品」。

爸爸放下咖啡杯，穿過紗門，邊走邊叫巴克利。

「爸，怎麼了？」巴克利察覺到爸爸的語氣有點不對勁。

「這些是蘇西的衣服。」爸爸走到巴克利旁邊，不疾不徐地說。

巴克利低頭看看手上那件黑色的方格呢洋裝。

爸爸走近一點，從小弟手上拿起洋裝，然後沉默地把小弟散放在草地上的衣服撿起來，他緊抓著我的衣服，一語不發地走回屋裡，看起來似乎快要喘不過氣來。

就在這時，小弟心中冒起一把無名火。只有我看到小弟的怒火，一陣紅潮從他的耳後蔓延到臉頰、下巴，白皙的臉上逐漸染上一抹暈紅的色彩。

「我爲什麼不能用這些衣服？」他問道。

爸爸聽了覺得好像有人在背上重重地打了一拳。

「爲什麼我不能用這些衣服來種番茄？」

爸爸轉身，看著滿臉怒容的小兒子，兒子身後是一排挖得整整齊齊的園圃，泥土地上處處可見小小的種子。「你怎麼可以問我這個問題？」

「你必須做個選擇，這太不公平了。」小弟說。

「巴克？」爸爸把我的衣服緊抱在胸前。

我看著巴克利愈來愈生氣，他背後的秋麒麟樹叢綻放出金黃色的光芒，從我過世到現在，秋麒麟已經長高了一倍。

「我煩都煩死了！」巴克利大喊：「奇莎的爸爸過世了，她還不是好好的！」

「奇莎是你的同學嗎？」

「沒錯！」

爸爸楞在那裡，他可以感覺到光溜溜的腳踝和雙腳沾滿了露水，踩在腳底下的土地又濕又冷，似乎帶著某種徵兆。

「喔，眞令人難過啊。她爸爸什麼時候過世？」

「爸，他什麼時候死不是重點，你還是不明白！」巴克利猛然轉身，狠狠地踐踏剛冒出來的番茄嫩芽。

「巴克，你停停！」爸爸大喊。

小弟轉身看著爸爸。

「爸，你就是不明白！」他說。

「對不起，」爸爸說：「這些是蘇西的衣服，我不能……唉，或許你不知道我在說些什麼，但這些是她的衣服，她以前穿過這些衣服啊。」

「你把小鞋子拿走了，對不對？」小弟說，滿臉淚痕的他，現在不哭了。

「你說什麼？」

「你拿走了小鞋子，你從我房間裡拿走了小鞋子。」

「巴克，我不知道你在說些什麼。」

「我把玩大富翁的小鞋子收了起來，但小鞋子卻不見了。一定是你拿走的！你想獨占蘇西！」

「你有話明講，想跟我說什麼，就說什麼。你爲什麼提到奇莎的爸爸？」

「把衣服放下來。」

爸爸慢慢地把衣服放在地上。

「這和奇莎的爸爸沒有關係。」

「告訴我什麼才有關係！」爸爸只能靠直覺猜測，他好像回到剛動完膝蓋手術的那個晚上，止痛藥讓他整個人昏昏沉沉，清醒之後，他模模糊糊地看到五歲大的兒子坐在他旁邊，小巴克利等著爸爸張開眼睛，然後他才可以對爸爸說：「你看，我在這裡！」

「她已經死了。」

雖然事隔多年，聽了心中依然刺痛，「我知道。」

「但你表現得卻不是如此，奇莎的爸爸在她六歲時就過世了，奇莎說她幾乎不想他了。」

「她會的。」爸爸說。

「但你要拿我們怎麼辦呢？」

「拿誰怎麼辦？」

「我們！爸爸，我和琳西！媽媽就是因爲受不了，所以才一走了之。」

「不要這麼激動，巴克。」爸爸說，他呼吸愈來愈困難，但依然盡量保持鎮定。忽然間，他心中響起一個微弱的聲音：放手吧，放手吧，放手吧，「什麼？」爸爸說。

「我什麼都沒說。」

放手吧，放手吧，放手吧。

「對不起，」爸爸說：「我覺得不太舒服。」他站在潮濕的草地上，感覺雙腳愈來愈冷。他的胸口好像有個大洞，園中的蚊蟲繞著空蕩蕩的胸腔飛舞，耳際依然迴盪著同一個微弱的聲音：放手吧。

爸爸忽然跪倒在地上，雙臂不自主地搖晃，好像進入了夢鄉。不一會兒，爸爸全身開始抽搐，小弟趕快衝到他身旁。

「爸？」

「巴克。」爸爸語帶顫抖，氣若游絲、聲嘶力竭地呼喊小弟。

「我去叫外婆。」巴克利趕快跑回屋內求救。

爸爸倒在地上，臉頰歪向我的舊衣服，虛弱地喃喃自語：「你永遠做不出選擇的。你們三個，我每個都愛。」

那天晚上，爸爸躺在醫院病床上，插在他身上的監視器發出低沉而規律的低鳴。繞著他的雙腳，在他身旁飛舞的時間到了，我可以安安靜靜地把他帶走，但我能把他帶到哪裡呢？

病床上方的時鐘分分秒秒地移動，我想起一個常和琳西玩的遊戲，以前我們經常待在院子裡，一邊摘下雛菊的花瓣，一邊不停重複：他愛我、他不愛我。牆上鐘聲滴答作響，我跟著鐘聲，心裡就像以前一樣默默念著：爲我死、別爲我死；爲我死、別爲我死。我覺得非常矛盾，我不想看到爸爸就此離開人間，但又希望能在天堂與他相聚。我似乎控制不了自己，看著爸爸心跳愈來愈弱，我心裡也充滿了掙扎，如果爸爸死了，他就可以永遠陪伴我，這樣想難道錯了嗎？

巴克利待在他房裡，他把被單拉上來抵著下巴，一個人靜靜地躺在黑暗中。呼嘯的救護車帶走了我們的爸爸，琳西開車和他一起到醫院，但他卻只能跟到急診室。琳西雖然什麼也沒說，小弟卻覺得琳西在怪他，心中升起一股強烈的罪惡感。琳西只是重複地問兩個問題：「你們談了些什麼？他爲什麼這麼激動？」

小弟最怕失去爸爸，爸爸是他生命中最重要的人，雖然他愛琳西、外婆、塞謬爾、和霍爾，但沒有人能像爸爸一樣讓他牽腸掛肚。不管是白天或是黑夜，他總是小心翼翼地留心爸爸的舉動，好像一不注意就會失去爸爸。

爸爸的這一邊是我，另一邊則是小弟；一邊是已經過世的女兒，一邊是活生生的兒子，兩個都是他的子女，兩個都有著同樣心願。我們都希望爸爸永遠陪在身旁，但他卻不可能同時滿足我們的願望。

巴克利從小到大，爸爸只有兩次沒有送他上床睡覺。一次是爸爸到玉米田找哈維先生的那個晚上，一次則是現在。此時此刻，爸爸躺在醫院裡，醫生們正小心地觀察他的病情，以免心臟病再度發作。

小弟知道他夠大了，不應該再想著這些小孩子的事，但我可以了解他的心情。爸爸非常會哄小孩上床，我們都非常期待睡前的一刻。每晚睡覺之前，爸爸總是先拉下百葉窗，用手順順葉片，確定沒有葉片翹出來，葉片如果翹出來，晨光就會吵醒巴克利，他才不讓陽光打擾小孩的睡眠呢。拉好百葉窗之後，爸爸走到床邊，小弟興奮得起了雞皮疙瘩，他早就準備好要玩遊戲了。

「巴克，準備好了嗎？」爸爸問道，小弟有時大喊「訊號收到」，有時大叫「起飛」，但如果他只想趕快開始的話，他就大叫「好了」！爸爸用雙手的拇指和食指捏住床單的兩角，把薄薄的床單折好放在手裡，然後兩手一攤，整片床單就輕飄飄地落下。如果用巴克利的床單，落下的是一團藍色的雲彩，如果用我的床單，飄下的則是淺紫的雲霧，床單從小弟頭上像降落傘一樣輕飄飄地落下，飄得好慢、好漂亮，飄到最後才柔柔地蓋住小弟光溜溜的膝蓋、額頭、臉頰、和下巴。床單在空中飄揚，激起陣陣微風，飄落到小弟身上時，四周依然飄散著微風。小弟裹在床單裡，心裡覺得既自在、又安全，那種感覺眞好。他顫抖地縮在一旁，眞希望能再玩一次。微風飄揚、床單落下；微風飄揚、床單落下，兩者之間似乎有著說不出來的關聯：眼前這個小男孩和躺在病床上的男人也有著難以形容的聯繫。

那天晚上，小弟頭靠著枕頭，像嬰兒一樣蜷伏在床上。他沒拉上百葉窗，鄰居家的燈光從外面投射進來，他瞪著房間另一頭的衣櫃，以前他曾想像邪惡的女巫會從衣櫃裡跑出來，和躲在床下的惡龍聯手欺負他，現在他不害怕了。

「拜託，蘇西，別帶走爸爸，」他輕輕地說：「我需要他。」

離開小弟之後，我走下天堂廣場的陽台準備回家，街燈投射出蘑菇般的光影，我像往常一樣數著街燈往前走，眼前忽然出現鋪了磚塊的小徑。

我沿著小徑往前走，磚塊變成了平坦的石頭，石頭變成了尖銳的小石塊，最後連石塊也沒有了，放眼望去都是翻攪過的大片泥土地。我靜靜地等待，我在天堂待夠久了，知道等一下一定會看到什麼。夜幕逐漸低垂，天空染上一抹柔和的淡藍，就像我離開人間的那晚一樣。朦朧之中，我看到有人向我走來，那人離我太遠，我看不出性別或是年齡。月亮冉冉升起，我逐漸看出那是一個男人，心裡也愈來愈害怕。我跑到剛好能看到他的距離，那會是我爸爸嗎？還是從我上了天堂之後、就非常希望他罪有應得的哈維先生？

「蘇西！」我向前走幾步，停在離他幾英呎的地方，他朝著我伸開了雙臂。

「記得我嗎？」他說。

我覺得自己又變成了六歲的小孩子，以前小小的我，站在伊利諾州一棟大房子的客廳裡，現在我也像以前一樣，把雙腳輕輕踏在眼前這個男人的雙腳上。

「爺爺！」我高聲大叫。

四周只有我們祖孫二人，因爲我們都已經上了天堂，所以我還像六歲一樣輕巧，祖父也像他五十六歲、爸爸帶我們去探望他時一樣健康。我們隨著音樂慢慢地跳舞，祖父在世時，每聽到這段音樂就會忍不住啜泣。

「還記得這段音樂嗎？」他問道。

「巴伯！」

「沒錯，巴伯的弦樂慢板。」他說。

我們隨著音樂起舞，以前我們總是笨手笨腳，現在舞姿則非常流暢。我記得以前看過祖父聽音樂聽得熱淚盈眶，也問過他爲什麼哭。

「蘇西，有時候即使你心愛的人已經過世很久了，想了還是會傷心掉眼淚。」他邊說邊把我抱在懷裡，我三兩下就掙脫他的懷抱，跑到後院找琳西玩，那時我們覺得祖父家的後院好大。

那天晚上，我們祖孫沒有多說什麼，天空似乎總是一片湛藍，我們在永不消逝的藍光中跳了好久。我知道在我們跳舞的同時，天堂與人間都起了變化。我們在自然課曾讀過這種突然的轉變，剛開始速度很慢，忽然間天旋地轉，就像起了化學變化一樣，原本的東西都不見了；轟的一聲，時間和空間也隨之改觀。我貼近祖父的胸膛，嗅著他身上特有的味道，他的衣服帶著一股淡淡的樟腦丸味，爸爸老了應該也是這種氣味吧。我想到我喜歡的各種氣味：金桔、臭鼬、特級菸草，凡間的地上留著鮮血，天堂的天空卻依然一片湛藍。

樂聲停止時，我們似乎已經跳了好久好久，祖父往後退一步，他身後的天空逐漸轉爲黃橘。

「我得走了。」他說。

「走去哪裡？」我問道。

「親愛的，別擔心，妳也快到那裡了。」

祖父說完就轉身離去，他的影像很快地化爲數不盡的光點與細塵，消失在我眼前。

第十九章

那天早上媽媽到酒廠上班時，看到值班的工人用不純熟的英文留了一張字條給她。媽媽每天開始工作之前，總是習慣邊喝咖啡、邊看看窗外成排成架的葡萄園，但那天早上她一看到“emergency”（緊急）這個字，也顧不得喝咖啡了。她馬上打開品酒區的大門，燈都來不及開、摸黑找到吧檯下面的電話，直接撥了賓州家裡的號碼，電話響了半天卻無人應答。

試了兩、三次之後，她打電話給賓州地區的接線生，詢問辛格博士家的電話號碼。

「是啊，」盧安娜在電話裡告訴媽媽：「雷和我幾小時前看到救護車停在妳家門口，我想現在大家應該在醫院裡。」

「誰出了事？」

「我不太清楚，會不會是妳母親？」

但她從紙條中得知，打電話來的是她媽媽，這表示出事的一定是她的小孩、或是傑克。她謝謝盧安娜，然後掛了電話。她一把握住沉重的紅色話機，把它從吧檯下面抬上來，電話下面本來壓了一堆不同顏色、爲品酒顧客準備的紙張，一拿起電話，這些標示著：檸檬黃＝年份少的Chardonnay白酒、草莓紅＝Sauvignon Blanc的便條紙全部散落在地上，她卻視若無睹。從到這裡工作開始，她就習慣早到，現在她感謝自己養成了這個習慣。和盧安娜通過電話後，她拚命想家裡附近有哪些醫院，她還記得以前我們忽然發燒、或是好像摔斷了骨頭時，她曾帶我們去哪幾家醫院，她趕緊打電話給這些醫院，最後終於在我開車送巴克利去的那家醫院打聽到，「有位叫做傑克．沙蒙的病人被送進急診室，他現在還在裡面。」

「你能告訴我出了什麼事嗎？」

「請問妳和沙蒙先生是什麼關係？」

她說出多年以來沒有說過的幾個字：「我是他太太。」

「他心臟病發作。」

她掛了電話，頹然地坐在橡膠地板上，值班經理走進來時，她依然坐在地上，喃喃地重複「先生」、「心臟病」等字眼。

過了一會兒，當她抬頭張望時，已坐在值班工人的卡車上，這個沉默的工人平常很少離開酒廠，現在他載著她直奔舊金山國際機場。

她買好機票，登上一班在芝加哥轉機的班機，一路直飛費城。隨著飛機逐漸上升，乘客和空服人員已置身於雲霧之中，媽媽恍惚地聽到叮的一聲，機長像往常一樣對乘客報告，或是指示空服員該做什麼，空服員推著車子穿過狹窄的走道，車子叮噹作響，媽媽對周遭一切卻視而不見，她只看到酒廠陰涼的石頭拱廊，拱廊後面放著空橡木桶，白天工人經常坐在拱廊裡乘涼，但在媽媽的眼中，這些工人全都不存在，拱廊中只有爸爸握著一只缺了把手的Wedgwood瓷杯看著她。

飛機抵達芝加哥之後，她的心情總算稍微平靜。她在芝加哥有兩小時轉機的時間，她買了一把牙刷和一包香菸，然後打電話到醫院，這次她請外婆過來聽電話。

「媽，」她說：「我人在芝加哥，再過一會兒就到家了。」

「謝天謝地，艾比蓋兒，」外婆說：「我又打了一次電話到酒廠，他們說妳已經去機場了。」

「他情況如何？」

「他在找妳。」

「孩子們在醫院裡嗎？」

「是的，塞謬爾也在。我原本打算今天打電話告訴妳，塞謬爾已經向琳西求婚了。」

「太好了。」媽媽說。

「艾比蓋兒？」

「怎麼了？」媽媽聽得出外婆好像欲言又止，這絕非外婆平日的作風。

「傑克在找蘇西。」

她一走出芝加哥機場，馬上點燃一支香菸，一群學生呼嘯地經過她身旁，每個學生都提著樂器和簡便的旅行袋，樂器盒旁邊繫著一個鮮黃色的名牌，名牌上寫著「愛國者之家」。

芝加哥相當悶熱，機場周圍人潮洶湧，並排停在路邊的車輛排放出廢氣，凝重的空氣更令人窒息。

她用前所未有的速度抽完手上的香菸，抽完之後馬上再點上一支，她一隻手緊緊地貼在胸前，另一隻手拿著香菸，每吸一口就把手臂向前伸。她穿著工作的服裝，下身是一條褪色但乾淨的牛仔褲，上身則是口袋上繡著「庫索酒廠」、有點泛白的橘色T恤，她變得比較黑，黝黑的膚色把藍色的大眼睛襯托得更藍。她把頭髮放下來，鬆鬆地在頸背下方紮個馬尾，我可以看到她耳後和鬢角邊夾雜著幾根白髮。

她想怎麼可能發生這種事，離家這些年來，她覺得自己始終和時間賽跑，回家只是遲早的事。她深知不管離開多久，她對家人的牽掛終究會把她拉回來。現在她面臨了婚姻的責任與先生的心臟病，這兩股力量終於使她重返家門。

她站在航站大廈外面，伸手從牛仔褲後面的口袋拿出一個男用皮夾，自從到酒廠上班之後，她就不帶皮包，而把錢和證件放在男用皮夾裡，這樣她就不用擔心皮包放在吧檯下安不安全，工作起來也比較方便。她隨手把菸蒂丟到計程車的車道，轉身在路旁的水泥花壇邊坐了下來，花壇裡有些雜草，還有一棵小樹可憐兮兮地挺立在烏煙瘴氣的空氣裡。

皮夾裡放著一些照片，她每天把照片拿出來看，其中唯獨只有一張被反過來、放在放信用卡的夾層中。警察局證物室的保險箱裡擺著同一張照片，雷離家上大學之前，盧安娜把這張照片夾在印度詩集裡，我出事之後，警方印製的傳單、塞在郵箱裡的尋人海報、以及刊登在報紙上的也是這張照片。

雖然事隔八年，但對媽媽而言，這張照片依然無所不在。就像大明星的宣傳海報一樣，她走到哪裡都看到它，我的身影已經深深地烙印在照片中。照片中的我，臉頰比本人紅，雙眼也比本人更藍。

她抽出照片，把它翻過來，輕輕地將它蓋在手中。她最想念我的牙齒，以前她看著我一天天長大，總覺得我那一口鋸齒狀的白牙非常有趣。拍照的那一天，我答應媽媽對著相機露齒微笑，但一看到攝影師卻變得很害羞，幾乎連笑都笑不出來。

航站大廈外的擴音機呼叫轉機的乘客登機，她轉身看看那棵在煙霧中掙扎的小樹，在擴音機的催促聲中，她把我的照片擺在瘦小的樹幹旁，然後匆匆地走進自動門內。

飛往費城途中，她坐在三個座位的中間，左右兩旁都沒人。她不禁想道，如果她是個盡責的母親，孩子一定跟著她一起出門，她兩旁的座位一邊坐著琳西，另一邊坐著巴克利，座位絕不會空著。雖然她名義上還是兩個孩子的媽，但她早就不是他們的母親。六年多來，她從他們的生命中缺席，因此，她早已失去了做母親的特權。她現在明白母性是一種強烈的衝動，很多年輕女孩都夢想當媽媽，但她始終沒有這股強烈的衝動。或許因爲她從未眞正想要我，所以才會受到如此慘痛的懲罰。

我看她坐在飛機上，天際飄來朵朵白雲，我順著白雲送上祝福，希望媽媽不要再苛責自己。她想到即將面對家人，心情頓時非常沉重，但沉重之餘，卻感覺到一絲解脫。空服人員遞給她一個藍色的小枕頭，她甚至沉沉地睡了一會兒。

飛機終於抵達費城，降落之後，飛機在跑道上滑行，她再次提醒自己今年是哪一年、以及她人在哪裡。她在腦中飛快地盤算見到兩個小孩、她媽媽、以及傑克之後該說什麼，想了半天腦中卻一片空白，最後她乾脆不想，只等著下飛機。

她的孩子在長長的走道盡頭等候，她卻幾乎認不出他們。這些年來琳西已長成一個高眺的女子，她很瘦，完全看不出小時候胖嘟嘟的模樣。站在琳西旁邊的塞謬爾看起來像是她的雙胞胎，只是他比較高一點，身上比較有肉。媽媽拚命地看著他們兩人，他們也凝視著媽媽，她剛開始甚至沒看到候機室旁邊坐了一個胖胖的小男孩。

大家在原地站了幾分鐘，每個人好像都被黏在地上一樣無法動彈，或許只有等到媽媽先走，大家才會跟著移動。媽媽剛要走向琳西和塞謬爾，還沒邁開步子就看到巴克利。

她邁步踏向鋪了地毯的走道，她聽到機場的廣播，其他乘客匆忙地從她身邊經過，他們邊跑邊向等候在外的家人打招呼，感覺比她正常多了。她看著候機室中的巴克利，覺得好像穿過時光隧道回到了過去。

她想起一九四四年的夏令營，當時她十二歲，一張臉圓滾滾的，大腿也很粗壯，她時常慶幸兩個女兒長得和她年輕時不一樣，但她的小兒子卻遺傳到這些特點。她離開太久了，也錯過了太多，時間一去不復返，有些事情她永遠也無法彌補。

我數著媽媽的腳步，如果她自己也數的話，她會知道她走了三十七步；短短的三十七步內，她克服了過去將近七年來不敢面對的障礙。

我妹妹先開口。

「媽。」她說。

媽媽看著琳西，時光瞬間向前移動了三十八年，她再也不是那個夏令營的寂寞小女孩。

「琳西。」媽媽說。

琳西目不轉睛地看著媽媽，巴克利也站了起來，但他先低頭看看鞋子，然後抬頭看著窗外的停機坪，停機坪上停了好幾架飛機，乘客井然有序地穿過走道登機。

「妳爸還好嗎？」媽媽問道。

琳西一叫「媽」就呆住了，這個字聽起來好陌生，叫起來感覺怪怪的。

「我想他情況不太好。」塞謬爾說，到目前爲止，還沒人說出這麼一句完整的句子，媽媽在心裡偷偷地謝謝塞謬爾。

「巴克利？」媽媽和小弟打招呼，她裝出沒事的樣子，她總是他母親吧，不是嗎？

他轉頭面向她，略帶敵意地說：「大家叫我巴克。」

「巴克。」她一面輕聲重複，一面低頭看著雙手。

琳西想問媽媽：妳手上的戒指呢？

「我們該走了吧？」塞謬爾問道。

他們四人朝中央航廈前進，航廈之間的走道很長，四處鋪上了地毯。他們走向拿行李的轉盤，走到一半媽媽忽然說：「我沒有行李。」

大家忽然停步，氣氛顯得相當尷尬，塞謬爾四處張望，看看能否找到通往停車場的標誌。

「媽。」琳西再度試圖和媽媽說話。

「我欺騙了妳。」琳西還沒來得及說什麼，媽媽就先開口。她們目光相遇，兩人交換著說不出口的祕密。在熾熱的目光中，我發誓我看出了端倪，雖然兩人都不明說，但我感覺得到媽媽和琳西都知道賴恩的事，這個祕密就像剛被蛇吞下肚、還沒消化的老鼠一樣，在兩人的心裡蠢蠢欲動。

「我們先搭電扶梯上去，」塞謬爾說：「然後再從上面的通道走到停車場。」

塞謬爾大聲叫巴克利，巴克利看機場安全人員看得出神，安全人員穿著制服，小弟向來對穿著制服的軍警人員非常感興趣。

他們開車上了高速公路，一片寂靜中琳西先開口：「醫院說巴克利還小，所以不讓他看爸爸。」

媽媽在座位上轉過身來說：「我會想辦法跟他們商量。」她邊說邊看著巴克利，試著對他笑笑。

「你媽的。」小弟頭抬也不抬，低聲咒罵。

媽媽楞住了，小弟終於開口，脫口而出的卻是這種話。他心中充滿恨意，滿腔怒火如波濤般洶湧。

「巴克，」媽媽及時記起現在大家都這樣叫小弟，「你看看我好嗎？」

他憤憤地凝視著前座，滿懷怒意盯著她。

媽媽只好轉身看著前方，過了一會，前座傳來低低的啜泣聲，媽媽雖然拚命地壓抑，但塞謬爾、琳西和小弟依然聽得一清二楚。媽媽默默地流淚，但再多淚水也軟化不了巴克利。日復一日、年復一年，他把恨意深深地埋藏在心裡，那個天眞無邪的四歲小男孩依然存在，只是恨意已將他層層包圍，童稚之心也已化爲鐵石心腸。

「看到沙蒙先生之後，大家心情就會好一點。」塞謬爾說，說完之後，連他也受不了車內的氣氛，於是他伸手扭開了收音機。

八年前的深夜，她曾經來過這個醫院。雖然現在她身處不同的樓層，四周也漆著不同的顏色，但走在醫院的長廊上，她依然記得當初自己做了什麼。回憶如潮水般淹沒了她，賴恩的身體貼在她身上，她的背靠在冷冷的水泥牆上，思及此，她體內的每一個細胞都想逃得遠遠地。她好想飛回加州，在那裡，她可以重拾平靜的生活，默默地在一群陌生人之間工作，綠樹與熱帶花卉形成最佳屏障，在眾多外國遊客與奇花異草之間，她找到了一個安全的棲身之所。

她遠遠地看到外婆腳上的高跟鞋，一下子就將她拉回現實。這些年來她走得好遠，幾乎忘了一些最單純的事情，比方說外婆常穿的高跟鞋。七十歲的她，居然還穿著高得不像話的鞋子，看來可笑，其實卻顯示了外婆的幽默感，這才是媽媽記憶中的外婆。

一走進病房，媽媽馬上忘了巴克利、琳西、和外婆。

爸爸雖然虛弱，一聽到媽媽走進來的聲音，依然掙扎地睜開雙眼。他的手腕和肩膀上插滿了管子，頭靠在一個小小的四方枕頭上，顯得非常脆弱。

她握住他的手，無言地低聲啜泣；她再也不壓抑自己，任憑淚水滾滾而下。

「嗨，我的海眼姑娘。」他說。

她點點頭，默默地看著自己飽經風霜、蒼白虛弱的丈夫。

「我的小姑娘啊。」他呼吸顯得相當急促。

「傑克。」

「妳看，我非得變成這副德性，妳才會回家。」

「你這麼做值得嗎？」媽媽勉強笑笑說。

「以後才知道。」他說。

看到他們兩人在一起，我小小的心願似乎終於成眞。

媽媽的藍眼睛閃爍著光芒，爸爸從中似乎看到一線希望，一心只想牢牢地握住它。他和媽媽曾是同船共渡的有緣人，一陣巨浪擊沉了船隻，他們也各分東西。在殘餘的碎片中，他只記得她湛藍的雙眼。現在她又出現在他眼前，他拚命想伸手摸摸她的臉頰，但孱弱的手臂卻不聽使喚，她傾身向前，把自己的臉頰靠向他的手心。

外婆雖然穿著高跟鞋，走路卻依然靜悄悄。她躡手躡腳地走出病房，出來之後才恢復平常走路的姿態。她昂首闊步地走向訪客區，走到一半有個護士把她攔下來，護士說有位先生留了張紙條給５８２病房的傑克・沙蒙，紙條上寫著：「賴恩・費奈蒙，稍後再訪，祝早日康復。」外婆雖然沒見過賴恩，卻早已聽過他的大名，外婆看了紙條、仔細地把它折好，琳西和巴克利已經到訪客區找塞謬爾，外婆打開皮包，把紙條塞進粉盒和梳子之間，然後才到訪客區和他們碰面。

第二十章

那天晚上哈維先生來到康乃迪克州的鐵皮屋時，天空已飄起了雨絲。幾年前他在這裡殺死了一個年輕的女侍，還用她口袋的小費買了幾條長褲。他邊走邊想，事情過了這麼久，屍體到現在應該已經腐化，鐵皮屋周圍確實也沒有什麼奇怪的味道，但鐵皮屋的門卻開著，他也看得出屋內的土地被翻過，他屏住呼吸，緊張地走向鐵皮屋。

屋內埋屍的地方已看不到屍體，他在空蕩蕩的洞穴邊躺了下來，不一會兒就睡著了。

有一陣子，我覺得自己看到太多鬼魂，爲求平衡，我決定多觀察凡人的動靜。我注意到賴恩．費奈蒙也和我一樣，不上班時，他經常悄悄觀察周遭的年輕女孩、老婦人、以及所有其他不大不小的女人，她們給了他活下去的希望。我和賴恩在購物中心看到一個年輕女孩，她身上那件孩子氣的洋裝和修長白皙的雙腿有點不搭調，看來嬌弱而楚楚動人，深深打動我們的心。我們看到扶著支架蹣跚前進的老婦人，她們堅持把頭髮染成年輕時的顏色，髮色看來卻非常不自然。中年的單親媽媽在超市裡忙著買菜，她們的孩子卻只知道從架上抓了一包包糖果。女孩、老婦人、中年婦女，這些都是活生生的女人。有時我看到一些飽受打擊的可憐女人，她們有些遭到先生毆打、有些被陌生人強暴、還有些小女孩遭到親生父親迫害，每次看到她們，我都好想伸出援手。

賴恩無時無刻都看到這些可憐的女人，她們經常出現在警察局，就算不在局裡，他也可以察覺到她們的存在。比方說，他在商店看到一位太太，她臉上雖然沒有傷痕，但舉止卻非常畏縮，而且講話很小聲，好像怕打擾到別人。還有他每次去找他姊姊都會看到的一個女孩，幾年下來，她愈來愈瘦，臉頰完全失去了光彩，她蒼白的臉頰上有對大眼睛，眼神凝重，充滿了無助與憂傷。沒看到她，他總是擔心出了什麼事；一看到她，他雖然鬆了一口氣，卻又替她難過。

好久以來，他找不到新證據加進我的檔案裡，但在過去幾個月裡，舊檔案卻多了幾條新線索。警方發現另一個可能的受害者蘇菲・西契逖，蘇菲有個兒子叫洛夫，哈維先生可能有另外的化名，除此之外，賴恩還有我的賓州石。他輕摸放在證物袋裡的賓州石，石頭上刻著我名字的簡寫，他不停用手指輕撫這幾個字母，警方已經仔細地檢查了這個小東西，但到目前爲止，警方只知道它出現在另一個女孩遇害的現場，除此之外，他們檢查得再仔細，也找不出任何線索。

一證實這是我的東西，他就想把它還給我爸。雖然這樣做是違法的，但警方始終沒找到我的屍體，證物室的保險箱裡只有泡過水的課本、幾頁自然課的筆記、夾在筆記裡的情書、一個可樂空罐、和一個綴了鈴鐺的帽子，讓爸爸保留一樣屬於我的東西也不爲過。他已經列了清單，這些年來也保存了所有證物，但這個賓州石和其他東西不一樣，賓州石是我的貼身飾品，他想要把它交還給我的家人。

媽媽離開之後，他交過一個護士女朋友，她看到住院名單上有個叫做傑克・沙蒙的病人，趕緊打電話通知賴恩。賴恩本來打算到醫院看我爸，順便把賓州石交給他，在賴恩的心目中，這個小飾物就像護身符一樣，爸爸看了一定能快點康復。

我看著賴恩，忍不住想到霍爾修車廠後面鐵道邊，裝了有毒液體的鐵桶。鐵道旁邊亂七八糟，有些公司把裝了污染物的桶子丟在這裡，桶子都被密封埋在土裡，假以時日，桶子裡面的東西卻開始外洩，隨著時光流逝，賴恩也壓抑不了心裡的感覺。媽媽離開之後的這些年來，我變得同情賴恩，對他也有一絲敬意。他鍥而不舍地追蹤證據，試圖回答一些無法解釋的謎團，就這方面而言，我知道他和我沒什麼兩樣。

醫院外面有個賣花的小女孩，她把水仙花紮成一小把，一束束嫩綠的莖梗上綁著紫色的緞帶，我看到媽媽買下了小女孩手中所有的水仙花。

醫院裡的艾略特護士八年前見過媽媽，她還記得媽媽是誰，一看到媽媽手裡抱滿了花，馬上跑過去幫忙。她把儲藏室裡沒有用的水瓶統統拿出來，然後和媽媽一起在水瓶裡裝滿水，趁爸爸睡覺時，在病房裡擺滿了水仙花。艾略特護士暗想，如果悲傷的女人可以算是美女的話，滿臉落寞的媽媽比以前更漂亮。

當晚稍早，塞謬爾、琳西和外婆已經帶著巴克利回家。媽媽還沒有準備好看到居住多年的老家，她心裡只有爸爸，房子、以及兒女沉默的指責，這些都可以等一陣子再處理。她不想到醫院的餐廳吃東西，餐廳裡燈火通明，她覺得醫院故意用明亮的燈光讓大家保持清醒，目的卻只在讓病人和家屬聽到更多壞消息。餐廳裡淡如開水的咖啡、硬梆梆的塑膠椅、和每樓都停的電梯也具有相同目的，醫院想藉此讓大家保持清醒，成效卻依然不彰。於是，她走出醫院，沿著大門旁邊的斜坡走道走下來，離開了醫院。

外面天黑了，她記得以前曾經半夜披著睡袍開車到這裡，現在停車場裡只停了幾輛車，她摸摸身上那件外婆留給她的毛衣外套，把外套拉緊一點。

她走過停車場，邊走邊看黑暗的車子裡有些什麼東西，藉此猜測待在醫院的是哪些人。一部車子的駕駛座旁擺了一堆錄音帶，另一部車子的前座則放了一個龐大的嬰兒座椅，她喜歡藉著這些東西猜想什麼人坐在車裡，對她而言，這就像小時候在爸媽朋友家玩間諜遊戲一樣，她在心中暗想：「艾比蓋兒探員呼叫控制中心！」遊戲降低了她的疏離感，讓她覺得自己不是那麼孤單。我跟在媽媽旁邊觀看，啊，我看到一個毛茸茸的小狗玩具，我看到一個橄欖球，我看到一個女人！一個陌生女子坐在駕駛座上，她剛開始沒注意到媽媽在看她，後來才看到媽媽。媽媽一看到她的臉，馬上轉頭凝視遠處餐廳發出的燈光，媽媽本來就打算到那個餐廳吃飯，此時她拉緊毛衣繼續往前走，沒有再往後看。不用明說，她也看得出那名陌生女子的心情，陌生女子和她一樣，寧願走到世界任何角落，就是不願待在現在這個地方。

醫院和急診室入口中間有塊小草坪，她站在草坪上，真希望手邊有包香菸。早上她什麼都沒想就上了飛機，傑克心臟病發作，她一心只想趕回家，但現在她卻不知道該怎麼辦。接下來會發生什麼事？她得等多久才能再離開？她能再一次不告而別嗎？她聽到停車場傳來車門開關的聲音，車內的女人下車走進醫院了。

餐廳的一切都顯得朦朦朧朧，她一個人坐下來，點了一份酥炸牛排，她在加州似乎沒看過這道菜。想著想著，她忽然發現坐在對面的男人好奇地看著她，她馬上偷偷地觀察這個人，她在加州絕不會這麼做，回到賓州之後，這幾乎成了一種反射動作。我遭到謀殺之後，她一看到可疑的陌生人，馬上在心裡細細端詳。與其假裝沒什麼，還不如誠實面對心中的疑懼，事先預防總讓她安心一點。侍者端來她點的晚餐和一杯茶，她專心吃飯，啜一口帶點金屬味的冷茶，咀嚼油膩麵粉皮裡炸得太硬的牛排。她心想自己最多只能再撐幾天，回家之後，她到哪裡都看得到我，連坐在她對面的男人都可能是謀殺我的凶手。

她吃完牛排，付賬，低著頭走出餐廳，門上掛了一個鈴鐺，一聽到鈴鐺聲，她心裡馬上一陣抽痛。

她強自鎮定，安全地過了馬路，但走過停車場時，她的呼吸愈來愈急促，到後來幾乎喘不過氣來。那個陌生女子的車還停在那裡。

醫院大廳空空蕩蕩，沒什麼人在大廳逗留，但她決定在這裡坐一會兒，等呼吸回復正常再說。

她決定再待幾小時，等爸爸醒來之後再離開。想清楚之後，她覺得輕鬆了不少，肩頭的重擔忽然消失了，她又可以逃到天涯海角。

十點多，時間不早了，她搭電梯到五樓，電梯裡只有她一個人。一出電梯，她發現五樓走廊的電燈調暗了，她走過護理站，站裡有兩個值班護士壓低聲音講閒話，她依稀聽到護士們說得興高采烈，言談中充滿好朋友的親暱，說著說著，其中一個護士忍不住放聲大笑，媽媽在笑聲中推門走進爸爸的病房，房門瞬間又緊緊關上。

只有她一個人。

門一關上，房裡安靜地似乎進入真空狀態。雖然我覺得自己不屬於這裡，也知道我最好離開，但我的雙腳好像被黏在地上，想動也動不了。

爸爸在黑暗中睡得很沉，房裡只有病床上的日光燈發出微弱的光芒。看到爸爸這副模樣，媽媽想起八年前的那個晚上，當時她像現在一樣站在他旁邊，一心只想離開這個男人。

我看她拉起爸爸的手，想到以前我和琳西時常坐在掛在二樓樓梯口的拓印畫底下，我假裝是上了天堂的騎士，哈樂弟是騎士的忠犬，琳西則是騎士的愛妻，「你死都死了，我下半輩子怎麼可能守著你呢？」琳西總喜歡這麼說。

媽媽握著爸爸的手，靜靜地在床邊待了好久。她想爬到醫院新鋪的床單上，躺在爸爸旁邊，這種感覺一定很好，但想歸想，她很清楚自己不可能這麼做。

她靠得近一點，即使房裡充滿消毒藥水的味道，她依然聞得到爸爸身上微微的青草香。爸爸有一件她最喜歡的襯衫，離開家時，她把這件襯衫放在行李箱裡一起帶走，抵達加州之後，她有時把襯衫圍在身上，只爲了感受到一絲他的氣味。她從不把襯衫拿到室外，這樣他的氣味或許能保持得久一點。她記得有天晚上好想念他，於是她把襯衫套在枕頭上，像癡情的高中小女生一樣把枕頭緊緊地抱在懷裡。

透過緊閉的窗戶，她依然聽得到遠處公路的車聲，但醫院裡幾乎一點聲音都沒有，只有值夜班護士的塑膠鞋，在走廊上發出吱吱的聲響。

酒廠裡有個年輕的女孩，她們週末一起在品酒區的吧檯服務，去年冬天她們在一起聊天時，她對這個年輕的同事說，男女關係中總有一方比較堅強、另一方比較脆弱，她同時辯稱：「但這不表示比較脆弱的一方不愛比較堅強的一方。」女孩聽了面無表情地看著她，她卻完全不顧對方的反應。話一出口，她馬上被自己的話嚇了一跳，她忽然領悟在自己的婚姻關係中，她才是脆弱的一方。但爲什麼這些年來，她總覺得自己比傑克堅強呢？

她把椅子拉近病床，讓自己盡量靠近他，她把頭輕貼在他的枕頭上，默默地看著他的雙眼，他的眼皮不停地顫動，顯然是好夢正甜。這些年來，她逃得好遠，每天生活在離家數千哩之外，但她怎麼可能依然深愛眼前這個男人？她怎麼還把愛意埋藏在心中？這些年來，她刻意拉遠兩人的距離，她跳上車子，直直地往前開；她扯掉後照鏡，打定主意絕不回頭，但這樣就能讓他從記憶中消失嗎？他們共享了過去，還有他們的孩子，這些難道就此一筆勾消嗎？

聽著他規律的呼吸，她逐漸恢復平靜，甜蜜的往事悄悄地浮上心頭，她甚至感覺不到心情起了變化。她想起家裡每一個房間，過去這段日子來，她花了好多時間想忘掉在這些房間裡的日子，現在往事卻逐一浮現，回憶就像存放在鑵子裡的水果一樣，你記不得把它放在哪裡，但一找到它，沉澱的果香似乎更加醉人。剛結婚時，他們是如此傻傻地深愛著對方，有了孩子之後，他們努力爲這個家打下根基，實現兩人的夢想，家裡處處可見兩人努力的成果，我就是其中最明顯的心血結晶。

她摸摸爸爸臉上新出現的皺紋，愛憐地撫摸他鬢角邊的一絲白髮。

雖然盡力想保持清醒，但午夜過後，媽媽仍然不知不覺地睡著了。臨睡前，她看著爸爸的臉，試圖緊緊抓住所有的回憶；緊握住這些回憶之後，等他一醒過來，她就可以安心地揮手道別。

她閉上雙眼，悄悄地在他身邊入睡，我看著沉睡中的爸媽，輕輕地在他們耳邊哼起爸爸以前常唱的兒歌：

石頭和骨頭；
冰雪與霜凍；
種籽、豆豆、小蝌蚪。
小徑、樹枝、微風輕輕吹拂，
我們都知道蘇西想念誰……

兩點左右開始下雨，雨絲飄落在醫院、我家的老房子、以及我的天堂。雨點也落在哈維先生過夜的鐵皮屋上，發出打鼓般的聲響。在隆隆雨聲中，哈維先生作了一個夢，出現在夢中的不是屍體被人移走、警方開始調查的那個女孩，而是琳西・沙蒙。在他的夢中，琳西匆忙地穿過鄰居的樹叢，她背上的球衣號碼

5！5！5！忽隱忽現，彷彿向他示威。每次他一覺得受到威脅就會作這個夢，在琳西忽隱忽現的身影中，他的生命就此開始失控。

快四點時，我看到爸爸張開眼睛，他感覺到媽媽溫暖的鼻息，不看也知道媽媽睡著了。我眞希望爸爸能抱抱媽媽，爸爸自己也這麼想，但他身體太虛弱，沒辦法舉起手臂。想了一會兒，他決定用另一種方式向她示愛。我過世之後，他想了好多事情，這些事情經常縈繞在他心頭，但除了我之外，沒有人知道他想些什麼，現在他決定把這些心裡的話，一五一十地說給媽媽聽。

他不想吵醒她，除了雨聲之外，醫院裡聽不到其他聲音。他覺得雨似乎一直跟著他，天空始終灰濛濛的，地上也一片潮濕，他想到琳西和塞謬爾面帶微笑、全身濕淋淋地站在門口，他們冒雨跑回家，只爲了不要讓他擔心。這些年來，他經常提醒自己把注意力拉回這兩個孩子身上，他必須不斷在心裡念著：琳西、琳西、琳西，巴克利、巴克利、巴克利。

他隔著窗戶觀看外面的雨絲，在停車場的燈光下，雨點聚成一團團明亮的圓圈，讓他想起小時候電影裡的人造雨。他閉上雙眼，媽媽沉穩的鼻息輕觸他的臉頰，他聽著媽媽的呼吸聲，覺得分外安詳。忽然間，窗外傳來輕輕的拍打聲，他聽到小鳥的叫聲，但從病床上卻看不到小鳥。他想窗外說不定有個鳥巢，小鳥被雨聲吵醒，一醒來卻看不到母鳥，一想到這裡，他眞想走過去解救這些可憐的小鳥。

他摸摸媽媽纖細的手指，她原本緊握著他的手，睡著之後不知不覺地鬆手了。他看著身旁的她，心裡作出了決定：不管接下來發生什麼事，這次他要放手讓她追尋她想要的人生。

就在這時，我溜進房間和爸媽在一起。以前我只在他們周圍盤旋，從來沒有在他們面前現身，這次我隱約現出人形，出現在他們面前。

我把自己縮小，房裡一片漆黑，我不知道他們看不看得到我，過去八年半來，我雖然每天看著爸爸、媽媽、露絲、雷、妹妹、小弟、當然還有哈維先生，但我沒有二十四小時緊隨著他們。我現在才知道，過去這些年來，爸爸無時無刻地想著我。他對我不停地付出，讓我一而再、再而三地感到來自人間的關愛。在父愛的照拂下，我始終是當年的蘇西・沙蒙，大好前程正等著我來發掘。

「我常想如果我一點都不出聲，說不定聽得到妳說話，」他輕輕地說：「如果我夠安靜，說不定妳就會回來。」

「傑克？」媽媽半睡半醒地說：「我八成睡著了。」

「妳回來了眞好。」他說。

媽媽看著他，所有的顧忌都消失了，「你怎麼辦到的？」她問道。

「我別無選擇，艾比。」他說：「我還能怎麼辦呢？」

「逃得遠遠地，重新開始。」她說。

「這麼做有用嗎？」

他們都不說話，我伸出雙手，身影卻瞬間消逝。

「妳爲什麼不過來躺在這裡呢？」爸爸說：「値班護士等一下才會來，我們還有一點時間在一起，沒有人會趕妳走。」

她沒有動。

「醫院的人對我很好，」她說：「艾略特護士趁你睡覺時，幫我處理了這些花。」

他抬頭看看四周，努力想認出那是什麼花，「啊，水仙。」他說。

「蘇西最喜歡水仙花。」

爸爸露出慈祥的笑容說：「妳看吧，這樣就對了，妳面對現實，勇敢地過日子，給她一束鮮花就是個開始。」

「唉，想了就讓人傷心。」媽媽說。

「沒錯，」他說：「的確讓人傷心。」

媽媽小心翼翼地爬到床上，她頂著床邊，不太容易保持平衡，但他們辦到了，兩人並肩側躺在病床上，默默地凝視著對方。

「和琳西以及巴克利見面感覺還好嗎？」

「唉，好難。」她說。

沉默了一會兒之後，他捏捏她的手。

「妳看起來很不一樣。」他說。

「你是說我變老了？」

我看著爸爸伸手握住媽媽的髮絲，幫她把頭髮塞到耳後，「妳離家之後，我又重新愛上了妳。」他說。

此時此刻，我好希望自己就是媽媽。爸爸不是因爲看在過去的分上，或是某些媽媽永遠不會改變的特質才愛她，他愛她所有的一切，也接納了她的脆弱與逃避。現在她回到他的身旁，在太陽升起之前的這一刻，沒有人進來打擾他們，他用手指輕觸她的髮稍，明知她湛藍的雙眼蘊藏著無盡的憂傷，卻依然毫不畏懼地凝視著她。這所有的一切，都是他愛她的表徵。

媽媽想說「我愛你」，卻怎樣也說不出口。

「妳會待下來嗎？」他問道。

「我會待一陣子。」

聽到她這麼說就夠了。

「好，」他說：「加州那裡的人如果問起妳的家人，妳怎麼回答？」

「我坦白告訴他們說我有兩個小孩，然後我在心裡悄悄說，其實我有三個孩子。每次這麼說我都覺得對不起蘇西。」

「妳提過妳有先生嗎？」他問道。

她看著他說：「沒有。」

「嗯。」他輕輕嘆一口氣。

「傑克，我不是回來說假話的。」她說。

「那麼，妳爲什麼回來？」

「我媽打電話給我，她在電話裡提到心臟病，我馬上想到你爸爸。」

「是不是因爲我可能會死，所以妳才回來？」

「是的。」

「妳剛才睡得好熟，」他說：「妳沒有看到她。」

「看到誰？」

「剛才有人走進來，然後又出去了，我想是蘇西。」

「傑克？」媽媽輕嘆，但口氣不像以前一樣充滿防備。

「別告訴我妳沒看到她。」

她卸下了心防。

「我到哪裡都看到她，」話一出口，她頓時覺得輕鬆無比，「即使在加州，她也無處不在。我開車經過學校，學生上下校車、或是站在校門口，我看到一個女孩的頭髮好像蘇西，但臉卻一點也不像。有些學生的模樣、或是她們走路的樣子也讓我想到她。每次我看到姊姊帶著弟弟、或是一對長得很像的姊妹花，我都想到琳西，琳西本來也有個姊姊，巴克利也是，但蘇西一走，他們就永遠失去了大姊。然後我想到我也拋下他們不管，我對不起他們、對不起你，甚至對不起我媽。」

「琳西一直很好，」他說：「她很堅強。她心裡有些疙瘩，但還撐得下去。」

「我看得出來。」

「好，如果我告訴妳，蘇西十分鐘前在這個房間裡，妳怎麼說？」

「我會說你又在講傻話，但你說的或許沒錯。」

爸爸伸手撫摸媽媽的鼻樑，把手指輕輕蓋在她的唇上。隨著他手指的移動，她微微地張開了雙唇。

「妳得靠下來一點，」他說：「我還是個病人呢。」

我看著爸媽擁吻，他們張著眼睛親吻，媽媽先掉淚，淚水順著爸爸的臉頰流下來，爸爸也隨著低聲啜泣。

第二十一章

離開在醫院裡的爸媽之後，我過去看看雷・辛格在做什麼。他和我共度了十四歲的一段時光，現在我看著他的頭倚在枕頭上，一頭黑髮、一身深色肌膚貼著黃色床單，我一直愛著他，自始至終都沒有改變。他閉上了雙眼，我細數他每一根眼睫毛，如果我沒死的話，他幾乎成了我的男朋友，也可能是我一生的摯愛。他和我家人一樣重要，我不願離開家人，更捨不得離開他。

我們曾蹺課躲在學校禮堂後面的鷹架上，露絲在鷹架下面，雷離我好近，我可以感覺到他的鼻息，也聞得到他身上淡淡的丁香與肉桂。不知道爲什麼，我總是想像他每天早上把丁香和肉桂粉撒在玉米片上當早餐吃。從他身上飄來一陣男性的氣味，和我的味道完全不同，感覺相當神祕。

在那一刻，我就知道他會吻我，但直到他眞的吻了我之前，我在校裡校外都刻意和雷保持距離，盡量不和他單獨在一起。雖然非常期待他的吻，但我心裡也很害怕，每個人都告訴我初吻是多麼美妙，我也讀了不少《十七歲》、《時尚》、*Glamour*等雜誌所刊載的故事，我怕我們的初吻不像大家、或是雜誌中描述的那麼好。說得明白一點，我怕自己不夠好，我怕獻上初吻之後，他不但不會愛上我，反而會甩了我。儘管如此，我仍到處收集初吻的故事。

「初吻是天注定喔。」有天外婆在電話裡說，我拿著話筒，爸爸到另一個房間叫媽媽聽電話，我聽到爸爸在廚房裡說「感覺就好像喝得酩酊大醉一樣」。

「如果能重來一次的話，我一定要塗上『冰火佳人』一樣誘惑人的口紅，可惜當年露華濃沒有這樣的唇膏，不然那個男人臉上一定有我的口紅印。」

「媽？」我媽在臥室的分機裡說。

「艾比蓋兒，我和蘇西在討論接吻。」

「媽，妳喝了多少？」媽媽說。

「蘇西啊，妳瞧，」外婆說：「不太會接吻的人，講話也酸溜溜的。」

「親嘴的感覺如何？」我問道。

「啊，又是親嘴的問題，」媽媽說：「我讓妳們祖孫自己去說吧。」我已經逼爸媽講了不知道多少次，我想聽聽看他們怎麼說，但問了半天依然問不出所以然，我只能想像爸媽被籠罩在香菸的煙霧中，層層煙霧中，我依稀看得到兩人的嘴唇如蜻蜓點水般碰在一起。

過了一會，外婆輕聲說：「蘇西，妳還在聽嗎？」

「是的，外婆。」

外婆安靜了幾秒鐘，然後對我說：「我在妳這個年紀的時候被一個大人吻了，那是我的初吻，那個人是我爸爸的朋友。」

「外婆！眞的嗎？」我眞的嚇了一跳。

「妳不會洩漏我的祕密吧？」

「不會。」

「感覺好極了，」外婆說：「他知道怎麼接吻。在那之後，所有吻我的男孩都令人難以忍受，我得把手放在他們的胸前，把他們推遠一點。麥格漢先生不一樣，他是個接吻高手。」

「嗯，後來怎麼了？」

「我覺得好像騰雲駕霧一樣，」她說：「明知這是錯的，但感覺眞的很好，最起碼我很喜歡。我從未問他感覺如何，在那之後也沒有機會和他單獨在一起。」

「妳想再試一次嗎？」

「當然想，我一直尋找那種初吻的感覺。」

「外公如何呢？」

「不太高明，」她說，我聽到電話那頭傳來冰塊碰撞的聲音，「雖然那只是非常短暫的一刻，但我永遠記得麥格漢先生。有哪個男孩想吻妳嗎？」

爸媽都沒問過我這個問題，但我現在才知道他們心裡早就有數。爸媽已經知道我心儀的對象是誰，他們早就在我背後偷偷地交換會心的微笑。

我嚥了一口口水，猶豫地說：「有。」

「他叫什麼名字？」

「雷・辛格。」

「妳喜歡他嗎？」

「喜歡。」

「這麼說，你們還猶豫什麼呢？」

「我怕我不夠好。」

「蘇西？」

「什麼？」

「小寶貝啊，好玩、開心就好。」

雷吻我的那天下午，我站在寄物櫃旁邊，忽然聽到雷在叫我。他站在我後面，而不是在我頭頂上，我好緊張，覺得一點都不好玩。在這之前，所有事情都是黑白分明，現在我卻不知道怎麼回事，我只能說我心裡七上八下，不是眞的有人把我搖得七上八下，我又快樂，又緊張，結果心裡當然七上八下。

「雷。」我還沒來得及開口，他已經把嘴唇貼在我微微張開的嘴上。雖然我已經等了好幾個禮拜，但他的吻來得這麼突然，讓我只想要得更多。我好想再吻雷・辛格。

露絲回到家裡的那天早上，康涅斯先生幫露絲從報上剪了一篇報導，文中描述建商打算如何塡滿斐納更家的落水洞，還附了一張詳盡的地勢圖。露絲在樓上穿衣服時，康涅斯先生在剪報旁邊夾了一張紙條給女兒，紙條上說：「這個工程簡直是鬼扯蛋，將來一定會有個倒楣鬼開車掉到坑裡。」

「我爸說這個落水洞看起來像是死亡陷阱。」雷把藍色的Chevy停在露絲家的車道上，露絲一邊揮著手裡的剪報，一邊走進車裡說：「我爸說建商打算把這附近的土地切割成好幾塊蓋房子，我家會被這些房子團團包圍。你看看這篇剪報，看到這四個像美術初級班學生畫的立體方格嗎？他們以爲憑著這些方格就能解釋整個塡補工程。」

「露絲，早啊，我也很高興看到妳。」雷半開玩笑地打招呼，他一面倒車駛離車道，一面看著乘客座上還沒有繫上安全帶的露絲。

「對不起，我只顧著說話，忘了打招呼，」露絲說：「嗨。」

「剪報裡說些什麼？」雷問道。

「啊，今天天氣眞好。」

「好吧，別鬧了，告訴我剪報裡說些什麼。」

他和露絲幾個月才見一次面，每次看到她，她都像往常一樣急性子，問東問西，就是因爲她的急性子和好奇心，他倆才一直是好朋友。

「前三張圖都差不多，唯一的區別是箭頭指向不同的地方，箭頭上還標示著『表層土』、『粉碎的石灰』、和『散落的石塊』，最後一張圖上面有個『填滿落水洞』的大標題，標題下還有一小行字：『水泥填滿咽喉管，水泥漿補上裂縫』。」

「咽喉管？」雷懷疑地問道。

「沒錯，剪報裡就是這麼說，」露絲說：「還不只這樣呢。圖的另一邊還畫了一個箭頭，箭頭旁邊說：『然後落水洞就填滿了砂土』。他們以爲這個工程非常浩大，如果不畫個箭頭，讀者就不了解他們打算怎麼做。他們以爲用箭頭指一指，讀者才會恍然大悟。」

雷聽了大笑。

「他們把整個工程說得好像醫學手術一樣，」露絲說：「大家注意喔，我們要動個精密手術來修補地面囉。」

「我想很多人打心底害怕像落水洞一樣的地洞。」

「我完全同意，」露絲說：「當心，落水洞有咽喉管呢，這是什麼跟什麼嘛！我們去看看吧。」

開了一、兩英哩之後，路旁出現一些新屋工程的標示，雷向左轉，開進一片新建地，這一帶的樹木都被砍光了，路也是新鋪的，路邊插了許多間距相等、與腰部齊高的標誌，紅色和黃色的小旗子在標誌頂端飄揚。

他們本來以爲附近只有他們兩個人，正想開始探索這片還沒有人居住的地方，忽然間看到喬・艾里斯走在前面。

露絲和雷都沒有打招呼，喬也像沒有看到他們一樣。

「我媽說他還住在家裡，也找不到工作。」

「他成天都在做什麼呢？」雷問道。

「忙著嚇人吧，我想。」

「唉，他還是忘不了那件事吧。」雷說。露絲看著窗外一排排空蕩蕩的建地，兩人沉默地開了一會兒，雷開回大路上，他們經過鐵道後面，朝著30號公路前進，一直往前開就可以開到落水洞。

露絲把手伸出窗外，早上剛下過雨，她的手臂上感到一股濕氣。我失蹤之後，雷雖然遭到誤解，但他了解警方爲什麼找上他，他也知道警方只是盡他們應盡的責任。但大家都以爲是喬・艾里斯虐殺社區裡的貓狗，殊不知其實是哈維先生幹的好事。喬總是忘不了大家對他的指控，他成天晃來晃去，刻意和鄰居保持距離，只希望從小貓小狗身上得到慰藉。最令我難過的是，小動物似乎嗅得出他的沮喪，一看到他就跑得遠遠地。

雷和露絲開車在30號公路上前進，車子經過伊爾斯羅德公路，這附近有家理髮廳，我看到賴恩從理髮廳樓上的公寓裡走出來，他拿著一個學生用的小背包走到車裡，背包是公寓的女主人給他的。這個女人在社區大學修犯罪學的課，有天她跟著大家到警察局參觀，在局裡碰到了賴恩，參觀完畢之後，她問賴恩要不要出去喝杯咖啡，兩人就這麼認識了。他在小背包裡塞了一些東西，有些東西他想拿給我爸看，有些則是天下所有父母都不願看到的照片，照片裡是一些最近才發現的屍體，每個屍體都可以看到死者兩隻完整的手肘。

他打電話到醫院找我爸爸，護士告訴他沙蒙先生和他的太太、家人們在一起。他把車開進醫院的停車場，在車裡坐了好一會兒。烈日透過車窗曬進來，車內熱得像烤箱一樣，他一語不發地坐在車裡，罪惡感愈來愈強。

我可以感覺到賴恩內心的掙扎，他仔細盤算該說些什麼，想了半天，腦中依然只有一個念頭。從一九七五年年底到現在，將近七年的時間裡，他和我的家人愈來愈少聯絡，他知道我爸媽最希望警方找到我的屍體，或是聽到哈維先生已被逮捕到案，但他能給我父母的只有一個小飾品。

他抓起背包，鎖上車門，走過醫院門口賣花的小女孩身旁，小女孩已在桶子裡重新擺上一束束水仙。他知道我爸的病房號碼，因此，他沒有問五樓的值班護士就直接走到病房，進去前輕輕敲了幾下房門。

媽媽本來背對他，她一轉身，我立刻看出他驚訝的表情，媽媽握著爸爸的手，忽然間我覺得好寂寞。

媽媽迎上賴恩的目光，剛開始有點不自在，但很快就用她一貫的方式打招呼。

「嗨，賴恩，看到你難不成會有什麼好事嗎？」她試著開玩笑說。

「賴恩，」爸爸勉強打個招呼，「艾比，妳能幫我坐起來嗎？」

「沙蒙先生，你好點了嗎？」賴恩問道，媽媽按了一下病床旁、箭頭往上的按鈕。

「請叫我傑克。」爸爸堅持。

「請先不要太高興，」賴恩說：「我們還是沒有逮到他。」

爸爸聽了顯然相當失望。

媽媽幫爸爸調整一下墊在頸部和背部的枕頭，然後開口問說：「那麼，你來這裡做什麼？」

「我們找到一樣蘇西的東西。」賴恩說。

媽媽依稀記得，賴恩當初拿著那頂綴著鈴鐺的帽子到家裡來，說的幾乎也是同一句話。

昨天晚上，媽媽先看著爸爸沉沉入睡，爸爸醒來之後，看到靠在他枕頭邊、睡得正熟的媽媽，他們都試著擺脫那段可怕的記憶，八年前第一次飄起冰雪的那天晚上，外面天寒地凍，他們緊靠著對方，兩人都沒有說出心裡最想說的話。昨天晚上，爸爸率先開口：「她永遠不會回家了，」過去八年來，每個認識我的人都接受了這個無法否認的事實，但爸爸一定要自己說出口，媽媽也需要聽到爸爸這麼說。

「這是從她手鍊上掉下來的小東西，」賴恩說：「一塊刻著她名字縮寫的賓州石。」

「這是我買給她的，」爸爸說，「有一天我到城裡辦事情，在三十街的車站幫她買的。商店旁邊有個小攤子，攤子裡有個戴著護鏡的男人，免費幫人刻名字，我幫琳西也買了一個，艾比蓋兒，妳記得嗎？」

「我記得。」媽媽說。

「我們在康乃迪克州一個墳墓附近找到的。」

爸媽聽了像被困在冰裡的動物一樣，忽然間動都不動，他們眼睛張得大大，眼神一片呆滯。拜託，拜託，哪個人趕快過來叫醒他們吧。

「死者不是蘇西，」賴恩趕快開口打破沉默，「但這表示哈維和幾起發生在德拉瓦、以及康乃迪克州的謀殺案有關。墳墓在康乃迪克州的哈德福特附近，警方就是在那裡找到這塊賓州石。」

爸媽看著賴恩笨拙地拉開有點卡住的拉鍊，媽媽邊把爸爸的頭髮順到腦後，邊試著引起爸爸的注意，但爸爸只想到賴恩說的話，腦子裡只有一個念頭：警方重新開始偵辦我的謀殺案了！媽媽好不容易才覺得她和爸爸終於面對現實，現在卻冒出這個消息，她根本不想再從頭來一次。她勉強掩飾住心中的不悅，但一聽到喬治·哈維這個名字，她整個人都呆住了。從一開始，她就不知道該說些什麼，對媽媽而言，與其執著於將哈維先生逮捕到案，倒不如不要提起他。她覺得老想著哈維等於讓他操控了自己的生活，與其如此，倒不如忘了他，讓他從記憶中消失。

賴恩拿出一個密封的大塑膠袋，爸媽在塑膠袋的一角看到一個閃閃發光的東西，賴恩把塑膠袋遞給媽媽，她拿起袋子，把它放在離自己稍微遠一點的地方。

「警方不需要這個東西嗎？」爸爸問道。

「我們已經仔細檢查過了，」賴恩說：「我們記下了發現的地點，也按照規定拍了照片，將來我或許會請你們把它還給我，但在那之前，它是你們的。」

「艾比，打開袋子吧。」爸爸說。

我看著媽媽打開袋子，「傑克，這是你的，」她說：「這是給你的禮物。」

爸爸顫抖地把手伸進袋子裡，他用手指輕撫賓州石細小尖銳的邊緣，摸了一會兒才把它拿出來。看他謹慎的模樣，我想到小時候和琳西玩的動手術遊戲，他好像生怕一碰到塑膠袋就會觸動警鈴，身邊所有東西也會全部被沒收。

「你怎麼能確定他殺了其他那些女孩?」媽媽問道,她盯著爸爸手上的賓州石,小小的飾品在爸爸手中閃閃發光。

「沒有事情是百分之百確定。」賴恩說。

他以前也是這麼說,此話言猶在耳,依然在她耳邊迴盪。賴恩說話有些固定詞彙,爸爸借用這句話來安慰家人,這句話暗示著無謂的希望,其實是最殘酷的托詞。

「我想請你現在就離開。」她說。

「艾比蓋兒。」爸爸低聲抗議。

「我聽不下去了。」

「賴恩,我很高興拿到了這個小東西。」爸爸說。

賴恩對爸爸做了個脫帽致意的手勢,然後轉身離去。媽媽離家之前,他用身體對媽媽表達了某種特殊的愛意,人們常刻意藉著性愛來忘掉一切,現在他就是如此。因爲這樣,所以他才愈來愈常去理髮店樓上,找那個請他喝咖啡的女人。

我朝南走,本來想去找露絲和雷,途中卻看到哈維先生。他開一輛橘色的老爺車,車子由同樣車種的零件拼裝而成,看起來像是科學怪人一樣可怕。一條長長的繩子勾住車子的引擎蓋,車子一動、空氣一跑進去,引擎蓋就啪啪作響。

不管他多麼用力踩油門,引擎就是不聽話,他始終無法加速。他前天晚上睡在一個空蕩蕩的墓穴旁邊,夢中還看到5!5!5!的球衣號碼,不到天亮他就醒來開車直奔賓州。

哈維先生的身影愈來愈模糊，看起來相當奇怪。這些年來，他盡量控制自己不想那些死在他手下的女人，但現在這些女人似乎一個接著一個出現在他眼前。

他第一次對女孩子動粗純屬意外，他無意傷害她，但情緒一失控，他就控制不了自己。不管事實是否如此，最起碼後來他是這麼告訴自己。他和那個女孩子上同一所高中，女孩後來沒有到學校上課，但他也不覺得奇怪，從小到大他搬了太多次家，到了上高中時，他以爲女孩也和他一樣居無定所，轉到其他學校去了。他悶聲不響地強暴了那個女孩，雖然後來想想有點後悔，但他覺得此事不會在兩人心中留下永久的傷疤。那天下午他好像受到外力驅使，結果才會發生這種事情，完事之後，女孩呆呆地望著前方，眼神一片空洞，過了一會兒，她穿上被撕裂的內褲，把內褲塞進裙子的腰帶，用腰帶固定住內褲，他們都沒有說話，然後她就走了。他用小刀在手背劃了一刀，這樣一來，如果他爸爸問起他身上的血跡，他就可以指著手背說：「你看，我不注意割傷了手。」

但他爸爸問都沒問，也沒有人找他興師問罪，女孩的爸爸、兄弟、或警察都沒有出現。開到半路上，他隱約感覺到身旁有個人，我則清楚地看到那個被他強暴的女孩。她休學幾年之後，有天晚上她哥哥抽菸抽到一半睡著了，她因而喪身火窟。我看到她坐在車子前座，心想哈維先生不知道什麼時候才會想到我。

哈維先生把我的屍體丟棄在斐納更家附近之後，這一帶的變化不大，唯一明顯的改變是四周多了一些橘色的高壓電塔。落水洞變得愈來愈大，斐納更家的東南角已經陷了下去，前庭悄悄地陷到地底下。馬路另一頭雜草叢生，爲了安全起見，雷把車子停在工地附近。儘管如此，車子一邊仍抵到了工地的邊緣。「斐納更一家怎麼了?」雷邊問邊下車。

「我爸說建築公司買下這塊地，他們拿了錢之後就走了。」

「露絲，這裡感覺陰森森的。」雷說。

他們穿過馬路，淡藍色的天際飄著幾片雲朵般的煙霧，從這裡往前看，他們只認得出鐵道另一頭霍爾的修車廠。

「嗯，不知道霍爾．漢克爾還是不是修車廠的老闆?」露絲說：「我以前好迷他。」

她說完就轉身看著工地，兩人都默不作聲。落水洞隨著工程進度逐日縮小，露絲朝著洞口前進，雷緊隨在後。落水洞遠遠看去好像一個大泥坑，泥土剛開始變乾，洞口四周長了一些雜草，看起來不太嚇人。但是靠近一看，你會覺得走到這裡好像沒路了，眼前出現一個淡巧克力色的大洞，坑洞軟綿綿的，好像有生命一樣，東西一放上去，馬上就被吸了進去。

「妳怎麼知道落水洞不會把我們吞進去?」雷問道。

「我們還不夠重。」露絲說。

「拜託妳小心一點，一覺得不對勁，請妳馬上停下來。」

我看著他們，不禁想起那天爸爸帶我們來這裡丟冰箱時，我也緊緊拉住巴克利的小手。爸爸忙著和斐納更先生說話，巴克利和我走到落水洞的邊緣，我發誓我感覺到腳下的地面輕微地顫動，這種感覺就好像走在教堂的墓園中，忽然間陷到鼴鼠挖的小洞裡一樣。

我在書上找到了鼴鼠的照片，後來就是因爲想到這些視力不佳、嗅來嗅去的可愛小傢伙，我才比較能接受自己被埋在落水洞的事實。我想反正我躺在一個厚重的金屬保險箱裡，鼴鼠想咬也咬不到我。

露絲小心翼翼地向前走，我則想起好久以前的那一天，開車回家途中爸爸所發出的笑聲。回家路上，我編了個故事講給小弟聽，我說落水洞底下住了一整村的人，沒有人知道他們住在那裡，村民們非常喜歡那些被丟進落水洞的家電用品，他們把這些東西視爲來自上天的禮物。「我們家的冰箱一到村裡，」我說：「村裡每個人都好感謝我們。這些小矮人喜歡修東西，他們最喜歡把支離破碎的東西恢復成原來的樣子，我們家的冰箱夠他們忙囉。」爸爸聽了放聲大笑，車裡充滿了他的笑聲。

「露絲，」雷說：「夠了，不要再往前走了。」

露絲前腳踏在柔軟的洞裡、後腳踩在堅硬的洞口，我看著她，忽然覺得她好像打算雙手一揮，伸出雙臂、縱身一躍，跳進洞裡和我作伴。但雷上前站到她身後。

「妳看，」雷說：「地球顯然打了個飽嗝。」

我們三人同時看著角落浮出一樣金屬物品。

「啊，一九六九年的Maytag洗衣機。」雷說。

但那不是洗衣機，也不是保險箱，而是一個陳舊的紅色瓦斯爐，瓦斯爐緩緩地在地面上移動。

「你有沒有想過蘇西．沙蒙的屍體會被埋在哪裡？」露絲問道。

地上的雜草隱約地遮住他們的藍色汽車，我眞想從車旁的地面下現身，穿過馬路，走下落水洞，然後再走上來拍拍露絲的肩膀說：「我是蘇西啊！妳猜對了！妳想得沒錯，我就在這裡！」

「沒有，」雷說：「我把這個問題留給妳。」

「這裡變化得好快，每次我回來都發現有些東西不見了，我們這裡和其他地方愈來愈不一樣了。」她說。

「妳要不要到房子裡看看？」雷嘴巴上問著，心裡卻想著我。十三歲的他，莫名其妙地就迷上了我。他記得有一次從學校走路回家，我走在他前面，我穿著一件奇怪的方格裙，外套上沾著哈樂弟的毛，我甩甩一頭棕髮，自以爲下午的陽光在我身後留下一圈圈光影，就是因爲這些小動作，尾隨在我身後的雷才迷上了我。幾天之後，他在社會課的課堂上朗讀報告，他應該念「一八一二戰爭」的報告，一不注意卻念了《簡愛》的讀書心得，我看了他一眼，他覺得我看他的樣子很可愛。

雷走向斐納更家的舊房子，房子再過不久即將被拆除，露絲的爸爸已經把屋裡值錢的門把和水龍頭拆了下來。雷走進屋裡，露絲卻依然站在落水洞邊，就在此時，露絲清清楚楚地看到我站在她旁邊，目光鎖定在哈維先生棄屍的地方。

「蘇西。」露絲輕輕呼喚我，一說出我的名字，她更覺得我就在她身旁。

但我什麼也沒說。

「這些年來，我一直爲妳寫詩。」露絲說，她想說服我留下來，她等這一刻已等了一輩子，現在願望終於成眞。「蘇西，妳難道不想要什麼嗎？」她問道。

話一出口我就消失了。

露絲兩眼昏花，站在賓州暈黃的陽光下繼續等待。她的問題則始終縈繞在我的耳際：「妳難道不想要什麼嗎？」

鐵路另一頭的修車廠空蕩蕩的，霍爾決定休假一天，帶塞謬爾和巴克利去看摩托車展。巴克利看上一部紅色的迷你車，不停地撫摸前輪的鑄模，霍爾和塞謬爾站在一旁看著巴克利，巴克利的生日快到了，霍爾本來想把塞謬爾的中音薩克斯風送給小弟，但外婆卻有不同的意見：「他需要一些可以敲打的東西，那些文謅謅的樂器你自己留下來吧。」於是霍爾和塞謬爾一起出錢幫小弟買了一套二手鼓。

外婆到購物中心挑一些簡單高雅的衣服，說不定媽媽會聽她的話，換上這些她親手挑選的洋裝。外婆是買衣服的專家，她熟練地翻撿架上的衣服，最後從整排黑衣服當中挑出一件深藍色的洋裝，旁邊有個女人看著外婆手上的洋裝，我可以看到她眼神中充滿了忌妒。

在醫院裡，媽媽大聲唸昨天的報紙給爸爸聽。爸爸看著她嘴唇上下移動，他沒有專心聽她唸些什麼，只等著有機會再吻她一次。

喔，還有琳西。

光天化日之下，我看到哈維先生轉彎開到家裡附近，他以為自己像以前一樣不起眼，也不怕會被人看見，殊不知有很多鄰居都說他們永遠記得哈維先生的模樣。大家始終覺得他是個怪人，後來大家很快就推論出他在不同場合提到的亡妻，說不定就是他手下的受害者。

琳西一個人在家。

哈維先生開車經過奈特家，奈特的媽媽正在前院摘花，車子一經過，她馬上抬頭看看，雖然這部七拼八湊的老爺車看起來相當陌生，但她沒有看到駕駛座上的哈維先生，她以為鄰居家小孩的大學同學開車來這裡玩，所以沒有多加注意。哈維先生向左轉，順著下彎的道路繞到他以前住的街上。哈樂弟在我腳邊發出哀鳴，以前我們每次帶牠去看獸醫，牠也發出同樣悲傷的聲音。

盧安娜·辛格背對著哈維先生，我從她家飯廳的窗戶裡看到她在整理書櫃，書櫃井然有序，她正把新買的書按字母上架。社區裡的孩童在院子裡邊鞦韆，拿著水槍追來追去，他們都可能是下一個受害者。

他繞到我家附近，開車經過吉伯特家對面的小公園。吉伯特夫婦都在家，吉伯特先生年紀已經很大了。過了小公園之後，他看到他以前住的房子，雖然房子的外漆已經不是綠色，我的家人和我始終管它叫「那棟綠色的房子」。新屋主把房子漆成薰衣草般的淡紫色，還加蓋了一個游泳池，房子旁邊、靠近地下室窗戶的地方多了一個杉木搭建的大陽台，陽台上擺滿了長春藤盆栽和小孩子的玩具。屋子前面本來有一排花床，現在被鋪成走道，新屋主還在前院裝上防霧玻璃窗，隔著窗戶，他隱約看到一個像是書房的地方。他聽到後院傳來小女孩的笑聲，有個女人拿著修剪樹葉的大剪刀，戴著遮陽草帽從大門走出來，她看到坐在橘色老爺車裡的男人，忽然覺得一陣抽痛，好像有人在她肚子裡拳打腳踢。她猛然轉身走回屋內，隔著窗戶盯著車內的男人，等著看他到底想做什麼。

他順著路往前開，經過好幾戶人家。

我的寶貝妹妹在家。隔著窗戶，他可以看到琳西在我家樓上。她把頭髮剪短了，這些年來也變得更纖細，但他知道樓上的女孩確實是琳西。二樓的窗邊有張繪圖用的小桌子，她把小桌子當成椅子，坐在上面看一本心理學的書。

就在此時，我看到他們逐一從馬路那頭現身。

哈維先生瞄了我家一眼，心想我家其他人不知道在哪裡。他正想著我爸爸的腳是不是還有點跛，在天堂的我，看到了小動物和女人的鬼魂緩緩飄離哈維先生家。

他們是最後一批盤據在哈維先生家的鬼魂，我看到他們零零散散地飄向遠方，哈維先生卻完全不知情，他盯著我妹妹，想到他披掛在新娘帳篷上的床單。搭帳篷的那一天，他和爸爸談起我，他直視爸爸的雙眼，絲毫沒有露出破綻。啊，還有那隻在他家外面狂吠的狗，牠八成已經死了。

琳西的身影透過窗戶晃動，哈維先生看著琳西，我則緊盯著他。她站起來，轉身走向房間另一頭的大書櫃，伸手取下另一本書，然後走回窗邊的小桌子。他看著她在房裡走動，眼光跟著她移動，忽然間，後照鏡裡出現一閃一閃的燈光，他看到一部警車從後面的街上慢慢逼近。

他知道自己擺脫不了警察的跟監，因此，他坐在車裡，準備擺出面對警方時的一貫表情。過去幾十年來，他已經很習慣擺出一副無精打采的樣子，警察看了覺得他很可悲，甚至討厭他，但從不會把他當成罪犯。一個警察走向他的車子，鬼魂在空中盤旋，幾個女人飄進了他的車裡，小貓們則蜷曲在他的腳邊。

「你迷路了嗎？」這名年輕的警察問道，橘色的車身照得他兩頰通紅。

「我以前住在這附近。」哈維先生說，我聽了嚇一大跳，他居然說了眞話。

「有人報警說看到一部可疑的車輛。」

「嗯，我看到玉米田裡要蓋房子囉。」哈維先生說。鬼魂依然在空中飄蕩，他所支解的屍塊像雨一樣，從天空急速地掉落到他車裡，我知道自己也可以加入他們的行列。

「他們想擴充學校。」

「我覺得這一帶看起來更繁榮。」他神情熱切地說。

「你最好離開吧。」警察說，雖然他爲這個坐在破舊老爺車裡的男人感到難爲情，但他還是抄下了車子的牌照號碼。

「我無意驚嚇誰。」

哈維先生是個老手，但此時此刻，我卻不在乎他怎麼應付警方，我只關心在屋裡看書的琳西，她專心閱讀教科書，逐頁吸收書本裡的知識，在學校裡她就決定要當個心理醫師，我覺得她好聰明、好健康，這是我唯一關心的事情。我想到剛才發生在前院的小插曲，幸好現在是大白天，鄰家的媽媽起了疑心，警察又及時出現，我們運氣好，所以妹妹才安然無恙。但誰能擔保她每天的安危呢？

露絲沒有告訴雷她看到了我，她答應自己要把這件事情寫在日記裡。他們走回車裡的半路上，雷看到路旁的一堆廢土上有一株像是紫羅蘭的植物。

「妳看，那是一株長春木，」他對露絲說：「我要過去幫我媽採一、兩枝。」

「好，你慢慢來。」露絲說。

雷鑽進車旁的雜草堆，小心翼翼地爬到廢土堆上摘花，露絲則靜靜地站在車旁。

雷已把我的身影逐出腦後，他只想到他媽媽的笑容，採到一些這樣的野花帶回家，媽媽看了一定會很開心，他想到媽媽笑逐顏開地把花瓣攤平，然後從書櫃上拿下厚重的字典或是百科全書，仔細地把花朵夾在白底黑字的書頁裡。他邊想邊爬上廢土堆，他還打算到另一邊看看有沒有更多野花，很快就不見人影。

我看著雷消失在廢土堆的另一邊，就在這一刻，椎心的刺痛忽然沿著脊椎骨蔓延而上。我聽到哈樂弟從喉嚨深處發出低沉的叫聲，叫聲中帶著恐懼，我一聽就知道牠叫的對象不是琳西。哈維先生開車來到了落水洞附近，他看到四周和他車子一樣顏色的橘色高壓電塔，這裡曾是他棄屍的地點，他想起他媽媽的琥珀項鍊垂飾，她把垂飾遞給他時，垂飾還暖暖的呢。

露絲看到女人們身穿血跡斑斑的睡衣，一個個被塞在車子裡，她朝著女人們走去，哈維先生開車經過露絲，路旁就是我的陳屍之所。她只看得到那些血跡斑斑的女人，然後就昏了過去。

就在這一刻，我墜落到凡間。

第二十二章

露絲昏倒在地上，這我倒是知道；哈維先生悄悄地離開，沒人看到他、沒人在乎他、也沒人叫他走，這點我卻不知情。

我跌了一跤，跌得全身無力，完全失去了平衡。我從天堂廣場的大陽台跌到外面的草坪，一路滾到天堂最遠的邊緣。

我聽到雷在我上方大叫，他的聲音在我耳邊隆隆作響。「露絲，妳還好嗎？」說完他就伸手抱住露絲。

「露絲、露絲，」他大叫：「妳怎麼了？」

我透過露絲的雙眼抬頭一看，她的背貼在地面上，她的衣服被割破了，尖銳的小石頭劃破了她的肌膚，這些我都感覺得到。不但如此，我還感到陽光的溫暖，聞到柏油路的氣味，我所有感官似乎都活了過來，唯獨看不到露絲。

我聽到露絲用力地呼吸，她有點頭昏眼花，但呼吸還算正常，雷非常緊張，他蹲在露絲旁邊，灰色的眼睛一開一合，他抬頭張望，看看能不能找到人幫忙，但路上卻看不到半個人。他沒有看到哈維先生的車，先前他幫他媽媽採了一束野花，他高高興興地抱著野花從廢土堆的另一端走出來，想不到卻發現露絲躺在地上。

露絲的靈魂拚命地想離開她的軀體，我和她陷在同一副肉體裡，我們一起往外推擠，兩人都想擺脫這副軀殼。我拚命告訴她不能這麼做，但她依然執意離開，我說什麼都沒有用，她心意已定，誰都阻止不了她。我看著她飛向天際，這些年在天堂裡，我看到太多靈魂飄浮到天上，此時我卻身處凡間，露絲的身影顯得一片模糊，我只感覺到她的急切與激憤，她一心只想飄向天堂。

「露絲，」雷說：「露絲，妳聽得見我說話嗎？」

露絲閉上雙眼，我則趁此混亂之際趕快再看雷一眼，他灰色的雙眸、深色的肌膚、以及我曾吻過的雙唇，我要牢牢記住他的一切。忽然間，就像有人打開上了鎖的門把一樣，露絲脫離了她的軀體，飄過雷的身旁。

雷緊張兮兮地求我動一動，我不再只是看著他，取而代之的是一股莫名的慾望。

我又回到了人間，再也不用在天上可憐兮兮地看著他，他活生生地在我身旁，這種感覺眞是甜蜜。

我在湛藍的陰陽界與露絲擦身而過，我從天堂墜落到凡間，她則像閃電一樣飛躍過我的身旁，但我看不出她的形體，她也不是鬼魂，露絲這個聰明的女孩，她打破了所有的規矩。

此刻，我進駐到她的軀體裡。

我聽到弗妮在天堂上叫我，她邊跑向大陽台，邊叫著我的名字，哈樂弟也叫得好大聲，牠叫得聲嘶力竭，幾乎停不下來。忽然間，弗妮和哈樂弟的聲音都不見了，四周頓時寂靜無聲，我感到有人抱著我躺下來，有人握住我的手，我的耳朵好像大海，所有熟悉的聲音和臉孔全在其中浮沉。我過世到現在這段時間，此時第一次睜開雙眼，我看到一雙灰色的眼睛回瞪著我，我直直地躺著，感覺到有個東西壓在身上，過了一會兒，我才知道那是雷。

我試著說話。

「別急著說話，」雷說：「發生了什麼事？」

我死了，我想告訴他我死了；但你怎麼告訴一個人：「我死了，但我現在又回到了人間？」

雷跪在地上，他幫盧安娜採的野花散落在他的周圍和我身上。在露絲黑色的衣服襯托下，我可以辨識出明亮的橢圓形花瓣。雷彎下來把耳朵貼在我胸前，聽聽我的呼吸，他還把手指放在我的手腕上測一下脈搏。

「妳昏倒了嗎？」他做完這些檢查之後問我。

我點點頭，我知道我不可能永遠待在凡間，我的好運不可能持久，露絲的心願雖已實現，但也持續不了多久。

「我想我還好。」我試著回答，但我說得太小聲，雷沒聽到我說些什麼。我張大眼睛盯著他，有股力量逼著我起身，我覺得自己好像快要飄了起來、回到我熟悉的天堂，但我只是試著站起來。

「露絲，」雷說：「覺得虛弱的話就不要動，我可以抱妳回車上。」

我對他發出燦爛的一笑說：「我沒事。」

雷仔細地看著我，他暫時鬆開我的手臂，但仍然緊抓著我另一隻手。他扶我站起來，我身上的野花散落在地上。露絲・康涅斯已經來到了天堂，她一出現，女人們就把玫瑰花瓣撒在她身上。

我看到他英挺的臉上露出驚訝的笑容，「啊，妳沒事了吧？」他說。他小心翼翼地靠近我，距離近到可以吻我，但他說他只想檢查一下我的瞳孔，看看兩個瞳孔是不是一樣大。

我感覺到露絲身體的重量，她的胸部和大腿上下顫動，感覺很性感，但也是不小的負擔。我是個回到凡間的靈魂，暫時遠離天堂的逃兵，多謝老天爺給了我這個難得的機會。我憑著意志力站起來，盡量挺直身子。

「露絲？」

我試著讓自己習慣這個名字，「嗯？」我回答。

「妳變了，」他說：「妳好像不太一樣。」

我們幾乎站在馬路中央，但我一點也不在乎，這個時刻屬於我，我好想對他說出眞話，但我能說什麼呢？我能說「我是蘇西，我只有這麼一點時間」嗎？我說不出口。

「吻我。」我沒說眞話，反而提出這麼一個要求。

「什麼？」

「你不想吻我嗎？」我伸手摸摸他的臉龐，他的鬍子有點扎手，八年前可不是如此。

「妳怎麼了？」他一臉疑惑地問道。

「有時候報上說小貓從十樓跌下來，落地時還四肢著地，有人就是因爲看了新聞，才相信眞有這種事。」

雷大惑不解地看了我一會兒，然後低下頭來吻我。他冰冷的雙唇貼上我，他吻得柔情蜜意，似乎吻到我的內心深處。我終於又偷得了一個吻，這眞是上天賜給我最珍貴的禮物。他的眼睛靠得好近，灰色的雙眸中閃爍著綠色的光芒。

我牽著他的手，兩人靜靜走回車裡。我知道他走在我後面，邊走邊拉拉我的手臂，他細細打量露絲的身體，想確定她沒事。

他幫我開車門，我滑進車內，把腳放在鋪了地毯的車裡，他走到駕駛座旁，坐進車裡，再一次仔細地盯著我。

「怎麼了？」我問道。

他再次輕柔地吻上我的雙唇，我等這一刻已等了好久，時間似乎慢了下來，我完全沉醉在其中。他的嘴唇輕輕刷過我的嘴唇，鬍子扎得我癢癢的。啊，還有我們親吻時的聲音：先是輕輕一啄，然後用力壓上彼此的雙唇，雙唇接觸發出細碎的聲響，最後「啵」的一聲分開，我好喜歡這樣親暱的聲音。這些年來，我在天堂看著凡人擁抱、愛撫，看在眼裡，我只覺得更孤單。我還來不及感受到如此親暱的愛撫就死了，只有哈維先生碰過我，但他那雙殘酷的大手卻一點也不溫柔。上了天堂之後，雷的一吻像月光一樣伴隨著我，不時在我心頭閃爍。不知道爲什麼，露絲居然明白我的心思。

想到這裡，我的頭忽然一陣抽痛，沒錯，我確實躲在露絲的身體裡，但雷吻的女孩不是露絲，而是我。我想牽他的手，我想讓他吻我，這些都是我想要的，而不是露絲的願望。這麼說來，難道先前是我促使她離開這副軀殼嗎？我可以看到哈莉，她歪歪頭，對我微微一笑；我還聽到哈樂弟可憐的叫聲，好像捨不得我回到了人間。

「妳想去哪裡？」雷問道。

眞是大哉問，我可以說出千百種回答。我看看雷，心裡很清楚我爲什麼回到人間；我之所以在這裡，爲的不是追蹤哈維先生，而是爲了一圓以前沒有機會實現的夢。

「我想去霍爾・漢克爾的修車廠。」我說，口氣相當堅定。

「什麼？」

「是你問我想去哪裡的。」我說。

「露絲？」

「嗯？」

「我能再吻妳一次嗎？」

「好。」我聽了臉紅通通的。

車子引擎熱了，他靠過來，我們的雙唇再次相觸；在天堂裡的露絲正對著一群戴著扁帽、身穿黑色高領毛衣的老年人演講，老人們手中高舉發光的打火機，像唱歌一樣低頌露絲的名字。

過了一會兒，雷坐回駕駛座上盯著我，「怎麼了？」他問道。

「你吻我的時候，我看到了天堂。」我說。

「天堂是什麼樣子？」

「每個人的天堂都不一樣。」

「我要知道細節，」他笑著說：「說眞話喔。」

「和我做愛，」我說：「我就告訴你。」

「妳到底是誰？」他問道，但我看得出來他還搞不清楚自己問些什麼。

「車子的引擎熱了。」我說。

他把手搭在閃閃發亮的變速桿上，然後開車上路。我們看起來像一對普通男女，金色的陽光灑在路面，他嫻熟地回轉，一片破碎的雲母石發出耀眼的光芒。

我們開到弗列特路的盡頭，我指指通往公路另一端的泥土小徑，從這裡我們可以開車到鐵路旁邊。

「他們一定要趕快重修這段路。」他邊開車邊說，車子衝過一片瓦礫碎石，然後駛進泥土小徑，小徑前方的鐵路連接費城和哈里斯堡兩個城市，沿著鐵路的房子早已殘破不堪，以前住在這裡的人家早就搬走了，這附近已成了工業用地。

「畢業之後，你打算待在這裡嗎？」我問道。

「沒有人打算待在這裡，」雷說：「妳知道的。」

我聽了心裡一陣抽痛，如果我還活著的話，我會有多少選擇？我可以離家到另一個地方重新發展，想去哪裡，就去哪裡。但我轉念一想：在天堂是不是也一樣呢？我是不是也得先放手，然後才能漫遊四方呢？

我們開到霍爾的修車廠，修車廠旁邊有一小塊清理過的路面，雷熄火停車，把車子停在這裡。

「妳爲什麼想來這裡？」雷問道。

「記得嗎？」我說：「我們說要出來探險。」

我帶他走到修車廠後面，然後伸手到門上摸索，摸了一會兒就找到藏在那裡的鑰匙。

「妳怎麼知道鑰匙藏在這裡？」

「我看過好多人藏鑰匙，」我說：「隨便想也知道。」

裡面和我記憶中一模一樣，空氣中瀰漫著摩托車的汽油味。

「我想沖個澡，你隨便坐坐吧。」我說。

我走過床邊打開電燈開關，一排懸掛在霍爾床上的小燈泡隨即閃爍著光芒，除此之外，室內只有一道灰濛濛的光影，透過後面的小窗子投灑在屋內。

「妳要去哪裡？」雷問道：「妳怎麼知道這個地方？」他的口氣相當急切，充滿了剛才所沒有的焦躁。

「雷，多給我一點時間，」我說：「等一下我再解釋給你聽。」

我走進狹小的浴室，但沒有把浴室的門完全關上。我脫下露絲的衣服，扭開水龍頭等水變熱，我眞希望露絲能看到現在的我，她的身體完美極了，我看著這副充滿活力的軀體，眞希望露絲知道自己有多漂亮。

浴室裡濕氣很重，還帶著一股霉味，浴缸裡什麼都沒有，水龍頭的水經年流在浴缸裡，在缸裡留下暗黃的水漬。我跨進這個老式的四腳浴缸，站到蓮蓬頭下，雖然已將水溫調到最高，但我還是覺得冷。我大叫雷的名字，請他進來。

「我透過浴簾還是看得到妳。」他邊說邊把視線移開。

「沒關係，」我說：「我喜歡讓你看。把衣服脫掉，進來和我一起洗澡吧。」

「蘇西，」他說：「你知道我不是那種人。」

我的心扭成一團，「你說什麼？」我問道，霍爾在浴缸上面掛了一塊透明的白布當浴簾，透過浴簾，雷的身影一片模糊，周圍似乎圍繞著千百個小小的光點。

「我說我不是那種人。」

「你叫我蘇西。」

他沉默了一會兒，然後拉開浴簾，小心地把目光停駐在我的臉上。

「蘇西？」

「進來吧。」我說，眼中逐漸充滿熱淚，「拜託，請你進來。」

我閉上雙眼，靜靜地等待。我轉頭站到蓮蓬頭下，熱水流過我的雙頰、頸背、胸部、胃部和鼠蹊。過了一會兒，我聽到他笨手笨腳地脫衣服，他的皮帶扣環重重地落在水泥地上，口袋裡的零錢也掉了一地。

小時候爸媽開車我坐在後座，有時我喜歡閉著眼睛，躺下來等車子停下來，我知道車子一停就表示我們到家了，我也知道爸媽一定會把我拉起來，抱著我走進屋裡。我信任爸媽，也知道我的等待絕不會落空。此時，我以同樣的心情等著雷走過來。

雷拉開浴簾，我轉身面對他，慢慢地張開雙眼，一道強勁的冷風吹過我的雙腿之間，我不自主地打了個寒顫。

「進來吧。」我說。

他慢慢地跨進浴缸，他剛開始沒有碰我，過了一會兒，他有點猶豫地摸摸我身上的一道小傷疤，我們一起看著他的手指順著細長的傷疤向下滑。

「露絲一九七五年打排球受傷了。」我說，身子又開始冷得發抖。

「妳不是露絲。」他一臉疑惑地說。

我拉起那隻摸到傷痕尾端的手，把手放到我左邊的乳房下面。

「我看你們兩個看了好多年，」我說：「我要和你做愛。」

他想開口說話，但想說的話卻太奇怪，他根本說不出口。他用拇指輕撫我的乳頭，我把他的頭拉向我，他的雙唇蓋上了我的雙唇。熱水流過我們的身體，濺濕了他胸腹間稀疏的胸毛。我想看到露絲和哈莉，也想知道她們是否看得到我，因此，我吻了雷。在滔滔的水流中，我可以盡情哭泣，雷吻去我臉上的淚珠，他永遠不會知道我爲什麼哭泣。

我用雙手探索他的軀體，輕撫他身體的每一個部位，我用手掌心包住他的手肘，手指輕扯他的體毛，我想起哈維先生曾強行進入了我的體內，此時，我握住雷的那個部位，先在心中低聲說「溫柔一點」，腦海中頓時浮現「男人」二字。

「雷？」

「我不知道該叫妳什麼？」

「蘇西。」

我把手指放在他唇上，阻止他發問。「記得你寫給我的紙條嗎？記得你曾說自己是摩爾人嗎？」

我們靜靜地站了一會兒，我看著水珠順著他的肩膀，一滴滴滑落下來。

他一語不發地抱起我，我把雙腿繞在他的腰際，他把水關掉，用浴缸的邊緣支撐住身子，當他進入我體內時，我用雙手緊緊包住他的臉頰，使盡全身之力拚命地吻他。

整整一分鐘之後，他移開身子問我說：「告訴我天堂是什麼樣子。」

「天堂有時候像個高中，」我上氣不接下氣地說：「雖然我沒來得及上高中，但在我的天堂裡，我可以在教室裡生把營火，或是在走廊上盡情喊叫。但天堂不一定永遠是這個樣子，它可以是加拿大的新斯科西亞、摩洛哥的丹吉爾或是西藏，天堂就像你夢想的地方一樣。」

「露絲在那裡嗎？」

「露絲現在在天堂演講，但她過一會兒就回來。」

「妳現在看得到自己在天堂裡嗎？」

「不，我現在在這裡。」我說。

「但妳等一下就走了。」

我不能騙他，只好點點頭說：「我想也是，沒錯，雷，我等一下就走了。」

我們激情再起，在水中、在臥室裡、在好像星光的微弱燈光下，我們一次又一次做愛。完事之後，他躺著休息，我沿著他的脊椎骨輕吻他背上每一條肌肉、每一個黑痣、每一塊斑點。

「別走。」他說，他緩慢地閉上那對有如珠寶般明亮的雙眼，我知道他即將進入夢鄉。

「我叫蘇西，」我輕聲說：「姓『沙蒙』，念起來和英文的『鮭魚』一樣。」我把頭靠在他的胸前，在他身旁沉沉入睡。

當我睜開雙眼時，窗外一片暗紅，我可以感覺到剩下的時間不多了。外面的世界充滿了生氣，我看人間看了這麼久，眞不敢相信現在又回到了人間。我知道除了這裡之外，我哪裡也不想去，我只想待在這個小房間裡，重新體驗一次戀愛的感覺。

我在無助中離開了人間，此時雖然也覺得無助，但和臨死前的心情卻大不相同。

我現在知道人都有脆弱的一刻，我們憑著感覺走，邊走邊摸索，路的盡頭總會出現一線光明。人生充滿了未知，無助與脆弱都是人生的一部分，也是走向未來的一種過程。

露絲的身體愈來愈虛弱，我撐起一隻手臂，用手指輕撫雷的臉龐。

「雷，你有沒有想過死去的人？」

他眨眨眼睛看著我。

「別忘了我讀的是醫學院。」他說。

「我說的不是屍體、疾病、或是器官衰竭，我是說你有沒有想過露絲說的事情，比方說，露絲看見過我。」

「有時候我會想到她說的話，」他說：「但我一直不太相信。」

「你知道，露絲和我都在這裡，」我說：「我們一直在這裡。你可以跟我說話、想念我，你不用害怕，也不用傷心。」

「我能再碰碰妳嗎？」他掀開大腿上的床單，坐直身子。

就在此時，我看到床的另一頭站著一團模糊的影子，我想說服自己那只是陽光下的光影，那只是個錯覺，過一會兒就消失。但當雷伸手碰我時，我卻一點感覺也沒有。

雷靠近我，輕柔地吻我的肩膀，但我依然一點感覺也沒有。我掐掐床單下的身體，依然沒有感覺。床畔模糊的影子開始現形，雷滑下床，起身站好，我看到房間裡充滿了男男女女的身影。

「雷。」雷走向浴室，我想在他走之前對他說：「我會想念你」、「別走」，或是「謝謝你」。

「嗯？」

「你一定要讀讀露絲的日記。」

「我一定會。」他說。

透過床畔逐漸成形的鬼影，我看到他對我微微一笑，他轉身走進浴室，英挺的背影一下子就消失在眼前，他的記憶卻永存在我心。

浴室中逐漸浮上一層朦朧的水氣，我慢慢走向霍爾存放賬單的書桌，露絲的身影再度浮上我心頭。從在停車場看到我的那天開始，露絲就夢想著像今天這樣神奇的一刻，我怎麼看不出來呢？我只顧著自己的夢想，生前希望長大後當個野生動物攝影師，上了高三就拿奧斯卡金像獎，死後則夢想再吻雷・辛格一次。你看看，我們的夢想都有了結果。

我看到桌上有具電話，我拿起聽筒，想都沒想就撥了家裡的電話號碼，我好像拿了一把號碼鎖一樣，手一碰到按鍵，馬上就知道開鎖的號碼。

電話響了三聲之後，有人接起電話。

「哈囉？」

「哈囉，巴克利。」我打聲招呼。

「請問是哪一位？」

「是我，蘇西。」

「哪一位？」

「蘇西，我是你大姊蘇西。」

「我聽不見你說什麼。」他說。

我默默地盯著電話，過了一會兒，我感覺到屋裡充滿了沉默的鬼魂，有小孩、也有大人，「你們是誰？你們從哪裡來的？」我大聲詢問，但屋子裡卻依然一片寂靜。

就在此時，我注意到自己已經坐直，露絲卻匍匐躺在桌子旁邊。

「妳能不能拿一條毛巾給我？」雷關上水龍頭，在浴室裡大喊，他沒聽到我的回答，等了一會兒才拉開浴簾。我聽到他跨出浴缸，走到門口，他看到露絲，趕緊衝到她身旁，他碰碰她的肩膀，她在半睡半醒中睜開了雙眼。他們看著對方，她什麼都不用說，他知道我已經走了。

我記得有一次和爸媽、琳西，以及巴克利一起坐火車，我們坐在與火車行進反方向的座位上，火車忽然駛進一條黑暗的隧道，再度離開人間就和那時的感覺一樣。我知道終點站在哪裡，窗外消逝的景象也看了千百次，但這次我不是被拋離人間，而是有人與我同行。我知道我們將踏上一段漫長的旅程，一起走向一個非常遙遠的地方。

離開人間，比回到人間容易。我看著兩個老朋友在霍爾修車廠的後面，沉默地擁抱對方，兩人都不知道該如何形容剛才所經歷的事情。露絲覺得從來沒有如此疲倦，但也從來沒有這麼高興；雷逐漸回過神來，這才想到剛才發生的事、以及此事將帶來的種種改變。

第二十三章

隔天早上，盧安娜烤蛋糕烤得香氣四溢，香味飄進了樓上雷的房間，雷和露絲在房間裡躺了一晚，一夜之間，事情就這麼發生了，他們的世界也完全改觀。

他們小心地善後，確定沒有在修車廠裡留下有人來過的痕跡，收拾完畢之後，他們離開修車廠，沉默地開車回到雷的家。那天晚上很晚的時候，盧安娜看到兩人衣著整齊地窩在一起，顯然睡得很熟，她很高興雷最起碼有這個奇怪的朋友。

清晨三點左右，雷忽然驚醒，他坐起來看著露絲修長的四肢、以及剛和他發生親密關係的美麗胴體，心中忽然充滿說不出的感情。他伸手碰碰露絲，一絲月光透過窗戶斜灑進房裡，這些年來，不知道有多少夜晚，我就坐在這扇窗子旁邊看著他讀書。他順著月光向下看，剛好看到露絲放在地上的背包。

他躡手躡腳地滑下床，盡量不要吵醒身旁的露絲，他悄悄地走到背包旁邊，背包裡有本露絲的日記，他拿起日記，開始閱讀：

「羽毛頂端帶著一絲空氣，羽毛底端沾滿了鮮血。我拿起骨頭，盼望它們能像碎玻璃一樣凝聚光芒……但我依然想把它們拼在一起，骨頭拼好了，讓它們站直，被謀殺的女孩說不定就能活過來。」

他跳過這頁，繼續看下去：

「賓州車站的廁所，一個老女人，一直掙扎到洗手槽旁邊。」

「家庭暴力，C街，先生和太太雙雙遇害。」

「一名少女在墨特街的屋頂上遭到槍殺。」

「時間不太確定，小女孩在中央公園迷路了，白色的蕾絲衣領眞漂亮。」

他坐在房裡，覺得愈來愈冷，但他依然繼續讀下去，直到聽到露絲的聲音，才抬起頭來。

「我有好多事情想告訴你。」她說。

艾略特護士把爸爸扶到輪椅上，媽媽和妹妹在病房裡跑來跑去，忙著把水仙花收起來帶回家。

「艾略特護士，」爸爸說：「我會永遠記得妳的悉心照顧，但我希望下次不要太快再見到妳。」

「我也是。」她說，我的家人都在病房裡，她看到大家站在一旁不知道該做什麼，於是對小弟說：「巴克利，你媽媽和姊姊雙手都拿了東西，你來推輪椅。」

「巴克，慢慢推喔。」爸爸說。

我看著他們四人慢慢穿過走廊，走向電梯，巴克利和爸爸走在前面，琳西和媽媽跟在後面，兩人手上都是滴水的水仙花。

電梯緩緩下降，琳西盯著手上鮮黃的花朵，忽然記起大家第一次在玉米田爲我舉行追思儀式時，塞謬爾、霍爾和她看到一束黃色的水仙花，但不知道是誰把花放在那裡。琳西看看水仙花，再看看媽媽，頓時了然於心。巴克利輕輕靠著琳西，爸爸坐在閃亮的輪椅上，看起來雖然疲倦，但顯然很高興可以回家。

他們走到大廳，自動門一扇扇開啓，我知道他們四人注定會在一起，也知道我應該讓他們單獨相處。

盧安娜削了一個又一個蘋果，手被水泡得紅腫，心中逐漸浮現出迴避多年的念頭。這些年來，她曾想要離婚，但始終不願多想，昨晚看到兒子和露絲依偎在一起，她終於不再猶豫。她已經記不得上次和她先生一起上床睡覺是什麼時候的事了，他像鬼魂一樣在家裡游移，夜深人靜時，他靜悄悄地鑽進被子裡，有時幾乎連被子都沒弄皺。雖然他不像電視或報紙上所描述的壞先生，但他始終心不在焉，這卻是最殘酷的傷害。即使他回家和她一起坐在餐桌上，吃她所準備的食物，他依然心神恍惚，好像人根本不在這裡。

她聽到樓上浴室傳來水聲，她想再過一會兒，等到兒子和露絲梳洗完畢再叫他們下來。我媽剛打電話來道謝，先前她從加州打電話來詢問狀況，盧安娜告訴她發生了什麼事，所以她特別打電話來說聲謝謝。盧安娜決定等一下送個蘋果派到沙蒙家。

盧安娜遞了咖啡給雷和露絲，然後說時間不早了，她要雷陪她到沙蒙家一趟，她打算悄悄地把派放在沙蒙家門口。

「哇，這好像考試作弊一樣。」露絲說。

盧安娜瞪了她一眼。

「媽，對不起，」雷說：「昨天發生太多事，我們累壞了。」說是這麼說，但他懷疑母親會相信昨天發生的事情嗎？

盧安娜轉身面向流理檯，流理檯上擺了兩個剛烤好的派，她拿一個放在桌上，金黃的派皮上有幾道缺口，缺口中冒出熱騰騰的香氣。「要不要吃一塊當早餐？」她說。

「哇，辛格太太，妳眞是太棒了！」露絲說。

盧安娜笑了笑。

「趕快吃飽，換好衣服，你們兩個都可以和我一道去。」

露絲邊看著雷邊說：「嗯，我還有其他地方要去，我晚一點再來找你。」

霍爾把鼓組拿過來給小弟，雖然離小弟十三歲生日還有好幾星期，但霍爾和外婆都同意巴克利需要一組鼓。塞謬爾讓琳西和巴克利單獨到醫院去接我爸媽，他沒有跟著一起去。對大家而言，此次返家具有雙重意義，不但爸爸出院，媽媽也回家了。媽媽在醫院陪爸爸陪了整整四十八小時，在這四十八小時之內，他們和其他人的命運都起了變化。我現在知道，將來大家還會面臨更多變化，誰也阻止不了生命的運轉。

「我知道現在喝酒還太早，」外婆說：「但我還是要問：男士們，你們想喝什麼？」

「我以爲我們要開香檳慶祝。」塞謬爾說。

「沒錯，但待會兒再開香檳，」她說：「現在是飯前小酌。」

「我想我不了，」塞謬爾說：「我喝琳西的就好了。」

「霍爾？」

「不了，我在教巴克利打鼓。」

外婆雖然想說哪一個偉大的爵士樂手不是醉醺醺的，但她強迫自己把話壓下去，改口問說：「嗯，我幫你們倒三杯清淨透明的開水如何？」

說完她就走回廚房倒水。上了天堂之後，我比活著時更愛外婆。雖然我希望能告訴大家，外婆一回廚房就下定決心戒酒，但我很清楚外婆不會改變，她就是喜歡喝兩杯，這已成爲她的註冊商標。如果她過世之後，人們只記得她醉醺醺地幫大家打氣，那又如何呢？我就喜歡這樣的外婆。

外婆把製冰盒從冷凍庫拿到水槽邊，倒出一大堆冰塊，她在每個杯子裡放了七個冰塊，然後扭開水龍頭，讓水流到最冷爲止。她奇怪的艾比蓋兒、她心愛的女兒終於回來了。

她抬頭看看窗外，朦朧之中，她發誓她看到一個小女孩，身穿和她年輕時同款式的衣服，坐在巴克利放園藝工具的小屋外，目不轉睛地瞪著她。小女孩一會兒就不見了，外婆甩甩頭，把小女孩的影像拋在腦後，今天大家都忙，她最好不要提起這件事。

我看著車子駛進家門口，心想這不正是我期待已久的時刻嗎？全家終於團聚了，但大家不是爲了我才回來，而是爲了彼此才回到這個家。少了我，大家還是一家人。

在午後的陽光中，爸爸不知道爲什麼顯得比較瘦弱，但他眼中充滿多年未見的滿足。

媽媽的心情起起伏伏，心想說不定她熬得過這次返鄉之旅。

他們四人同時下車，巴克利從後座走到前面攙扶爸爸，其實爸爸不需要他幫助，巴克利只是下意識地想保護爸爸，使他不要再受到媽媽傷害。琳西隔著車頂看著我們的小弟，她依然習慣性地保護他們兩人，琳西、爸爸和巴克利相互扶持了這麼久，三個人都放不下彼此。琳西一轉頭看到媽媽注視著她，鮮黃的水仙照亮了媽媽的臉龐。

「怎麼了？」

「妳和妳祖母簡直是一個模樣。」媽媽說。

「幫我提這些袋子。」妹妹說。

她們走向後車廂，巴克利扶著爸爸走向門口。

琳西望著黑暗的車廂，有件事情她非弄清楚不可。

「你會再傷害他嗎？」

「我會盡我所能，絕不再做出傷害他的事情，」媽媽說：「但我不能保證什麼。」

琳西抬起頭來看她，琳西的眼神帶著挑戰的光芒，她這個孩子成長得太快，從警方宣布了我的死訊之後，琳西就成了大人；從那一天起，媽媽失去了她的大女兒，琳西也失去了姊姊。

「我知道妳做了什麼。」

「我會記得妳的警告。」

琳西用力舉起袋子。

她們同時聽到巴克利的叫聲，他衝出大門，像小孩一樣興奮地大喊：「妳看霍爾給我什麼！」

他用力地敲打，一下、兩下、三下，過了五分鐘之後，只有霍爾臉上還帶著笑容，其他人不禁想到未來只怕不得安寧了。

「我想現在教他打鼓最好。」外婆說，霍爾點頭表示同意。

媽媽把水仙花遞給外婆，她藉口想上洗手間，轉身走上二樓，大家都知道她想到我房裡看看。

她像站在太平洋岸邊一樣，一個人站在我的房間門口，我的房間還是淡紫色，房裡多了張外婆的搖椅，除此之外，所有的擺設都沒變。

「蘇西，我愛妳。」媽媽說。

我聽爸爸說了好多次，但聽到媽媽這麼說，我整個人都呆住了。我現在才知道，這些年來我一直不自覺地等著媽媽說這句話。她需要時間說服自己，想我、愛我沒有關係，這樣的思念不會毀了她，而我也給了她足夠的時間；畢竟，對我而言，時間算得了什麼呢？

媽媽看到我以前的衣櫃上放了一張照片，外婆把這張我幫媽媽拍的照片放在金色相框裡，照片中的她脂粉未施，我趁大家還沒有起來之前按下快門，偷偷地拍下媽媽神祕的一面。野生動物攝影家蘇西・沙蒙所拍攝的女子，隔著籠罩在晨霧中的草坪凝視著遠方，這就是我鏡頭下，神祕的艾比蓋兒。

她用樓上的洗手間，把水開得嘩嘩響，弄亂架上的毛巾。一看到這些淡奶黃色毛巾，她馬上就知道毛巾是外婆選的，她覺得這種顏色非常不切實際，把姓名縮寫繡在毛巾上也沒什麼意義，但她轉念一想，這些年來她向來實事求是，但這種生活態度究竟對自己有什麼好處？她的母親雖然有時喝得醉醺醺，但充滿了愛心，個性雖然浮華，但活得實實在在。如果她能接受人死不能復生的事實，爲什麼她不能學著接受尚在人間的親人呢？

浴室、浴缸、或是水龍頭周圍都看不到我的身影，我不在媽媽上方的鏡子附近徘徊，也沒有縮小身子，躲在巴克利或琳西的牙刷上。但這些年來，我每天都想著：大家都好嗎？我爸媽會復合嗎？他們會永遠在一起嗎？巴克利什麼時候才會把心事告訴大家？爸爸的心臟病眞的痊癒了嗎？我從未停止想念他們，也希望他們不要忘了我。儘管歲月飛逝，我知道我會一直惦記著他們，也知道他們會永遠惦記著我。

霍爾在樓下握著巴克利的手腕，教他怎樣用鼓棒：「像這樣輕輕滑過鼓面就好。」巴克利照著做，然後抬頭看看坐在他對面沙發上的琳西。

「巴克，好酷喔。」我妹妹說。

「聽起來好像響尾蛇。」

霍爾非常滿意，「沒錯，就是這樣。」他說，腦海中已經浮現出他和巴克利同台演出的樣子。

媽媽走回樓下，一進客廳，她先看爸爸一眼，悄悄地向他示意說她還好，內心雖然百感交集，但她支撐得住。

「好了，大家注意，」外婆從廚房大喊：「塞謬爾有件事要宣布，大家坐好！」

每個人聽了都不禁大笑，但氣氛依然有點尷尬。雖然每個人都期待像這樣全家團聚的時刻，但聚在一起卻不知如何是好。塞謬爾和外婆走進客廳，外婆端著一個擺了高腳酒杯的盤子，等著幫大家斟滿香檳，塞謬爾很快地瞄了琳西一眼。

「外婆會幫我爲大家斟酒。」他說。

「艾比蓋兒？」外婆說。

「這她最內行。」媽媽說。

「嗯？」

「隨便妳怎麼說，只要妳開心就好，我很高興妳回來了。」

「幫大家倒酒吧，塞謬爾。」爸爸說。

「我很高興和你們大家在一起。」

霍爾知道他弟弟還有話要說：「喂，大演說家，你還沒說完呢！巴克，來一點鼓聲吧。」這次霍爾讓巴克利自己打鼓，我小弟拿起鼓棒爲塞謬爾打氣。

「我想說的是，我很高興沙蒙太太回來了，沙蒙先生也回家了。嗯，我很高興我有榮幸娶你們這個漂亮的女兒。」

「說得好！說得好！」爸爸說。

媽媽站起來幫外婆端盤子，然後她們一起把酒杯遞給大家。

我看著家人啜飲香檳，想著他們在我生前與死後所經歷的一切。塞謬爾向前跨一步，在全家人的注視下勇敢地吻了琳西。我看著他們，往事歷歷在目，一幕幕地浮現在我眼前。

我的死引發了這些改變，有些改變平淡無奇，有些改變的代價相當高昂，但我過世之後所發生的每件事情，幾乎件件具有特殊意義。這些年來，他們所經歷的一切就像綿延伸展的美麗骨幹一樣，把大家緊密地結合在一起。沒有我，他們依然可以活得很好，我終於開始認清這一點。我的死或許讓他們的生活失序，但假以時日，生命終將長出新的骨幹，在不可知的未來，他們一定能重拾圓滿的生活。我現在終於知道，我的性命造就了這樣神奇的生命循環。

爸爸看著站在他面前的女兒，另一個女兒的朦朧身影終於消失無蹤。

霍爾答應小弟晚餐後繼續教他打鼓，小弟聽了才把鼓棒收起來。大家一個跟著一個走進飯廳，塞謬爾和外婆在餐桌上擺了精美的碗盤，桌上放了外婆的拿手餐點：Stouffer's 冷凍義大利麵和 Sara Lee 冷凍起司蛋糕。

「外面有人，」霍爾隔著窗戶看到一個人，「啊，雷・辛格在外面！」

「請他進來吧。」我媽說。

「他要走了。」

除了爸爸和外婆留在飯廳之外，其他人都跑到外面追雷。

「嘿，雷！」霍爾大叫，他一開門差點踩到擺在門口的派，「等一下。」

雷轉身，他母親在車裡等他，車子的引擎還開著。

「我們不想打擾你們。」雷對霍爾說，琳西、塞謬爾、巴克利、和一個他認得出是沙蒙太太的女人全都擠在大門口。

「盧安娜在那裡嗎？」媽媽大喊，「請她進來坐嘛。」

「沒關係，眞的不用麻煩。」他站在原地不動，他心想：蘇西在看著我們嗎？

琳西和塞謬爾朝著雷走過來。

此時，媽媽已經走過門口的車道，靠在車窗旁和盧安娜說話。

雷瞄了他媽媽一眼，盧安娜正打開車門，準備走到屋裡，「除了派之外，我和雷什麼都吃。」她對我媽說，兩人一起走向大門口。

「辛格博士還在工作嗎？」我媽問道。

「他什麼時候都在工作，」盧安娜說，她看著雷和琳西、塞謬爾一起走進屋裡，「妳哪天再過來和我一起抽幾口衝鼻的香菸吧？」她說。

「沒問題，就這麼說定了。」我媽說。

「雷，歡迎，歡迎，請坐。」爸爸說，他看著雷穿過客廳走進來，這個男孩曾經愛上他的女兒，他心裡一直對雷有種特殊的感情。大家還沒來得及坐下，巴克利忽然跑過來坐在爸爸身邊的椅子上。

琳西和塞謬爾從客廳搬來兩張椅子，在餐具櫃旁邊坐了下來，盧安娜坐在我媽和外婆中間，霍爾一個人坐在房間另一頭。

此時，我終於領悟到他們感覺不出我走了，正如他們感覺不到我來了一樣。儘管有時我拚命在房裡盤旋，他們依然看不到我。巴克利覺得我跟他說過話，即使我不記得說了什麼或甚至有沒有說話，對巴克利而言，大姊確實曾陪他聊天。這些年來我活在大家的思念中，大家要我什麼時候出現，我就照著他們想像的出現在眼前。

露絲又來到玉米田裡。所有我心愛的人都坐在同一個房間裡，只有她一個人走向玉米田。她始終感覺得到我的存在，也會永遠惦記著我。我知道她的心意，但我卻不能再爲她做些什麼。露絲當年是個受到鬼魂糾纏的女孩，現在則是個被鬼魂所圍繞的女子。當年是情非得已，現在則是她自己的選擇。只要她願意，她就能說出我的生與我的死，即使每次只對一個人說也無妨。

盧安娜和雷在我家待到很晚，塞謬爾大談他和琳西在30號公路旁找到的老房子，他向我媽詳細描述房子的模樣，還詳述他怎樣想到要向琳西求婚，結婚之後打算和琳西一起住在那裡。雷聽著聽著問塞謬爾說：「你說的那棟房子，天花板上是不是有個大洞，大門上方還有幾扇很漂亮的玻璃窗？」

「沒錯，」塞謬爾說，爸爸聽了顯得有點擔心，「沙蒙先生，請不要擔心，我保證一定把房子修好。」

「那棟房子是露絲爸爸的。」雷說。

每個人聽了都沉默了下來，過了一會兒，雷繼續說。

「他貸款買了一些還沒有被拆掉的老房子，我想他打算重新整修這些房子。」雷說。

「天啊。」塞謬爾說。

我隨即消失無蹤。

骨幹

死人若下定決心離開人間，你絕對感覺不到他們走了。你本來就不該感覺到什麼，頂多只會覺得一陣耳語、或是一陣微風飄過身旁。我打個比方，這種感覺就好像有個人坐在演講大廳或是戲院後面，直到她悄悄溜出去，你才知道她不見了。像外婆一樣上了年紀的人比較敏感，但一般人通常只感覺到門窗緊閉的房子裡忽然吹起一陣微風，究竟是爲什麼，他們也不清楚。

幾年之後，外婆也過世了，但我在天堂裡還沒碰見她。我想像她優游在她的天堂裡，和田納西・威廉斯與迪恩・馬丁啜飲薄荷酒，我相信時間到了，她自然會來到我的天堂。

說眞的，我依然不時偷瞄我的家人，沒辦法，我就是想這麼做。他們也依然惦記著我，沒辦法，他們也忘不了我。

琳西和塞謬爾結婚之後，兩人坐在30號公路旁的空房子裡喝香檳。房子旁邊的樹木愈長愈高，枝葉都伸進樓上的窗戶裡，他們坐在枝葉之下，心想一定要想辦法修剪這些不聽話的樹葉。露絲的爸爸答應把房子賣給他們，他不收頭期款，唯一的要求是塞謬爾當他公司的第一名員工，和他共同開創修復老房子的事業。到了夏末，康涅斯先生在塞謬爾和巴克利的協助之下，已經將房子附近清理乾淨，他還架了一座拖車，白天他在裡面辦公，晚上這裡就成了琳西的書房。

剛開始一切都不方便，房子裡沒水沒電，他們必須回去我家，或是回塞謬爾的爸媽家洗澡，但琳西專心念書，塞謬爾則四處尋找和房子同樣年代的門把和燈飾。琳西發現自己懷孕時，每個人都嚇了一跳。

「我就說嘛，妳最近看起來比較胖。」小弟笑著說。

「你還說呢！怎麼不看看自己。」琳西說。

爸爸夢想著說不定有一天，他可以和另一個可愛的孩子一起玩賞玻璃瓶裡的帆船。他知道當那天終於來臨時，他會感到悲喜交加；玻璃瓶裡的小帆船總會讓他想起他那早逝的女兒。

我眞想告訴你天堂有多漂亮，我也想讓你知道天堂裡非常安全，我活得很好，總有一天，你也會來到這個平安美麗的地方。天堂雖然美好，但我們不只在乎是否活得平安，也不在乎現實之類的小事，活得快樂最重要。

有時我們會耍些花招，讓凡人高興得說不出話來。比方說，有一年我讓巴克利栽種的作物全部一起開花萌芽，這是我獻給媽媽的禮物。媽媽回家之後重拾園藝，她修剪野草、種花、栽種植物，成果令人讚嘆。更令人驚訝的是，她返家短短幾年之內就有這種成果，生命的轉折眞是不可思議。

爸媽把我的舊東西捐給慈善機構，外婆的遺物也捐了出去。

一想到我，他們就坦白說出對我的思念。他們分享思念的心情，一起談談他們死去的女兒，這已成爲爸媽生活的一部分。巴克利的鼓聲隆隆，我始終聽在耳裡。

雷拿到了醫學學位，誠如盧安娜所言，他成了辛格家「眞正的醫生博士」。隨著歲月增長，他變得愈來愈包容，即使身旁都是把事情看成黑白分明的醫生和學者，他依然相信生命蘊含不同的可能性。性命危在旦夕的陌生人不見得因爲中了風，所以才看到床前站了一個人，正如幾年前的那個下午，他曾把露絲叫成我，他也的確曾和我做愛。

倘若心生疑惑，他就打電話給露絲。露絲已從衣櫃大小的房間，搬到下東區一個小套房。她依然想把親眼目睹、親身經歷的事情寫下來，她想讓大家知道死人眞的和活人說話，在陰陽交界之間，鬼魂上下飄搖，跟著凡人一起歡笑，鬼魂就像凡人所呼吸的空氣，縹緲無蹤，卻無處不在。

我把我現在住的地方叫做「超級天堂」，這裡不但包含了我最單純的夢想，也有我最衷心的渴求，就像我祖父說的：這裡好極了。

這裡當然有美味的蛋糕、蓬鬆的枕頭、和各種鮮豔的色彩，但在大家看得到的炫麗景象之外，還有一些安靜的角落，你可以到那裡坐坐，靜靜地握著另一個人的手，什麼話都不必說。你不必提起往事，也不用多做宣示，在超級天堂裡，凡事都像平頭釘和新飄落的樹葉一樣舒服。你就像坐上驚險刺激的摩天輪，口袋裡的玻璃彈珠掉出來，卻一直懸掛在空中，摩天輪把你帶到超級天堂，在這裡，所有未曾實現的夢想終將成眞。

有天下午，我和祖父一起觀看人間動靜。我們看到小鳥在緬因州高聳的松林間跳躍，小鳥們振翅高飛，從這個樹梢跳到另一個樹梢，我們幾乎可以感覺到小鳥的活力。最後我們來到曼徹斯特，祖父記得以前曾到東岸各州出差，於是我們到這裡看看他以前去過的一家小餐館。過了半世紀之後，小餐館比當年殘破了不少，我們看了一眼之後就離開。正準備轉身離開時，我看到他了！哈維先生正從一部灰狗巴士裡走下來。

他走進小餐館，在櫃檯邊點了一杯咖啡。對不知情的人而言，他看起來和普通人沒什麼兩樣，沒有人注意到他的眼神閃爍，他早已不戴隱形眼鏡，但大家通常不會注意到那對隱藏在厚重鏡片下的雙眼。

一個上了年紀的女服務生端了一杯熱騰騰的咖啡給他，他聽到門上掛的鈴鐺一響，隨即感到門外飄來一陣寒風。

走進餐館的是一名少女，她和哈維先生搭同一班巴士，坐在他前幾排，過去幾小時的路上，她一直戴著隨身聽，輕輕地跟著哼唱。他坐在櫃檯邊等她上完洗手間，然後跟著她走出餐館。

我看他跟在她後面，走過餐館旁骯髒的雪地，一路跟到巴士站後面。她站在這裡避風、抽菸，他上前搭訕，她沒有被嚇到，在她的眼中，他不過是另一個上了年紀、衣衫襤褸的無聊男子。

他衡量一下狀況，天上飄著雪，天氣相當冷，他們前面就有一條陡峭的溪谷，另一邊則是黑暗的樹林。盤算清楚之後，他開口向她搭訕。

「這一趟坐得真久。」他說。

她瞪了他一眼，彷彿不敢相信他在和她說話。

「嗯。」她說。

「妳一個人旅行嗎？」

就在此時，我注意到他們頭上懸掛著一排長長的冰柱。

女孩用鞋跟把香菸踩熄，然後轉身離開。

「變態。」她邊說邊快步離開。

過了一會兒，長長的冰柱直落而下，他感到一個冰冷的東西重重地落在身上，打得他失去了平衡，他雙腳一滑，剛好滑到前面的溪谷裡，好久以後，溪谷中的雪融化了，大家才看到他的屍體。

不講這些了。我們來說說一個特別的人：

琳西在院子裡蓋了一座花園，我看她站在長長的花床前除草，她一想到每天在診所裡見到的患者，手套裡的手指不禁緊張地扭曲在一起。她該如何幫他們度過生命的難關？她該如何減輕他們的痛苦？我記得她雖然聰明，卻經常想不通一些最簡單的事情。比方說，她花了好久才了解爲什麼我總是自願去拔籬笆裡面的草，因爲這樣我才可以一面拔草，一面和哈樂弟玩。她想起哈樂弟，我也跟著她的思緒漫遊，她想再過幾年，等他們安頓好，房子圍上了籬笆，她要幫孩子養隻小狗。

她又想到現在有種新機器，三兩下就可以把草拔得乾乾淨淨，以前我們邊拔草邊抱怨，一拔就是好幾小時。

塞謬爾從屋裡走出來，手裡抱著小寶寶走向琳西。啊，艾比蓋兒・蘇姍，我可愛的小寶貝！我在人間活了十四年，我過世十年之後，這個胖嘟嘟的小嬰孩來到了人間，她是我最親愛的小蘇西。塞謬爾把我的小蘇西放在花叢旁邊的毯子上，我妹妹，我親愛的琳西則把我留在她的記憶深處，那才是我應該在的地方。

五英哩外的一棟小房子裡，一個男人拿著我的銀手環給他太太看，手環上早已覆上一層污泥。

「妳看我在那個舊工業區找到什麼，」他說：「工地裡一個工人說他們打算把整片地都剷平，不然的話，地面一崩塌，附近會有落水洞，他們怕車子經過會掉到洞裡。」

他太太邊幫他倒了一杯水，他邊用手指輕撫手環上小單車、小芭蕾舞鞋、小花籃和小頂針，摸著摸著，他舉起沾滿泥巴的銀手環，他太太放下了他的玻璃杯。

「這個小女孩現在一定長大囉。」她說。

幾乎吧。

倒也不盡然。

我祝大家活得長長久久、快快樂樂。

感謝辭

我深深感謝從以前就衷心支持我的讀者：Judith Grossman、Wilton Barnhardt、Geoffery Wolff、Margot Livesey、Phil Hay 以及 Michelle Latiolais。加州大學厄文分校（Irvine）寫作班的朋友們，我也在此致謝。

謝謝那些晚到聚會，卻帶來最好吃點心的朋友們：Teal Minton、Joy Johannessen 和 Karen Joy Fowler。

謝謝文壇前輩 Jennifer Carlson、Bill Contardi、Ursula Doyle、Michael Pietsch、Asya Muchnick、Ryan Harbage、Laura Quinn 和 Heather Fain。

更感謝 Sarah Burnes、Sarah Crichton 和光彩奪目的 MacDowell Colony。

感謝那些幫我收集資料的萬事通：Dee Williams、Orren Perlman、Dr. Carl Brighton 和不可或缺的助手 Bud 及 Jane。

感謝一直陪伴我的三人小組：Aimee Bender、Kathryn Chetkovich 和 Glen David Gold，他們始終支持我，反覆閱讀我的作品，除了甜點和咖啡之外，他們是我每天的精神振奮劑。

且讓我對 Lilly 高聲歡呼吧！

藍小說 81

蘇西的世界

作　者—艾莉絲．希柏德
譯　者—施清眞
副總編輯—葉美瑤
編　輯—邱淑鈴
校　對—余淑宜．邱淑鈴
企　畫—黃千芳
董 事 長—趙政岷
出 版 者—時報文化出版企業股份有限公司
108019台北市和平西路三段二四〇號三樓
發行專線—(〇二)二三〇六—六八四二
讀者服務專線—〇八〇〇—二三一—七〇五．(〇二)二三〇四—七一〇三
讀者服務傳眞—(〇二)二三〇四—六八五八
郵撥—一九三四四七二四時報文化出版公司
信箱—10899台北華江橋郵局第九九信箱
時報悅讀網—http://www.readingtimes.com.tw
電子郵件信箱—liter@readingtimes.com.tw
法律顧問—理律法律事務所　陳長文律師、李念祖律師
印　刷—盈昌印刷有限公司
初版一刷—二〇〇三年九月二十九日
二版一刷—二〇〇七年四月九日
二版二十五刷—二〇二〇年四月二十八日
定　價—新台幣二八〇元
(缺頁或破損的書，請寄回更換)

時報文化出版公司成立於一九七五年，
並於一九九九年股票上櫃公開發行，於二〇〇八年脫離中時集團非屬旺中，
以「尊重智慧與創意的文化事業」爲信念。

蘇西的世界／艾莉絲．希柏德著；施清眞譯. --
初版.-- 臺北市：時報文化，2003〔民92〕
面；　公分. --（藍小說；81）
譯自：The Lovely Bones
ISBN 978-957-13-3979-5（平裝）

874.57　　92016281

ISBN 978-957-13-3979-5
Printed in Taiwan